Frösche,
die quaken töten nicht

VERA SIEBEN

Frösche,
die quaken töten nicht

Roman

Umwelthinweis:
Dieses Buch wurde auf chlorfrei gebleichtem Papier gedruckt.
Die Einschrumpffolie – zum Schutz vor Verschmutzung –
ist aus umweltverträglichem und recyclingfähigem PE-Material.

Ungekürzte Lizenzausgabe
der RM Buch und Medien Vertrieb GmbH
und der angeschlossenen Buchgemeinschaften
Copyright © 2012-Gmeiner-Verlag GmbH
Alle Rechte vorbehalten
Ausgewählt und lektoriert von: Claudia Senghaas, Kirchardt
Einbandgestaltung: Bianca Domula, Berlin
Einbandfotos: Shutterstock/cameilia (Steine), Shutterstock/
Jiri Hera (Frosch), Shutterstock/Michael Biehler (Schild), Shutterstock/
Frank Pali (Schusslöcher), Shutterstock/Svetlana Zayats (Herz)
Druck und Bindung: GGP Media GmbH, Pößneck
Printed in Germany 2014
Buch-Nr. 133542

Prolog

Dies ist eine wahre Geschichte.

Obwohl – wissen Sie, was wirklich wahr ist?

Gibt es die reine Wahrheit und nichts als die Wahrheit?

Ist Wahrheit etwa eine Frage der Perspektive?

I

Aus Livs Perspektive sah dieser weißhaarige Mann, dessen
wulstiger Oberkörper sich über den Tisch neigte, bereits
ziemlich leblos aus. Sein Gesicht war im tiefen Müsliteller versunken.

›Das ist absurd‹, dachte sie. ›Kann das wahr sein? In meinem heiß ersehnten und lang erarbeiteten Urlaub frühstü-
cke ich in einem Wellness-Hotel und fünf Tische weiter
macht ein alter, dicker Mann solch einen Aufruhr.‹

Liv wusste, wie Leichen aussahen. Was sie bisher gesehen hatte, war aber anders. Am Tatort selbst, wenn Liv das
Glück hatte, hinzugerufen zu werden, war sie vorbereitet
auf das, was kam. Ebenso, wenn sie den Pathologen einen
Besuch abstattete: Nackt auf dem Seziertisch ähnelten sich
die Leichen in gewisser Weise. In keinem Fall hatte es sie so
unerwartet getroffen wie hier. Sie hatte noch zehn Minuten vorher gesehen, wie dieser Mann recht lebendig durch
den Frühstücksraum gegangen war.

Da nämlich beobachtete sie, dass sich an dem besagten
Tisch in der Ecke des Raumes ein dicker, in den Gliedern
und Gelenken steif wirkender Mann mit grimmig her-
untergezogenen Mundwinkeln niederließ. Laut – trotz seiner ungewöhnlich hohen Stimme – bestellte er nicht, nein,
er befahl, dass ihm ein Müsli an den Tisch gebracht werden sollte. Der Kellner ging daraufhin geduckten Hauptes
und besonders schnell, um seine Pflicht zu tun. Er holte
einen tiefen, weißen Suppenteller, gefüllt mit Haferbrei aus
der Müsli-Ecke des farbenprächtig angerichteten Früh-
stücksbuffets.

Den Todeskampf hatte anscheinend niemand bemerkt,

er ging ungewöhnlich schnell und lautlos vonstatten. Nun hing er da, der Oberkörper.

Nur an einem Tisch saß ein sich anschweigendes Paar mittleren Alters. ›War es noch zu früh oder waren sie zu lange zusammen, dass ihnen die Themen ausgingen‹, dachte Liv. Je mehr Menschen den Frühstücksraum betraten, umso geschäftiger wurde das Treiben zwischen Büfett und Sitzplätzen. Die Tische wurden zunehmend besetzt von einzelnen Personen in dunkler Business-Kleidung. Damit hob sich Liv in ihren Lieblings-Stretchjeans und einem blauen langärmeligen T-Shirt auch optisch von den Gästen ab. Männer wie Frauen, alle wahrten eine bestimmte Distanz zum nächsten Platz. Sie einte der konzentrierte Gedanke an das Kommende, den sie wie einen Schutzschild gegen äußere Einflüsse verwandten. Die meisten von ihnen schenkten dem stummen Leib nach und nach zumindest aus ihren Augenwinkeln heraus Beachtung. Sie fühlten sich gestört, weil ihnen eine solche Situation zum Frühstück serviert wurde, für das sie in diesem Düsseldorfer First-Class-Hotel nicht gerade wenig bezahlen mussten. Genervt und angeekelt, schoben sie anderen die Verantwortung zum Handeln zu und sich selbst schnell den Rest der Teller- und Tasseninhalte in ihre Münder.

Die Zeit war überfällig, dass sich jemand um den Mann kümmerte. Vielleicht war ja doch noch etwas zu retten. Bei dem Gedanken, dem alten, fetten Mann das Müsli aus dem Gesicht zu wischen und zu versuchen, ihn durch Mund-zu-Mund-Beatmung wiederzubeleben, drohte Livs verspeistes Genießerfrühstück den Rückwärtsgang an.

›Es muss wohl sein‹, dachte sie, holte tief Luft, stand auf und schaute sich um. Waren von ihrer Entdeckung bis jetzt auch erst Sekunden vergangen, schritt in Livs Bewusstsein die Zeit im Zeitlupentempo voran. Kein Gespräch war zu hören, nur die Hintergrundmusik. Die Gäste starrten beschäftigt in ihre Morgenzeitung und aßen im Eiltempo.

Nur die Frau im weißen Trainingsanzug, die gestern mit Liv angereist war, schaute wie gebannt aus dem Fenster auf den kleinen Teich, wo sich ein Entenpaar in aller Ruhe seiner Morgentoilette widmete. Keine Frage, niemand wollte mit diesem Geschehen an Tisch 7 zu tun haben.

Livs Ansatz zum Endspurt wurde durch das Eintreffen des Kellners ausgebremst, dessen Gesicht sich verzweifelt zu einer Grimasse verzog, als er den stummen Mann in dieser Lage entdeckte. Zögernd ging er zu dem Leblosen hin und zog an dem weinroten Pullunder. Ohne Wirkung. Der Leib rührte sich nicht. Ratlos rief er in den Raum: »Ein Arzt, bitte, wo ist ein Arzt?«

Das Crescendo der klassischen Hintergrundmusik verstärkte die Dramatik. Unter gehöriger Kraftanstrengung hievte der Kellner nun den Körper in die aufrechte Position, welche die Umrisse eines runden Gesichtes mit dicken Wangen sichtbar machte. Der zähflüssige Müslibrei bedeckte die halb offenen Augen und klebte in den Falten des Doppelkinns. Von der Nase tropfte er herab auf den voluminösen Bauch, den der Pullunder umspannte. Ungeschickt zog der Kellner immer wieder an der Kleidung des Leblosen, um den Körper in dieser Haltung auszupendeln. Der kraftlos zur Seite geneigte Kopf wies genau in Livs Richtung und starrte sie an. Sie stand noch immer startbereit und starrte zurück. Durch ihre Augen sah sie diese Realität noch immer wie in einem Film in Zeitlupe ablaufen.

›Absurd‹, dachte sie erneut und bemerkte ihre Kaltblütigkeit.

Kein Arzt meldete sich. Ein Gast nach dem anderen verließ den Raum, die meisten ließen ihren Frühstücksrest auf dem Teller liegen. Ein Gast wickelte ein Brötchen in eine Serviette und steckte es in die Tasche seines Jacketts. Die Frau im weißen Trainingsanzug nahm sich noch zwei Bananen und einen Apfel und reihte sich in die Flüchtenden ein. Zwischen den dunklen Anzuggestalten fiel sie auf wie ein Schneehase, der sich zu früh verfärbt hatte. Kurz vor der Tür wandte sie sich noch einmal um, hielt inne und schaute Liv eine Weile eindringlich an.

Von dieser Heldenschar war keine freiwillige Hilfe zu erwarten. Als auch der Kellner die Situation erfasst hatte, ließ er los und rannte wieder hinaus. Liv blieb mit dem Toten allein im Raum. Schritt für Schritt näherte sie sich ihm. In einer absurden Neigung, die einem eleganten Diener glich, beugte sich der Oberkörper samt Kopf sehr langsam, aber zielgerichtet nach vorn und landete mit dem Gesicht wieder in dem Teller. Der restliche Brei platschte über den Rand auf die weiße Tischdecke.

Das war zu viel, sogar für Liv. Einem kurzen hysterischen Aufschrei folgte ein nicht enden wollender Lachanfall. Während sie sich den Mund mit der flachen Hand zuhielt, rannte sie die letzten Schritte zu ihrem einzigen Gegenüber hin.

Im Laufe der Tätigkeit als Kriminalreporterin hatte Liv ihren eigenen Umgang mit dem Tod entwickelt. Das resultierte aus der jahrelangen Praxis. Sie versuchte, sich nichts aus ihm zu machen und ihn objektiv anzugehen. ›Jeder von uns ist einmal dran. Warum sollte denn so etwas Fürchterliches im Tod wohnen?‹ Das Bild, das sie für sich geschaffen hatte, war angelehnt an das untheatralische Verhalten der Tiere. In diesem Moment jedoch geriet Livs Bild aus den Fugen. Dieses Szenarium war etwas zu direkt, die Atmosphäre zu persönlich in dieser ungewollten, sie bedrängenden Zweisamkeit.

Liv zerrte mit beiden Händen an dem bereits überdehnten Pullunder des Mannes, zog ihn hoch und versuchte, ihn einhändig in der Aufrechten auszutarieren. Mit der anderen Hand wischte sie sich die Tränen ab. Ihre Schultern bebten vor Lachen. Der Kellner kam zurück. Als er Liv so sah, ließ auch er seinen Gefühlen freien Lauf und weinte mit.

»Sie kannten unseren Chef?«, fragte er mit zitternder Stimme und verzerrten Gesichtszügen. »Es ging so schnell ...«

Minuten verbrachten er und Liv dort gemeinsam in einem großen Irrtum, bis die Erlösung nahte.

2

Herein kam ein ernst blickender Mann in Anzug und Krawatte, mit einer schwarzen Arzttasche, offensichtlich ein Hotelgast, den man aus einer Tagung herausgeholt hatte. »Ich bin Arzt. Was ist passiert?« Endlich konnte Liv den Pullunder loslassen, sich zurückziehen und beruhigen. Der Kellner holte ein Stofftaschentuch aus seinem Jackett, schnäuzte trompetend hinein und steckte es wieder weg. »Es war alles gut, dann lag er plötzlich da auf dem Tisch.«

Der Arzt ertastete mit seinen Fingerspitzen die Halsschlagader des Leblosen, um den Puls zu prüfen. Erfolglos. Er versuchte es danach an den Handgelenken. Als er die Pupillen des Mannes beleuchten wollte, glitschte er zuerst an den müsliverschmierten Lidern ab. Erst nachdem er sie mit einer Serviette vom Nebentisch gereinigt hatte, gelang es ihm. Doch auch der Test mit der Taschenlampe schien nur eine Diagnose zuzulassen. Dennoch holte er sein Stethoskop aus der Tasche und suchte den Herzschlag des Mannes. Vergebens. Er diagnostizierte treffsicher: »Der Mann ist tot. Wir können nichts mehr für ihn tun. Verständigen Sie die Polizei. Die sollen alles Weitere veranlassen.«

»Nein! Das ist unser Seniorchef!«, stotterte der Kellner erschrocken, als würde er sich jetzt erst der Endgültigkeit bewusst. Er wendete sich dem Arzt zu, beide Fäuste vergruben sich im Revers seines Anzuges. Dem offenen Blick des Arztes ausweichend, fielen seine Hände kraftlos wieder herab, er starrte gedankenverloren auf den Boden.

»Warum ich ...?«, flüsterte er und sah dabei aus wie ein Junge, der nicht richtig auf seinen kleinen Bruder aufgepasst hatte und nun Bestrafung befürchtete.

Der Arzt räumte seine Instrumente wieder ein und schloss die Tasche: »Sie sollten nichts anrühren, bis die Polizei kommt.«

Liv nickte wohl wissend. Auf ihre Frage, woran er denn gestorben sei, antwortete der Arzt mit Achselzucken und einem lapidaren: »Ein Herzinfarkt? Ein Schlaganfall? Das ist jetzt Sache der Gerichtsmediziner.«

Er verließ den Raum. Der Kellner schlurfte wie in Trance hinter ihm her und schloss die Tür zum Foyer. Liv blieb.

3

Die Schilder mit den kleinen rot durchkreuzten Handys ignorierte Liv, als sie das Kribbeln an ihrer Hüfte spürte. Ohne die angezeigte Nummer zu erkennen, fragte sie: »Wer da?«

»Andreas Barg hier«, sagte die tiefe Stimme am anderen Ende.

»Herr Barg, ich grüße Sie. Mit Ihnen hätte ich jetzt nun gar nicht gerechnet.«

»Das freut mich, Frau Oliver. Mir ist just zu Ohren gekommen, dass in dem Hotel, in dem Sie Urlaub machen, ein Toter aufgefunden wurde. Da ich davon ausgehe, dass Sie Interesse an dem Fall haben, möchte ich Sie bitten, Ihren Urlaub inoffiziell abzubrechen und uns brandheiß vom Tatort zu berichten.«

»Heißer geht es nicht mehr, Herr Barg. Der Tote und ich sind hier allein im Raum. Er ist quasi noch warm.«

»Das klingt vielversprechend«, versuchte der Anrufer, seine Aufregung über den richtigen Riecher zu verstecken.

»Aber woher wussten Sie? Und so schnell? Es ist erst Minuten her, dass …« Liv drehte sich instinktiv um, die Ecken in diesem Raum nach Kameras absuchend.

»Eine Frau, die anonym bleiben wollte, informierte unsere Zeitung vor wenigen Minuten über einen Mord im Hotel. Zufällig hörte Kollege Hoffmeister zu, als ich den Namen des Hotels wiederholte. Er erinnerte sich sofort, dass Sie dort sind. Und Ihre Handynummer haben wir alle hier parat. Das wissen Sie ja.«

»Ein Mord?«, betonte Liv fragend. »Aha. Meine Hochachtung, da haben Sie aber äußerst schnell geschaltet.«

»Lassen Sie uns auch jetzt keine Zeit verlieren. Wir zahlen Ihre Hotelrechnung und ein anständiges Honorar, wenn Sie für uns – und nur für uns – dranbleiben. ›Mord im Düsseldorfer Wellnesshotel‹ macht sich als Schlagzeile sehr gut.«

»Mein Urlaub war zwar längst überfällig, auf der anderen Seite ist er jetzt eh irgendwie hin. Sie haben recht, diesen Fall lasse ich mir garantiert nicht entgehen, aber Exklusivität für Ihr Blatt muss sich für mich rechnen.«

Andreas Barg legte noch einen drauf: »Ich weiß, was wir an Ihnen gerade in diesem Fall haben, Frau Oliver, Sie können neben der sehr gut bezahlten Arbeit auch noch Ihre Wellness-Anwendungen nehmen und auf Spesenrechnung chic essen gehen. Wir wissen, dass Sie dieses Angebot nicht überstrapazieren.« Er pausierte nur kurz, während Liv überlegte. »Also los, halten Sie die Leiche warm, machen Sie Fotos und fragen Sie sich durch. Berichten Sie uns täglich. Machen Sie eine große Story daraus, es ist ein renommiertes Hotel. Das passt gut in unser Konzept. Es wird unser Aufmacher für die Wochenendausgabe. Legen Sie los. Sie werden es nicht bereuen.«

»Heute ist Montag, das sind noch knapp fünf Tage. Klingt gut. Ich bin dabei. Aber eins noch, Herr Barg: Was hat die Informantin gesagt? Ihren Namen nicht, aber wie hörte sie sich an? Wie waren die Geräusche im Hintergrund? Wo soll ich ansetzen? Sie muss hier im Hotel sein und von einem Mord gewusst haben, noch bevor der Arzt dies festgestellt hatte.«

»Tut mir leid, Frau Oliver, die Nummer war unterdrückt und es war sehr still um sie herum, es war ein ganz kurzer Anruf von einem Handy. Die Stimme hatte sie merklich verstellt. Das hätte jede Frau sein können, jede Mitarbeiterin oder jeder Gast.«

»Na toll. Haben Sie sich wenigstens die Exklusivrechte auch bei ihr gesichert? Sonst ruft sie alle an und ich habe in zehn Minuten eine ganze Horde Kollegen hier.«

»Aber sicher«, betonte Barg. »Die Anruferin versicherte uns glaubhaft, dass Sie nur uns Bescheid gegeben hat, sonst auch nicht mehr Fakten weiß beziehungsweise nicht mehr sagen wird, weil es ihr nur um die Gerechtigkeit ginge. Sie selbst möchte keinen Vorteil aus der Sache ziehen und keinen Skandal heraufbeschwören, nur bei der Wahrheitsfindung etwas nachhelfen.«

»Na fein. Okay, alles klar so weit, Herr Barg, Sie werden schon wissen, was Sie tun. Der Fall scheint Ihnen ja einiges wert zu sein. Okay, ich melde mich später – die Leiche wartet.«

4

›Das nenne ich aktuell, mordsschnell, dieser Barg‹, dachte Liv grinsend, während sie das Handy zurücksteckte und sich umsah. Sicher hätte sie ihn auch umgehend angerufen, um ihm ihre ›brandheiße Geschichte mit weiterem Recherchebedarf‹ für sein über die Düsseldorfer Stadtgrenze weit hinaus bekanntes Blatt zu verkaufen. So herum war es zwar ungewöhnlich, aber letztlich einfacher, da sie ihn nicht erst überzeugen musste. In kürzester Zeit erstellte Liv sich nun gedanklich einen Zeitplan. ›Bis die Konkurrenz anderer Zeitungen auf diesen Fall aufmerksam wird und auf meinem Stand der Dinge ist, habe ich die Sache vielleicht bereits gelöst.‹ Nun wurde die Geschichte professionell.

Sie wandte sich der Leiche zu. Mit routinierten Handgriffen zog sie sich das Haargummi vom halblangen Pferdeschwanz, steckte es kurz in den Mund und strich sich ihre braunen Haare mit zwei Händen nach hinten glatt, sogar die Strähnen vom herausgewachsenen Pony passten mit hinein. Mit nur wenigen Umdrehungen fasste sie den Pferdeschwanz wieder neu und formte ihn gut frisiert.

›Okay, du bist Chef des Hotels und stirbst hier einfach so vor den Gästen? Das ist doch geschäftsschädigend. Warst du krank oder hat tatsächlich jemand nachgeholfen?‹

Liv sprach mit ihren Leichen. Manche Kollegen, die das mitbekamen, hielten sie deswegen für verrückt und pietätlos, ihr war es egal. Für sie war dieses laute Denken ein Zwiegespräch mit dem Fall, mit den Fakten – und mit der Persönlichkeit, die dem Toten noch vor kurzer Zeit innewohnte. Auf diesem Wege bekam Liv immer Antworten.

Sie sah keine Pillendöschen oder Medikamentenverpackungen auf dem Frühstückstisch. Der Kellner hatte dem Arzt nichts von irgendeiner bekannten Erkrankung gesagt. Sie fand auch keine Tasche auf dem Boden, in der Medikamente enthalten waren. Fast ungewöhnlich für einen derart fettleibigen Mann über 80 Jahre.

Liv zückte ihr iPhone, sah sich, indem sie sich ihrer Alleinstellung versicherte, kurz um und schoss ein Foto nach dem anderen.

›Diabetes hatte er sicher, aber ein Schock durch Unterzuckerung und auch ein Herzinfarkt kündigen sich durch Vorzeichen an, die sich in diesem Raum nicht hätten verbergen lassen. Bleibt noch ein Hirnschlag? Dann hätte sich die anonyme Informantin sehr getäuscht. Sie wusste mehr.‹

Vorsichtig untersuchte Liv weiter den Tatort. Zuerst den Tisch, an dem der Tote noch immer saß. Abgesehen von dem überall verspritzten Müsli, entdeckte sie keine Besonderheit.

›Hast du immer an diesem speziellen Platz gesessen? Gingst du jeden Morgen zur selben Zeit zum Frühstück? War es immer Müsli? Dann musst du aber über den Rest des Tages verteilt noch eine Menge fettiger Würste zur Ausgestaltung deines Bauchumfanges verspeist haben.‹ Liv bewegte sich noch näher an die Leiche heran. ›Wie bist du gestorben? Komm schon, gib mir einen Hinweis.‹

Äußerliche Verletzungen sah sie keine, keine blutenden Wunden, keine sichtbaren blauen Flecke.

Hätte der Kellner oder einer der Gäste die Möglichkeit gehabt, ihn im Vorbeigehen mit einer spitzen Waffe zu erstechen? Es musste etwas sein, was unbemerkt und lautlos in seinen Körper gedrungen war. Gift? War es ein vergiftetes Müsli?

Beim Anblick des schleimigen Flockenbreis im Teller schüttelte sie sich. ›Ekelig – und auch nur vermeintlich gesund, wie man sieht.‹

›Also ein Giftmord? Wer hat das Gift untergemischt? Nur in seinem Teller?‹ Liv drehte sich um und ging zum Büfett.

Wenn es ein Mord war, gab es Spuren. Jeder Mörder hinterließ Spuren. Immer. Die Kunst war lediglich, sie zu erkennen.

5

Am Eingang zum Frühstücksraum hielt mittlerweile ein Mitarbeiter im schwarzen Anzug Wache. Die Tür blieb zu, niemand durfte den Raum betreten. Bevor sie realisierten, dass Liv hier war, entschloss sie sich zum forschen Angriff. Sie ging zur Tür und gab dem Mitarbeiter routiniert die Anweisung, dafür zu sorgen, dass jeder Gast, der gefrühstückt hatte, registriert werden und sich für die Fragen der Polizei zur Verfügung halten musste. »Und fragen Sie, ob es jemandem von den Frühstücksgästen unwohl ist. Sagen Sie dem Arzt, er soll bleiben! Rufen Sie die Polizei an! Sagen Sie, es könnte auch ein Mord, eine Vergiftung gewesen sein!«

»Glauben Sie wirklich …?«, fragte der Angestellte mit aufgerissenen Augen und einem Grinsen. Derartige Sensationsgier war Liv zuwider. Sie trieb den Mitarbeiter an, wegen der Dringlichkeit. »Geht klar, ich bin sofort zurück.« Bis er wiederkam, hielt sie Wache – und warf einen Blick auf das Geschehen im Foyer.

Im Foyer des Hotels war reges Treiben. Zwischen Anreisenden und Abreisenden konnte man nicht unterscheiden.

Männer in dunklen Anzügen und Frauen in grauen Kostümen stützten sich auf ihre Trolleys und standen in drei Reihen an der Rezeption an. Die Gäste – nur Liv nicht – passten sich vorzüglich an die unausgesprochene Kleiderordnung an, die in Düsseldorf vorherrschte: In einer Stadt mit überdurchschnittlich vielen Werbeagenturen war dunkle Einheitskleidung mit Farbtupfern als Krawatte oder Tuch angesagt. Oder war gerade mal wieder Modemesse? Jedenfalls waren hier die Einheimischen nicht mehr von Auswärtigen zu unterscheiden. Es war ein hektisches Gedränge, durch das sich die Mitarbeiter mit Tabletts oder Gepäck hindurchschoben.

Jeder ging geschäftig seiner Aufgabe nach, als wäre nichts passiert. Niemand beachtete Liv, die sich unter den Krähen wie ein kobaltblauer Hyazinth-Ara fühlte. Keiner fragte sie etwas. Sie sah keine Trauer, nur Stress. War das Professionalität oder Gleichgültigkeit? Der junge Wachposten kam mit einem »Alles erledigt« zurück und Liv konnte wieder zum Toten gehen.

Die Tür blieb verschlossen und Liv war erneut allein an dem noch unbefleckten Tatort. In wenigen Minuten würden die Kriminalpolizei und der Gerichtsmediziner eintreffen. Sie musste die Zeit nutzen, um sich alles noch genauer anzusehen. Es war ein Wink des Schicksals, dass dieser Fall quasi vor ihren Augen geschehen war. Nur für sie lagen der Tatort und die noch warme Leiche ausgebreitet da. Schließlich war es selbst in Livs Berufsleben als Kriminalreporterin einzigartig, dass sie weit vor der Polizei da war und die Tat quasi selbst miterlebt hatte.

Zurück zum Büfett. Die Schale mit Bircher-Müsli war noch halb gefüllt.

War sie vergiftet? Oder wurde erst in seinen Teller Gift gemischt? Der Kellner?

Es musste ein besonderes Gift gewesen sein, das ungeheuer schnell wirkte, ohne irgendwelche sichtbaren Begleiterscheinungen. ›Die Gifte, die ich kenne, lösten bei den Opfern Krämpfe aus, sie erbrachen sich und hatten im Todeskampf große Schmerzen‹, dachte Liv. ›Ein Giftmord? Wenn dem so wäre, gab es noch eine große Menge an Recherchearbeit zu erledigen, um das Motiv dafür zu finden, weshalb jemand einen doch schon relativ alten Mann tötete. Wie der Kellner dem Arzt sagte, war der Tote der Seniorchef des Hotels. Zuerst sind die Erben dran, aber das hat Zeit.‹

Die Tür zum Frühstücksraum öffnete sich einen kleinen Spalt. Liv konnte erkennen, wie eine junge Frau durch ihn hindurch zielgerichtet auf genau den Platz schaute, auf dem der Seniorchef noch immer saß. Liv rannte zur Tür und riss sie gänzlich auf. Einem Aufschrei der Frau folgte ein vorwurfsvolles: »Mann, haben Sie mich erschreckt!«

»Was gibt es denn?«, konterte Liv, die sich in Zeitnot sah.

›Margit Jung‹ stand auf dem Namensschild am Revers des Blazers. »Ich löse nur kurz den Timm an der Tür ab, der musste mal.«

»Und da waren Sie neugierig zu sehen, wie ein toter Chef aussieht?«, fragte Liv.

»Ja, äh, nein, ich wollte nur wissen, was los ist«, sagte sie kleinlaut. Liv gab ihr noch eine mit: »Und? Wissen Sie es jetzt?«

Vor derartiger Präsenz wich Margit Jung einen Schritt von Liv zurück. Die Hand an der eigenen Kehle, schluckte sie geräuschvoll, um wieder eine Stimme zu bekommen: »Wer sind Sie denn?«

»Mein Name ist Oliver, Liv Oliver. Sie waren wohl nicht hier, als ich eincheckte? Schauen Sie, verehrte Frau Jung, lassen Sie uns das klären, wenn die Kollegen von der Polizei hier sind, bis dahin habe ich absolut keine Zeit für Sie.« Liv schloss ihre Worte, das Gespräch und die Tür. Margit Jung ließ es geschehen. Sie verstand zwar nicht alles, wähnte aber nun eine Beamtin am Tatort.

Liv zog die Tür noch einmal auf und rief der immer noch in selber Haltung und mit aufgerissenen Augen vor der Tür stehenden Frau zu: »Gibt es inzwischen andere Krankheitsfälle bei Gästen, die vom Müsli gegessen haben?«

»Nein, nicht, dass ich wüsste«, hauchte Margit Jung. Livs Frage hörten einige Gäste in der Schlange an der Rezeption, sie schauten sich mit ernster Miene um und hielten sich den Magen.

»Halten Sie den Arzt fest! Nur für den Fall, dass …«, beendete Liv auch für diese Mitarbeiterin ihre Anweisungen. Auch sie selbst überlegte instinktiv, war aber todsicher, dass sie zu ihrem Kaffee nur ein Brötchen mit Nusscreme genossen hatte – eine kleine Abweichung von ihrem üblichen Frühstück, das gewöhnlich aus Cola und Schokolade bestand.

Das Büfett in der Mitte des Raumes war ästhetisch und sauber angerichtet: ordentlich in einer Reihe stehende Glaskannen mit Flocken neben den Körnern, dem Müslimix und den verschiedenen Quarksorten. Die Ananasstücke, Apfelscheiben, Orangen- und Melonenschiffchen bildeten erfrischende Farbkleckse. In der Mitte ein Düsseldorfer Radschläger aus Marzipan, von dem Liv gern genascht hätte. Stattdessen schlich sie weiter um den Tisch herum, als wäre der Täter darin versteckt. Irgendwie war er es auch. Das sagte ihr ihr Bauchgefühl. Auf diese innere Stimme konnte sie sich meist verlassen – bis dato zumindest.

Langsam ging sie weiter durch den Raum. Wie an einer Linie ausgerichtet, standen die Tische mit weißen Decken, Stoffservietten und blank poliertem Besteck. Nur der Tisch des Toten war verschoben. Sicher hatte er ihn mit seinem schweren Leib beim Vornüberkippen verrückt. Jedes Detail begutachtete sie fotografisch mit Kopf und Kamera.

Das energische Öffnen der Tür erschreckte Liv nur kurz. Gekonnt und geübt verschwand das iPhone in Windeseile erst in ihrer Hand, dann unbemerkt in der Hosentasche. Schritte folgten. Die Polizei und die Spurensicherung okkupierten, sternförmig ausscherend, den Raum. Zwei kamen schnurstracks auf Liv zu.

»Ach, du dickes Elend!«, schnellte es aus ihrem Mund. Sie schaute genauer hin. »Alles, nur nicht der, bitte nicht!«, flüsterte sie und schaute dem Feind ins Auge.

6

Voran schritt zielstrebig ein sehr großer, schlanker Mann. Liv hielt seinem Blick stand.

›Er sieht immer noch verdammt gut aus.‹

Ihr Gesicht verzog sich zu einem breiten Lächeln. Seine aufgerissenen Augen zeigten seine Überraschung, Liv hier zu sehen.

»Ich ahne nichts Gutes«, sagte er, als er, die Hände in die Hüften gestützt, vor ihr stehen blieb. Er ließ den Blick nicht von ihr, auch nicht, als er sie lapidar seinem Kollegen vorstellte: »Finn, das ist Liv Oliver, sie ist Kriminalreporterin. Sei vorsichtig mit dem, was du sagst, sie schreibt über unsere Arbeit für Zeitungen und Magazine. Sie denkt von sich, dass sie objektiv und fair berichtet, dabei ist sie nicht immer liebevoll zu uns. Halte sie in Schach! Bis ich mit ihr rede, kann sie vorerst noch hier im Raum bleiben. Aber, Liv, beweg dich nicht vom Fleck, ich bin gleich wieder bei dir.«

»Zu Befehl, Herr Kommissar!«, sagte Liv leicht anzüglich.

Finn blieb. Liv konnte die Gedanken des jungen Assistenten lesen: ›Was macht sie hier? Wieso ist sie vor uns hier? Was hat sie mit dem Toten zu tun? Wieso kennt der Chef sie?‹

»Ich mache hier Wellness-Urlaub«, sagte Liv ungefragt. Finn nickte und behielt jede ihrer Bewegungen – wie ihm geheißen – weiter schweigend im Auge.

Liv grinste in sich hinein, ihre Arme hinterm Rücken verschränkt, und beobachtete. »Hallo, Liv, na, hast du Lunte gerochen?«, fragte einer der Männer im weißen Overall im Vorbeigehen. Liv erinnerte sich nicht an seinen Namen. Er erwartete keine Antwort.

Sie sah dem Kommissar nach.

›Es ist ein bisschen wie damals, als wir uns kennenlernten. Eine wirklich nette Erscheinung, kein Wunder, dass ich mich schon einmal in ihn verliebt habe. Fünf Jahre her ist es, da stand er in Niederkassel neben einer Leiche, der das Messer noch im Rücken steckte. Er ragte aus den vielen Menschen heraus, nicht nur wegen seiner Größe. Er hat irgendwie das gewisse Etwas.‹

Liv betrachtete die eineinhalb Jahre mit Frank im Rückblick als schön und wild. In der hart erkämpften gemeinsamen Freizeit ging es mit seinem Motorrad auf Kurztrips nach Kaiserswerth zum Bummel durch die historische Altstadt oder zum Benrather Schloss oder vor die Stadtgrenzen ins Neanderthal-Museum. In einer ihrer Wohnungen in Büderich oder Oberkassel versuchte Frank damals, Liv durch neue Kochrezepte von gesunder Kost zu überzeugen, oder Liv las ihm aus Büchern mit Reiseberichten vor. Trotz diverser Gegensätzlichkeiten hielt die Beziehung länger als gewöhnlich für zwei Arbeitstiere, die Berufen mit unmöglichen Arbeitszeiten nachgingen. Letztlich haperte es wohl nicht nur an den Gegensätzen, sondern an der Gemeinsamkeit, dass jeder von ihnen seine Arbeit mit der ihm eigenen Besessenheit ausführte – dumm halt, dass sie im Grunde auf verschiedenen Seiten arbeiteten und auf eine spezielle Art Konkurrenten waren – und dies heute mehr denn je.

Frank Golström war der Name des zuständigen Kommissars. Eine Gruppe von fünf Männern und Frauen mit ernsten Gesichtern wuselten zwischen den Tischen und Stühlen um ihn und um die Leiche herum. Der herbeigerufene Notarzt wiederholte die Untersuchungs-Prozedur und Liv hätte zu gern die Chance genutzt, sie dieses Mal fotografisch festzuhalten. Aber bei jeder Bewegung zuckte dieser Finn mit. Es ging nicht.

Das Ergebnis war das gleiche wie beim ersten Arzt: Kopfnicken und die Diagnose ›Tot!‹, Todesursache zunächst unbekannt. Weitere Fotos wurden geschossen. Der Gerichtsmediziner und die Spurensicherung warteten auf ihren Einsatz. Auch Frank wartete, dann besah er sich den Toten mit dem Brei genauer und ging in einem kleinen Bogen um den Tisch. Die Bögen wurden größer. Er kam zurück, nickte Finn kurz zu, der verstand, dass er sich nun anderen Aufgaben zu widmen hatte.

»So gesund ist Müsli nun auch wieder nicht, was, Frank?«

»Du meinst, ich gebe dir nun Absolution für Schokolade und Cola? Niemals!«, konterte Frank. »Obwohl es dir figürlich ja offensichtlich nicht schadet«, sagte er und bemusterte sie von der Taille abwärts. Beide spürten, sie waren gerade wieder dort angekommen, wo sie nach der Trennung vor dreieinhalb Jahren aufgehört hatten.

7

Frank griff Liv fest am Oberarm und zog sie ein Stück weit aus der Hörzone der Kollegen. »Zum Teufel! Sag mir jetzt sofort, was du hier tust! Was genau machst du hier? Du warst viel zu lange alleine am Tatort. Liv, ich komm in Teufels Küche, wenn ich wegen dir hier irgendetwas vertuschen muss.« Frank dampfte vor Wut.

»Du tust mir weh!«, wandte sie sich aus seinem Griff, wobei ihr die Pferdeschwanzspitzen ins Gesicht peitschten. »Nun strapaziere nicht dauernd den Teufel, den brauchst du nicht. Komm mal wieder runter, mein Lieber. Ich habe nichts getan, was dir schaden könnte. Genau genommen, habe ich überhaupt gar nichts getan, außer Wache zu halten, dass nicht jemand anders in deine Arbeit pfuscht.«

Liv erzählte von dem Toten, der ihr zum Frühstück serviert worden war, und von ihren Anweisungen an die Mitarbeiter wegen einer möglichen Vergiftung, nichts erzählte sie aber von dem anonymen Anruf und dem Auftrag der Zeitung. Frank musste nicht alles wissen, zumindest jetzt noch nicht.

»Na, dann muss ich dir wohl noch dankbar sein?« Frank beruhigte sich nur langsam und schoss sich weiter auf Liv ein: »Ich merke es doch, du denkst wieder an Mord, nicht wahr? Du siehst immer gleich das Extreme. Klar, aus Nächstenliebe bist du bestimmt nicht hier. Hast du auch nur einmal daran gedacht, dass er genauso gut an Altersschwäche gestorben sein könnte?«

Liv schaute Frank an – erstaunt, erwartungsvoll. Plötzlich wandten sie sich mit gekrümmten Rücken ab, hielten sich eine Hand vor den Mund, um nicht zu laut zu lachen.

Aber es war bereits zu deutlich vernehmbar, um nicht unangenehm aufzufallen.

»Okay, hört sich für dich mit deinem Killerinstinkt vielleicht blöd an, es könnte aber ein ganz normaler Herzinfarkt oder sonst was gewesen sein, warten wir es einfach ab.« Er schaute sich um. »Falls es doch eine Vergiftung war, ist das Frühstück keinem der anderen Gäste so schlecht bekommen wie dem Seniorchef.«

»Aha«, reagierte Liv, »wenn du dich bereits erkundigt hast, habe wohl nicht ich allein den Killerinstinkt.«

8

Einer seiner Kollegen kam angelaufen und nahm Frank beiseite. Sie tuschelten. Liv versuchte derweil, ihre Gedanken zu fokussieren. Eine Leiche und der Ex-Liebhaber zum Frühstück brachten selbst eine sonst so abgebrühte Liv ins Wanken.

Aber nur kurz. Sie musste dieses Geschehen fotografisch festhalten. Mit dem Geschick eines Trickdiebes holte sie unbemerkt ihr iPhone aus der Tasche, öffnete mit gezielten Daumen-Touches die Kamera und schoss aus der Hüfte ihre Fotos. Als Frank sich mit einem langen Kontrollblick zu ihr umdrehte, täuschte sie Eingaben in ihr Handy vor. Ihre Blicke trafen sich, als Liv ihm gestikulierend die Zustimmung zum Telefonieren abforderte. Skeptisch nickte er.

»Keiner da«, murmelte Liv und steckte das iPhone zurück.

Frank müsste nun knapp 40 Jahre alt sein, zwei Jahre älter als Liv, mit sportlicher Figur. Noch war kein Bauchansatz sichtbar, wie bei so vielen seiner Altersklasse. Liv schloss freudig, dass er sich fit hielt, weil er sicher noch auf der Suche nach seiner Traumfrau war. Bei diesen Gedanken regte sich ihr Jagdtrieb. Seine sehr kurz geschnittenen blonden Haare betonten die Geheimratsecken. Sie störten Liv. Sie erinnerte sich, dass ein spontaner Kuss mit seinen 1,98 Metern Höhe zwar schwierig, aber durchaus lohnenswert war.

»Liv Oliver, zurück zu dir«, schallte es zu ihr herüber, »sorry, es ging nicht eher«, entschuldigte sich Frank lapidar. »Nun habe ich etwas Zeit für dich.« Er grinste mit dem schiefen Lächeln, das Liv noch immer sehr reizte. »Neues iPhone?«

»Nö, wieso?«, fragte Liv.

»Ich frage mich, ob das alles hier nicht ein wenig zu viel Zufall ist. Bist du tatsächlich als stinknormaler Wellness-Gast hier? Du wirst mir zustimmen, für den, der dich kennt, klingt das äußerst seltsam. Hat das alles nichts mit deiner beruflichen Spürnase zu tun?«

»Ich mache sozusagen Kur-Urlaub, bin gestern hier angekommen …«

»… und am nächsten Morgen liegt dir die Leiche zu Füßen«, unterbrach er sie.

»Mein Wunsch war es nicht, ich wollte in meiner Auszeit nur relaxen und nichts mit Kommissaren und Mördern zu tun haben.«

»So, so, einen Wellness-Urlaub mitten in Düsseldorf gönnt sich die Reporterin. Hatte dich früher nicht eher die Ferne gereizt?«

»Alles zu seiner Zeit, aber für fünf Urlaubstage nehme ich keine lange Anreise in Kauf. Du bist doch nur neidisch.

Auf solch eine geniale Idee, zu Hause zu urlauben, bist du nicht gekommen. Komm zur Sache, Schätzchen, ich habe gleich eine Gesichtsbehandlung«, mahnte Liv.

›Fehler‹, dachte sie sofort und war dankbar, dass Frank auf die Notwendigkeit ihrer Gesichtsbehandlung nicht einging.

»Man sieht ja, was dabei rauskommt, wenn man zu Hause bleibt. Dann berichte doch mal von all den Umständen, die du mir gerade nicht erzählst. Und bitte lass die Anrede ›Schätzchen‹ weg, wenn du nicht willst, dass sie in der Zeugenbefragung auftaucht.« Er schaute ihr tief in ihre grünen Augen. Sehr tief. Sie hielt stand. Mit seinen stahlblauen Augen blickte er sie konzentriert an, als wolle er ihre Gedanken lesen.

›Nur das bitte nicht jetzt …‹

»Ich habe dir bereits erzählt, was von Belang ist. Meine Spekulationen über einen Mord willst du ja nicht hören. Ich meine, du solltest dich lieber an die Recherche machen, nachher läuft dir der Mörder gerade aus dem feinen Haus, während du mit mir hier flirtest.« Livs provokantes Lächeln prallte an seiner professionellen Fassade ab. »Kann ich nun meinen Urlaub fortsetzen?«

»Natürlich, von deinem Urlaub möchte ich dich nicht abhalten. Wir werden uns ja nun häufiger sehen. Ich habe hier eine Menge zu tun, wie mir scheint.«

»Das freut mich.« Liv kam wieder einen Schritt näher: »Was weißt du bis jetzt über den Toten? Er war Chef des Hotels, es wird Erben geben …«

»Der Tote ist der sogenannte Seniorchef, wurde für einen Mann überdurchschnittliche 84 Jahre alt. Es sieht nach einem Erstickungstod aus. Der Tote hatte eine ziemlich hohe Temperatur und war wie gelähmt. Die Hotelangestellten meinen, er hatte starke Altersdiabetes. Ich weiß nicht recht, Liv«, – es hörte sich schön an, wenn er ihren Namen aussprach –, »irgendetwas kommt mir komisch vor.«

»Was kommt dir komisch vor?«, fragte Liv erwartungsvoll.

»Mal unter uns, Liv …«

Da war es, dieses vertraute Lächeln. Nun nur nicht weich werden.

»Was?«

»Das Verhalten der Belegschaft erscheint mir merkwürdig. Es gehen hier alle ein wenig zu cool mit der Tatsache um, dass der Chef eben gestorben ist. Die arbeiten brav weiter, keiner fragt mich irgendetwas. Warum interessiert sich anscheinend niemand dafür? Warum weint keiner um ihn? Was meinst du? Oder spinne ich?«

»Nein, du spinnst dieses Mal nicht. Das fiel mir auch auf. Es scheint alles völlig normal weiterzulaufen, egal, ob der Chef da ist oder nicht«, sagte Liv, während sie durch die Fensterfront hinaus ins Grüne sah, um ihre stetig wachsende Neugier auf diesen Fall nicht zu zeigen. Wie nebenbei analysierte sie weiter: »Gut, sie hatten alle viel zu tun, man kann den Laden nicht plötzlich dichtmachen. Aber es ist wirklich komisch, dass jeder so tut, als wäre nichts vorgefallen, keiner stellte Fragen, wenige guckten überhaupt her. Vielleicht freuen sich alle, dass er endlich weg ist, oder sollte sie ein schlechtes Gewissen plagen?« Liv kratzte sich am Kinn. »Frank, was geht hier vor? Müsste es nicht einen wahren Aufruhr geben, einen Stillstand, ein paar Tränen vielleicht um den Chef?«

»Vielleicht stehen sie unter Schock? Das Personal wirkt ziemlich eingeschüchtert, aber offene Trauer zeigt keiner«, waren Franks vorerst letzte Worte an Liv.

9

»Wo ist hier der Polizeichef?« Eine wohlbeleibte Dame mit
blondierten, hochtoupierten Locken polterte laut in den
Frühstücksraum hinein. Forsch beäugte sie jeden Mann
im Raum, fragend, ob er der Chef sei. »Wer hat hier etwas
zu sagen?«, fragte sie ungeduldig. Nach kurzer Beobach-
tungsphase nahm Frank ihren Blick auf. Sie kam direkt auf
ihn zu. Der Ecke, wo der Reißverschluss des Leichensa-
ckes gerade über dem Gesicht des Toten geschlossen wurde,
schenkte sie keine Beachtung. Mit einem Stofftaschentuch
tupfte sie vorsichtig an den Augenrändern herum, obwohl
dort keine Spur von einem Tränenfluss zu entdecken war.

»Ich bin der ermittelnde Kommissar«, sagte er etwas
lauter durch die Kollegenmenge hindurch. Liv flüsterte er
zu: »Ich muss. Bis später!« Im Vorbeigehen ergriff er kurz
Livs Unterarm und drückte ihn. Dann trat er der blonden
Haarpracht entgegen. Unwillkürlich prüfte sie den Sitz
ihrer Frisur mit der rechten Hand.

»Ich bin hier die Chefin, der Tote ist mein Mann«, sagte
sie geschäftsmäßig und gab dem vorbeigehenden Kellner
laut die Anweisung, sich weiter um die Gäste zu kümmern.
»Sie sollen nicht mehr merken, als nötig …«, und fügte,
nachdem sie sein Namensschild gelesen hatte, »… Herr
Olsson«, hinzu.

Der Kellner antwortete: »Hallo, Frau Entrup, auch mal
wieder hier? Mein herzliches Beileid.« Nur für Liv sichtbar,
rollte er seine Augen. Grinsend und mit einem Augenzwinkern gab er zu verstehen, dass er die Form wahren wollte.

Hinter einer Schwingtür im Frühstücksraum verschwand
Herr Olsson im inoffiziellen Bereich. Als die Tür auf-

schwang, erkannte Liv einen kurzen Augenblick lang eine kleine Küche. Hier wurde das Frühstück zubereitet. Aus Neugier folgte sie ein Stück bis in Hörweite, jedoch ohne den Kommissar auf der anderen Seite des Raumes aus dem Blick zu lassen.

»Habt ihr den Auftritt mitgekriegt? Das war mal wieder bühnenreif von der Alten.«

»Die Entrup?«, reagierte eine weibliche Stimme. »Was will die denn hier? Ihr Ex-Mann ist doch nur gestorben.« Sie lachten.

»Nun wird sie sich ihren Anteil holen wollen«, sagte der Kellner.

»Hoffentlich nicht das ganze Hotel«, so die weibliche Stimme, leiser werdend, während sie rücklings die Schwingtür aufstubste und mit einem Tablett voller Tassen und Kannen den Frühstücksraum betrat. Dabei lächelte sie Liv so offen an, dass die prompt zurücklachte. Diese Mitarbeiterin war offensichtlich die Einzige, die in schwarzer Hose und weißer Bluse arbeitete. Ihre anderen weiblichen Kolleginnen zogen Röcke vor. Für ihre großen, schnellen Schritte war es sicher bequemer. Susanne Weber, den Namen wollte Liv sich merken.

Die Kellnerin ließ sich vom Wache schiebenden Polizisten die Tür zum Foyer öffnen und widmete sich aufmerksam den Gästen, die auf ihren Kaffee warteten. Die Tür blieb nur einen Spalt offen. Die Gäste sahen mit großen Augen einen Ausschnitt des Geschehens mit an. Sie fragten nach dem Grund des Aufruhrs im Frühstücksraum. Versiert und ohne aufzublicken, antwortete Susanne Weber, während sie die Tassen hinstellte: »Unser Seniorchef hat einen Herzinfarkt erlitten, der arme Mann wird sicher wieder. Er ist in guten Händen.« Die Gäste schauten sich an, gaben sich aber gern mit dieser Antwort zufrieden.

Liv beobachtete, dass just in diesem Augenblick hinter ihrem Rücken der Körper des Seniorchefs von schwer atmenden Männern in einen Bergungssarg gehievt wurde. Zwei Männer mit gesenkten Häuptern forderten nun den Durchgang. Liv öffnete die Tür zum Frühstücksraum ganz und sie trugen den Sarg durch den Haupteingang hinaus. Susanne Weber zuckte nur mit den Schultern, als sie die fragenden Blicke der Gäste trafen. Sie ging zurück, schloss die Tür zum Frühstücksraum hinter sich und verschwand im Kellnerbereich. Im nötigen Abstand folgte Liv ihr. Wie einen kleinen Stich ins Herz erfasste sie das Bild, das sich ihr auf der anderen Seite des Frühstücksraumes bot: Die nun offensichtlich zur Witwe gewordene Frau des Seniors schluchzte in den Armen des Kommissars. Frank tätschelte ihren Rücken und kontrollierte mit wachem Blick das Wirken seiner Mitarbeiter im Raum – und das von Liv, die sich schlendernd in Hörweite des Kellnerbereichs aufhielt.

»Nu ist er weg!«, sagte Susanne Weber. Eine andere weibliche Stimme fragte: »Aber was folgt nach? Ist die Alte nicht genauso schlimm? Die wird den Chefs doch nun an seiner Stelle das Leben schwer machen.«

»Das muss sie erst mal schaffen«, erwiderte die männliche Stimme. »So wehrlos sind wir nicht. Das haben wir ja oft genug bewiesen.«

›Aha‹, dachte Liv. ›Ein Komplott unter den Angestellten?‹

Nun kam die zweite Frauenstimme heraus. Die junge Frau war Margit Jung von der Rezeption, gekleidet in ein schwarzes Kostüm. Abrupt änderte sich ihre Stimmlage und sie flötete in Richtung blonde Dauerwelle mit einem künstlichen Lächeln: »Schönen guten Morgen, Frau Entrup!« Diese aber ignorierte den unüberhörbaren Gruß. Sie ließ von der Brust des Kommissars ab, rang ostentativ nach Fassung, tupfte sich erneut die Augenwinkel und schaute ihn von unten erwartungsvoll an.

Liv hätte gerne gewusst, was die beiden noch länger zu bereden hatten. Sie mäanderte so durch den Raum, vorbei am Büfett, hielt Small Talk mit den beschäftigten Männern und Frauen in weißen Overalls, die Fotos schossen, Proben und Fingerabdrücke nahmen, schaute aus dem Fenster auf den Teich und näherte sich auf diesem Umweg unauffällig dem Geschehen – und Frank.

»Frau Entrup, woher kommen Sie gerade?«, fragte Frank mit besonders tiefer Stimme.

»Ich mache mir solche Vorwürfe. Wenn ich doch nur hier gewesen wäre, hätte ich es vielleicht verhindern können.«

»Vielleicht«, bemerkte Frank trocken.

Sie verbarg ihr Gesicht hinter einer Hand, schaute aber bald wieder zu Frank hinauf. »Ich wohne natürlich sonst bei meinem Ehemann hier im Hotel«, sagte sie und sah ihn lange an, als ob sie einen Einwand erwartete.

»Natürlich«, sagte Frank einfühlsam.

»Gestern war ich bei einer Freundin. Sie wohnt auf der Königsallee.« Frank ignorierte die erwartungsvolle Pause und wusste, dass kaum jemand auf der Kö wohnte, wenn schon, dann eher in einer Nebenstraße. »Also genauer gesagt, an der Königsstraße, in einer Nebenstraße, also in der Schadowstraße«, stammelte sie. »Wir hatten unseren monatlichen Frauenabend. Und da ich ein klein wenig zu viel getrunken hatte, blieb ich dort – bis zum Frühstück heute Morgen. Aber Herr Kommissar, brauche ich etwa ein Alibi?« Dabei griff sie mit den langen roten Fingernägeln nach ihrer goldenen Halskette, an der ein dicker Stein hing, spielte an ihr und schmiegte sich unterwürfig noch näher heran.

Liv drohte, übel zu werden. Dass diese Frau erst wenige Minuten Witwe war und sich so gebärdete, ließ sie zweifeln, ob sie ihren Mann je geschätzt hatte. Darüber hinaus konnte sie dieses Verhalten von Frauen noch nie leiden.

»Reine Routine, liebe Frau Entrup, aber wie heißt die Freundin und welche Hausnummer hat sie?« Er schrieb ihre Antwort mit. »Sie sind wie alt, Frau Entrup?« Bei dieser Frage ließ er in Blick und Stimmlage seinen Charme überquellen.

»Das fragt man eine Dame doch eigentlich nicht, oder?« Dabei hatte sie sich so sehr bemüht, ihre tiefen Falten mit einer dicken Schicht reflektierenden Make-ups zu kaschieren. Alles umsonst? »Nun gut, ich bin 59, aber das muss unter uns bleiben«, forderte sie strikt mit einem eingefrorenen Lächeln auf den geschminkten Lippen.

»Sie sind 25 Jahre jünger als Ihr verstorbener Ehemann.«

»So bleiben beide länger jung.«

›Vielleicht werden aber auch beide eher alt‹, brummelte Liv unhörbar in sich hinein. Frau Entrup jedenfalls meinte, einen guten Witz hingelegt zu haben. Nach dem kurzen Auflachen, bei dem sie sich, sich der Zuhörerschaft vergewissernd, umdrehte, erinnerte sie sich wieder ihrer Trauer und tupfte mit dem Taschentuch erneut an den trockenen Augenrändern herum. Der Kommissar lachte kurz mit, ließ sie jedoch nicht aus den Augen. Ob sie es schaffte, ihn um den Finger zu wickeln?

Sie trug ein Taftkostüm in Gold mit schwarz abgesetztem Kragen. Rote Bänder hielten ihre üppigen Formen an Taille und Oberarmen zusammen.

»Ich muss mich nun aber umkleiden«, sagte sie ernst mit einem Augenaufschlag. »Nur – Schwarz macht mich so blass, Herr Kommissar. Ich hoffe, Sie können nachfühlen, dass ich trotz tiefer Trauer um meinen Mann auch etwas

Farbe trage. Schließlich muss das Geschäft ja wie gewohnt weiterlaufen. Ich habe 40 Menschen zu ernähren, Trauertage können wir uns nicht leisten. Das verstehen Sie doch?« Frank nickte. Sie war zufrieden und wollte gerade zur Tür hinausgehen.

Schlagartig wendete sie sich jedoch in die entgegengesetzte Richtung. Offensichtlich, um dem jungen Paar aus dem Weg zu gehen, das den Raum betrat und sich nach kurzem Fingerzeig von einem Mitarbeiter der Polizei Frank näherte.

Frau Entrup verabschiedete sich im selben Moment, schaute in der hintersten Ecke des Frühstücksraums, ob alles in Ordnung war, und ging an der Fensterwand entlang zurück zum Ausgang. Einer jungen Kellnerin rief sie hinterher, dass dort noch dreckiges Geschirr herumstehe. »Die Spurensuche braucht das noch«, bekam sie die schnippische Antwort, als sie schon weg war.

10

»Wir sind Maria und Johann Overbeck.« Sachte schob der schlanke, groß gewachsene Mann seine Schwester nach vorne, damit ihr der Kommissar kniggegerecht die Hand zuerst reichte. Liv hätte gewettet, dass Frank Golström die nötigen Umgangsformen auch ohne diesen Fingerzeig beherrschte.

»Meine Schwester und ich teilen das Schicksal, dass wir Hermann Entrups leibliche Kinder sind. Der Tote hatte vor langer Zeit unsere Mutter, seine erste Ehefrau, geheiratet«, erklärte Johann Overbeck, umständlich das Wort ›Vater‹ umgehend.

»Frau Overbeck, Herr Overbeck?«, zögerte Frank Golström.

Wieder ergriff der Mann das Wort: »Wir haben nach der Trennung unserer Eltern den Mädchennamen unserer Mutter angenommen und bis dato behalten, da wir beide noch nicht verheiratet sind. Kein normaler Mensch hält es lange mit einem Partner aus der Hotelbranche aus«, begründete er diesen Status.

»Das klingt, als sei die Familie damals nicht in Frieden auseinandergegangen«, sagte Frank, direkt zur Sache kommend.

»Sie meinen, wieso wir nun hier zusammen in einem Hotel wohnen und arbeiten?« Frank nickte. »Irgendwann überkam ihn wohl ein schlechtes Gewissen …«, mutmaßte der Sohn.

»… oder er suchte verlässliche, billige Arbeitskräfte …!«, warf seine Schwester Maria ein. Ihr Bruder überging sie lächelnd und vollendete seinen Satz: »… auf jeden Fall fragte er uns, ob wir hier nicht einsteigen wollten. Das taten wir damals, ohne groß zu überlegen.«

Bei dieser Erklärung grinsten der circa 40 Jahre alte Mann im hellgrauen Anzug und seine jüngere Schwester. Er war etwas blass, aber mit einem gewinnenden Lächeln. Seine Schwester war ebenfalls ein sportlicher Typ. Ihr schmales, dezent geschminktes Gesicht mit weit auseinanderstehenden dunkelbraunen Augen wurde umrahmt von dunkelblonden Haaren mit einem kurzen, fransig-frechen Schnitt. Ein wenig neidisch beäugte wohl jede Frau ihre fast jungenhafte Figur. Sie trug eine weiße Bluse und eine hellgraue Stoffhose, beides edel und dezent.

Liv beobachtete auch hier, dass Tochter und Sohn des Toten keine Tränen der Trauer zeigten. Schade nur, dass sie hier noch unbeteiligt tun und im Hintergrund bleiben musste. Viel lieber hätte Liv ihre eigenen Fragen gestellt und Fotos geschossen. Aber dazu hatte sie noch Zeit, ihr Aufenthalt im Hotel hatte ja gerade erst begonnen.

II

Na endlich! Endlich weinte jemand! Alle Anwesenden im Raum wandten sich schlagartig um zu der kleinen, drahtigen Frau mit kurzen, dauergewellten grauen Locken, die bis zum Tisch ging, an dem der Tote gesessen hatte. Mit einem Eimer und Putzlappen in der einen Hand, die andere Hand fest um ein Taschentuch geklammert, stand sie da mit verzerrten Gesichtszügen. Aus dem anfänglichen leisen Jammern wurde ein krampfartiges Schluchzen und dann heulte sie los. Sturzbäche von Tränen flossen aus ihren Augen, die sie ständig mit ihrem Taschentuch betupfte. Ihr feuchter Blick suchte bei den Spurenfahndern der Polizei nach Antworten. Diese wiederum suchten Hilfe, um die Person, deren geheulte Worte mit ausländischem Akzent sie ohnehin nicht verstehen konnten, schnellstmöglich aus dem Raum zu drängen.

Da trat Gritta Entrup noch einmal auf die Bühne. Von hinten peilte sie zielstrebig die Weinende an, griff sie fest am Arm und zischte ihr ein energisches »Anuschka, reiß dich zusammen!« zu. Das Heulen wurde nur noch lauter.

Sie heulte, schrie, kreischte, schluchzte. Für alle anderen war das einfach zu viel des Guten. Alle waren Gritta Entrup dankbar, die dieser Qual für Anuschka, aber auch für die unfreiwilligen Zuhörer endlich ein Ende setzte und sie aus dem Raum beförderte.

Da Liv sowieso zu ihrer Gesichtsbehandlung aufbrechen musste, ging sie der Weinenden hinterher.

»Das nicht verdient, wieso vergiften?« Was Anuschka da von sich gab, hörte sich äußerlich an wie gebrochenes Deutsch mit polnischem Akzent, inhaltlich so, als wüsste sie etwas mehr. Ihr Temperament ließ sie sofort nach diesem Satz wieder in lautes Heulen ausbrechen. Hinter einer Ecke wurde es spannend. Liv sah den mit einem Tablett vorbeilaufenden Kellner Jörg Olsson die von Gästen unbeobachtete Gelegenheit nutzen. Gritta Entrup ignorierend, sprach er Anuschka an und blieb nur kurz stehen:

»Dich hat er doch auch laufend fertiggemacht. Wieso trauerst du ihm nach? Ich kenne keinen, der nicht froh ist, dass der Alte endlich abgetreten ist – egal ob freiwillig oder nicht. Der wusste doch gar nicht mehr, was er uns allen hier antat.«

Noch um einiges energischer und wütender, zerrte Gritta Entrup die Weinende weiter in Richtung Bürotür. Ihrem zornigen Blick hielt der Kellner stand.

Hier blitzten 1.000 Volt hin und her. Das war starker Tobak. Hatte er Liv nicht bemerkt oder wollte er sie an seiner Theorie teilhaben lassen?

Anuschka war jetzt kurz vor dem Zusammenbruch. Sie verlor die Beherrschung. Sie steigerte ihr Heulen zu einem lauten Gekreische. Frau Entrup zog sie noch schneller von der Bildfläche und schob sie ins Büro. Tür zu.

Gekonnt schwenkte der Kellner sein mit Sektgläsern beladenes Tablett um die Kurve, lächelte Liv an und sagte freudig: »Guten Morgen, kann ich Ihnen helfen, suchen Sie den Wellness-Bereich?« Und ohne die Bestätigung abzuwarten, wies er Liv an: »Vorne links zur Treppe hinauf, den langen Gang entlang und dann links.« Dieser Jörg Olsson gefiel Liv, er war interessant. Nicht nur, dass er ein fescher und tüchtiger Kellner zu sein schien, er war auch augenscheinlich stets zur rechten Zeit am rechten Ort. Er war sehr aufmerksam, bekam alles mit und hatte immer etwas Passendes zu sagen. Liv nahm sich vor, ihn etwas genauer unter die Lupe zu nehmen – rein beruflich natürlich.

12

Gerade war Liv oben an der Treppe angekommen, als ihr suchend eine Frau in weißer, dreiviertellanger Hose mit passendem Kittel entgegenkam. Waden, Hals und Wangen wirkten gut genährt, den Rest der rundlichen Figur konnte Liv nur erahnen. Nach Gesundheit und Wellness sah sie in Livs Augen nicht aus. Die fuchsrot getönten Haare hatte sie mit einer perlenbesetzten Haarspange hochgesteckt.

»Sind Sie Frau Oliver? Mein Name ist Virginia Perle, ich bin Ihre Kosmetikerin, das sehen Sie ja. Ich wollte Sie gerade suchen. Wir haben nämlich einen Termin.« Sie sang ihre Sätze regelrecht. Für jedes ›ch‹ kam ein zischendes ›sch‹ und aus ›das‹ wurde regelmäßig ein ›dat‹. Liv konnte sich ein breites Grinsen nicht verkneifen und sagte: »Sie sind aber ein echtes Düsseldorfer Kind, nicht wahr?«

»Oh, Sie haben es bemerkt? Ich bin hier geboren, eine Ur-Düsseldorferin sozusagen.«

»Ich auch«, sagte Liv in reinstem Hochdeutsch.

Dann folgte Liv ihr zu den Kosmetikräumen durch den langen, weiß verputzten Gang, den an den Wänden so kleine Ölgemälde zierten, dass deren Motive ohne Brille im Vorbeigehen nicht erkennbar waren.

An der Bar im Wellness-Bereich saß die Urlauberin im weißen Jogginganzug alleine und beobachtete das Geschehen. Liv erwiderte ihr Nicken. Das hellblaue Wasser im oval geformten Schwimmbad war plan wie ein Spiegel. Auch der angrenzende Ruheraum mit gelben Handtüchern auf den exakt in einer Linie ausgerichteten Liegen schien noch jungfräulich diesen Vormittag. Liv guckte sich im Vorbeigehen die einzige Liege mit einer Wassermatratze aus und hoffte, dort später bei inspirierender Musik ihren Gedanken nachhängen zu können.

Der gelbe Kosmetikliegesitz in einem kleinen abgeschlossenen Raum war in warmes Kerzenlicht getaucht. Es roch mild nach Apfelsinen. Entspannungsmusik kam aus einem versteckten Lautsprecher.

›Ach, du je‹, dachte Liv, als sie sich den Pferdeschwanz hochzupfte, um nicht unbequem auf ihm liegen zu müssen.

Skepsis und Neugier wechselten sich in ihr ab. Das war ihr erster Besuch bei einer Kosmetikerin. Gehört und gelesen hatte sie ja schon so manches über den zur Mode gewordenen Begriff ›Wellness‹. Die Zeitschriften waren voll von bunten Bildern mit cellulite- und faltenlosen jungen Frauen, die sich, mit einem weißen Handtuch auf dem Kopf und um den Rumpf, den Streicheleinheiten der mit weißem, strahlendem Zahnlächeln ausgestatteten Kosmetikerin hingaben. In Livs Kollegenkreis und unter ihren Bekannten hatte jeder in der Woche seinen unumstößlich fest eingeplanten Wellness-Tag, nur Liv nicht – noch nicht. Ihre Vorurteilsplätze dagegen waren belegt mit Schlagworten, die sich gerade bestätigen wollten. Sie war aber gewillt, sich auf eine neue Selbsterfahrung einzulassen und ihre eigenen Urteile zu fällen. Sie gehorchte mit leicht angespannten Fäusten den sanften, der Musik angepassten Anweisungen der Kosmetikerin.

Bevor Liv eine Frage stellen konnte, legte Virginia Perle, über deren Namen Liv sich nur kurz nebenbei wunderte, ihr ein warmes Tuch auf das Gesicht. Das gesamte Gesicht war bedeckt: Augen, Nase, Mund. Liv bekam durch das Tuch weniger Luft, als ihr in dieser Situation lieb war. Außerdem sah sie nichts. Während sich ihre Fäuste zunehmend spannten, versuchte sie, tief zu atmen. Drei Atemzüge, die ihr das warme Tuch in den Mund saugten, reichten aus. Sie riss sich panisch den Lappen vom Gesicht, richtete ihren Oberkörper auf und brüllte durch die nun hochgewirbelten Strähnen ihres Pferdeschwanzes im Gesicht hindurch: »Was soll das? Wollen Sie mich ersticken?«

Wie überrascht die Kosmetikerin über ihre Reaktion war, bemerkte sie erst, als sie sah, wie sie Liv zutiefst erschrocken anstarrte. Sie stotterte auf Platt: »Ach, du Scheiße, Verzeihung, ich hatte gedacht ...« Liv unterbrach sie. »Denken Sie nicht, lassen Sie gefälligst diese Heimlichkeiten. Ich muss sehen, was Sie mit mir anstellen, ist das klar? Und achten Sie auf Ihre Wortwahl!«

»Jawohl«, kam leise zur Antwort. »Aber die anderen Gäste mögen dieses Entspannungstuch und wenn ich etwas von dem Duftöl nachsprühe. Tut mir leid«, fügte sie an, nahm das Tuch beiseite und wischte sich, leise fluchend, damit den eigenen Schweiß von der Stirn.

»Bei mir hat das leider eine andere Wirkung. So ist jeder Mensch anders. Ich möchte wissen und sehen, was auf mich zukommt. Sagen Sie mir, was Sie tun, lassen Sie mich zusehen und wir beide werden prima miteinander zurechtkommen. Alles klar, Frau Perle?« Liv strich sich ihre Haarsträhnen aus dem Gesicht und fügte, ohne eine Antwort abzuwarten, an: »Zudem täte es sicher auch den anderen Gästen gut, wenn Sie wenigstens ein Loch zum Atmen freilassen – oder zum Sprechen.«

Klare Worte hatten noch niemandem geschadet. Zumindest Liv nicht, und das war ihr in diesem Augenblick wichtiger als eine freundliche Grundstimmung.

Virginia Perle ließ das Vorspiel mit dem warmen Handtuch, ging über zu Programmpunkt zwei – Ausreinigung –. Doch kaum hatte sie dieses Wort ausgesprochen und Livs in Falten geworfenes, puren Ekel ausdrückendes Gesicht gesehen, zog sie es empathisch vor, diesen Punkt zu überspringen. »Eine Ausreinigung ist bei Ihnen gar nicht so dringend. Das lassen wir weg und ich beschränke mich auf die Gesichtsmassage.« Liv nickte stumm und hatte prompt den Mund wieder frei, um Fragen zu stellen.

Mit zittrigen Fingern massierte Virginia Livs Gesicht in sanften Kreisbewegungen.

›Warum ist sie so nervös?‹

War es nur wegen der schroffen Ansage, dass Liv nicht alles mit sich machen ließ? Oder steckte mehr dahinter?

Virginia Perle fragte ihr Programm durch. Die Frage, welche Creme Liv sonst nahm, hatte sie geduldig und wahrheitsgemäß mit Fettcreme beantwortet. Nur leider drohten sich hier wieder Livs Vorurteilsplätze zu bestätigen.

»Sie sollten mehr für sich tun, Ihre Haut benötigt mehr Pflege.«

»Ist da nicht schon Hopfen und Malz verloren?«, fragte Liv, die keinesfalls auf Komplimente hoffte.

»Nein, nein. Ihre Haut ist in den letzten Jahren nur etwas vernachlässigt worden«, erläuterte Virginia Perle routiniert. »Mit einer richtig abgestimmten Pflege kann man Ihre winzigen Fältchen glätten und Sie sehen viel frischer aus. Ich werde Ihnen noch etwas empfehlen. Aber jetzt genießen Sie einfach. Ich massiere Sie und rege Ihre Durchblutung an.«

›Prima. Sie sagt mir, was sie gerade tut. Mehr will ich nicht. Mir ist auch egal, wenn meine Karteikarte nun mit einem Totenkopf markiert ist.‹

Als sie dabei war, ihre Stirn zu massieren, kam Liv direkt auf den Punkt: »Hat sich der Senior auch mal unter Ihre Hände begeben?«

Die fließende Handbewegung von Virginia Perle stockte abrupt.

»Wie meinen Sie das denn?«

»Die Frage ist doch eindeutig, oder? Hat er hier die Einrichtungen für sich genutzt?«

Virginia Perle wandte sich von Liv ab, suchte nach irgendetwas im Regal. Eher beiläufig sagte sie: »Er wollte immer abnehmen und war oft im Fitnessraum. Ich hatte nicht viel mit ihm zu tun, nur mit seiner Frau. Wenn die hier ist, nutzt sie das gesamte Angebot von oben bis unten – natürlich gratis, ohne Trinkgeld zu geben, die blöde …« Sie verschluckte den Rest und hielt sich den Handrücken vor den Mund. Liv ignorierte ihren erneuten sprachlichen Ausfall und fragte weiter: »Wie meinen Sie das, wenn sie mal hier ist?«

»Die leben schon seit Jahren getrennt, da lüfte ich kein Geheimnis, das weiß doch hier jeder. Aber nun genießen

Sie die Behandlung«, versuchte sie, Liv zum Schweigen zu bringen, was natürlich nicht gelang.

»Wer kümmerte sich denn um den alten Mann?«

»Anuschka ist sein Mädchen für fast alles, ›war‹, muss man wohl richtiger sagen. Komisch, dass er jetzt wirklich tot ist, kann ich kaum glauben. Mal sehen, was nun aus dem Hotel wird. Tja, und dann soll da noch so eine Jüngere sein, die er manchmal einlädt.«

»Eine Freundin?«, fragte Liv verwundert.

»Nein, ja … Etwas Genaues weiß ich nicht. Ich will lieber nichts Falsches sagen.«

Liv gestattete ihr eine kurze Verschnaufpause. Langsam entspannte sich Virginia Perle, wurde lockerer, nahm ein Töpfchen Creme aus dem Schrank und mischte eine dunklere Creme ein. Sie sah Livs fragend hochgezogene Brauen und erklärte prompt, dass sie nun eine Gesichtscreme-Grundlage mit einer Feuchtigkeits-Mineralcreme mixe, bestehend aus echt Düsseldorfer Rheinschlamm, authentisch und gesund. Liv war geneigt, sich über den gesungenen ›äschten Rheinschlamm‹ in ihrem Gesicht auszulassen, wollte sich aber hier nicht ablenken lassen.

»Da sind doch die beiden leiblichen Kinder des Seniors, die arbeiten doch hier mit? Wie sind die denn so?«, nahm Liv wieder ihre Fragen auf. Nun folgte ein unerwarteter Redeschwall von Virginia Perle, während sie immer schneller kräftig im Cremepott rührte.

»Mitarbeiten ist gut. Die schaffen rund um die Uhr für das Geschäft. So ein Hotel ist ein Fulltime-Job. Die beiden geben alles. Und ihre Arbeit war erfolgreich. Das wurde aber nie anerkannt. Es war schon traurig, das mit anzusehen. Dem Senior konnte es niemand recht machen. Man spricht ja nicht schlecht über Tote, aber der war wirklich scheißungerecht.«

»Auch zu Ihnen?«, fragte Liv.

»Ach, nicht direkt, aber er grüßte mich nie, obwohl er wusste, dass ich hier arbeite.« Sie zuckte mit den Schultern und mischte die Creme langsamer weiter.

Schnell packte sie mit einem Plastikspatel die angerührte Maske auf Livs Gesicht und verteilte sie geschickt mit sanften Streichbewegungen. Das brachte beide zum Schweigen.

Die Crememaske war zunächst weich, leicht kühlend und angenehm. Doch nach wenigen Sekunden trocknete sie immer mehr an und spannte Livs Gesichtszüge, als läge eine dünne Tonschicht darauf. Deswegen wurde es wohl auch Maske genannt. Fragen waren nun nicht mehr möglich. Wohltuend fühlte es sich für Liv erst an, als das Zeug endlich mit einem Schwämmchen eingeweicht und abgewischt wurde. Glatt und faltenlos. Zu gern hätte Liv in den Spiegel geschaut. Eine Frage musste sie aber vorher noch loswerden: »Was war er für ein Mensch? Hatte er Freunde?«

»Da fragen Sie besser nicht mich, sondern andere, die mehr mit ihm zu tun hatten. Hier um den Wellness-Bereich hat er sich eigentlich nicht gekümmert.« Virginia Perle pausierte. »Sie sind doch nicht von der Polizei?«

Liv versicherte, nur ein Gast zu sein, der zufällig den Tod des Seniors miterlebt habe. Das beunruhige sie allerdings auch.

Mit mitleidiger Miene gab die Kosmetikerin Liv ein winziges Cremetöpfchen mit auf den Weg: »Probieren Sie das mal aus.«

13

Mittlerweile war die von Liv ausgeguckte Liege mit der wassergefüllten Matratze mit einem großen gelben Handtuch belegt. Fein säuberlich glatt gestrichen, von niemandem benutzt – bis dato.

›Da bist du bei mir genau an der richtigen Stelle. Schon vor der Wellness-Anwendung die Liege zu reservieren. Komm du mir in die Quere!‹

Während Liv das dachte und sich umsah, nahm sie langsam das Handtuch, faltete es ordentlich zusammen, legte es auf einen Beistelltisch und breitete stattdessen ihr Handtuch aus. Bei dem Versuch, sich zu legen, wurden ihr die Eigenschaften eines Wasserbettes erstmals deutlich.

Es war eine recht wackelige Angelegenheit. Eine große Welle schwappte innerhalb der Matratze und wogte sie hin und her. Langsam legte sie sich und pendelte sich im Wasser aus. Derweil genoss sie das sanfte Schwappen des Wassers in der Matratze – und döste in einen leichten Schlaf.

Eine Lautsprecherstimme weckte Liv aus ihren Träumen von einem Sandstrand am Meer mit Palmen und warmer Sonne. »Wer an der Wassergymnastik teilnehmen möchte, bitte ins Wasser.«

Zeitgleich mit Liv stand ein älterer Mann von seiner Liege auf. Ihrem Blick wich er aus. Als Liv an den Duschen war, nahm er das gelbe Handtuch vom Beistelltisch und legte sich mit grimmigem Blick auf die Wassermatratze.

Die gestern mit Liv angereiste Frau zog ihren weißen Trainingsanzug aus, duschte und ging im weißen Badeanzug ins Wasser, wo zwei andere Frauen mit Badehaube sich wartend unterhielten. Nach ihren Oberarmen zu urteilen, handelte es sich um unsportliche Damen höheren Alters. Liv schwang locker den Bademantel von ihren Schultern, duschte sich kurz ab, ließ sich ins warme Wasser gleiten und reihte sich ein.

Alle Köpfe wandten sich jetzt der Fitnesstrainerin zu, die lachend an den Beckenrand trat. Ihr durchtrainierter Körper wurde durch den hautengen Ganzkörperanzug vorteilhaft betont. Sie schaltete den CD-Player ein und laute Musik dröhnte durch die Schwimmhalle. Der Rhythmus war mitreißend. Als sich die Ohren an die Lautstärke gewöhnt hatten, freuten sich die Wartenden, dass es nun losging.

»Hallo, ich bin Bettina, los, macht alle mit!« Am Kopf hatte sie ein kleines Mikrofon befestigt, damit ihre Anweisungen die Musik übertönten.

Okay, alle duzten sich. Livs Vorurteilsschublade war schon wieder halb geöffnet. Bettina rief allen gut gelaunt ihre Kommandos zu. Dabei machte sie die Bewegung am Beckenrand im Trockenen vor. Obwohl sie nicht gegen die tonnenschweren Wassermassen ankämpfen musste, wusste jeder, dass sie allen auch im Wasser etwas vormachen würde. Sie war fit wie ein Turnschuh und dabei mordsattraktiv.

20 Minuten im Wasser schwitzen, das tat gut, reichte aber auch – Liv wollte gern am nächsten Tag wieder dabei sein.

Auf dem Weg zur Dusche kam Liv dummerweise an einem Spiegel vorbei. Schade, denn innerlich fühlte sie sich herrlich. Aber äußerlich im Gesicht wurden die Schweißperlen durch die fetthaltige Creme der vorangegangenen Gesichtsbehandlung ausgebremst. Schnell ging sie unter die Dusche und wusch sich die Fettcreme mit Seife herunter. Sie war sich sicher, damit nun auch die Falten hemmende Wirkung wieder ausgewaschen zu haben, freute sich aber insgeheim, dass es zumindest kein von ihr hinausgeworfenes Geld war.

Als Liv aus der Dusche kam und am Kosmetikraum vorbeiging, öffnete sich wieder die Tür. Ein fröhlich fettglänzendes, leicht gerötetes Gesicht kam lächelnd heraus. »Wie ist denn das Wasser?«, wurde Liv gefragt.

»Super, aber die Wassergymnastik haben Sie leider verpasst«, antwortete Liv.

»Ruhen Sie sich erst mal eine halbe Stunde aus, damit die Creme gut einziehen kann«, riet Virginia Perle, die ebenfalls an der Türe erschien. »Danach können Sie ins Wasser.«

›Aha!‹

14

Liv peilte mit großem Durst die Bar an. Auf dem Weg dorthin begegnete ihr Bettina. Sie lachte, wie man dies von einer Animateurin erwartete. Sie spielte ihre Rolle glaubhaft – oberflächlich betrachtet zumindest.

»Hallo, Liv, heute Nachmittag werden wir zwei etwas Fitness an den Geräten machen«, freute sie sich sichtlich. Liv versuchte, es ihr gleichzutun.

Die Frage, ob der Tod des Seniors das Programm nicht ändere, musste Liv noch schnell stellen. Bettina aber wies gewandt ab: »Wieso das denn? Der hatte doch mit mir und meinem Fitness-Bereich überhaupt nichts zu tun. Gebucht ist gebucht. Warum sollten die Gäste unter einem Umstand leiden, für den sie gar nichts können?«

»Kannten Sie den Seniorchef näher?«, fragte Liv frei heraus. Doch hier bekam Bettinas Freundlichkeit einen salopperen Ton. »Also, erstens waren wir doch beim Du«, korrigierte sie Liv. »Und zweitens, wie kommst du jetzt auf den? Der radelte meist morgens um sieben Uhr vergeblich gegen sein Fett an, da war ich noch nicht hier unten. Ich kannte ihn nicht – und legte da, ehrlich gesagt, auch nie Wert drauf. Er war ein Arschgesicht, wie es im Buche steht.«

»Meist steht so etwas nicht in Büchern«, erwiderte Liv. Sie mochte keine Schimpfworte: »Er war als Chef und als Mensch wohl nicht einfach, das habe ich schon mehrfach gehört.«

»Er war ein ganz mieses Schwein, und das erkannten eigentlich irgendwann alle, die mit ihm Kontakt hatten. Mit dem war nicht gut Kirschen essen. Würde mich nicht wundern, wenn es kein natürlicher Tod war.«

»Aha«, unterbrach Liv, aber Bettina ließ sich nicht stören. »Obwohl – alt genug für einen natürlichen Tod war er ja. Und – das möchte ich betonen – mein Chef ist jemand anders. Aber, was rege ich mich auf? Ich weiß nichts weiter. Du, Liv, genießt jetzt die Stunden und grübelst nicht über solch unangenehme Sachen nach. Ciao, bis um vier Uhr – bitte pünktlich sein.« Und weg war sie.

Liv nickte lapidar. Ausnahmsweise und aus ermittlungstaktischen Gründen nahm Liv diesen Ton hin. Das war sie nicht gewohnt und wollte sich auch nicht daran gewöhnen. Sie nahm einen großen Schluck kühlen Wassers aus der für Wellness-Gäste kostenlos bereitstehenden Thermoskanne, auf der ›Rheines Wasser‹ geschrieben stand. Nicht besonders originell fand Liv diesen Marketing-Gag. Aber da sie wusste, dass seit vielen Jahren wieder Fische im unweit dieses Hotels vorbeifließenden Rhein zu Hause waren und sie auf eine gesunde Filterung dieses angeblichen Rheinwassers hoffte, trank sie es. Es lief wohltuend ihre ausgetrocknete Kehle hinunter – bis sie innerlich erstarrte und sich hustend verschluckte. Sie griff sich an ihre Kehle, während der Gedanke, dass auch dieses Wasser vergiftet sein könnte, immer realistischer zu werden schien.

Wie vom Blitz getroffen, rannte sie samt Thermoskanne los, Richtung Hotelrezeption, wo sie sich Hilfe erwartete und Franks Anwesenheit erhoffte. ›Wenn mein durstiger Körper das Wasser samt Gift schon resorbiert hat, war es das.‹ Ihre Beine funktionierten noch. Der Weg schien unendlich lang und endete zwei Mal vor verschlossenen Türen, als sie die falsche Abzweigung der kleinen Gänge nahm. Da, endlich, das Foyer!

Im Laufschritt, außer Atem, mit einer Hand noch immer ihren Hals umklammernd, hielt sie kurz inne und sah Frank, wie er Zeugen und Angestellte befragte. In diesem Augenblick stoppte Jörg Olsson. Er erkannte Livs panische Miene und kam ihr besorgt entgegen.

Liv hielt die Kanne hoch. »Das Wasser in der Wellness-Bar, wo der Senior morgens immer radelte, schnell, da könnte auch Gift drin sein«, sagte sie, nach Luft ringend. »Ich habe davon getrunken!«

»Immer mit der Ruhe.« Er legte eine Hand auf ihre Schulter. »Das ›Rheine Wasser‹ an der Bar in der Wellness-Therme wurde bereits erneuert. Beruhigen Sie sich. Keine Sorge. Einen Moment bitte, ich bin gleich zurück.«

Der Kellner war unverschämt ruhig, fand Liv. Trotzdem fiel ihr abrupt ein Stein vom Herzen. ›Wie peinlich‹, dachte sie und bemühte sich, ruck, zuck wieder zu Atem und Haltung zu kommen, die Spannung löste sich

›Was soll's, ich lebe. Puh, ein Mistgefühl war das.‹ Sie hustete, atmete zweimal tief ein und aus, dann war Liv wieder die Alte und erinnerte sich an ihre Mission.

15

Jörg Olsson kam zurück in Livs Richtung. »Haben Sie Angst, man will auch Ihnen ans Leder?«, fragte er schnippisch.

»Möchte der Mörder Zeugen beseitigen?« Er grinste, als er Livs ernste Miene deutete, und machte sich auf zu gehen. Dass er keine Zeit hatte, brauchte er nicht extra zu sagen, aber Liv musste dranbleiben:

»Geben Sie mir zwei Minuten?«, rief sie Jörg Olsson hinterher.

»Für unsere Gäste habe ich immer Zeit, einen Moment zumindest.« Er führte Liv etwas abseits des Trubels in eine Ecke und stellte sich vor sie.

›Bis jetzt hatte ich immer nur ältere Freunde, vielleicht sollte ich es auch einmal mit einem 20 Jahre jüngeren ausprobieren?‹, kam es Liv spontan und unkontrolliert in den Sinn.

»Sie haben sicher einen großen Schreck bekommen, ja, Sie hatten Todesangst. Ist bestimmt nicht schön.« Er bedrängte Liv mit seinem Körper. Sie aber hielt dagegen: »Ich kann mich sehr gut wehren.« Er grinste ihr direkt ins Gesicht, er fand sich unwiderstehlich und wusste, wie er wirkte.

»Sie denken aber auch an alles, sogar an das Trinkwasser in der Wellness-Bar.« Liv wich ihm aus und stellte sich beobachtend neben ihn. »Ihnen kann so schnell niemand etwas vormachen, nicht wahr? Da kann Ihnen Ihr Chef ja dankbar sein. Aber Sie sind ja nicht gerade in tiefer Trauer um Ihren Chef.«

»Ach, wissen Sie, den alten Herrn habe ich schon lange nicht mehr als meinen Chef angesehen. Auch das Chefsein muss man sich verdienen. Ich meine, ein Chef muss sich bewähren, um von den Mitarbeitern anerkannt zu werden. Die Junioren, die arbeiten hart. Die haben Einblick und Überblick, die wissen, was hier abgeht, und sind zur Stelle, wenn man sie braucht, und nicht nur, wenn sie Beschäftigung nötig haben. Sie verstehen, was ich meine? Für den Senior waren wir Personal, für die Junioren sind wir Mitarbeiter. Das sagt doch schon viel.«

Sein waches Auge hatte trotz der langen Formulierung in diesem Moment eine unaufschiebbare Tätigkeit entdeckt. »Aber um 15 Uhr habe ich Pause, wenn Sie dann Zeit haben.«

›Und wieder dieses verschmitzte Lächeln, das den Mundwinkel zu einer Seite überdehnt. Wirklich nett.‹

»Ja, kurz könnte ich, aber um 16 Uhr habe ich Fitnessstunde. Also treffen wir uns um drei vorne an der Terrasse.«

»Okay.« Dieser Jörg Olsson machte sie neugierig auf mehr. Vielleicht konnte es ihr nützlich sein, wenn er ihr etwas mehr als geschäftsmäßige Sympathie entgegenbrachte.

Schnell drehte sie sich zum Gehen um, als sie geradewegs ihr Abbild in einem Ganzkörperspiegel sah. Unwillkürlich senkte sich ihr Blick, schnürte sie sich den Bademantel enger und strich ihn in die Länge aus – umsonst. Schätzte sich Liv ansonsten relativ schmerzfrei in puncto Eitelkeit ein, war diese Totale sogar für sie einen Deut zu viel:

Ihr angestrengter Gesichtsausdruck zwischen den nassen Haarsträhnen, ihr nachschwitzendes Dekolleté, eingewickelt in einen strammen, weil zu kleinen und zu kurzen weißen Hotel-Bademantel, aus dem unten eindeutig zu viel kalkweiße, stramme Waden herausstachen, die entenfußartig in viel zu großen Einheits-Hotelschlappen aus weißem Frottee endeten.

Livs scheuer Rundumblick machte klar, dass sich um sie herum im Foyer ausschließlich gut frisierte und geschminkte Damen und Herren in den bewährten dunklen Kostümen oder Anzügen bewegten, gestylt bis zu den Schuhen – Düsseldorfer oder Düsseldorfer Gäste halt. Aber Karneval gehörte ja auch zu Düsseldorf, insofern waren alle auch an Jecken gewöhnt – und als solch einer fühlte sich Liv in diesem Moment.

16

›Schnell weg von hier. Halt! Eins noch eben: Wo ist der Kommissar?‹

Er sprach mit der immer noch heulenden Anuschka. Das wollte Liv trotz allem noch rasch mitbekommen. Aber was sah sie? Ein guter Abhorchplatz an der Rezeption war bereits besetzt. Gritta Entrup hörte das Gespräch von der heulenden Anuschka und dem Polizisten mit. Bei dieser Tätigkeit wirkte sie geübt. Sie hatte nicht das ängstlich besorgte Gesicht eines Greenhorns. Als sie Liv erkannte, sah sie geschockt aus, musterte sie von oben bis unten und überlegte wohl, ob sie sie in den Wellness-Bereich zurückverweisen sollte.

›Wag es bloß nicht, mir irgendetwas zu sagen!‹, dachte Liv, die Haarsträhnen hinters Ohr streichend und innerlich zu Höchstform auflaufend. Ihr Gegenüber spürte die geballte Ladung Energie und streifte ihren Blick nur kurz.

Wie in einer Übersprungshandlung schnappte sich Gritta Entrup eine Vase mit Blumen. »Die müssen unbedingt erneuert werden!«, rief sie unpassend laut durch das Foyer und drückte sie einem Mädchen vom Service in die Arme.

»Das habe ich eben erst gemacht!«

»Na, dann machen Sie es neu, die Blumen sehen schäbig aus«, befahl sie und flatterte behäbig wie ein zu dick geratener Schmetterling in ihrem nun schwarzen Wildseidenkleid mit rotem Schal hinaus.

Von ihrem Platz aus konnte man das Gespräch zwischen Anuschka und Frank Golström gut hören. Obwohl Livs Tarnung alles andere als optimal war, blätterte sie im Hotelprospekt, als wäre dies eine unaufschiebbare Notwendigkeit.

›Von blöden Blicken lasse ich mich nicht vertreiben. Ich muss wissen, was diese Anuschka von sich gibt. Sie war diejenige, die dem Toten am nächsten stand. Sie weiß viel, was auch mich interessiert.‹

Liv musste sich anstrengen, um das Gesagte zu erfassen. In gebrochenem Deutsch, das durch das ständige Heulen noch schlechter zu verstehen war, schilderte Anuschka ihre schwere Zeit in einem Redeschwall. »Alle haben Streit. Die sich hassen, alle sind gemein. Alles nur wegen Geld. Chef hatte Angst, dass ihn bestehlen«, heulte sie den Polizisten an. »Chef und Frau nur immer Streit. Keiner weiß, wo Frau wohnt. Neulich sie hier mit zwei Männern in Schwimmbad. Chef sehr traurig.«

»Was ist mit den erwachsenen Kindern?«, fragte Frank.

»Ich nicht verstehen«, und ihr Heulen wurde wieder intensiver, »Johann und Maria machen alle Arbeit hier, aber Chef nur immer schimpfen. Ich immer sagen, er die Kinder lassen, aber er nicht hören. Sie immer viele Ideen, aber er keine Veränderung. Immer nur Streit. Immer, nach Urlaub,

Streit, Streit, Streit. Wir nie wissen, was richtig. Schlimm, schlimm, schlimm. Und nun tot.«

Ihr Heulen war nun nicht mehr zu bremsen. Der Kommissar bedankte sich und meinte, sie solle sich doch besser etwas hinlegen und beruhigen.

»Na, Liv, entdeckt! Was macht dein Urlaub?« Auch Frank stellte sich vor Liv. Jetzt erst erahnte sie, dass eben der Kellner und jetzt Frank sie damit vor den Blicken der andern schützen wollte – oder die anderen vor dem Anblick von Liv?

»Gut, ich erhole mich bestens. Und wie kommst du voran? Ist schon klar, wie der alte Mann gestorben ist?«

»Es sieht tatsächlich nach einem Gifttod aus. Welches Gift aber auf welchem Weg in seinen Körper gelangte, wissen wir noch nicht. Wenn, dann war Gift ausschließlich in seinem Müsli, alle anderen Speisen und Getränke blieben unberührt. Morgen, wenn hoffentlich die Obduktion des Toten abgeschlossen ist, wissen wir sicher mehr.«

Nun stand er direkt neben Liv, ganz nah, und schob sie etwas mehr in eine Ecke des Raumes: »Das ist ja eine feine Gesellschaft hier. Mir scheint, hier war der eine dem anderen nicht grün. Weißt du inzwischen mehr? Du kannst mir nämlich nicht erzählen, dass du nicht schon kräftig tätig geworden bist. Oder warum stehst du hier im Bademantel mit nassem Haar und fettigem Gesicht? Du bist so eifrig dabei, dass du dein Aussehen vergisst.«

Genervt die Augen rollend, zupfte sie eine feuchte Strähne ins Gesicht und zog ihren Bademantel zurecht.

»Immer diese Äußerlichkeiten.«

Kurz überlegte Liv, ihm zu sagen, dass sie für ein Magazin recherchierte. Fairer wäre es. Aber Frank ahnte es sicher längst. Deshalb wusste Liv es auch zu schätzen, dass Frank immer wieder in Details über die Grenzen hinausging, die ihm durch die Verschwiegenheitspflicht bei laufenden

Ermittlungen auferlegt waren. Das Wissen war bei ihr gut aufgehoben und würde ihm letztlich wieder zugutekommen. Darüber bestand stilles Einvernehmen.

Er erzählte: »Ich weiß nur, dass der Chef kein besonders beliebter Arbeitgeber war. Und als Vater hat er wohl auch versagt. Als Ehemann sowieso. Aber das weißt du ja selbst. Die Kinder scheinen ihren Vater nicht innig geliebt zu haben. Wenn es Mord war, kann jeder hier im Haus quasi zu den potenziellen Verdächtigen gezählt werden. Es gibt 40 Mitarbeiter, von den zahlreichen Gästen und den Lieferanten, die der Senior verärgert haben soll, ganz zu schweigen. Liv, das sieht nach Arbeit aus.«

»Für dich, Frank«, antwortete Liv prompt und zog ostentativ den Gürtel vom Bademantel noch enger. »Du musst ran an die Arbeit, Herr Kommissar.«

»Aber du hältst Augen und Ohren offen, ja? Das ist doch nicht zu viel verlangt, oder?« Er schaute Liv tief in die Augen – schon wieder! War er argwöhnisch geworden? Oder rief die fehlende Bekleidung unter ihrem Bademantel schöne Erinnerungen wach?

Liv wich aus und sagte mit gesenkten Augen: »Mal sehen, was sich so ergibt. Ich muss los, bin hier oben fehl am Platze, wie man sieht.«

Frank grinste. Er kannte sie und ahnte, dass sie nach den heutigen Geschehnissen eine Story für einen ihrer Auftraggeber im Kopf, wenn nicht sogar bereits im Kasten hatte.

»Ach, eins noch«, fiel Liv ein, »wer erbt überhaupt und wer bekommt die Hotelführung?«

»Da ist auch vieles im Unklaren. Die Kinder meinen, sie erben zu gleichen Teilen das Hotel und die Geschäftsführung. Die Ehefrau sagt aber, der Senior hätte sie neuerdings noch mehr berücksichtigt. Es müsse ein frisches Testament geben, in dem er ihr eine lebenslange Rente oder sogar das ganze Hotel vermacht. So gesehen, haben die Kinder und die Ehefrau einschlägige Motive. Bis jetzt konnte kein Testament neueren Datums gefunden werden. Notariell wurde das Dokument hinterlegt, welches die Kinder als Erben einsetzt.«

Frank kam Liv unversehens sehr vertraut nahe, nahm ihre Haarsträhne und steckte sie sanft hinter ihr Ohr.

»Liv, wenn du noch etwas hörst, ruf mich an. Sicher hast du meine Telefonnummern weggeschmissen, hier hast du meine Karte. Lass uns in der Sache zusammenarbeiten.«

Er nahm ihre Hand, legte seine Visitenkarte hinein, schloss sie und hielt die Hand fest. Liv ließ es geschehen. Während sie ihm die Karte langsam entzog, schaute sie ihn an und steckte sie in die Bademanteltasche.

Er verschwand ...Liv auch.

17

Zurück im Wellness-Bereich, schlenderte Liv zum Bistro und setzte sich auf einen der Korbstühle an einen Zweiertisch. Ein Kellner in weißem T-Shirt und in einer der Wärme angepassten weißen, dreiviertellangen Hose nahm ihre Bestellung auf. Liv orderte ein ›Düsseldorfer Rheintürmchen‹, einen Wellness-Vitamincocktail in einem blau schimmernden, schmalen Glas, das der Form des Rheinturmes nachempfunden war. Sie bestellte mit ein wenig Schuss, um es nicht zu gesund werden zu lassen, dazu einen Nudelteller mit Senf-Bolognese-Soße extra-scharf. Als Düsseldorferin wusste Liv, was ›extra scharf‹ bedeutete: Der Löwensenf musste in der Nase kribbeln – und das tat diese Speise zu Livs Vergnügen auch.

Sie sinnierte über ihr Vorgehen nach und welche Rolle sie Frank zubilligen wollte. Mit genügend Skepsis analysierte sie, ob die Zusammenarbeit funktionieren konnte: ›Wie soll das gehen? Ich bin Frank gegenüber nicht neutral. Woher auch? Schließlich war ich mal in ihn verliebt. War? Nichtsdestotrotz habe ich mir vorgenommen, möglichst natürlich und normal mit Frank umzugehen. Hoffentlich spielt er mit, wobei auch immer.‹

»Wusstest du, dass der Alte sich eine wesentlich jüngere Freundin hielt?« Über ihrem leeren Teller sitzend, riss dieser Satz Liv aus ihrem Tagtraum. Ungläubig schaute sie sich um. Bettina freute sich sichtlich, ihr diese Neuigkeit zu hinterbringen.

»Das glaube ich nicht!«, rutschte es Liv heraus, obwohl sie eine derartige Andeutung ja bereits von der Kosmetikerin gehört hatte. »So aktiv war der noch?«

»Keine Ahnung, auf jeden Fall deutet doch alles bei einem 84-Jährigen darauf hin, dass er in Kürze etwas zu vererben hat. Das reicht meist, um attraktiv genug zu sein. Und das Hotel hier wirft schon einiges ab, das lockt Erbschleicher aufs Parkett. 35 Jahre alt ist sie und heißt Monika Salmann, falls es dich interessiert.« Bettina lachte über das ganze Gesicht und begab sich ohne weiteren Kommentar in ihren Fitnessraum. Liv konnte durch die Glaswände, die die kühle Luft im Studio von der tropischen im Schwimmbadbereich trennten, beobachten, wie Bettina einem alternden Muskelmann und einer übergewichtigen Dame die Geräte zeigte. Liv spürte fast körperlich die Gefühlskälte dieser Athletin.

›Das sind ja Zustände. Der Senior hatte also eine Ex-Ehefrau, die Mutter von Johann und Maria, ferner die getrennt lebende Noch-Ehefrau und eine Geliebte. Dazu spielte diese Anuschka eine weitere Rolle. Da hätte der Mann ein ganz redlich lebender Mensch sein können und es gäbe genug Verdächtige. Aber nein, er musste auch noch ein verhasster Vorgesetzter und Geschäftsmann gewesen sein.‹

Livs Jagdtrieb war geweckt.

Um alles einmal gedanklich durchzugehen, das Essen sich setzen zu lassen, zog sich Liv in ihr Zimmer zurück. Kurz schaute sie aus dem Fenster und sah den Rheinturm. Er ähnelte dem Glas mit dem Wellness-Drink tatsächlich ziemlich genau.

Es war an der Zeit, eine erste Fassung des Artikels in die Tasten zu geben. Liv war danach und schließlich war sie ja nicht nur zum Vergnügen hier. Sie machte es sich auf dem Bett bequem, schaltete den Laptop an und genoss es, in dieser Position arbeiten zu können.

›Tod im Birchermüsli‹ fiel ihr als Schlagzeile ein, ›Seniorchef eines Düsseldorfer First-Class-Hotels stirbt im Frühstücksraum – Polizei steht vor einem Rätsel‹ sollte die Unterzeile werden, dann floss es nur so aus ihren Fingern. Die erste Rohfassung war immer das Leichteste, die Arbeit, das Feilen am Text kam später. Da sie aber ohne die tatsächliche Todesursache nicht weiterkam, lehnte sie sich zurück und überlegte wieder und wieder. Der Tote im Frühstücksraum, die beiden erwachsenen Kinder, die Ehefrau, Anuschka. Wer hatte den alten Mann vergiftet? Dazu musste ein Motiv her, dazu brauchte sie auch die Untersuchungsergebnisse der Gerichtsmediziner. Das konnte dauern. Der Kommissar, Frank – Liv wollte unbedingt an ihm dranbleiben, ganz dicht dran.

Sie war eingeschlafen und träumte: Sie war gebettet auf einer Liege mitten in einem riesigen Beet tiefroter Rosen. Sie inhalierte den betörenden süßlich-herben Duft. Dann pflückte sie sich einen großen Strauß der herrlichen Blumen. Als sie sie in den Händen hielt, floss ihr Blut zäh über die Finger. Erst als sie es sah und fühlte, fingen beide Hände an zu schmerzen. In diesem Moment kamen zwei gesichtslose Männer, die sie von ihrer Liege gegen ihren Willen wegtrugen.

Liv wachte auf, ihr Herz raste. Die hinter ihrem Kopf verschränkten Hände waren eingeschlafen. Sie kribbelten wie wild, als sie sich aufsetzte. Liv war froh, dass es nur ein Traum gewesen war.

Mit ihren Träumen wandte sich Liv generell an Dag, ihre einzige richtige Freundin und privat wie beruflich ihre Lebensberaterin. Sie griff zum Telefon: »Dag, ich hatte mal wieder einen seltsamen Traum. Hast du Zeit?«

»Okay, erzähl. Ich sitze gerade auf den Treppen unterm Schlossturm, genieße das rege Treiben von Touristen und Einheimischen hinter mir und den Blick auf den Rhein vor mir. Eine leichte Brise weht, die Rheinschiffe kämpfen gegen die Strömung an oder lassen sich von ihr gen Nordsee treiben. Meine beiden Kinder schlecken in Sichtweite ihr erstes Eis des Jahres und gleich geht es weiter zum Klavierunterricht. Du siehst, alles ist gut – fünf Minuten hast du. Von hier aus kann ich übrigens den Rheinturm sehen. In der Nähe ist doch dein Hotel. Bist du gerade dort?«

»Ja, ich bin hier, es ist wirklich empfehlenswert. Aber hör zu, Dag …«

Im Stakkatostil erzählte Liv von ihrem Traum. Dagmar schwieg. Liv hörte sie förmlich grinsen. Dann holte Dag tief Luft: »Ja, meine Liebe, du musst jetzt sehr tapfer sein. Liv, du bist mordsmäßig verliebt!«

»Quatsch, in wen denn?« Liv wurde immer leiser, beide merkten es.

»Du wirst schon wissen, in wen. Ich sage dir nur eins, die

roten Rosen, die du pflücktest, sagen mir, dass du von einer leidenschaftlichen Liebe erfüllt bist, die du im Sturm nehmen möchtest. Allerdings klappt wohl alles nicht so richtig. Du hast etwas Liebeskummer, denn warum sonst pikst du dich an den Dornen. Tut mir leid, Süße, aber Träume lügen nicht. Hast du dir in deinem Wellness-Urlaub einen Kurschatten zugelegt?«

»Dag, hör zu, es hat sich alles etwas anders entwickelt als geplant.« Liv sprach von dem Toten zum Frühstück und von dem Kommissar. Dag wusste von Frank. Sie kannte ihn fast so, als hätten sie selbst ein Verhältnis miteinander gehabt. In unzähligen Telefonaten hatte Liv ihr Leid geklagt, als es mit der Beziehung zu Frank zu Ende ging.

»Mit deinem Kommissar brockst du dir gerade etwas ein. Liv, das kann nichts werden«, mahnte sie. »Hau sofort ab und komm her, baden kannst du auch zu Hause, und wir können zusammen meine Low-Carb-Diät machen. Wenig Kohlenhydrate, kaum Fett, viel Eiweiß. Bitte, Liv, sei froh, dass du über ihn hinweg bist. Komm schon. Mach nicht alles noch schlimmer.«

»Du weißt, ich kann nicht.«

Dag wusste es.

»Dann möchte ich dich treffen! Heute noch! Du hast die Wahl: erst Heinemann, dann Les Halles oder erst Unbehaun, dann Uerige.«

Diese Angebote konnte Liv nicht ablehnen, das wusste Dag. Das Café Heinemann am Kö-Carree mit seinen Pralinenvariationen und abends das Club-Restaurant mit der tollen Atmosphäre am alten Güterbahnhof waren ihre derzeitigen Favoriten. Aber nach der eislosen Saison nun ein Eis von Unbehaun und danach ein Uerige Altbier, das überzeugte Liv heute noch mehr.

»Schokoladeneis mit selbst gemachter Sahne«, hauchte

Liv ins Telefon. »Das kann nicht schaden. Au ja, ich komme!«, versprach sie ihrer Freundin. »Ich hole dich ab. Aber erst am späten Nachmittag – und nicht so lange. Ich muss ja schließlich arbeiten. Ciao, Dag, ich muss jetzt los.«

»Ich auch«, antwortete Dag. »Das Eis, das mir gerade in den Händen schmilzt, lasse ich dann lieber sein, bis denn.«

Liv hatte gerade ihr Pausengespräch mit dem Kellner verpasst, aber morgen war ja auch noch ein Tag. Diese Diagnose vom unsäglichen Gedanken an eine unglückliche Liebe zum Kommissar ging Liv auch auf dem Weg zurück ins Wellness-Center nicht aus dem Kopf.

18

Drei Frauen und zwei Männer befanden sich mit Liv im Wellness-Center, noch war es recht ruhig.

Langsam ging sie umher, vorbei an den Liegen und am Schwimmbecken, sie blickte die offene natursteinerne Treppe hinab, wo es zu den Saunen ging und sich die Dusch- und Umkleideräume befanden. Die verheulte Anuschka putzte mit langsamen Bewegungen die Duschen. Sie sah elend und wenig arbeitsfähig aus.

›Eigentlich müsste sie krankgeschrieben werden. Wer hat sie nur zur Arbeit getrieben?‹

Nach nur kurzer Pause fing Anuschka wieder an zu heulen, hob aber trotzdem ihren bleischwer scheinenden

Arm hoch, um mit dem Lappen über die Kacheln in den Duschen zu wischen.

»Liv Oliver, hast du Lust? Du bist dran, los geht's!«

»Oh ja, klar, ich war gerade gedanklich woanders.« Im Joggingschritt kam Bettina Liv entgegen, Richtung Fitnessstudio.

»Langsam, die Kräfte brauchst du noch«, mahnte sie grinsend.

Sie sah, dass Liv Anuschka beobachtet hatte, und im Weitergehen sprach sie aus, was auch Liv dachte: »Diese Frau kann einem fast leidtun. Warum wehrt sie sich nicht? Ist sie zu weich?«

»Sie ist abhängig und schwach«, antwortete Liv, als ob sie sie kennen würde.

Bei Bettina hatte Liv dagegen eher das Gefühl, sie bereits zu kennen. Sie schien ihr eine ebenbürtige Gegnerin.

»Weißt du noch mehr über diese Freundin des Toten? Na, komm schon, erzähl, du hast mich neugierig gemacht.«

»Gut, aber ich darf mich gar nicht so weit hinauslehnen, ich bin nämlich sicherlich auch verdächtig.«

»Wieso du?«

»Ich habe mich vor anderthalb Jahren in Johann, also ich nenne ihn Jo, verliebt und er sich in mich. Das wissen sicherlich mittlerweile fast alle. Und wenn der Alte tot ist, erbt Jo, und ich werde ihn heiraten, also bin ich quasi eine Verdächtige.«

»Du …, du … wirst ihn heiraten?«, stotterte Liv. Jedes Mal bei einer solchen Nachricht überzog sie ein eher mulmiges Gefühl, da bedurfte es keiner verbissenen Sportlerin in einem Mörderhotel, nein, da reichte Livs untrügliches Bild von einem Leben in ewiger Treue und scheinheiliger Zweisamkeit.

»Ja, er weiß es nur noch nicht.« Bettina lachte herzlich.

»Für den Todeszeitpunkt des Alten habe ich aber ein Alibi, ich hatte morgens eine Jogginggruppe, um halb sieben ging es los, eine Stunde lang.«

»Vor mir musst du dich nicht rechtfertigen. Ob du damit entlastet bist, muss der Kommissar entscheiden. Aber erzähl, was du von der Freundin weißt, vorher bewege ich noch nicht einmal einen Finger an den Geräten.«

»Ich erzähle es gern, denn damit lasse ich Jo Gerechtigkeit widerfahren«, gab Bettina mit stolzer Stimme Auskunft. »Also, ihr Name ist Monika, Monika Salmann, er nannte sie Moni. Sie stammt angeblich aus Bayern, hat aber keinen Akzent. Sie fing hier als eine gewöhnliche Putze an. Aber mit einem guten Spürsinn fürs Wesentliche. Es gibt Stimmen, die berichten, sie schon in der Fährstraße gesehen zu haben.«

»Beim Straßenstrich?«, fragte Liv nach und schaute sich um, ob Gäste im Bistro-Bereich vielleicht mithören könnten. Da war niemand in Hörweite.

»Ja, richtig. Und sie kann lügen, dass sich die Balken biegen. Die erzählt Geschichten, die gehen auf keine Kuhhaut. Als sie die Geieraugen des Alten bemerkte, sah sie ihre Chance gekommen. Sie sieht zugegebenermaßen auf den ersten Blick hübsch aus, wenn man das Gewöhnliche mag. Dunkler Teint, große Augen, lange schwarze Haare mit immer breiter werdenden roten Strähnen, meist wie bei dir zum Pferdeschwanz gebunden, kindliche Figur, aber total unsportlich. Alles wirkt recht unschuldig – bis man ihr in die Augen sieht. Das sind keine lieben Rehaugen, sondern die eiskalten Augen einer Schlange. Gerissen, wie sie ist, hat sie sich die Toiletten und Zimmer hier am Wellness-Bereich geben lassen und war morgens früh schon da und tat so, als ob sie arbeitete, wenn der Alte eben aufgrund seiner Schlafstörungen und Krankheiten früh vorbeikam.«

»Welche Krankheiten?«, fragte Liv dazwischen.

»Keine Ahnung, sicherlich Diabetes, er spritzte sich regelmäßig selbst, und Fußpilz, vom Anblick seiner Fußnägel wurde jedem speiübel. Garantiert auch erhöhter Blutdruck und Gelenkbeschwerden – der war doch stark übergewichtig. Was der sonst noch hatte, weiß ich nicht. Tabletten nahm der in allen Farben und Formen. Das weiß ich von Jo. Vor den Mitarbeitern versuchte er, seine Krankheiten zu vertuschen. Aber wo war ich stehen geblieben?«

»Beim Zimmerputzen.«

»Ach ja, und dann ging alles recht schnell. Bald saßen sie während ihrer Arbeitszeit bei einem Kaffee im Bistro, bald abends aufgemotzt im Restaurant. Die Ehefrau kam ja nur noch sporadisch vorbei. Lange brauchte sie allerdings nicht, um es spitzzukriegen. Das war hier Thema Nummer eins. Der alte Schwerenöter hatte eine Freundin, die seine Tochter, wenn nicht Enkelin hätte sein können. Gritta Entrup überraschte die beiden beim Abendessen. Die soll getobt haben, Wahnsinn! Vor versammelter Mannschaft und vor allen Gästen machte sie ihm die Jahrhundertszene. Ein Skandal war das. Aber ich gönnte es allen Beteiligten.«

»Hat er die Frau Salmann denn als Geliebte oder eher als verlorene Tochter vorgestellt?«, wollte Liv wissen.

»Du meinst, ob die noch Sex hatten?«, brachte es Bettina auf den Punkt. »Keine Ahnung, kann und will ich mir auch gar nicht vorstellen, aber was gibt es nicht alles für Möglichkeiten! Ist mir auch egal. Vor den Mitarbeitern im Restaurant und im Büro soll er immer gesagt haben, sie sei die Einzige, die ihn wirklich verstehe. Ich sag Ihnen – nein, dir sag ich es«, Bettina entschuldigte sich, »es ist typisch für diese alten einsamen Männer, die ihren Einfluss und ihre

Wirkung schwinden sehen. Wenn eine Frau es versteht, sich geschickt einzuschmeicheln, hat sie da ein leichtes Spiel.«

Bei dieser Beschreibung verengten sich Bettinas Augen zu kleinen Schlitzen.

»Weißt du, ob er Frau Salmann eine Zukunft als Ehefrau oder als Hotelerbin versprochen hat?«, fragte Liv.

»Nein …, ja …, doch …, da gab es mal das Gerücht, ist aber reine Spekulation. Ich gebe nichts drauf, aber sie soll mal so etwas von sich gegeben haben. Nur, das geht ja nicht. Einzig Jo und Maria haben ein Anrecht auf das Hotel.«

Damit war Bettina die vierte Person auf Livs Liste, die sich Vorteile vom Tod des Seniors versprach.

»So, nun ist aber genug mit Plauderstündchen, jetzt geht es ran an den Speck.« Sie setzte wieder ihr Lachen auf. Liv auch. – Noch.

Liv folgte Bettina durch die Glastür ins kühle Fitnessstudio, wo Bettina mit einer kurzen Fragestunde und einem Gesundheits-Check begann. Demnach war Liv gesund, hatte wenige Schwachpunkte. Das Rauchen hatte Liv sich vor zwei Jahren ein bisschen abgewöhnt. Alkohol trank sie regelmäßig, aber meist mäßig. Ihre Standfestigkeit beim Trinken hatte Liv schon so manches Mal bei Informanten gebrauchen können. »Ich esse vorwiegend gemüse- und zügellos«, war Livs altbewährter Spruch in solchen Zusammenhängen. Bettina lachte wieder, legte ihre Notizen beiseite und hüpfte auf der Stelle mit der auffordernden Geste, es ihr nachzumachen.

Liv tat, wie ihr geheißen, obwohl es ihr innerlich widersprach, andere nachzuäffen. Es hieß: warm hüpfen, dann auf das Laufband und an die anderen Geräte. Zum Schluss etwas Gymnastik und Stretching.

»Das hat mich gefordert und Spaß gemacht. Das werde ich von heute an täglich machen.«

»Gar nicht nötig«, bremste Bettina. »Wenn du dich dreimal die Woche eine Stunde auspowerst, hast du schon viel getan. Nimm dir nicht zu viel vor. Sonst hältst du es doch nicht ein und es wäre auch gar nicht so gesund. Lieber mäßig, aber regelmäßig – wie beim Trinken.« Bettina grinste geistesabwesend.

›Sie trinkt sicher gar keinen Alkohol‹, dachte Liv.

Die Trainerin begleitete Liv noch zum ›Rheinen Wasser‹ an der Bistro-Theke. Dieses Mal war es ohne negativen Beigeschmack und einfach nur durstlöschend, als es Livs Kehle hinunterrann.

»Da ist die Entrup, ich geh' besser. Ich habe jetzt den Spinning-Kurs.«

Bettina wandte sich einer Gruppe sehr schlanker und wohlgeformter Damen zu, die sich alle mit Küsschen begrüßten. Sie kannten sich und kamen aus der Umgebung zum regelmäßigen Sportler-Treff. Im Fitnessstudio setzten sie sich, mit Handtüchern und Wasserflaschen bewaffnet, alle zugleich auf die in einer Runde einander zugewandten Fahrräder und strampelten bei rockiger, lauter Musik los. Bettina schien in ihrem Element, fern ab vom Hier und Jetzt.

Gritta Entrup trug einen langen, beigen Bademantel, der vorne aufsprang und die zwar braun gebrannten, dennoch fleischigen Beine geschickt umspielt freilegte. Ihr Ziel war die Kosmetik.

Die Kosmetikerin Virginia Perle begrüßte Frau Entrup vor der Tür mit Handschlag. Diese schaute gezielt an ihr vorbei, strich mit einem Finger über ein Regal und putzte mit abgespreizten Fingern den abgewischten Staub am weißen Kittel der Kosmetikerin ab. Beide verschwanden in der Kabine.

Liv duschte und machte noch einen Durchgang in der finnischen Sauna, was gut zur Vorbeugung gegen Muskelkater sein sollte. In der anschließenden Ruhephase blätterte sie durch die abgegriffenen, schon speckigen Zeitschriften und stülpte sich einen der Kopfhörer über, die an der Wand hingen. Doch sie hatte keine Ruhe und verließ den Wellness-Bereich, um sich für ihre Verabredung fertig zu machen. Im Hinausgehen dachte sie an Virginia Perle und Gritta Entrup. Was empfand die Kosmetikerin, die dem Menschen, der sie fortlaufend demütigte, die Pickel ausdrückte? Genugtuung? Hass? Oder Erniedrigung? Was fühlte Virginia Perle gegenüber Gritta Entrup gerade in diesem Moment in dem Raum, einige Meter von Liv entfernt?

19

Eigentlich hatte Liv ja gar keine Zeit, sich außerhalb des Hotels aufzuhalten. Aber für Unbehaun-Eis, das Uerige und Dag wollte sie heute fünf gerade sein lassen. Außerdem verspürte sie langsam wieder Hunger. Dann schlenderte sie erst in Richtung ihres Zimmers und wollte gerade die Tür aufschließen. Dabei merkte sie, dass sie nur angelehnt war. Liv stutzte. ›Sei wachsam, Mädel‹, sagte sie zu sich. ›Im Hotel verbreiten sich Nachrichten wie ein Buschfeuer. Vielleicht meint so mancher, über mich an Informationen zu kommen.‹ Es schien ihr durchaus möglich, dass sie für so einige Zeitgenossen in diesem Haus eine Bedrohung oder zumindest eine interessante Person geworden war. Gewisse Kreise überschätzten eventuell ihr Wissen und wollten sie ausspionieren – im eigenen Hotel war es eine Leichtigkeit, jemanden zu überwachen oder seine Sachen im Zimmer zu durchsuchen – und wenn es durch ein argloses Zimmermädchen geschah. Auf den ersten und zweiten Blick konnte Liv jedoch nichts Außergewöhnliches erkennen.

In Erwartung eines Abends mit Dag zog Liv ihre neue Jeans an, schwang ihre Lieblingsbluse darüber und legte sogar etwas Wimperntusche und Rouge auf. An der Rezeption meldete Liv für den Fall der Fälle, dass der Kommissar oder sonst jemand etwas von ihr wollte, dass sie die nächsten zwei Stunden über Handy zu erreichen sei. ›Die, die es wissen sollten, kennen meine Handynummer‹, dachte Liv über ihre unsinnige Ansage nach und verließ das Hotel über den Haupteingang.

Liv holte Dag ab, sie wohnte auf dem Weg zur Aachener Straße in Bilk, wo sich die Unbehaun-Eisdiele befand. Zum Glück stand keine so lange Schlange vor dem Geschäft. Liv hielt im Parkverbot und Dag sprang hinaus. Das typisch im Becher glatt gestrichene Eis mit der unverwechselbaren Sahne genossen beide löffelweise im Auto. Heute war ihnen nicht danach, zwischen den anderen Eisschleckern an der Straße zu stehen. Wie immer war es zu viel des Guten, wie immer war es unbeschreiblich lecker. Ohne große Pause fuhr Liv weiter zur Altstadt. In einer Nebenstraße fanden sie einen Parkplatz, der überschaubare Parkgebühren abforderte. Ineinander gehakt, schlenderten sie in Richtung Berger Straße, während Liv die üblichen Infos über die Kinder und den Ehemann von Dag abfragte. Dann schwiegen sie und Dag wartete auf die Gelegenheit, im Uerige endlich in medias res gehen zu können. Das Rathaus und die Jan-Wellem-Reiterstatue ließen sie unbeachtet rechts liegen. Sie wurden immer schneller und steuerten schnurstracks das Uerige an.

Ein wenig belächelten Dag und Liv diese traditionelle Altbierbrauerei mitten in der Altstadt, denn dort hielten sich stets außergewöhnlich viele Männer auf, Männer höheren Alters. Die gehörten aber irgendwie dazu.

Durch die dunklen Gänge, vorbei an den verschiedenen Räumen und Nischen, hielten Liv und Dag auf den Brauerei-Hof zu, einen hohen, lichten Raum mit Wandmalereien und dem unverkennbaren Pärchen aus Pappmaschee. Kaum am Stehtisch ihrer Wahl angekommen, stellte ihnen der Köbes zwei Alt hin. Ein anderer rollte gerade ein Fass in den mit uraltem, abgenutztem Holz verkleideten Fahrstuhl und fuhr abwärts.

Zügig und genüsslich tranken Liv und Dag an ihrem Altbier.

»Immer wieder lecker«, meinte Dag. »Aber nun erzähl schon, Liv, was hast du mit Frank vor?«, fragte sie voller Ungeduld.

»Nichts! Ich will nur an seine Informationen zum Mordfall, damit ich eine gute Story abliefern kann. Du kannst beruhigt sein, Dag.«

»Bin ich aber nicht. Wieso träumst du dann solche komischen Sachen?«

»Vielleicht täuschst du dich ja auch in deiner Traumdeutung?«

»Habe ich mich schon einmal getäuscht?«

Das musste Liv verneinen. Dag lag meist ziemlich richtig mit ihren Interpretationen. Deshalb gab sich Liv ab sofort auch große Mühe, mit Dag gemeinsam ihre Gefühle zu ergründen.

»Es hat sicher nichts mit dem Heute zu tun, sondern bezieht sich alles auf gewesene Gefühle. Die klingen irgendwie nach, sind aber eher eine Frage der Erinnerung. Kann doch sein, oder?«

Dag gab sich schulterzuckend zunächst damit zufrieden, denn ein Köbes kam mit seinem Tablett voller Brezeln herum. Dag griff zu und bezahlte sofort. Liv wollte warten, bis er gleich mit den Spreewaldgurken herumkäme.

Kaum waren die Gläser geleert, stellte der Köbes zwei neue hin, zeitgleich mit der Frage: »Noch zwei Bierchen?« Liv und Dag schauten sich an und waren sich einig: eins ging noch. Als Dag daraufhin ihre Handtasche öffnete und verstohlen zwei Zigaretten herauszog, lachten sie beide. Eine war okay, obwohl sie wussten, wenn sie in diesem Raum standen, in dem Rauchen erlaubt war, blieb es meistens nicht bei einer. Liv liebte es, denn hier gab es keine Aschenbecher. Fragte man den Köbes nach einem, bekam man nur die Antwort: »Nimm den großen Aschenbecher.« Also den Boden.

Als Liv herzhaft in die dicke, saure Spreewaldgurke biss, kam sie noch einmal auf Frank zu sprechen.

»Die Trennung damals war richtig.« Sie schaute Dag an, die aber nur mit aufgerissenen Augen, nickend und schulterzuckend zugleich, stumm blieb.

»Mir ging es nur kurze Zeit schlecht, das werte ich aber eher als Entzugserscheinungen, weil der Mensch ein Gewohnheitstier ist.« Auch hier verkniff sich Dag einen Kommentar.

»Mir geht es besser ohne ihn. Wir waren zu verschieden. Oder waren wir zu gleich?«

Hier musste Dag einhaken: »Was auch immer es war, ihr seid es heute noch.«

»Ja, klar, ich weiß.« Liv pausierte. »Aber es hatte schon etwas, es war sehr unterhaltsam mit Frank – und sehr prickelnd.« Liv biss ein letztes Mal gedankenverloren in die dicke Gurke, tupfte sich mit der Serviette die Lippen – und wies mit vollem Mund nur per Handzeichen den Köbes ab, der ihr noch ein halbes Mettbrötchen von seinem großen Tablett anbot. Auch Dag verneinte, obwohl beide wussten, wie schmackhaft sie waren, die Mettbrötchen.

»Liv, lass es mich der Aktualität und der Zeitnot halber auf den Punkt bringen: Du und Frank, ihr seid nicht mehr zusammen, weil ihr beide erstens zu verschieden wart und noch seid, zweitens den jeweils anderen ändern wolltet und es heute noch wollt und drittens, weil ihr eure Berufe mehr liebt als eure Partner. Ich hoffe, dass du das nie vergessen wirst, denn das andere, was da so prickelt, das vergeht. Glaube es mir«, fasste Dag die Sachlage wohl wissend und grinsend zusammen.

Liv glaubte ihr – fast.

Nach drei Alt, einer Gurke und zwei Zigaretten wurde es Zeit zu gehen. Die letzten Worte, die Dag Liv mit auf den Weg gab, als sie wieder zu Hause abgesetzt wurde, waren: »Gib bitte acht auf dich! Bei Frank und überhaupt. Du bist in diesem Hotel umzingelt von Menschen, die dir nicht unbedingt gut wollen.«

Mit der Zusage, aufmerksam zu sein, fuhr Liv zurück ins Hotel. Es tat gut, mit Dag gesprochen zu haben. Irgendwie waren alle Bedenken und Probleme wie weggeblasen. Zudem war das Eis längst verdaut, die Gurke und die Altbiere sah Liv als Appetizer. Es war Zeit, eine Kleinigkeit zu essen, Spesen zu machen, sozusagen. Denn nun ging es weiter an ihre Lieblingsarbeit: beobachten. Sie betrat das Restaurant.

Die Einrichtung des Restaurants hatte eine auffallend uneinheitliche Handschrift. So harmonierten die modernen Holzstühle mit ihren sehr lang gezogenen Rückenlehnen zwar mit den massiven Holztischen, aber nicht unbedingt mit den Mustern der Bezüge und Kissen. Diese nämlich erinnerten Liv eher an die Einrichtung ihrer Großmutter aus dem Bergischen Land. An den Wänden hingen kubistische Farbkompositionen, die sie mal in einer Ausstellung in der Düsseldorfer Kunsthalle bewundert hatte, in respektvollem Abstand zu den alten ›barocken‹ Ölgemälden. Hier jagte ein Kompromiss den anderen, ob Teppich, Vorhänge, Lampen oder Dekoration. Positiv gesehen, fand sich hier für jeden Geschmack etwas. Einem Ästheten hingegen musste es körperliche Schmerzen bereiten, hier täglich durchzugehen. Liv spürte die starke Disharmonie in der Atmosphäre.

Ansonsten schien dieser außergewöhnliche Tag normal zu Ende zu gehen, keiner der Gäste würde noch merken, dass der Seniorchef heute an diesem Ort verstorben war. Lediglich auf einem Tisch – wohl dort, wo der Senior seinen Stammplatz gehabt hatte – war ein großer Blumenstrauß mit weißen Lilien um das Schild ›reserviert‹ drapiert. In Sichtweite dieses interessanten Ortes ließ Liv sich nieder.

Sie wollte es nach den Bierchen von vorhin nun leicht und gesund angehen. Sie hatte Appetit auf eine Rheinische Muschelsuppe und überprüfte, ob ein R im Monatsnamen versteckt war – negativ, beschied sie, es war Juni. Also gut, dann bestellte sie aus der Karte speziell für Wellness-Gäste einen bunten Salat mit gebratenem Fischfilet. Sie war froh, dass nicht dabeistand, dass es aus dem Rhein war. Dazu einen halben Liter Wasser und als Ausgleich zu so viel gesunder Flüssigkeit einen Viertel Liter Barolo. Gewärmtes Baguette kam prompt auf ihren Wunsch hinzu.

Eine junge Frau trat aus der Schwingtür, auf der ›privat‹ stand. Es war Maria Overbeck, die Juniorchefin. Mit dem köstlichen Barolo in der Hand, nahm Liv sich ausreichend Zeit, sie zu beobachten. Ihr geschulter Blick fiel auf die Tische ohne Gäste, bei denen sie einige Bestecke und Gläser zurechtrückte, die Stühle in eine Linie brachte und die frischen Blumensträuße ordnete. War keine Kellnerin zur Stelle, ging sie den neu ankommenden Gästen freundlich entgegen und führte sie zum gewünschten oder bestellten Tisch. Eine ältere Dame feierte wohl einen Geburtstag mit ihrer Familie an einem besonders festlich gedeckten Tisch in einer Nische. Maria Overbeck hatte stets ein Auge auf diese Gruppe, sah jedes leere Glas, jeden wünschenden Blick und erfüllte mit lachenden Augen jedes Begehr.

Die Tische füllten sich zusehends. Die Fröhlichkeit bei Maria Overbeck und den Mitarbeitern sprang auf die Gäste über. Gute Stimmung steckte an. Die Gesichter der ankommenden Gäste zeugten durch ihre offenen Blicke von Zufriedenheit und Vorfreude auf die bekannt gute Küche. Der Laden brummte mittlerweile, kaum ein Tisch, der nicht besetzt war.

Als erneut vier Gäste nach einem Sitzplatz Ausschau hielten, nahm Maria Overbeck kurz entschlossen das Schild ›reserviert‹ von dem Stammplatz ihres Vaters und stellte den Blumenstrauß auf eine Anrichte. Sie begrüßte die Gäste freundlich und wies ihnen den nun frei gewordenen Tisch zu. Mit einem Augenzwinkern verständigte sie sich mit der Kellnerin, die, ihr wortlos zustimmend, gerade große, bunt bestückte Teller zu einem Tisch trug.

20

Obwohl sehr gesund, schmeckte es Liv köstlich. Sie aß aus Gewohnheit etwas zu schnell, gelobte sich aber Besserung für die kommenden Tage. Liv haderte mit sich, ob sie sich mit einer Radschläger-Marzipan-Torte von ihrer Düsseldorfer Lieblings-Konditorei Heinemann die vollkommene Sättigung geben sollte, beließ es aber bei dem Hauch von Sattheit, der angeblich so gesund sein sollte. Liv fühlte sich fit für weitere Aktivitäten. So brach sie auf, um das Gelände zu erkunden und noch eine Runde im Park spazieren zu gehen. Bis die Bar öffnete, wollte sie frische Luft schnuppern, den Vögeln beim Abendgezwitscher zuhören und das in den Prospekten angepriesene Rosenbeet aufsuchen. ›Lassen Sie Ihre Sinne vom Duft der Rosen stimulieren, Ihre Gedanken klären‹, so hieß es in der Beschreibung. Das konnte Liv jetzt gut gebrauchen.

Auf dem Weg zum hinteren Ausgang in den Garten hörte sie, wie sich zwei Frauen stritten. Die eine etwas leiser, die andere mit der Liv bereits bekannten lauteren Stimme. Gritta Entrup und Maria Overbeck kamen sich heftig ins Gehege.

»Du hast keinen Anstand!«, schrie Gritta Entrup. »Der Blumenstrauß muss auf seinem Platz stehen. Er ist noch nicht einmal 12 Stunden tot, da tust du schon so, als wenn es ihn nie gegeben hätte und du hier das Sagen hättest. Geschmacklos. Aber glaube mal nicht, dass ihr mir so davonkommt. Ich werde den Laden hier führen, das hat mir mein Ehemann versprochen. Und du und dein seltsamer Bruder, ihr fliegt als Erste.«

»Das versuche mal, da haben wir ja noch ein Wörtchen

mitzureden«, entgegnete Maria Overbeck. »Was willst du überhaupt hier? Meinst du, es gäbe schon etwas zu holen? An Bargeld ist nicht viel übrig, das hat dein Ehemann mit seiner jungen Geliebten ausgegeben. Mit ihr saß er fast jeden Abend auf dem Platz, den du heute trotz vollen Hauses frei halten möchtest. Also, spiel dich nicht so auf und verschwinde, du hast genug Staub aufgewirbelt.«

Johann Overbeck stürmte um die Ecke: »Nehmt euch zusammen, die Gäste könnten etwas hören. Verschwinde endlich, Gritta! Mach, dass du wegkommst …, bevor ich mich vergesse.«

Er nahm seine Schwester in die Arme. Wie eine Einheit standen sie, atmeten schwer und blickten aus zornigen Augen ihre Stiefmutter an.

»Du willst mir drohen, na, warte, morgen werde ich meinen Anwalt sprechen. Ihr werdet euer blaues Wunder erleben.« Sie stampfte forschen Schrittes von dannen.

Der junge Mann wischte seiner Schwester die Zornestränen von der Wange. »Ist alles in Ordnung, nimm sie nicht ernst, sie kann uns nichts, ich war bereits beim Notar, es ist alles zu unseren Gunsten geregelt. Sie bekommt höchstens eine Geldzahlung. Ich weiß nicht, wie sie darauf kommt, er hätte ihr das Hotel vermacht. Alles Blödsinn!«

»Johann, sie hasst uns. Hast du ihr Gesicht gesehen? Sei bitte vorsichtig.«

»Wie ich beobachte, bist du diejenige, die vorsichtig sein muss. Hätte sie ein Messer gehabt, hättest du es jetzt zwischen den Rippen.« Er lachte. Sie nicht. »Komm, lass uns später darüber reden. Wir kümmern uns um die Gäste. Du übernimmst die Tische eins bis zehn und ich die anderen. Die Kollegen rotieren oben, wir müssen helfen und nach dem Rechten schauen.«

›Welch ein Gewittersturm, kurz und heftig‹, dachte Liv.

Die hasserfüllten Worte und Blicke dieser drei Personen gingen ihr bei dem Rundgang nicht aus dem Kopf. Ihre Aggressivität ließ auf tiefe Wunden schließen. Fletschten sie wirklich nur die Zähne oder würden sie auch zubeißen? Oder Gift mischen? Motive gab es ausreichend. Liv hatte schon Mörder gesehen, die weit weniger Gründe gehabt hatten.

21

Das Rosenbeet strotzte zwar nicht gerade vor angekündigter Größe und Üppigkeit, aber Liv genügte es. Die ersten Rosen blühten bereits. Die milde Abendluft unterstrich deren Duft. Zwar waren noch längst nicht alle Blüten in voller Pracht geöffnet, aber die wenigen taten es auch. Liv suchte sich eine aus, vergewisserte sich, dass kein Insekt sich dort versteckte, hielt ihre Nase hinein und saugte den Rosenduft in sich hinein.

»Wir zwei haben etwas gemeinsam«, sagte eine tiefe Stimme.

Liv erschrak und ärgerte sich zugleich, weil sie nicht aufmerksam genug gewesen war, um einen Fremden in ihrer Nähe zu bemerken. Sie wollte doch vorsichtig sein. Betont langsam drehte sie sich zu dem Störenfried um, öffnete ihre Augen und fragte ruhig: »Was soll das sein?«

»Rosen! Teehybriden, Floribunda-Beetrosen und die blutrote Europeana, deren Duft Sie gerade inhalierten. Bitte entschuldigen Sie, falls ich Sie erschreckt haben sollte.«

»So leicht kann man mich nicht erschrecken. Da muss schon ein bisschen mehr passieren«, log sie.

Der ältere Herr lachte. Im Halbdunkel saß er auf einer Parkbank. Lässig seine Haltung mit zu beiden Seiten über die Rückenlehne ausgebreiteten Armen, vornehm seine Kleidung: Anzug, Weste und Krawatte. Als Liv sich neben ihn setzen wollte, erhob er sich und stellte sich ihr mit »Karl von Schenck« vor.

»Liv Oliver« war ihre Entgegnung, bevor sie beide sich auf die Bank setzten. Er hatte ein schmales Gesicht. Sein graues Haar war kurz geschnitten. Durch seine Fahrradbrille wirkte er zugleich witzig und belesen.

»Sind Sie geschäftlich hier?«, fragte Liv.

»Nein, rein privat. Seit meiner Pensionierung begleite ich einmal im Jahr meine Tochter auf ihrem Wellness-Trip. Ich bin Witwer, aus Hamburg.« Er pausierte kurz. »Leider konnte ich meine Tochter nicht davon überzeugen, ihrer Schönheit in Kulturstädten wie Rom oder auch Paris zu frönen, nein, sie wollte nach Düsseldorf. So vertreibe ich mir die Zeit damit, das Dorf an der Düssel kennenzulernen.«

»Sie meinen sicher, die Metropole am Rhein.«

»Oder das«, grinste er.

»Und was haben Sie bereits besichtigt?«

»Die berühmte Königsallee natürlich zuerst. Sie hat wirklich etwas Königliches. Aus der Sicht meiner Tochter Isabell wegen der luxuriösen Mode-Geschäfte, aus meiner Sicht von der Anlage der Allee her. So maß sich meine Tochter mit den leblosen Schaufensterpuppen hinter den Glasscheiben und den lebendigen auf dem Trottoir an der Modegeschäfte-Seite. Ich dagegen flanierte in der Mitte entlang des Kö-Grabens unter den großen Pinien am Düssel-Wasser und überlegte, ob Heinrich Heine hier als Kind die Enten scheuchte oder Gedichte ersann. Getroffen habe ich mich mit Isa dann wieder zu einer hanseatischen Roten Grütze bei Leysieffer.«

Von Schenck erfreute sich jetzt noch an dem Erlebten. »Düsseldorf ist weit mehr als die Kö«, warf Liv ein.

»Ich lasse mich gerne überzeugen«, fügte von Schenck an. »Geben Sie einem Touristen Insidertipps?«

Liv überlegte nicht lange. »Sehr gern. Warten Sie – womit fange ich an? Es gibt so viel Interessantes. Wollen Sie Düsseldorf richtig kennenlernen?«

In seinem zögerlichen »Ja« schwang eine gewisse Skepsis mit. »Ich weiß, Sie werden mich nicht aufs Glatteis führen.«

»Also kein Eishockey!«, schlussfolgerte Liv lachend. »Obwohl die Mannschaft der DEG Metro Stars sehenswert ist. Aber im Ernst, wo liegt Ihr Interessengebiet? Sport eher weniger? Kultur, bestimmt. Architektur auch? Oder Kulinarisches? Oder lieber von allem ein wenig?«

»Auf Grund der Kürze unseres Aufenthaltes von knapp einer Woche nehme ich von allem etwas, mit der Priorität Kultur.«

Liv, als geborene und noch immer überzeugte Düsseldorferin, fiel die Auswahl nicht schwer: »Kultur, okay … Aber um sich zunächst einen Über- und Weitblick zu verschaffen, eignet sich der Rheinturm hervorragend.« Liv deutete mit ihrem Arm in die Richtung, in der der Turm hinter dem Blätterwerk der hohen Bäume verschwand. »Vielleicht können wir ihn sehen. Im Dunkeln ist die trichterförmige Kuppel mitternachtsblau beleuchtet. Entlang des Turmes zieht sich eine bunte Lichterkette, die eine Uhr darstellt. Es ist der erste Intelligenztest für Touristen, diese zu verstehen.« Liv selbst war es anfangs rätselhaft, wie senkrecht blinkende Lichtpunkte eine Uhr darstellen konnten. Aber es funktionierte, auf die Sekunde genau.

»Nach der nur 40 Sekunden dauernden Fahrstuhlfahrt muss ich mich immer kurz akklimatisieren, aber anschließend ist es ein beeindruckendes Bild, das sich aus 168 Metern Höhe von Düsseldorf zeigt. Ich liebe es, mich, gestützt auf die sicheren, aber schrägen Glasfenster, hinauszulehnen und nach unten zu schauen. Vor mir liegt dann mäandernd die Rheinschleife mit den wie Bleistifte durch den Strom ziehenden Schiffen. Der neue Hafen und die einzigartigen Gehry-Bauten, die Rheinkniebrücke und die Oberkasselerbrücke lassen nicht nur Architekten-Herzen höher schlagen.« An von Schenck gewandt, machte sie auch auf das sich langsam drehende Restaurant eine Etage über der Aussichtsplattform aufmerksam. Liv geriet bei dem Turm immer wieder ins Schwärmen. So manches Mal, wenn sie die Alltagsprobleme zu sehr umkreisten, ließ sie sich aus luftiger Höhe verdeutlichen, wie unwichtig und klein der Mensch da ganz unten und wie großartig das Gesamte war. Das wirkte meistens sehr klärend auf sie.

»Sie wären eine gute Reiseleiterin, so begeistert, wie Sie von Ihrer Heimatstadt erzählen«, fand von Schenck.

»Oh ja, von dem roten Doppeldecker-Cabrio-Bus der City-Tour aus wäre das eine nette Nebenbeschäftigung«, lachte Liv. »Nein, das können andere besser. Ich kann Ihnen nur sagen, wo Sie das Heinrich-Heine-Museum finden, wo sein Geburtshaus ist oder dass das Kunstmuseum sehr sehenswert ist und so weiter. Das ist einem als Düsseldorfer Kind eben geläufig. Nichts sonst.«

»Würden Sie mir raten, die Altstadt zu erkunden?«, fragte er vorsichtig. »Stichwort ›längste Theke der Welt‹.«

»Ja, natürlich. Es muss ja nicht Freitag- oder Samstagabend sein. Aber auch wenn Sie kein Biertrinker sind, sollten Sie sich die Düsseldorfer Brauereien nicht entgehen lassen. So manch eine kann sicher mit dem Münchner Hofbräuhaus konkurrieren.«

»Wie kommen Sie darauf, dass ich kein Biertrinker bin? Ein kühles Alsterwasser an der Alster trinke ich mit Vorliebe.«

»Na, dann sollten Sie sich zum Beispiel in der Altstadt ein Füchschen Alt, ein Uerige, Schumacher, Schlüssel oder Frankenheim genehmigen. Vielleicht finden Sie die geschmacklichen Unterschiede heraus – zumindest zu einem normalen Altbier. Danach im Et Kabüffke am Killepitsch-Fenster ein Kräuterlikör …« Liv stutzte. »Aber ich will Sie nicht zum Alkoholiker machen, denn Düsseldorf ist mehr als sein Bier.«

»Noch mehr?«, witzelte von Schenck.

»Düsseldorfer Löwensenf«, fiel es Liv schlagartig ein. »Wenn Sie Mitbringsel für zu Hause brauchen, gehen Sie in den Senfladen in der Bergerstraße. Da gibt es nichts, was es nicht gibt, auch Altbier-Senf.« Liv und von Schenck lachten herzlich über den Einfallsreichtum.

»Aber zurück zu Ihrem Schwerpunkt ›Kultur‹. Wie wäre es mit einem Konzert in der Tonhalle?«

»Tonhalle, nun ja.« Von Schenck zog nicht mit.

Liv erklärte: »Das ist eine für den Düsseldorfer ziemlich unübliche, weil bescheidene Betitelung für ein in Klang und Architektur einzigartiges Konzerthaus am Rhein.«

»Ach so«, beschwichtigte von Schenck.

Sie schwiegen grinsend und ließen ihren Gedanken freien Lauf.

Es wurde stetig dunkler und eine milde Kühle ließ sich auf ihnen und dem Rosenbeet nieder.

»Diese Stadt hat etwas, was über ihren Ruf hinausgeht.

Nur Meerluft gibt es hier nicht«, forderte von Schenck Liv heraus.

»Weit gefehlt! Wir haben eine Salzgrotte in der Münster-Therme im nahe gelegenen Stadtteil Bilk.«

Liv war mit Dag erst neulich dort zum Salzluft-Schnuppern, wie sie es gern bezeichneten. Unter dem alten Schwimmbad tauchte der Gast in eine andere Welt ein.

»Ich kann Ihnen sagen, das ist toll dort.« Und sie begann zu erzählen. Von Schenck konnte sich ihrem Bann nicht entziehen, musste aber ein wenig lächeln über ihren Mitteilungsdrang, der ausschließlich ihre Stadt betraf.

»Sobald man sich an die schwache, warme Beleuchtung in dem höhlenartigen Raum gewöhnt hat, erkennt man die Einzelheiten. Mit dem über die eigentlichen Schuhe gestülpten Plastikschutz betritt der Besucher den aus einer dicken Salzschicht bestehenden Boden. Es ist kühl, es riecht nach Salz. Die Musik aus den Lautsprechern zieht einen aus der Wirklichkeit. Wir liegen, mit Decken gewärmt, auf den bequemen Stühlen, die im Raum verteilt sind, und atmen frische salzige Luft.«

Liv hatte die Augen geschlossen und atmete tatsächlich ein. Von Schenck schaute, sagte nichts.

»Man möchte die Augen schließen und der Musik und den Sinneseindrücken folgen. Es tröpfelt, und erst jetzt erkennt man an zwei Wänden die stetig mit Wasser beträufelten Salzflächen, die in Kleinteilen durch die Luft kreisen und deinen Atemwegen einfach nur guttun.«

Liv öffnete, noch einmal tief durchatmend, ihre Augen. Sie war wieder hier auf der Parkbank bei von Schenck und sah ihn mit großen Augen an.

»Ich sehe, Düsseldorf und seine Menschen setzen immer noch einen drauf.«

»Düsseldorf hat nichts, was es nicht gibt, weit über Karneval und Oberkasseler Kirmes hinaus.« Es war Liv eben wieder klar geworden, wie überzeugt sie von ihrer Stadt war.

»Gerüche, auch wie diese hier von den Rosen, die ja mein heimliches Hobby sind«, so Karl von Schenck, »haben schon eine besondere Wirkung. Sie haben völlig recht, verehrte Frau Oliver, man muss sich ihnen hingeben können. Ich habe den Eindruck, der besondere Geruch hilft mir beim Denken.«

Er hatte ein freundliches Lächeln.

»Meist denkt der Mensch zu viel«, provozierte Liv.

»Ich denke gerade darüber nach, wieso in einer solch friedlichen Umgebung ein Mensch unter so merkwürdigen Umständen starb.«

Liv schaute ihn erstaunt an. »Ach, Sie wissen davon?«

»Es wird zwar totgeschwiegen, aber ich habe als Regierungsrat im Ruhestand sehr viel Geduld, einen wachen Beobachtungssinn und viel Spaß an der Recherche. Ich beabsichtige, ein Buch zu schreiben. Vielleicht dient dieser Aufenthalt hier als Grundlage für einen Krimi?« Er lächelte wieder.

»Und warum erzählen Sie das gerade mir?«, wollte Liv wissen.

»Sie waren doch praktisch dabei. Außerdem ermitteln Sie ebenfalls, wenn auch nicht in totaler Abstimmung mit dem Kommissar. Daraus schließe ich, dass Sie nicht von der Polizei sind, aber eine Privatdetektivin sein könnten.«

Es ärgerte Liv, dass sie diesen Mann bisher noch nicht bemerkt hatte, obwohl er sie beobachtet hatte. »Nun haben Sie ausnahmsweise mal nicht recht, Herr von Schenck. Ich bin keine Detektivin. Ich bin Urlauberin, genau wie Sie.«

Von Schenck überlegte stumm, schaute Liv von der Seite an. »Ich habe einen ausgeprägten Sinn für Verschwiegenheit.«

»Ich auch«, lachte Liv.

»Seien Sie gnädig«, bettelte er, »versüßen Sie einem alten Mann diesen ausgedehnten Wellness-Urlaub fern der nordischen Heimat mit einem Hauch von leibhaftiger Spannung.«

»Sie wissen doch schon fast alles«, fand Liv. »Erzählen Sie mir doch erst, was Sie gesehen und gehört haben und zu welchem Schluss Sie bereits gekommen sind. Dann werden wir sehen, ob ich etwas ergänzen kann.«

»Gesehen habe ich, dass Sie mit dem Kommissar sprachen, gefragt habe ich die gesprächigen Mitarbeiter und beobachtet habe ich das Geschehen um mich herum. Ich meine, dass in diesem werten Hause viel im Argen ist, dass der Betrieb zwar äußerst profitabel zu laufen scheint, aber nicht stimmig ist, was auf eine inkonsequente Führung zurückzuführen ist. Ein schwelender Generationskonflikt bietet in einem solchen Fall eine gute Keimzelle für Intrigen, Betrügereien und vielleicht sogar Mord.« Soweit von Schencks Analyse.

»Oha«, staunte Liv, »da sind Sie ja schon sehr weit. Aber das Wichtigste fehlt. Wer hat den Mann getötet?«

»Vorher müssen wir herausbekommen, wie er gestorben ist.«

»Wir?«, hakte Liv nach.

»Ich kann Ihnen helfen, Frau Oliver. Sie können ja nicht zu jeder Zeit überall sein. Lassen Sie mich Ihnen zuarbeiten.«

Von Schenck blickte über seine kleine, runde Brille mit wachen, neugierigen Augen.

»Also gut«, ließ sich Liv erweichen. Ihr legendär gutes Bauchgefühl für das Wesentliche sagte ihr, dass sie Frank nicht hinterging, wenn sie diesen Mann als Komplizen auf ihrer Seite hatte. Das konnte sie vor sich und wenn nötig auch vor Frank verantworten. So sagte sie ihm ihre Wahrheit: »Ich war tatsächlich als Urlauberin hier, als der Mann vor meinen Augen starb. Aber zufällig bin ich von Beruf Kriminalreporterin und über diesen Fall werde ich selbstverständlich schreiben. Ihre Hilfe nehme ich gerne an. Voraussetzungen für eine Zusammenarbeit sind aber neben Ehrlichkeit, Offenheit und gegenseitigem Vertrauen absolute Verschwiegenheit gegenüber Dritten!«

Von Schenck strahlte über sein faltiges Gesicht. »Ich werde Sie nicht enttäuschen – und glauben Sie mir, ich weiß, was Loyalität bedeutet.«

Er hielt ihr seine offene Hand entgegen. Liv schlug ein.

Mit verschränkten Armen lehnten sich beide zurück, ihre rechten Beine über die linken geschlagen.

»Jetzt habe ich einen Job.«

»Und ich einen Partner«, warf Liv ein.

»Interessant«, meinte er, »dann wäre es doch sinnvoll, wenn wir unsere Beobachtungen und Einschätzungen regelmäßig miteinander abklärten. Wir sind noch einige Tage hier, das wäre doch gelacht, wenn wir diesen Fall nicht lösen könnten.« In sein offenes Lachen musste Liv nun herzlich mit einstimmen. Das war eine nette Vorstellung, mit diesem distinguierten Herrn den Mord vor Frank aufzuklären. Wie zwei Seelenverwandte saßen sie noch eine Weile schweigend da, bis die Kühle der Nacht begann, den Duft der Rosen zu schlucken. Erst im Foyer verabschiedeten sie sich voneinander.

22

An der Rezeption stand Gritta Entrup in einem maisgelben Trainingsanzug. Wenn sie sich so von hinten in der engen Hose gesehen hätte, würde sie sich direkt morgen einen neuen, um zwei Nummern größeren kaufen. Ihre roten Lippen, die roten, langen Fingernägel und ihr stark geschminkter Augenaufschlag lenkten vorübergehend von mancher Problemzone ab. Würde sie jetzt ihren Hass gegen Maria Overbeck und den Bruder Johann am Boxsack ausleben oder ließe sie ihrer Trauer freien Lauf? Trauerte sie?

»Sie gehen ins Fitnessstudio trainieren, Frau Entrup? Die Trainerin wird jetzt aber Feierabend machen«, bekam sie aus der Rezeption Bescheid.

»Gut, die brauche ich sowieso nicht. Ist überhaupt die Frage, ob wir die noch behalten«, fügte sie in einem etwas leiseren Ton, aber durchaus hörbar, im Weggehen hinzu.

»Guten Abend, Frau Oliver, ist alles zu Ihrer Zufriedenheit oder kann ich etwas für Sie tun?«, fragte die Rezeptionistin Margit Jung freundlich in Livs Richtung.

»Sie sind immer noch hier? Arbeiten Sie rund um die Uhr?«

»Normalerweise nicht. Aber heute machen wir alle aufgrund der Umstände eine Ausnahme.«

»Ach ja, die Umstände«, repetierte Liv.

»Geht Frau Entrup oft abends ins Fitnessstudio?«, schloss sie schnell und möglichst unauffällig ihre Frage an.

»Ja, schon, am liebsten, wenn alle Gäste und Mitarbeiter fort sind.«

»Wann öffnet die Bar heute?«, lenkte Liv vom Thema ab.

»Die müsste jeden Moment öffnen, heute ist Soul-Abend. Der Chef hat für heute etwas gediegenere Musik angeordnet, wegen der Umstände, Sie verstehen.«

Liv nickte und schlenderte lächelnd in Richtung Bar. Neben dem Haupteingang ging es eine Treppe hinunter in die untere Ebene, wo ein Schild die Gäste in die richtige Richtung lenkte. Eine offene Tür, aus der rot-weiß-blaue Lichtreflexe blitzten und Musik zu hören war, sog Vorbeigehende zum Eingang. Zunächst konnte man nichts erkennen. Blinzelnd gewöhnten sich die Augen an das Licht. Dann sah Liv, dass die paar Menschen, die an der Bar saßen, erwartungsvoll zur Tür schauten. An ihren Blicken meinte sie aber erkennen zu können, dass ihre Person ihren Erwartungen nicht ganz entsprach. So wandten sie sich ziemlich bald wieder ihrem jeweiligen Gegenüber zu.

Bunte Lichtspiele durch bewegliche Lampen und Spiegel, die alles reflektierten, warfen ungewohnte Schatten und erzeugten eine mysteriöse Atmosphäre. Die Gesichter waren nur schemenhaft zu erkennen, im Halbschatten wirkten manche eher gespenstisch, monsterhaft, andere hingegen attraktiv-reizvoll. Liv setzte sich an die Theke vor die leere Tanzfläche und gönnte sich einen Gin Tonic. Der dunkelhäutige Barmann schenkte sehr großzügig ein und strahlte Liv mit einem leuchtenden weißen Supergebiss an. Etwas Eis, Lemonjuice und eine Limonenscheibe, so war es perfekt. Die Musik war schön laut. Trotzdem versuchte Liv, in ein Gespräch mit dem gerade nicht sehr beschäftigten Barmann zu kommen. Mike Tom stand auf seinem Namensschild.

»Trauern Sie auch so heftig wie Ihre Kollegen um den

Seniorchef?« Liv bemerkte, der Gin Tonic, mit Strohhalm getrunken, wirkte flott und löste ihre Zunge.

Der Barmann lachte wieder: »Man spricht nicht schlecht über Tote. Ihr Geist lässt einen sonst nicht in Ruhe. Aber es ist kein Geheimnis, dass es mit ihm hier nicht leicht war, nur, was nun kommen könnte, wird nicht besser.«

»Sie meinen Frau Entrup oder die Junioren?«

»Gegen die Junioren als Chefs ist nichts einzuwenden, die schmeißen doch jetzt schon den ganzen Laden.« Er wandte sich einem anderen Gast zu. Liv hatte Durst.

»Noch einen, bitte.« Sie winkte Mike mit dem Glas zu.

Sie fühlte sich gut, ihr war nach tanzen. Auf der Tanzfläche schlängelte sich ein Paar umeinander – Liv war das egal, sie ließ die Musik wirken. Ein Mann von der Theke, der bei diesen Lichterspielen in die Kategorie gespenstisch fiel, fühlte sich wohl durch diese Hemmungslosigkeit angesprochen – oder sollten die Wellness-Anwendungen schon gewirkt haben? Egal, ein Tanz mit ihm, und Liv verlor die Lust. Sie wendete sich von ihm ab und tanzte allein weiter, er verstand. Zwischendurch nippte sie immer wieder an ihrem Gin Tonic und fühlte sich gut. Richtig gut. Die Zeit verging, es war mittlerweile ziemlich voll geworden in der Bar.

Wenn es am schönsten war, sollte man gehen. Liv verabschiedete sich nickend vom Barmann, der zurücknickte und ihr die Rechnung zur Unterschrift vorlegte. Liv winkte ihrem ehemaligen Tanzpartner rückwärts über die Schulter zu, er wendete sich ab.

Auf dem Gang vor der Bar sah sie sich mehrmals um, eine alte Gewohnheit, die sie schon vor so manchen unangenehmen Überraschungen geschützt hatte. Die Körperdrehung bereitete ihr zwar jedes Mal Balance-Schwierigkeiten, aber sie musste sichergehen, dass ihr niemand folgte. Dann verschwand sie in Richtung ihres Zimmers.

Die leichten Schaukelgefühle hielten sie zum Glück nicht lange vom ersehnten Schlaf ab. Einem Schlaf, von dem sie jetzt noch nicht wusste, dass sie ihn für den morgigen Tag auch dringend brauchte.

23

Früh um halb sechs morgens weckten Liv seltsame Geräusche. Zu früh, ihr notwendiges Schlafpensum war noch längst nicht erreicht – vier Stunden waren einfach zu wenig.

Autolärm? Das war ungewohnt, sonst war doch hier nach hinten hinaus alles relativ ruhig. Nachher wollte sich Liv beschweren, dachte sie, als auch die Stimmen immer lauter wurden. Es wollte gerade hell werden. Autos, deren Scheinwerfer auf Standlicht geschaltet waren, fuhren direkt vor den Wellness-Bereich. Ihr Zimmerblick ging zunächst auf die stahlblau ausgeleuchtete trichterförmige Kuppel des Rheinturms, dann auf die Wiese vor dem Schwimmbad. Ein Leichenwagen.

Blitzschnell war Liv hellwach, ruck, zuck angezogen und kurz darauf im Wellness-Center. Der Kosmetikbereich war abgeschottet, kein Durchkommen für Gäste. Sie sah den Kommissar.

»Frank!«, rief sie wild gestikulierend zu ihm hinüber. Ein Blick, ein Nicken zum Beamten, der als Barriere funktionierte, und Liv wurde durchgelassen.

»Was ist los, Frank?«

»Das weiß ich auch nicht. Kannst du dir das erklären?«
Er ging vor, Liv hinterher. Frank öffnete die Tür zu einem
Kosmetikraum. »Sie wurde so von den Putzfrauen gefunden.«

Liv stockte. Gritta Entrup lag in einem Kosmetikstuhl,
tot, mit fürchterlich verätztem Gesicht. »Das sieht entsetzlich aus«, sagte Liv und ging näher heran. Blutige Pusteln, aufgeplatzte Haut, rote Flächen wie Brandwunden auf
Stirn und Wangen. Die Augen leicht geöffnet, saß sie kerzengerade in dem Stuhl. Ihr maisgelber Jogginganzug war
besprenkelt mit großen und kleinen Blutspritzern. Jetzt erst
bemerkte Liv, dass die Fußgelenke und beide Arme an den
Handgelenken mit einem breiten roten Geschenkband an
den Stuhl gefesselt waren. Die langen roten Nägel waren
teilweise abgebrochen, Kratzspuren in den Armlehnen.

»Jetzt geht es hier in dem werten Haus und in der werten Familie wohl richtig zur Sache«, meinte Frank. Beide
verließen sie den Raum und überließen den Kollegen das
Terrain. »Was hast du bis jetzt herausgefunden? Du hast
doch mit Sicherheit schon recherchiert. So wie du aussiehst,
sogar bis tief in die Nacht.«

Sie lächelten einander verschmitzt an, denn auch Frank
hätte seinem Aussehen nach noch etwas Schlaf vertragen
können, was Liv ihm ebenfalls nicht verheimlichte.

»Und wer hat dich heute Nacht so zerzaust?«

Frank schwieg.

In dem kleinen Kosmetikraum – in demselben, in dem
Liv gestern behandelt wurde – wuselten die in weiße Overalls gekleideten Leute von der Spurensicherung und ein
Fotograf herum und versuchten, so gut es ging, ihre Arbeit
zu machen. Kurz kam Liv der Gedanke, ob es auch sie hätte
sein können, die da so im Kosmetikstuhl zugerichtet wor-

den war. ›Quatsch‹, verwarf sie ihre abstrusen Gedanken und widmete sich wieder der Realität.

Nach einiger Zeit erst öffneten die Bestatter die Knoten der roten Geschenkbänder an den Fuß- und Handgelenken und legten den toten Körper in die Wanne, schlossen den Plastiksack, setzten den Deckel auf und trugen die sterblichen Überreste fort. Das erste Mal, dass Gritta Entrup wirklich lautlos aus einem Raum verschwand. Ihr letzter Auftritt war auf eine andere Art spektakulär.

»Nimm dir die Geschwister vor, Frank. Es gab einen Streit, einen heftigen Streit gestern Abend zwischen Gritta Entrup und ihrer Stieftochter Maria Overbeck. Johann Overbeck ging dazwischen und sie scheuchten die Entrup fort. Wer weiß, was sonst noch passiert wäre«, schilderte Liv ihrem Ex. »Die beiden waren wie die Furien, hasserfüllt. Und Johann Overbeck machte den beruhigenden Eindruck, als hätte er alles im Griff. Wer weiß, was er für einen Plan hatte.« Liv griff Frank am Arm: »Hätte ich es wissen müssen? Hätte ich es verhindern können?«

Frank ließ Livs Gedankenfluss kommentarlos freien Lauf. »Über Gritta Entrup weiß ich, dass sie und ihr Mann sich gehasst haben müssen. Sie war mit ihren Liebhabern öfter hier im Hotel und er hatte eine junge Geliebte. Aber die beiden können sich ja nicht zeitversetzt gegenseitig umgebracht haben.« Livs Lächeln in Franks Richtung über diesen kleinen Witz wurde nicht erwidert, nur ein ungeduldiger Blick.

»Weiter, was weißt du noch?«, drängte er.

»Bei den Mitarbeitern war sie auch alles andere als beliebt. Sie verschaffte sich durch Strenge und Befehle Pseudo-Respekt. Sicher hatte sie im Hotel einige Spitzel, die sie für Informationen bezahlte. Seit Langem wohnte sie woanders. Wenn sie aber herkam, genoss sie es, teure

Klamotten vorzuführen und viel Wirbel um ihre Person als Chefin zu machen. Im Grunde hatte sie nur noch das Ziel, für sich möglichst viel Geld aus dem Unternehmen zu ziehen. Überhaupt scheint hier jeder nur in seine Tasche zu arbeiten«, schloss Liv ihre Kurzanalyse.

»Außer dem Sohn und der Tochter?«, fragte Frank nach.

»Die sind sicher auch nicht so brav und heilig, wie sie den Anschein geben. Immerhin, sie duckten seit Jahren vor ihrem herrischen Vater. Ich wäre anders«, sagte Liv.

»Das ist mir schon klar«, bestätigte Frank.

»Aber von den Geschwistern sprechen hier alle eher positiv. Vielleicht verstand sich Gritta Entrup auch aus Eifersucht nicht mit ihren Stiefkindern. Wie weit ihre gegenseitige Ablehnung aber ging, kann ich nicht sagen.« Näher an Frank gerückt, fügte sie hinzu: »Gestern Abend sah es wirklich so aus, als wären die Geschwister zu vielem entschlossen. Ob sie allerdings fähig zu einem solch brutalen Verbrechen sind?« Liv erinnerte sich an die verkrampften Hände der Toten.

»Sie müssen es ja nicht selbst ausgeführt haben«, schloss Frank.

»Der Sohn hat die Fitnesstrainerin als Geliebte«, schoss es dann noch aus Liv heraus. Warum gerade in diesem Zusammenhang? Intuition.

»Ja, ich habe so etwas schon munkeln hören. Da bin ich ja beruhigt, ich dachte schon, er hat ein zu inniges Verhältnis zu seiner Schwester.«

»Kennst du schon die angebliche Geliebte des Toten, Frank?«

»Ja, zwischendurch konnte ich die heulende Anuschka etwas verstehen. Monika Salmann heißt sie. Sie wird aus Bayern gerufen. Sie sollte heute hier sein.«

»Ich könnte mir vorstellen, dass sie eine wichtige Rolle in dem Fall spielt«, versuchte Liv, Frank anzudeuten.

»Wie, vorstellen … Weißt du Genaueres?«

»Noch nicht viel, nur dass sie eine spezielle Persönlichkeit ist. Und spezielle Persönlichkeiten sind zu speziellen Aktionen fähig.«

»Liv, du meinst, die hätte ihre Rivalin aus dem Weg geräumt? Wozu jetzt noch, wenn der Alte tot ist?«

»Muss ich dir das erklären? Geld, Macht, Einfluss – wer weiß, was der Senior ihr alles versprochen hat und worauf sie meint, auch nach seinem Tod einen Anspruch zu haben. Du als Kommissar müsstest doch nun wirklich die gängigen Mordmotive besser kennen als ich. Aber warten wir es ab, bis die Salmann da ist. Wie sieht denn nun genau die Erbrechtslage aus? Wer kriegt denn alles hier?«

»Ich bin noch immer nicht viel weiter. Wie es aussieht, die beiden Kinder. Hier ist eher anzusetzen«, war Franks Meinung. »Die beiden haben doch viel mehr zu verlieren. Die leben doch für dieses Hotel hier.«

»Und wie sieht es mit deren Alibis aus?«, wollte Liv wissen.

»Zu beiden Tatzeiten sehr wackelig, sie sind immer jeder des anderen Alibi. Heute Nacht schliefen sie angeblich beide, haben gegenseitig bezeugt, dass der andere in seinem Zimmer gewesen sei. Und gestern Morgen um halb sieben wurden sie schon von drei Mitarbeitern hier im Hotel gesehen. Dann waren sie eine Weile verschwunden, wohl, um in Ruhe in ihren Wohnungen zu frühstücken. Auch dass sie gemeinsam zu Hause frühstücken, ist nichts Ungewöhnliches. Das machen sie öfter. Sie hätten durchaus die Möglichkeit gehabt, dem Alten etwas ins Müsli zu geben oder geben zu lassen.«

Liv wollte diese Theorie nicht einleuchten: »Glaubst

du denn, dass die beiden ihren 84-jährigen Vater umgebracht haben? Hätte sich das ›Problem‹ nicht von selbst recht bald gelöst?«

»Liv, du weißt doch, wie das ist. Vielleicht war Eile geboten oder die vielen Frauen um den Senior hatten etwas im Sinn oder der Senior selbst. Alles ist möglich. Noch! Gritta Entrup war sich jedenfalls sicher, dass er das Testament zu ihren Gunsten umgeschrieben hat.«

»Aber warum sollte er das tun, wenn er inzwischen eine viel jüngere Freundin glücklich machen wollte?«, argumentierte Liv.

Frank überlegte kurz: »Hier liegt vielleicht der Schlüssel zum Problem. Wir müssen dringend mit der Freundin sprechen. Ich bin gespannt auf sie.«

»Und ich bin gespannt, was dann unter den Mitarbeitern vor sich geht. Typisch Familienbetrieb. Da geht es hoch her. Das ist unglaublich, was die Mitarbeiter alles an familiären Intimitäten mitbekommen.« Liv versprach, am Ball zu bleiben: »Sei gewiss, Frank, ich mische mich unter das Volk. Das ist kein einfacher Fall, bestimmt nicht.«

»Ach, übrigens, Liv, hast du denn heute Nacht nichts Ungewöhnliches mitbekommen?« Liv musste schmunzeln, wie Frank nebenher etwas über ihre durchzechte Nacht herausfinden wollte.

»Willst du das aus beruflichen Gründen wissen?«, fragte sie frei heraus.

»Weshalb denn sonst?«, grinste Frank mit seinem unwiderstehlichen schiefen Mundwinkel.

»Ich muss dich enttäuschen, nein, gestern Abend sah ich Gritta Entrup nur, als sie im Trainingsanzug Richtung Fitnessstudio ging. Sie war ziemlich aufgebracht, aber das war ja quasi ein Dauerzustand. Ich schlief diese Nacht wie eine Tote, vielleicht waren die zwei Gin Tonics schuld, die ich vorher in der Bar trank. Insofern nichts Interessantes, diesen Mord hier habe ich verschlafen. Tut mir leid, mein Lieber, ich würde dir gerne den Mörder liefern.«

»Oder die Mörder«, berichtigte Frank Golström.

24

Über ihren starken Appetit trotz der Vorfälle wunderte sich Liv nur kurz, denn vor ihr stand ein äußerst ansprechendes Frühstücksbüfett, drapiert um den Marzipan-Radschläger.

Noch ein paar Stunden Zeit verblieben bis zur nächsten Wellness-Behandlung. Die schriftliche Vorwarnung, vor den Anwendungen nicht zu üppig zu essen, schlug Liv in den Wind. Sollten sie doch dann bitte nicht solche Köstlichkeiten anbieten. Das Birchermüsli stand wieder am gewohnten Platz. Liv fixierte den Topf mit Brei, als könne er ihr gefährlich werden. Weit gefehlt. Liv entschied sich diesen Morgen für das obligatorische Brötchen mit Nutella und ein Ei. Was einem schmeckt und mit Genuss gegessen wird, ist gesund, war einer der wenigen Grundsätze, die sie von ihren Eltern übernehmen wollte. Der frisch gepresste Apfel-Möhren-Saft erregte Livs Aufmerksamkeit. Möhrensaft pur ließ äußerst unangenehme Kindheitserinnerungen an die bergische Großmutter und deren Küche wach werden, aber der Apfelsaftzusatz könnte den notwendigen geschmacklichen Ausgleich bringen, dachte Liv. Und so war es, es schmeckte und es war als gesund gepriesen.

Seltsam, aber Liv war beruhigt, dass der Senior als ein Ekel galt, dann war es mit Sicherheit ein gezielter Anschlag auf ihn und sie musste sich nicht bei jedem Verzehr Gedanken machen, ob in diesem Hotel vielleicht doch ein Irrer einen Amoklauf per Gift veranstaltete.

Das Ei drohte Liv allerdings im Hals stecken zu bleiben. Es handelte sich um ein fast zu Staub verfallendes mindestens 20-Minuten-Ei. Aber nicht nur deshalb hatte Liv Schluckbeschwerden, sondern auch, weil ihr die Bilder von der toten Gritta Entrup hochkamen. ›Ich werde langsam weich‹, sinnierte Liv. ›Früher haben mich blutige Leichen nicht vom Essen abhalten können. Aber das Bild, das die Tote darbot, war zu unappetitlich.‹ Außerdem wusste Liv nicht, woran sie gestorben war. Das angebrochene Ei ließ sie liegen und schlenderte durch das Foyer.

25

»Hier ist einer von der Presse. Er hat ein paar Fragen zu den Todesfällen«, hörte Liv eine Mitarbeiterin an der Rezeption zu Maria Overbeck sagen. »Was mache ich mit dem?«

»Gib ihm die Nummer vom Kommissariat, von diesem – äh – Frank Golström. Wir sind für niemanden zu sprechen. Keiner gibt hier Auskünfte zu irgendetwas, ist das klar? Das gilt für alle! Geben Sie das genau so weiter!«

Das war deutlich und kam auch Liv sehr entgegen. Sie hoffte nur, dass die Kollegen von der Konkurrenz es bei ihrer Telefonrecherche beließen und nicht doch jemand von ihnen im Hotel persönlich auftauchte. Die rigorosen Sparmaßnahmen der Blätter wirkten dieses Mal zu Livs Gunsten.

Nur zu gerne wollte sie nun eine Zigarette rauchen. Sicherlich war auch das nicht angeraten vor einer Wellness-Behandlung, aber vielleicht reizte es sie deswegen umso mehr. Schon lange kaufte sie sich keine eigenen Zigaretten mehr und konnte dadurch ihrer ehemaligen Sucht Einhalt gebieten. Nun rauchte Liv nur noch bei spontaner Lust, wie jetzt.

›Wer weiß, was morgen sein wird. Heute will ich den Tag genießen, und zwar ganz besonders. Vielleicht liege ich morgen früh schon irgendwo auf einer Liege und bin mausetot.‹

Liv ging hinaus, suchte nach Fotomotiven und bummelte etwas um das Hotel herum, der Gedanke an eine Zigarette begleitete sie.

26

Der blaue Himmel und die wenigen einzelnen weißen Wolken verhießen einen sonnigen Frühsommertag. Das Anwesen gefiel Liv. Das Haus selbst wirkte recht unscheinbar, das war vielleicht das Gute daran. Ein Neubau, außen wie auch im Innern fast überall weiß verputzt. Aber der kleine Park dominierte das Gelände. Die üppige Natur wucherte geradezu. Trotz der Nähe zur Stadt hatte man direkt ein Urlaubsgefühl. Liv war froh, auf diese Idee gekommen zu sein. Weite Reisen in ferne Oasen brauchten viel Zeit, irgendwann wollte sie sich mal einige Monate freinehmen und nur reisen. Irgendwann. Eine Auszeit von Job und Alltag, das war hier und jetzt völlig okay. Hier, in der Heimat, hatte Liv alles, was sie brauchte. Wichtig war ihr, dass viel grüne Natur um sie war. Natur beruhigte.

Auf dem Weg durch den Park lief Bettina mit drei Joggern winkend an Liv vorbei. Sie winkte zurück, schaute dabei aber zufällig einem jungen Mann hinter der Jogger-Gruppe geradewegs ins Gesicht. Es war der Kellner, Jörg Olsson, der sich angesprochen fühlte und auf Liv zukam.

»Guten Morgen, Frau Oliver.«

Er wusste ihren Namen.

»Sie haben mich ja gestern Nachmittag versetzt.«

Ihr war nach allem, nur nicht nach einer lapidaren Entschuldigung für eine verpasste Verabredung.

»Rauchen Sie, Herr Olsson?«, unterbrach Liv ihn. Auch sie wusste seinen Namen – ohne Namensschild.

»Ja, woran sieht man das?«

Liv war auch nicht nach Small Talk.

»Haben Sie eine übrig?«

»Ja, klar, ich hätte gedacht, Sie rauchen gar nicht.«

»Nur ab und zu. Rauchen Sie eine mit?«

»Gerne, ich habe noch eine viertel Stunde bis zum Dienstanfang.«

»Gritta Entrup ist tot, wussten Sie das schon?«

»Ja, deshalb bin ich auch schon früher hier. Ein Kollege rief mich an. So etwas geht hier rum wie ein Lauffeuer. Wer könnte das getan haben? Und warum ausgerechnet an ihrem Geburtstag?«

»Sie hätte heute Geburtstag? Das wusste ich nicht.«

›Schlecht recherchiert, Frank Golström‹, dachte Liv.

»Das gibt dem Tod irgendwie mehr Bedeutung, das macht es irgendwie doppelt schlimm, oder?«, fragte Liv.

Er zuckte nur mit den Schultern.

Liv ließ nicht locker: »Also, warum hat das jemand getan? Was meinen Sie? Sie kennen sich hier doch bestens aus. Gab es überhaupt jemanden von Ihren Kollegen, den Gritta Entrup nicht irgendwann einmal heruntergemacht hat? Gab es jemanden, der sie nicht hasste?«

»Ach, wissen Sie, das kann ich gar nicht beantworten.«

›Nun gut, er will nicht.‹

Liv kam der Gedanke, dass Frau Entrup eine der wenigen Auserwählten war, auf deren Grabstein die Daten von Geburts- und Todestag dieselben waren.

Sie nahm einen leichten Zug aus der fürchterlich schmeckenden Zigarette und versuchte, ihr Gesicht nicht allzu sehr zu verziehen.

»Das war ja ein seltsames Chefpaar«, warf sie gedankenversunken ein. »Wie konnten Sie …?«

»Wieso ich hier schon seit sieben Jahren arbeite? Für solche Chefs? Das meinen Sie doch? Sie verstehen es vielleicht nicht, aber wir Kollegen untereinander haben ein super Verhältnis. Wir sind wie Freunde, gehen durch dick und dünn. Wenn einer mal wieder grundlos angeschissen wurde – sorry –, standen die anderen für ihn ein. Wir haben mit den Jahren ein gutes System entwickelt, Anfeindungen zu begegnen. Wer allerdings nicht in unser Team passt, der muss gehen. Dafür ist es zu hart hier.«

»Wie machen Sie das?«

»Dann nutzen wir die Mittel, die die Seniorchefs uns bei Beginn einschärfen: bespitzeln, lügen, verraten. Dann erzählt einer eben dem Senior, dass der Kellner Alkoholiker ist. Oder etwas aus der Kasse nimmt. Da müssen auch mal härtere Geschütze aufgefahren werden. Hier geht es schließlich ums Überleben.« Er lachte gekünstelt, merkte wohl, dass er etwas zu ehrlich gewesen war. »Aber das hört sich alles schlimmer an, als es tatsächlich ist. Die meiste Zeit arbeiteten wir gut und glücklich zusammen. Dann nämlich, wenn die Seniorchefs nicht hier waren. Und das passierte sehr oft. Die kamen praktisch nur noch, um abzukassieren. Um uns oder die Gäste ging es denen schon lange nicht mehr. Da sind die Junioren ganz anders. Obwohl, Junioren hört sich so niedlich an. Im Grunde sind sie die Chefs. Sie arbeiten so hart wie wir, sind zur Stelle, wenn man sie braucht. Wir sind ein gutes Team. Ihnen geht es nicht nur ums schnöde Geld. Da gibt es Ideale, Ideen, neue Ziele, Visionen.«

»Das hört sich ja märchenhaft an«, sagte Liv, jetzt stärker hüstelnd. Die Zigarette bekam ihr überhaupt nicht. Ihr wurde schwindelig, sie hatte Schweißausbrüche. Nach dem ersten Inhalieren hatte sie zwar nur noch gepustet, aber sie wollte es ja so.

Um das Gespräch mit diesem unerwartet mitteilungsfreudigen und dazu noch nett anzusehenden Kellner nicht zu bremsen, paffte sie widerwillig weiter mit.

»Märchenhaft, was heißt das? Wir machen eben das Beste draus. Die Zeiten sind hart. Jeder hat seine Probleme. Da muss man nicht noch dort Probleme zusätzlich sehen, wo eigentlich gar keine sind, Sie verstehen.« Und da war es wieder, dieses unwiderstehliche Lächeln. »Aber nun muss ich rein«, sagte er. »War nett, mit Ihnen zu plaudern, können wir gern wiederholen.«

»Nur eins noch, Herr Olsson: Wie weit geht denn der Zusammenhalt der Mitarbeiter?«

»Sie meinen, ob wir einen Mord vertuschen oder gar gemeinsam durchführen würden?« Liv nickte.

»Nein! Wo denken Sie hin? Letztlich ist es ja doch nur ein Job für uns.«

»Aber ich dachte, es geht ums Überleben«, warf Liv ihm sein Argument zurück.

»Nein«, lehnte er strikt ab, »so weit geht es aber doch nicht.« Er verschwand mit einem Lächeln.

»Ciao«, endlich konnte Liv diese entsetzliche Stinkstange ausmachen. Mit Schmackes warf sie sie ins Gebüsch. Ihr war heiß und schlecht. Der Kreislauf normalisierte sich nur ganz langsam. Sie hatte einen widerlichen Geschmack im Mund und brauchte dringend ein Glas Wasser und ein Pfefferminz oder einen Kaugummi.

27

›Die Mitarbeiter machten sich also ihre eigenen Gesetze, gedeckt von den Junioren, gegen die Seniorchefs. Ohne die Senioren lief es wohl ganz gut hier, aber ohne die gäbe es dieses Hotel vielleicht nicht. Wäre das schlimm?‹

Liv blickte gerade in sehr tiefe Abgründe. Keine leichte Aufgabe, aus diesem Moloch einen Mörder herauszupulen. Oder waren es zwei Mörder? Oder ein ganzes Team?

Schwindelig bummelte Liv weiter. Intuitiv folgte sie der Einladung einer ihr bisher unbekannten offenen Tür vom Park ins Gebäude. Sie wunderte sich, dass auch hier unten noch viele Zimmer in Richtung Park gelegen waren, und schlenderte weiter. Ein Gang folgte einer weiteren Tür, eine Treppe einem weiteren Gang und wieder eine Tür.

›Eine etwas bessere Beschilderung hätte als Orientierungshilfe gutgetan, aber nein. Die wollen einen hier wohl verwirren.‹

Zwischendurch meinte sie, einen Gang wiederzuerkennen. Das Schild zum Wellness-Bereich bestärkte Liv. Eine schwarze Katze mit ungewöhnlich langen Haaren lief auf einmal in gleich bleibendem Sicherheitsabstand vor ihr her. In regelmäßigen Abständen in ihrem Trott innehaltend, sah sie sich nach Liv um. Sie schien sich hier auszukennen, Liv folgte ihr. Der geschlängelte, schmale Gang war wie die anderen, die sie bereits kannte, weiß verputzt und mit kleinen Bildern versehen. Trotzdem wusste Liv nicht, ob sie hier schon einmal gewesen war. Aber irgendwohin, vermutete sie, würde sie dieser schummrig beleuchtete Weg ja führen. Sie konnte ihn nur bis zur nächsten Kurve einsehen. Es war still, nichts zu hören. Halt! Schritte, die nun auch innehielten – folgte Liv jemand? Sie hatte augenblicklich nicht den leisesten Schimmer, wie sie hier wieder rauskommen konnte. Sie hörte wieder Schritte, die schneller wurden, lauter. Nach einer Biegung blieb Liv stehen, die Katze war vorweg ins Dunkle geflüchtet und die Schritte wurden immer deutlicher, kamen immer näher. Liv hielt den Atem an. Kurz vor der Kurve stoppte auch ihr Verfolger. Bevor Liv noch mehr zur Gejagten wurde, beschloss sie den Gegenangriff. Liv sprang aus ihrem Versteck und stand in Abwehrhaltung, die ihr noch aus ihrer Karateschule in der Jugendzeit ein Reflex war, dicht vor einer erschrocken dreinschauenden Kellnerin.

»Was gibt's?«, fragte Liv fordernd.

»Bitte, tun Sie mir nichts, ich muss Sie sprechen«, antwortete diese flüsternd. Liv ließ die Fäuste sinken.

»Kommen Sie.« Dabei drehte sich die Frau unsicher um. Sie nahm Livs Arm und zog sie durch eine Stahltür, die weiß angestrichen und mit ›Privat‹ beschildert war. Liv riss sich los. »Ich kann alleine gehen!«

Hinter der Tür war es noch dunkler. Nur ein schwaches Licht aus der Ferne ließ auf das Gesicht neben ihr geheimnisvolle Schatten fallen.

»Sie wissen noch, wer ich bin?«

Liv erinnerte sich.

»Ich heiße Susanne Weber und arbeite hier im Hotel im Service. Bitte lassen Sie mich kurz einiges klarstellen.«

»Aber warum so geheimnisvoll, können wir uns nicht normal im Hellen unterhalten?«

»Nein, unterschätzen Sie die Dämonen hier nicht, es ist gefährlich, auch für Sie! Die Wahrheit zu sehen und zu sagen, ist in diesem Haus nicht gern gesehen, glauben Sie mir.«

»Noch immer?«, fragte Liv. »Sind die Bösen nicht gerade gestorben?«

»Bei Weitem nicht alle. Bitte! Hören Sie mir zu. Ich halte Sie nicht lange auf, aber Sie müssen wissen, dass ich die Freundin vom Alten, diese Monika Salmann, letzte Nacht hier auf dem Parkplatz an der Rückseite des Hotels gesehen habe, als ich gegen zwei Uhr morgens vom Dienst nach Hause ging. Wenn die bei ihrer Mutter in Bayern war, wie sie wohl überall herumerzählt, bin ich die Kaiserin von China.« Sie schaute sich schnell um, ihr Atem war flach, ihr Blick ging hektisch hin und her. »Das war's schon, ich kann nicht, man darf mich nicht mit Ihnen zusammen sehen.« Sie ging den unbeleuchteten Gang zurück. Aus einigen Metern Abstand rief sie: »Sprechen Sie mich nicht darauf an, ich habe Ihnen dies nie gesagt.« Und während ihre Schritte immer schneller wurden, hörte Liv ihre verzweifelten Worte: »Ich kann nicht, tut mir leid. Ich kann wirklich nicht. Tschüss, ich muss.«

›Uff – noch eine, die hier ihre eigenen Wege gehen muss. Vor wem hat sie solch große Angst? Wer würde sie bestrafen, wenn sie offen mit mir gesprochen hätte? Sie fürchtet auch nach dem Tod der Senioren Spione in den eigenen Reihen. Wer sollte sie verraten? Warum? Sind die Bösen nicht tot? Nein, mindestens ein Mörder läuft noch frei herum. Warum so geheimnisvoll? Wer ist diese Monika Salmann, die so viel Angst verbreitet?

Liv ging zurück durch die Tür und den Weg weiter in die Richtung, in der die Katze verschwunden war. Sie fand eine Tür, die sie in den Park hinausführte. Die Sonne blendete, aber es tat wohl, die frische Luft einzuatmen. Das war ja gerade ein komischer Auftritt, dachte sie, als ihr iPhone am Gürtel vibrierte, noch bevor der Klingelton sich leise bemerkbar machte.

»Können Sie reden? Was gibt es Neues?«, fragte Andreas Barg, ihr Auftraggeber.

Liv schaute sich um und vergewisserte sich, dass niemand in Hörweite stand: »Es hat sich etwas verkompliziert. Heute Morgen wurde die Ehefrau des Toten ermordet aufgefunden.«

»Jetzt wird es interessant.« Er überlegte. »Dass ein 84-Jähriger stirbt, konnte für die Konkurrenz noch von geringem Belang sein, aber dass einen Tag später dessen Ehefrau ermordet wird, bringt sicherlich die Kollegen der anderen Blätter auf die Spur. Wie weit sind Sie?«

»Ich bin ganz nah dran, aber bevor die Gerichtsmedizin nicht eindeutig die Todesursache festgestellt hat, kann ich nur herumstochern. Ich brauche Fakten. Das geht nicht von heute auf morgen. Aber die gesamte Belegschaft, die Polizei und die Verwandten sind alle nicht sehr erpicht darauf, große Publicity zu bekommen, sie blocken alle Mitbewerber konsequent ab.«

Barg atmete tief durch: »Okay. Sie haben den Aufmacher auf der kommenden Wochenendausgabe – eine ganze Seite. Versauen Sie das nicht! Ich verlasse mich auf Sie!«

»Das können Sie. Sie kennen mich«, antwortete Liv selbstbewusst.

›Wow, das ist der Hit, der Titel in der Wochenendausgabe nur für diese Geschichte, das gab es länger nicht. Klasse, so etwas stachelt den Ehrgeiz noch mehr an.‹

Gut war, dass ihr der zweite Mord noch ein wenig mehr Zeit verschaffte, zumindest bis zum Wochenende. Diese Zeit musste Liv nutzen. Sie legte sich gedanklich zwei Versionen zurecht: Die eine sachlichere für den Fall, dass sie den Mörder bekam, die andere sollte etwas reißerischer aufgemacht und formuliert sein, für den Fall, dass sie den Mörder nicht bis zum Fixdatum liefern konnte. Eins war ihr aber klar: Egal, welche Version, der Artikel würde der Knüller werden.

28

Ihr Blick schweifte vorbei an der Hotelrückseite bis hin zum Liegeplatz vor dem Wellness-Bereich. An einem mit Schilf umrankten Teich saß wieder die schwarze, langhaarige Katze. Sie pendelte langsam mit dem Schwanz und starrte ins Wasser. Ob sie wartete, dass einer der Goldfische ihr entgegen sprang? Wollte sie sich gar die Pfoten nass machen? Vielleicht tat Liv der Katze Unrecht und sie schaute sich bloß ihr wunderschönes Spiegelbild an. Als habe sie Livs Gedanken gelesen, drehte sie den Kopf direkt zu ihr. Ein Schauder durchlief Livs Körper. Die bernsteinfarbenen runden Augen der Katze blitzten sie an. Im selben Moment kam sie wieder hoch, die Erinnerung an den seltsamen Auftritt der Kellnerin Susanne Weber eben in diesem kleinen, dunklen Gang.

›Gut‹, dachte Liv, ›weiter geht's.‹ Sie versuchte, ihre Gedanken erneut zu sortieren: ›Was war geschehen? Ein alter Mann starb beim Frühstück in aller Öffentlichkeit. Den meisten Menschen in seinem Umfeld kam dieser Tod ziemlich gelegen. Freunde hatte er sich in seinem Leben nicht gemacht. Die Frauengeschichten sprachen Bände. Seine ebenfalls von der überwiegenden Mehrheit ungeliebte Noch-Ehefrau, die hier alles übernehmen wollte, stirbt kurz darauf an ihrem Geburtstag auf ziemlich hässliche Weise. Die aktuelle Freundin des Toten sagte, sie wäre bei ihrer Mutter gewesen. Eine völlig eingeschüchterte Zeugin widerspricht dieser Version. Die zwei Erben haben so gut wie kein Alibi, umso stärker aber ein Motiv. Genau wie sämtliche Mitarbeiter, die sich hier ihre eigenen Gesetze machen.‹ Das waren mehr oder weniger die Fakten.

›Hat die Ehefrau ihren treulosen Ehemann ermordet? Hat daraufhin die Freundin die Ehefrau aus Rache getötet oder töten lassen? Oder haben sich die Kinder ihres Vaters und dessen Noch-Ehefrau entledigen wollen, um ihr Erbe zu sichern? Ist dann die Freundin, die vielleicht auch Rechte am Hotel erworben hat, in Gefahr? Oder spielten die Mitarbeiter ein mörderisches Spiel mit der Leitung des Hotels? Möglich war alles.‹

Liv drängte es, mehr über die Todesursachen in Erfahrung zu bringen. Die Spurensicherung und die Gerichtsmedizin sollten nun Ergebnisse haben, zumindest vom Tod des Seniors. Sie machte sich auf die Suche nach ihrem Kommissar, er war bestimmt schon im Hotel unterwegs.

29

Liv nahm einen beschilderten Weg zum Foyer, vorbei an weiteren Hotelzimmern. Es war die Stunde der Zimmermädchen. Die Zimmertüren standen offen, davor jeweils in Abständen mit Bettwäsche und Utensilien bestückte Arbeitswagen. Liv vernahm ein Pfeifen. Eine junge Frau im hellblauen Kittel stopfte gebrauchte Wäsche in einen Sack an ihrem Wagen und ging in ein Zimmer nebenan. Mit einer zweiten Kollegin scherzte und kicherte sie über den Flur hinweg in ein gegenüberliegendes Zimmer in einer portugiesisch klingenden Sprache. Erst als sie Liv sah, hielt sie erschrocken die Hand vor den Mund, machte einen Knicks und grüßte freundlich in gebrochenem Deutsch. Kaum war Liv um die Ecke und aus der Sicht, war erneut ein lautes Gekicher zu hören. Es herrschte eine prima Stimmung im Todeshotel.

An der Rezeption angelangt, schaute Liv, ob ihre heimliche Tippgeberin Susanne Weber zu finden war. Wie würde sie reagieren, wenn Liv sie hier im offiziellen Bereich traf? Doch sie war nirgends zu entdecken. Liv fragte nach dem Kommissar. Er war zuletzt im Foyer gesehen worden.

In der Tat, ganz hinten, am letzten der niedrigen Tische, saß er in einem breiten Sessel mit Holzarmlehnen und einem Stoffbezug, den Liv mit Oma-Sesselstoff bezeichnete, mit dem Rücken zum Eingang.

›Schlechter Ausgangspunkt‹, dachte Liv. Denn nur sein Gegenüber, eine schon von Weitem attraktiv wirkende Frau mit langen, orange-rot gesträhnten Haaren, konnte von ihrem Oma-Sessel aus den Eingang des Hotels und den Zugang zum Tisch beobachten. Liv setzte sich an einen

Tisch in der Nähe, in der Hoffnung, mithören zu können. Bequem waren die hässlichen Sessel ja. Da bemerkte sie, dass der Kommissar gar nicht so blöd war und den Spiegel hinter der Frau nutzte, um das Geschehen zu verfolgen. Er hatte Liv längst bemerkt.

Sie nahm eine herumliegende Tageszeitung zur Hand und blätterte interessiert darin herum. Ihre Lauscher waren auf Maximum gestellt.

Mit einem lieblichen Säuseln, geneigter Kopfhaltung und einem seitlichen Lächeln sprach diese Frau mit dem Kommissar. Das musste die Freundin des toten Seniors und die Rivalin der toten Noch-Ehefrau sein. Eine Mörderin? Eine Doppelmörderin? Nein, diesen Eindruck vermittelte sie nicht. Von dieser zarten Person sprach Bettina so abfällig? Liv drängte sich der Gedanke auf, dass Bettina damit wohl eher von sich selbst ablenken wollte. Das Gerede der Mitarbeiter erschien Liv unglaubwürdig. Allerdings hatte sie bei Gericht schon ganz andere Fälle brav aussehender hinterhältiger Mörder gesehen.

»Verehrter Herr Oberkommissar, Sie müssen verstehen, ich bin tief getroffen und geschockt vom Tod meines Lebensgefährten. Und nun ein weiteres schreckliches Ereignis, seine Exfrau. Das ist alles nur sehr schwer zu verarbeiten. Zum Glück war ich nicht hier, sondern in Bayern bei meiner Mutter. Ich hätte diesen fürchterlichen Anblick nicht ertragen. Die arme Gritta, hat sie sehr gelitten?«

»Das wissen wir noch nicht, der Autopsie-Bericht liegt mir noch nicht vor. Aber sie war an den Kosmetikstuhl gefesselt und ihre langen Nägel waren vom festen Zugriff teilweise abgebrochen. Das kann darauf hindeuten, dass sie gelitten hat«, sagte der Kommissar, die Reaktion seines Gegenübers beobachtend.

»Das ist ja alles so furchtbar! Wer kann so etwas tun?

Heute, an ihrem Geburtstag. Wir wollten zusammen einen Sekt trinken, und sehen Sie, ich habe hier etwas Kleines für sie mitgebracht.« Sie zog ein kitschig verpacktes Geschenk aus ihrer Handtasche. Das glänzende Einwickelpapier passte vom Muster her gut zum Sesselbezug.

Nun liefen ihr ein paar Tränen über ihr dezentes Make-up, die sie vorsichtig mit einem Taschentuch wegtupfte. Mit tiefem Blick schaute sie den Kommissar an. »Haben Sie noch mehr Fragen? Ich würde mich gern etwas zurückziehen. Ich brauche nun viel Ruhe, sehr viel Ruhe. Aber wenn Sie noch etwas wissen möchten, rufen Sie mich. Ich bin immer für Sie da, denn diese scheußlichen Verbrechen sollen so bald wie möglich aufgeklärt werden. Der Mörder soll seine gerechte Strafe kriegen. So eine Bestie, die zwei Menschen aus Geldgier tötet, darf nicht frei herumlaufen. Oder ist es gar jemand aus dem Haus oder der Familie? Nein.« Sie hielt sich die rechte Hand vor den Mund: »Es werden doch wohl nicht der Sohn und die Tochter …« Sie brach ab. »Bitte, Herr Kommissar, tun Sie Ihr Bestes. Ich bin sicher, dass Sie den Fall schnell aufklären. Im Sinne von meinem Schatz wird es auch sein, dass es hier im Hotel wieder sehr bald normal weitergehen kann. Auf Wiedersehen. Sie erreichen mich unter Zimmernummer 69. Das ist oben unter dem Dach, wo die nicht so begehrten Zimmer liegen. Ich bleibe einige Tage hier, bis ich das Gröbste erledigt habe. Auch wegen meiner Erbschaft.«

»Und sicher auch wegen der Beerdigung«, ergänzte Frank. Er stand zeitgleich mit ihr auf. »Was können Sie denn als Erbschaft erwarten?«

»Mein Fast-Ehemann hat mit mir alles geteilt. Gemeinsam wollten wir das Hotel nach unseren Vorstellungen führen. Nun muss ich es wohl alleine tun. Ich muss alles erst mit den Anwälten besprechen.«

Sie tupfte sich mit dem Taschentuch weitere Tränen von den Wangen und schüttelte leicht ihren Kopf. Auf ihren hochhackigen, eleganten Pumps, die ihre Beine unter dem beim Aufstehen etwas hochgerutschten Rock noch graziler erscheinen ließen, schritt sie in Richtung Rezeption. Frank schaute ihr nach, bis sie um die Ecke Richtung Rezeption bog.

»Na, Liv, hast du auch alles gut mitbekommen? Sollen wir uns die Ermittlung nicht etwas besser aufteilen? Du stöberst im Hotel herum und ich übernehme die Zeugenbefragung?«

»Wenn du möchtest, dass dir keiner zuhört, hättest du ja einen abgeschlossenen Raum nehmen können. Also, was soll das Gerede?«, konterte Liv.

»Hältst du sie für glaubwürdig?«, wollte er wissen.

»Was meinst du?«, fragte Liv zurück.

»Keine Ahnung, ich bin mir noch nicht im Klaren. So macht sie ja wirklich einen erschütterten Eindruck. Und wie eine Mörderin sieht sie nicht gerade aus. Und was sie in ihrem Leben schon alles mitgemacht hat! Grausam, manche Menschen werden nie verschont.«

»Wieso, was hat sie denn erzählt?«

»Sie wurde als Kind misshandelt, ist aus eigener Kraft dem Vater entkommen und gerät im Erwachsenenalter wieder an einen Vergewaltiger. Unvorstellbar. Doch auch da kam sie heraus und versuchte, ihr eigenes Leben zu leben. Jetzt hat sie gehofft, mit dem Senior erstmals einen richtigen Vaterersatz für sich und ein richtiges Familienleben zu bekommen.«

»So etwas erzählt sie dir alles im ersten Gespräch? Findest du das nicht ein wenig zu sehr vertrauensselig und ungewöhnlich?« Liv erinnerte sich an Bettinas Aussage, dass Monika Salmann jedem und dauernd intimste

Lügengeschichten auftischte. Konnte sie so etwas gemeint haben?

»Du bleibst am Ball bei ihr?«, fragte sie Frank, der nicht antwortete.

»Frank, bleibst du dran an ihr?«, wiederholte Liv lauter.

»Lass dich nicht einwickeln. Überprüfe, ob das stimmt«, riet sie.

»Das kann keiner überprüfen, sie hat niemals jemanden angezeigt und keine psychologische Hilfe angenommen. Sie hat es alleine geschafft, da rauszukommen. Ich frage mich nur, wie eine so zarte, hübsche Frau nach solchen Schicksalsschlägen wieder so ein normaler Mensch werden konnte.«

»Genau, frag dich mal, ob das sein kann, Frank!«

»Also, ich bleibe am Ball, Liv, sehr gern sogar.« Sein Handy klingelte.

30

Livs Urteil über Männer fand gerade wieder seine Bestätigung. Männer! Menschen ohne Verstand. Entsetzlich. Aber genauso verurteilte sie auch Frauen, die es trickreich schafften, den Verstand der Männer außer Gefecht zu setzen. Liv schätzte den offenen Kampf, mit Blick in die Augen des Gegenübers, mit fairen Mitteln. Aber so etwas, was ihr hier vorgeführt wurde, widerte sie an.

»Das war die Gerichtsmedizin«, kam Frank noch einmal zurück zu Liv. »Es gibt Probleme, Widersprüche, sie sind noch nicht sicher. Der Senior ist wohl an einem schnell wirkenden Nervengift gestorben. Es findet sich nur in seinem Körper. Im Essen war nichts. Sie sagten, sie bräuchten noch etwas Zeit, einige Ungereimtheiten aus dem Weg zu räumen. Was immer das bedeuten soll, sie sind noch nicht so weit.« Frank war mit dieser Nachricht sichtbar unzufrieden. »Ich konnte ihnen allerdings eine vage Vermutung entlocken.«

»Was für eine, sag schon!«, insistierte Liv.

»Es könnte ein Froschgift gewesen sein.«

»Ein Froschgift?«

Beide brauchten eine Denkpause, in der sie diese Tatsache einzuordnen versuchten. Ihre Bilder im Kopf suchten in Kindheitserinnerungen und sprangen zwischen Laubfrosch und dicker Kröte hin und her. Doch diese beiden feuchten Tierchen waren so giftig und so gefährlich wie ein alter Dackel. Nein, bei Giftfrosch kam Liv so langsam das Wissen aus dem Biologie-Unterricht über tropische Regenwälder und Pfeilgiftfrösche in den Sinn.

Nur um etwas zu sagen, witzelte sie: »Also suchen wir einen Menschen mit einem Giftfrosch und wir haben den Mörder. Na klasse, das dürfte ja wohl keine Schwierigkeit sein, oder?«

Frank verzog keine Miene, er schaute Liv nur eindringlich an. »Es ist ja nur eine vage Vermutung, also praktisch nichts«, sinnierte er.

»Also gut«, sagte Liv, drehte mit winkender Hand dem verdutzt stehen gebliebenen Kommissar den Rücken zu und ging hinaus. Sie sehnte sich nach frischer Luft. Es war ein herrlicher Tag. Sie schoss ein paar Fotos vom Hotel. Ein lauwarmes Lüftchen deutete den kommenden Sommer an. Das satte Grün der Bäume und Sträucher sah so gesund aus, so jung und hoffnungsfroh. Der Park um dieses Mörderhotel hatte den Anschein, kein Wässerchen trüben zu können. Genau wie diese vielen Verdächtigen. Verdammt, was wurden hier für Intrigen gesponnen. Die eine Seite sagte mit erhobenem Finger: ›Trau niemandem!‹, die andere schweißte den Rest der Crew wie Blutsbrüder zusammen. Geniale Voraussetzungen, um entweder die falsche Spur zu legen oder die richtige Spur verschwinden zu lassen. Wo Verbündete waren, gab es zur selben Zeit eine Menge Feinde.

31

Zurück im Hotel, sah Liv ihren Verbündeten Karl von Schenck in einem bequemen Ohrensessel sitzen. An strategisch wichtiger Stelle, Richtung Rezeption ausgerichtet, las er Zeitung. Er hatte tatsächlich ein Loch in seine Zeitung gerissen und schaute hindurch. Liv konnte sich ein Lachen nicht verkneifen. »Aber das sind ziemlich altertümliche Methoden, Herr Detektiv«, sagte sie ihm leise über die Schulter.

»Alt, aber nicht wirkungslos«, konterte er ruhig, faltete seine Zeitung zusammen und stand auf. »Durch solch ein kleines Loch in der Zeitung sehe ich tief in die Abgründe der menschlichen Seele.«

»Und was sehen Sie?«, fragte Liv.

»Ich sehe Machtbewusstsein, Ängste, Abhängigkeiten und viel Geld fließen.«

»Sehen Sie dadurch auch Mörder?«

»In Bälde wird sich auch der Mörder zeigen, nur Geduld.«

»Ich weiß auch noch nicht viel mehr«, resümierte Liv kurz, »aber ich habe gleich einen Termin. Wir sehen uns später.« Er setzte sich wieder, faltete seine Zeitung auf und ›las‹ weiter.

In einer Ecke des Foyers stand Frank, der mit den Junioren sprach. Im Foyer trafen nun langsam Tagungsgäste ein, die es zum Lunchbuffet zog. In kleinen Gruppen gingen sie, die eben vernommenen neuesten Marketingstrategien oder Dialektik und Schuhauswahl des Seminarleiters diskutierend. Frank nickte Liv zu. Mann, sah der gut aus! Er schaute sie nur kurz und nebenbei, aber mit diesem durchdringenden Blick an, von dem er wusste, dass der sie früher verwirrt hatte. Früher. Das war vorbei, oder? Liv schaute frech zurück und ließ die drei links stehen. Sie hatte jetzt andere Ziele – ihr Zimmer.

›Glaub bloß nicht, du könntest mich wieder einwickeln. Ohne dich, lieber Herr Kommissar, geht es mir sehr gut.‹ Liv war insgesamt gesehen eher ein wenig labil, gestresst und ausgelaugt. Ihr Beruf hatte ihr in den vergangenen Monaten besonders viel abgefordert. Die Zeiten für freiberuflich tätige Journalisten waren nicht unbedingt rosig. Die Anzeigenkunden sprangen den Zeitungen und Zeitschriften ab, was Einsparungen an allen Ecken und Kanten zur Folge hatte. Bis jetzt konnte Liv sich noch gut über Wasser halten, aber wer wusste, wie lange noch? Wer wusste, wann ihre aufwendige Recherchearbeit durch oberflächliche Informationsabschöpfung am Telefon ersetzt werden würde? Morde sind immer interessant, tröstete sich Liv stets und lenkte sich ab. Sie schob diverse Gefühlsverwirrungen in puncto Frank nun vorerst in dieselbe Ecke mit ab. Sie war sich nicht mehr sicher, was sie wirklich fühlte. Wie auch, bei dem Durcheinander hier?

32

Es war wieder Zeit für Wellness, Liv freute sich darauf. Schnell zog sie ihre bequeme Kleidung an und ging hinauf. Diesmal war sie früher da und wartete auf die Kosmetikerin. Nicht lange, aber das musste sie ja nicht wissen.

»Wir sind heute leider nicht ganz im Zeitplan, Frau Oliver. Es sind die Umstände, Sie verstehen?« Liv amüsierte sich immer wieder über diesen betont versteckten plattdeutschen Spracheinschlag. Das ch konnte sie nur unter großer Kraftanstrengung belassen, meist aber wurde ein sch daraus.

»Dass wir nicht pünktlich sein können, soll aber nicht Ihr Schaden sein. Wir nehmen uns nun ausreichend Zeit für Ihre Ganzkörper-Packung aus Rheinschlamm.«

Da war er wieder, der authentische Rheinschlamm, dieses Mal für den Körper. Liv ließ es geschehen.

»Bitte legen Sie Ihre Kleidung ab und begeben sich auf die Liege. Wenn Sie dieses hier anziehen mögen, dann bleibt Ihre Kleidung von Naturschlamm-Flecken verschont«, sprach sie und gab ihr ein kleines, in Plastik versiegeltes Paket.

»Eine Duschhaube?«, fragte Liv, als sie das Teil aus der Tüte zog. Nein, Duschhauben waren wohl nicht aus Papier.

Es entpuppte sich als eine Art Unterhose. Ziemlich knapp, hoffentlich reißt das nicht, dachte Liv noch, als es ›Krach‹ machte und ihre Oberschenkel und ihr Hinterteil das Höschen sprengten.

»Haben Sie vielleicht noch eine von diesen praktischen Papiertüten?«, fragte Liv, die Tür einen Spalt öffnend. »Diesmal vielleicht ein oder, nein, besser drei Nummern größer?«

Kurze Zeit später bekam sie ein größeres Plastik-Tütchen mit der Entschuldigung durchgereicht: »Da habe ich mich wohl verschätzt. Probieren Sie mal diese Größe.« Es passte, wenn es auch nicht bequem war, zwackte und nicht über den gesamten Po passte.

Wenn das eine große Größe war, wieso passte Liv da nicht hinein? Auch die Bemerkung der Kosmetikerin »Wir haben leider im Augenblick nur die kleinen Größen da« konnte die Schmach nicht verringern. Liv fühlte sich von dieser Papierhose als unförmig und dick verhöhnt. Lieber hätte sie einen Fleck in ihrer richtigen Unterwäsche erduldet, als die Erniedrigung durch diese unverschämte Einweg-Hose. Nein, sie war nicht viel zu dick, diese Hose war viel zu klein. Sie legte sich bäuchlings auf die Liege auf eine große Plastikfolie und bedeckte mit Hilfe der Kosmetikerin den halb frei liegenden Po mit einem großen Frotteehandtuch.

Kurze Zeit später kam diese mit einer Schüssel voll braun-grünem Schlamm herein. In langsamen, leisen, fast rhythmisch zur Melodie passenden Sätzen erzählte sie Liv von der entschlackenden, straffenden und nährenden Wirkung der angewärmten Mineralerde, die sie ihr nun auf den Körper schmierte. Sie fing an den Beinen an und arbeitete sich streichelnd fort bis zum Rücken, den Armen.

»Ist der wirklich aus dem Rhein?«, wollte Liv wissen.

»Ja, Teile daraus sind aus dem Rhein, allerdings speziell gefiltert und gereinigt und angereichert.«

»Alles klar.« Für Liv ein weiterer Marketing-Gag.

»Und nun drehen Sie sich bitte behutsam um«, trug sie Liv auf. Eine ziemlich glitschige Angelegenheit, die Liv auf der Plastikfolie knisternd meisterte. Nun lag sie im warmen Matsch und die Prozedur ging auf ihrem Vorderkörper weiter. Nachdem so weit alles eingeschmiert war, klappte sie seitlich die Plastikfolie über Liv und umwickelte sie wie ein Bonbon. »Stopp! So nicht!«, protestierte Liv. »Sie glauben doch nicht, dass ich mich von Ihnen fesseln lasse! Ich kann mich kein Stück bewegen, was soll das denn wieder? Machen Sie das sofort ab!« Schnell wickelte Virginia Perle die Folie ab. Die Röte stieg ihr ins Gesicht, Schweißperlen bildeten sich auf der Stirn. Weshalb war sie so aufgeregt?

»Was halten Sie davon, wenn ich Ihre Arme außen vor lasse und die Beine nur leicht einzeln umwickle?«, fragte sie nach kurzer Überlegungspause. »Ansonsten kann die Körperpackung nicht ihre volle Wirkung entfalten.«

»Na gut«, lenkte Liv ein, »wir versuchen es.« Ihre Arme hatten ihre Freiheit zurück. Über die Folie und die Arme wurden locker ein paar Handtücher gelegt. Es wurde mollig warm. Livs Füße wurden ebenfalls mit Handtüchern bedeckt. Wenigstens hatte sie nun das Gefühl, dass sie sich jederzeit selbst befreien konnte. Liv hörte Virginia Perle noch murmeln, sie solle sich entspannen. Die Mineralerde sollte nun ihre Wirkung entfalten, sie sei ganz in der Nähe. Falls Liv sich unwohl fühle, müsse sie es nur sagen. Unerwartet schnell schlief Liv ein.

33

Durch ein lautes Gespräch wurde Liv geweckt. Ihr war sehr warm. Was war los, warum konnte sie sich so schlecht bewegen? Liv versuchte, sich frei zu strampeln, bis sie die Situation, in der sie sich befand, begriff – gerade noch rechtzeitig, um nicht von der schmalen Liege zu fallen. Schweißperlen standen auf ihrer Stirn, aber wegwischen fiel durch die vielen Tücher schwer.

›Jetzt ganz entspannt bleiben‹, beruhigte sie sich.

Abgelenkt wurde sie durch das aggressive Gespräch zweier Frauen im Vorraum. Livs Atem war zu laut, so hielt sie ihn an, was die unbehagliche Situation noch verstärkte. Instinktiv wusste sie, dass da draußen ein Gespräch stattfand, das verheimlicht werden wollte. Die beiden Frauen fühlten sich unbeobachtet und hatten etwas Wichtiges zu besprechen. Liv musste herausfinden, wer sich mit ihrer Kosmetikerin unterhielt. Den Tonfall von Virginia Perle kannte sie ja nun zu gut, aber wer war die andere und worüber sprachen sie? Liv badete inzwischen in ihrem Schweiß in der Plastiktüte und ihr Herzschlag drohte das Geflüster zu übertönen, aber es hatte sich gelohnt. Was Liv da hörte, hätte sie sich nicht träumen lassen. Genug, um zu wissen, wer sich mit der Kosmetikerin verbünden wollte. Nun konnte Liv auch rufen, dass sie endlich jemand befreite.

Liv tat so, als wäre sie eben erst aufgewacht. Schnell war Virginia bei ihr, ihre Augen sahen Liv forschend an, aber sie sagte nichts. Liv hielt es für besser, die Damen noch in Sicherheit zu wiegen. Sie musste unbedingt Frank sprechen, am besten sofort.

Nachdem sie von der Folie befreit war, glitschte Liv von

der Liege, ging in die benachbarte Dusche und spülte die Mineralerde ab. So richtig genießen konnte sie nicht, ihre Gedanken an den Fall hielten sie davon ab.

34

In Livs aufgeräumtem und geputztem Zimmer lag das iPhone.

Sie mochte es nicht, wenn andere sich in ihrem Zimmer zu schaffen machten – in einem Hotel nahezu unvermeidlich. Liv blieb wachsam.

»Frank? Ja, hallo, hier spricht Liv. Hast du Zeit? Sofort? Ich habe da etwas gehört, das dich sehr interessieren wird. Kannst du kommen? Wir treffen uns am besten in einer Stunde draußen am Rosenbeet.«

Er sagte ohne weitere Nachfragen zu. Er schien Liv noch immer zu trauen und ihr zuzutrauen, dass sie ihm in diesem Fall weiterhelfen könnte. So sollte es auch sein.

Vielleicht war er auch einfach nur froh, sie zu treffen.

Liv machte sich zurecht. Er war fast pünktlich. Mit großen, schnellen Schritten kam er auf sie zu.

»Hallo, was ist los, du machst es ja sehr spannend. Was ist denn so wichtig, dass ich es sofort wissen muss? Hast du den oder die Mörder?«

»Nein, Mörder habe ich noch nicht. Ich will dir ja auch noch etwas Arbeit übrig lassen.«

Sein Blick verriet eine kleine Enttäuschung. Aber sie wollte ihn noch kurze Zeit zappeln lassen.

»Ich weiß, was hier los ist!«, platzte Liv heraus und wartete seine Reaktion ab. Er stockte, schaute sie mit großen Augen an.

»Liv, lass das, sei nicht so kindisch. Rede, sonst bin ich die längste Zeit hier gewesen.« Auf ihn hatten die Rosen also keine beruhigende Wirkung. Im Gegenteil, er fühlte sich sichtlich unwohl hier draußen, allein mit Liv. Bevor er sauer werden würde, erzählte sie ihm, was sie gehört hatte:

»Das Hotel stand kurz vor einem Verkauf an eine große Hotelkette. Bettina, die Freundin von Johann, verbreitete die Nachricht im Haus. Ich hörte, wie sie der Kosmetikerin aufgeregt erzählte, dass sie noch nicht wüsste, ob bereits alle Verträge unterschrieben seien und ob der Juniorchef noch die vielen Arbeitsplätze und das Hotel retten könne. Sie deutete an, dass die Frau des Seniors diese Verträge mit dem Mord ein für alle Mal verhindern wollte. Na, was sagst du?«

Frank dachte nach.

»Wenn das Hotel vor einem Verkauf steht, gibt es neue Mordmotive. Es kommen auch diejenigen infrage, die das verhindern wollen und die am Weiterbestehen des Hotels interessiert sind, nicht nur am Geld. Aber dass die tote Ehefrau deshalb als Mörderin ihres Ehemannes verdächtig ist, halte ich für fragwürdig. Sie war doch nur auf Geld aus. Das hätte sie vielleicht sogar wegen des Verkaufs bekommen. Allerdings wollen die Kinder das Hotel um jeden Preis als ihr Lebenswerk weiterführen. Mit der Andeutung, dass Gritta Entrup ihren Mann getötet habe, wollte Bettina wohl den Hals ihres Liebsten aus der Schlinge ziehen. Aber auch Monika Salmann ist jung und hat Interesse bekundet, dieses Hotel zu erhalten.«

»Und die gesamte Belegschaft«, ergänzte Frank. »Liv, das ist zwar ein neuer Aspekt, aber es bringt uns nicht wirklich weiter. Außerdem sind das doch alles nur Mutmaßungen. Vielleicht taktiert diese Bettina nur. Darin sind ja alle geübt. Sie hat zwar für die Tatzeitpunkte Alibis, aber wer sagt denn, dass sie nicht jemanden beauftragt hat. Wir haben herausgefunden, dass sie begeisterte Liebhaberin von Giftfröschen ist und auch welche besitzt.«

Das verschlug Liv die Sprache. Also doch. Bettina eine Mörderin?

Frank lobte Livs bisherige Arbeit. »Weiter so, Liv, wir müssen schnell Ergebnisse bringen. Sicherlich haben wir bald jemanden von der Presse hier. Mich wundert sowieso, weshalb noch niemand an dem Fall dran ist, für die müsste diese Mordserie in einem Wellness-Hotel doch ein gefundenes Fressen sein.« Er schaute Liv an.

»Ich bin schon dran. Wäre schön, wenn ich die Einzige bliebe«, beichtete sie.

»Na, habe ich es mir doch gedacht. Klar, dass du mir nicht als Freundschaftsdienst zur Seite stehst. Du bist wie immer nur auf deinen eigenen Vorteil bedacht.«

»Natürlich«, entgegnete Liv, »warum nicht?«

Und nun erzählte sie Frank die Geschichte, allerdings nicht ganz, denn die Frau, die so früh die Presse benachrichtigt hatte, behielt sie für sich. Das war zwar fast ein Verschweigen wichtiger Tatsachen, aber aus Selbstschutz musste das jetzt sein. Frank war schon genervt genug, dass er Liv nicht völlig vertrauen konnte. Letztlich sah er schon ein, dass sie sich diesen Fall beruflich nicht entgehen lassen konnte. Gemeinsam schlenderten sie schweigend zurück zum Hotel.

»Wohnst du noch immer in derselben Wohnung wie damals?«, fragte er Liv.

»Klar, sie ist für mich ideal. Man kann gut alleine drin wohnen und zu zweit ist sie auch nicht zu klein.«

»Prima, dann bist du ja für alle Gelegenheiten gewapp-net. Und – hast du jemanden, der mit dir dort wohnt? Hast du einen Freund?«

»Ganz viele, Frank, ganz viele.« Liv wollte den Teu-fel tun und ihm von ihrem derzeit mageren Liebesleben erzählen.

Ihre Hände berührten sich, keiner zog seine zurück. Nein, Frank nahm Livs Hand und streichelte sie zart. Ohne Worte. Wie früher. Sie konnten schon immer schlecht von-einander lassen.

Am Hotel angekommen, ließ er los, seine Schritte wurden schneller. In geschäftigem Tonfall sagte er: »Ich glaube, es sind noch weitere Menschen in Führungspositionen in Gefahr. Ich habe eine Bewachung angeordnet.«

»Wen meinst du?«, fragte Liv unsicher.

»Die Geschwister und die Freundin stehen doch in direktem Kampf um das Hotel«, erklärte er.

»Fragt sich, wen wir vor wem schützen müssen.«

»Alle vor sich selbst«, sagte Frank, »mir kommt es vor, als seien hier alle nicht ganz normal. Aber wir sehen uns später. Ich recherchiere wegen des Hotelverkaufs weiter. Danke.« Er zwinkerte Liv zu und berührte kurz ihre Schul-ter.

»Warte, Frank, eine Frage habe ich noch wegen der juris-tischen Feinheiten. Wie war Gritta Entrup im Fall des Todes ihres Ehemanns abgesichert?«

»Ihr wurde eine lebenslange Rente zugesichert. Das bedeutet, sogar die Kinder des Vaters müssen für dessen Ehefrauen zahlen. Hätte dir das gefallen, Liv?«

»Ganz und gar nicht, aber ich würde auch nicht über Jahre scheinheilig mitspielen.«

›Da kommen bei so manch einem mörderische Gedanken auf‹, dachte Liv und schloss noch eine weitere Frage an: »Sag mir, wie konnte der Senior so viele Leute im Glauben halten, sie würden erben?«

»Er sagte nur, was alle hören wollten, Liv. Wer keine Liebe erfährt, sucht sich andere Mittel«, belehrte sie der Kommissar und machte durch sein Gehen deutlich, dass sie ihn nun genug aufgehalten hatte. Liv kommentierte dieses unhöfliche Verhalten heimlich mit einer Fratze.

»Ich muss los, Liv, daran ändern auch deine albernen Grimassen nichts.« Erwischt. Er kannte sie fast auswendig.

Liv geriet ins Grübeln: ›Was war das gerade? Ich wollte ihm mit Gritta Entrup eine Mordverdächtige mit Motiv liefern und nun haben wir doch wieder das vorherige Durcheinander vieler Verdächtiger. Sind wir also keinen Schritt weiter?‹

35

Karl von Schenck saß in seinem Stamm-Ohrensessel im Foyer mit Blick zur Rezeption und trank genüsslich eine Tasse Tee.

»Sie kommen mir gerade recht«, sagte Liv und setzte sich zu ihm, vis-à-vis, ebenfalls in einen Ohrensessel. Sie blickte in Richtung Eingangstür. Von Schenck stand kurz zur Begrüßung auf. Sein höfliches Benehmen tat ihr jetzt gut.

»Kann ich Sie etwas fragen?«

»Sehr gern«, antwortete er.

»Erklären Sie mir bitte Folgendes: Der Seniorchef hat tatsächlich jedem, den er für seine Ziele einspannen wollte, erzählt, er würde einen dicken Batzen abbekommen. Wie können darauf so viele erwachsene Menschen hereinfallen? Und wie konnten sie glauben, die wahren Erben, also Tochter und Sohn, umgehen zu können? Die beiden führen das Hotel hier seit vielen Jahren. Sie haben offensichtlich ein Recht auf das Hotel. Wie funktioniert so etwas auf Dauer?«

»Wenn ich darauf sofort eine Antwort hätte, hieße das, ich könnte mich in derart miese Machenschaften gut hineindenken. Das kann ich nicht. Aber ich nehme an, dass der Senior sich sehr genau die Schwachen um ihn herum herausgepickt hat. Denn nur ungefestigte Menschen fallen auf solch offensichtliche Lügen herein. Und er hat jedem eine Geschichte erzählt, die derjenige glauben wollte. Viele schreckliche Schauermärchen zum Beispiel über seine Kinder. So könnte es funktionieren. Es gehören immer mehrere dazu, einen bösen Geist an der Macht zu halten. Ein Böser inmitten von Guten könnte auf die Dauer nicht viel ausrichten. Das ist meine Meinung.«

Liv hörte ihm gern zu. »Sie sind ein weiser Mann«, stellte sie fest. »Was halten Sie davon, wenn ich mal laut über diesen Fall und die Verdächtigen nachdenke. Sicher fällt Ihnen dazu auch noch einiges ein.«

»Sehr gern«, sagte er und setzte sich noch ein Stück aufrechter hin. »Womit fangen wir an?«

»Mit dem Mord an dem Senior. Dazu gibt es das neue Gerücht, dass er das Hotel hätte verkaufen wollen. Gegen einen Verkauf hätten einige Personen sicher etwas gehabt: Gritta Entrup zum Beispiel. Ihr wurden zwar lebenslängliche Geldzahlungen über den Tod des Seniors hinaus zugesagt, aber wer weiß, ob diese Verträge nicht bei einem Verkauf des Hotels ihre rechtliche Wirkung verloren hätten. So hatte sie meiner Meinung nach ein Interesse daran, dass das Hotel in Familienhand bleibt. Die Angst vor dem Hotelverkauf könnte ein Motiv gewesen sein, ihren Ehemann umzubringen. Als weiteres Mordmotiv käme bei ihr Eifersucht auf die neue Lebensgefährtin in Betracht. Spätestens, wenn sie spitzbekommen hätte, dass ihr Noch-Ehemann im Begriff gewesen war zu heiraten, hätte sie ihre Felle wegschwimmen sehen. Grund genug, den Abwanderer zu stoppen, sprich zu töten.«

Karl von Schenck zog bei dieser Faktenlage seine grauen, büschelartigen Augenbrauen hoch.

»Und wenn wir uns dann den Tod von Gritta Entrup vornehmen, wäre ihre mögliche Tat, also der Mord an ihrem Mann, zugleich ein Grund für ihren eigenen Tod. Denn der Mord an dem Senior wurde gerächt von jemandem, dem sein Tod nicht passte. So grausam es sich anhört: Das waren bestimmt nicht viele.«

»Damit wären wir wieder bei der Freundin des Toten.

Sie käme aber nur für den Mord an Gritta Entrup in Betracht. Ihren zukünftigen Geldgeber wird sie doch wohl nicht getötet haben«, mutmaßte Karl von Schenck und lenkte das Brainstorming wieder auf den Mord am Senior.

»Da wäre ich mir nicht so sicher«, schloss Liv. »Wenn sie sicher war, als Erbin bedacht worden zu sein, hätte sie sich etwas früher, als es der natürliche Verlauf vorgibt, zur Witwe gemacht. Es ersparte ihr vielleicht so manchen Ärger mit einem senilen, pflegebedürftigen Greis? Natürlich vorausgesetzt, die Scheidung von seiner Noch-Ehefrau und die Heirat mit seiner Geliebten, wären vorher vollzogen worden« Liv stoppte ihren Redefluss und ließ ein äußerst betagtes Paar vorbeigehen. Sie zerrten in vornübergebeugter Haltung ihren übergroßen silbernen Trolley über die Türschwelle, weiter in Richtung Rezeption. Während sie ihnen nachsah, war sie erfreut, wie nett es sich Menschen im Alter machen konnten, solange sie gesund und agil waren.

Von Schenck nahm Livs Faden wieder auf, wandte ein, dass der Senior sehr misstrauisch war. »Er hatte sicher auch für den Fall seines verfrühten Ablebens vorgesorgt und seine junge Freundin unter Druck gesetzt. Und«, fügte er an, »Beweise für eine Hotel-Erbschaft kann es nicht offiziell gegeben haben. Da hätten die rechtlichen Erben involviert sein müssen.«

»Monika Salmann reichten sicherlich nicht nur mündliche Zusagen vom Senior, so wie ich sie einschätze«, schloss Liv.

Von Schenck zuckte resigniert die Schultern, während Liv ihre Gedanken weiter formulierte.

»Vielleicht war der alte Schwerenöter ihrer auch überdrüssig und er wollte sich wieder seiner Ehefrau widmen, so etwas hatte die Ehefrau ja angedeutet. Da kann einem äußerst labilen Menschen der Gedanke an Mord kommen, oder?«

Karl von Schenck nickte, sagte aber noch immer nichts.

»Monika Salmann wäre wirklich zu dumm, ohne ein Testament in den Händen den Senior zu töten. Aber vielleicht hat sie den Bezug zur Realität verloren, weil sie selbst so viele Gerüchte und Unwahrheiten in die Welt setzte. Auf der anderen Seite hatten der Senior und Monika Salmann wohl tatsächlich vor, eine gemeinsame Zukunft aufzubauen.«

»Ja«, bestärkte von Schenck, »er war alt, gebrechlich, sie würde eine gute Krankenschwester abgeben.«

»Okay, nehmen wir an, er hat sie tatsächlich geliebt, sie

ihn auch, und deshalb hat sie seine potenzielle Mörderin, Gritta Entrup, umgebracht.« Von Schenck direkt in die Augen schauend, fragte Liv: »Aber warum hat sie die Entrup nicht einfach bei der Polizei angezeigt?«

Lange und mit gespitztem Mund nickte von Schenck, sein Kinn auf drei Fingerspitzen aufgestützt. »Sie mag vielleicht nicht den einfachen, geraden Weg gehen. Manche Menschen müssen ihrem Tun symbolisch noch mehr Wert verleihen. Sie wollte sich nicht einfach hinter der Polizei verstecken, sondern selber handeln, selber Macht ausüben?« Diese Analyse war als Frage an Liv gerichtet. Als wäre dieses Denken ein schwerer Akt, legte von Schenck seinen Kopf an die hochgezogene Rückenlehne und nutzte diese als Stütze, um den Gedanken seiner Co-Detektivin weiterhin konzentriert zu lauschen.

Mit einem energischen Ruck schlug Liv sich auf die Oberschenkel und resümierte: »Na ja, einen geplanten Mord kann man nicht mit gewöhnlichen Maßstäben messen. Was mich aber nachhaltig beeindruckt hat, ist die Art und Weise, wie die Entrup ermordet wurde. Die sah fürchterlich aus. Diese Entstellung der Toten spricht für einen hasserfüllten Mord, für einen Mörder, der Macht über die Tote bis ins Totenreich ausübt. Denn dort erscheint sie entstellt, ohne Gesicht.«

Von Schenck konnte sich ein Grinsen über Livs mystische Erklärung nicht verkneifen, war aber schnell wieder bei der Sache und hörte zu.

»Eifersucht und Machtgier könnten weitere Motive sein, wenn wir über Monika Salmann als Mörderin nachdenken. Wollte sie ihre Rivalin aus dem Weg räumen? Gritta Entrup störte in jedem Fall ihr Gesamtbild von einer heilen Familie. Sie lief hier noch ungestört herum und hatte Einfluss. Aber störten die zwei Junioren nicht ebenso?«

Die Frage blieb unbeantwortet. Das sollte sie auch, vorerst.

Liv war noch lange nicht am Ende mit ihrem Brainstorming. »Ich habe gesehen, wie Monika Salmann den Kommissar um den Finger wickelte.« Liv pausierte und drehte sich um, als fühlte sie sich in dieser offenen Lobby des Hotels beobachtet. Aber sie konnte weder einen Gast noch einen Mitarbeiter ausmachen. Also fuhr sie weiter fort: »Noch leichter gelang ihr dies bestimmt bei einem mehr als doppelt so alten Mann.«

»Nur bei einem labilen alten Mann«, betonte Karl von Schenck, lächelnd diese Vorverurteilung von älteren Männern zurückweisend.

»Aber ist diese zarte Monika Salmann wirklich fähig, einen, zwei oder mehrere Morde zu begehen?«, fragte Liv weiter. »Wir dürfen nicht vergessen, dass sie für beide Taten ein Alibi hat. Sie war bei ihrer pflegebedürftigen Mutter. Nur das Wort einer Angestellten, das ich nicht offiziell verwerten darf, spricht gegen eines dieser Alibis. Diese Mitarbeiterin schwor mir, die Salmann in der Nacht zum Morgen, an dem Gritta Entrup ermordet wurde, gesehen zu haben.«

Auch hier zog von Schenck seine Augenbrauen verdächtig hoch und fügte an: »Frau Salmann wäre noch lange nicht am Ziel, die Geschwister stehen noch zwischen ihr und ihrem Lebensziel. Ein sehr großer Auftrag, den Sie dieser zierlichen Person zutrauen.«

»Sie haben recht«, sagte Liv, »es scheint mir auch etwas gewagt.«

»Ja, da sind wir bei den Kindern des Toten ...«, von Schenck schaute Liv erwartungsvoll an.

»Sie waren zu beiden Tatzeiten im Haus und haben keine stichfesten Alibis. Sie kannten ihren Vater, seine Gewohnheiten und die Möglichkeiten im Haus, die sie zu ihren

Zwecken perfekt ausnutzen konnten. Motive hatten sie zur Genüge. Sie wollten endlich den selbst- und genusssüchtigen Störenfried loswerden.«

»Aber sie hatten ihn Jahre ertragen, weshalb nun plötzlich nicht mehr?«, warf von Schenck ein und machte weiter. »Über einen Verkauf des Hotels wären sie sicher nicht glücklich gewesen. Brachten sie ihn deswegen um? Habgier ist ein häufiges Mordmotiv. Sie hätten garantiert vieles dafür getan, ihren ungeliebten Vater von einem Verkauf des Hotels abzubringen, da bin ich mir sicher. Und wer weiß, vielleicht rechneten sie auch eventuell mit neuen Geschwisterchen, neuen Erben? Das dürfte ihre Probleme noch größer werden lassen. Das kann schon Grund genug sein, einen Mord zu begehen«, schloss er.

»Kinder?« Sichtbar entrüstet, setzte sich Liv ein Stück weit aufrechter und von Schenck zugewandt hin: »Der war 84!«, warf Liv auf den letzten Gedankengang ein. Von Schenck zuckte mit den Schultern, als Liv fortfuhr: »Okay, den Vater und Stinkstiefel umzubringen, ist die eine Sache, aber ob der brutale Mord an ihrer Stiefmutter in das Profil der Geschwister passt?«

Von Schenck stimmte nickend zu: »Ohne diese beiden Störenfriede haben die Geschwister ein ruhigeres Leben und Arbeiten, keine Frage. Möglich könnte aber auch sein, dass die Ehefrau die Kinder erpresst hat, weil sie sie im Verdacht hatte, den Vater umgebracht zu haben. Dann hatten Bruder und Schwester einen weiteren Grund, sie zu töten.«
Von Schenck und Liv waren begeistert bei der Sache. Jedem unbeteiligten Zuhörer wäre bei der Fülle von Verdächtigen und möglichen Motiven sicher mehr als mulmig geworden. Beide verstummten ruckartig, als ein Service-Mitarbeiter auftauchte. ›Auszubildender‹ stand auf seinem Namensschild. »Darf ich Ihnen etwas zu trinken bringen?«, fragte

er etwas schüchtern. Von Schenck wartete Livs Antwort »eine kalte Cola mit Eis« ab und bestellte einen Tee. Der junge Mann entschwand.

Von Schenck klopfte sich imaginäre Fusseln von der Stoffhose und murmelte in sich hinein: »Ich bin gespannt, welche Sorte Tee und wie zubereitet mit welchen Zutaten ich bekommen werde. Aber egal, wir wollten uns nun die Fitnesstrainerin Bettina vornehmen. Legen Sie los, ich bin gespannt.«

»Okay, Bettina, die Sportskanone und heimliche Freundin von Johann Overbeck. Wollte sie mit den Morden an dem verhassten Senior und dessen Ehefrau vielleicht ihren Freund retten und ihre gemeinsame Zukunft sichern? Hätte sie dann aber mir gegenüber zugegeben, dass sie den Alten nicht leiden konnte?«

»Die menschlichen Abgründe sind tief«, zweifelte von Schenck. Nun pausierte er kurz mit seiner Theorie. Seinen wachen Augen entging nicht, dass die zwei jungen Männer, die den Hotelausgang anstrebten, zwei Kellner in Zivil waren.

»Schönen Feierabend!«, winkte er ihnen zu. Die beiden lachten: »Den haben wir uns hart verdient. Bis morgen, Herr von Schenck.« Er zwinkerte der staunenden Liv zu und setzte seinen Gedankengang fort:

»Und was ist mit den restlichen Mitarbeitern? Im Laufe der Jahre hat sich ein Gemeinschaftssinn sondergleichen in dem Betrieb herausgebildet. Sie machen ihre eigenen Gesetze, ihre eigene Ordnung. Vielleicht wollten sie das Ruder selbst in die Hände nehmen? Was liegt näher, als die Störenfriede, also den Seniorchef und seine Frau, zu beseitigen, um den Unwahrheiten, Intrigen und Ungerechtigkeiten ein Ende zu setzen? Oder um ihre persönlichen Gesetze durchzubringen?«

Bei seinen Beobachtungen hatte von Schenck die Mitarbeiter-Situation in diesem Haus bereits gut durchschaut. Seine Theorie dazu schloss er sogleich an: »Möglich wäre auch, dass der Senior oder seine Ehefrau den großflächigen Hinterziehungen der Mitarbeiter auf die Schliche gekommen waren. Die Mitarbeiter hatten mit der Zeit ihr eigenes Belohnungssystem entwickelt. Das ist eine lukrative Einnahmequelle. Da hängen Dutzende mit drin. Gemeinsam setzten sie sich zur Wehr und beseitigten diejenigen, die ihren Betriebsfrieden störten.«

»Und wenn es der Seniorchef war«, ergänzte Liv.

Herr von Schenck war wirklich ein guter Beobachter. Seine Methoden erschienen Liv zwar ungewöhnlich und antiquiert, aber wirkungsvoll.

»Wie wir beide schon feststellten, möglich ist alles. Was zählt nach all den Jahren des Hasses und des Machtkampfes mehr, Gewohnheit oder Gerechtigkeitswille?«, fragte Liv.

Von Schenck zuckte erneut mit seinen dicken Augenbrauen: »Als Fazit bleiben mehr Fragen als Antworten, mehr Verdächtige als Unschuldige.«

»Aber am meisten verdächtig ist derjenige, der einen hochgradig giftigen Frosch zu Hause hegt und pflegt«, resümierte Liv. »Also doch Bettina? Ich muss mehr über sie und ihr ›mörderisches‹ Hobby herausfinden – und abwarten, was der Kommissar Neues recherchiert. Aber wissen Sie, Herr von Schenck, abwarten ist bei Weitem nicht meine Stärke, ich werde ihn gleich anrufen.«

Liv stand so plötzlich auf, dass er gar nicht schnell genug nachkam. Sie berührte lächelnd seinen Arm und mit dem Handy bereits in der Hand, verabschiedete sie sich: »Danke, tschüss!«

36

Liv hatte Glück, Frank war direkt am Telefon. Ohne Umschweife legte sie los: »Hallo, Frank, ich bin's. Ist nun klar, woran der Senior gestorben ist? Welches Gift war es? Bleiben sie bei der Theorie Froschgift? Und wie groß ist die Wahrscheinlichkeit, dass Gritta Entrup am selben Gift gestorben ist? Sind deine Kollegen von der Rechtsmedizin weiter?«

Pause am anderen Ende der Leitung.

»Was ist los, Frank? Störe ich dich etwa?«

»Nett, dass du fragst«, sagte er in einem unfreundlichen Ton. »Du meinst auch, wenn du rufst, müssen alle parat sein.«

»Du hättest ja nicht ans Telefon gehen müssen, wenn du gerade deinen Mittagsschlaf hältst«, konterte sie.

Wieder eine Pause, Frank holte tief Luft. »Nein, von Frau Entrup weiß ich noch nicht viel«, leierte er herunter. »Die Kollegen suchen aber als Erstes nach Gift in ihrem Körper.« Seine Stimmlage wurde etwas geschmeidiger. Er schien sich durch Livs Anruf schnell beruhigt zu haben – von was auch immer. »Halt dich fest! In der Leiche des Seniors ist tatsächlich ein hochpotentes Gift nachgewiesen worden. Batrachotoxin heißt es. Das ist ein Verteidigungsmittel südamerikanischer Frösche und als ein Pfeilgift bekannt. Es ist ein sehr schnell wirkendes Nervengift und lähmt den gesamten Körper. Die Indianer Südamerikas können aber die Tiere, die sie durch Giftpfeile getötet haben, verzehren, ohne Schaden zu nehmen. Nur bei krankhaften Zuständen des Magen-Darm-Traktes führt dieser Genuss zu Vergiftungen. Um die gewünschte Wirkung zu erzielen, muss das Gift direkt in die Blutbahn gelangen.«

Liv folgerte den Satz zu Ende. »Das bedeutet, wenn dieses Bachotoxin ...«

»Ba-tra-cho-toxin«, buchstabierte Frank lehrerhaft.

»... okay, das Ba-tra-cho-toxin wirkte über die Blutbahn tödlich, nicht über den Verdauungsgang. Der alte Mann ist nicht durch sein Müsli vergiftet worden, das hatte die Gerichtsmedizin ja schon bestätigt. Aber wie gelangte das Gift denn nun in seinen Körper? Mit einem Giftpfeil?« Liv musste lachen, als sie sich einen kleinen, halb nackten Indianer im Frühstücksraum des Hotels vorstellte, der kleine Pfeile durch ein Blasrohr abschoss.

»Da sind die Kollegen noch zu keinem Ergebnis gekommen. Einen größeren Stich oder Schnitt gibt es nicht, nun müssen sie quasi mit der Lupe ran. Du weißt, welche üppige Hautoberfläche der alte Mann hatte. Das kann dauern. Ich bin gespannt, ob auch Gritta Entrup an demselben Gift starb.«

»Was auf denselben Mörder schließen würde?«, fragte Liv.

»Wer weiß«, sagte Frank.

»Halt mich bitte auf dem Laufenden«, bat sie ihn nunmehr.

Er lachte herzhaft. »Wir sehen uns wieder. Bis denn, Liv.«

Liv hörte es verdammt gern, wenn er ihren Namen aussprach. Das klang so vertraut, fast zärtlich.

37

Also ein Giftfrosch! Das war doch eine interessante Spur, die es zu verfolgen galt. Wie kommt ein deutscher Normalmensch in Düsseldorf an solch einen Frosch und dann an dessen Gift? Im Internet stand doch fast alles, sicher auch etwas über Giftfrösche. Dieses Thema musste allerdings noch ein wenig aufgeschoben werden, denn nun war Livs Recherchearbeit wieder im Wellness-Bereich gefragt. Auf ihrem Stundenplan standen Maniküre und Pediküre, nach kurzer Pause Krafttraining.

Besonders in der Kosmetik herrschte eine ungewohnte Unruhe. Der eine Raum war nicht zu nutzen und die Spurensicherung kontrollierte noch immer alle Ein- und Ausgänge. Mit leicht zerzausten Haaren und in Falten gezogenem Gesicht beugte Virginia Perle sich über ihr Terminbuch. Termine mussten umgelegt und verschoben werden.

Auch Bettina hatte ein paar Schweißperlen auf der Stirn. »Na, macht ihr die Abteilung nicht zu heute?«, fragte Liv sie, als sie im Schnellschritt an ihr vorbeiging.

»Pssst, sei still! Die Gäste sollen doch nichts von dem Mist hier wissen. Wir sagen allen, heute wird eine Intensiv-Reinigung durchgeführt und die Firma sei etwas in Verzug.« Bettina rollte ihre Augen, strich sich mit dem Handrücken über die Stirn und demonstrierte tatsächlich mit dieser Geste totale Erschöpfung. »Den Stress hier hält ja keiner aus.«

Aber diese dauerte nur kurz. Einem inneren Energieschub gehorchend, stand sie wieder stramm, lächelte und redete sich ein: »Aber es entspannt sich ja langsam. Bis nachher …«, und weg war sie.

Diese in weiß gekleideten Menschen, die mit Pinsel

und Pulver an den Türklinken wedelten, sahen zwar nicht gerade wie eine Reinigungstruppe aus, aber wie meinte Karl von Schenck: ›Was der Mensch glauben möchte, glaubt er auch.‹

Virginia Perle führte Liv zur Pediküre in einen kleinen, separaten Raum, den sie bis dato noch nicht kannte. Er wirkte bei genauerem Hinsehen etwas provisorisch hergerichtet, in einer Ecke stapelten sich Kisten, die unter einem großen Laken versteckt werden sollten.

»Schauen Sie bitte nicht so genau in jede Ecke«, bat Virginia Perle fast flehend. »Es ist zum Verrücktwerden heute. Wir müssen vorne und hinten improvisieren. Ich bin verdammt froh, wenn ich zu Hause bin.«

Liv lächelte kurz und verständnisvoll, setzte sich in einen Kosmetikstuhl und schloss die Augen. Die Musik, der Duft und der Kerzenschein verbreiteten bald die schon gewohnt angenehme Atmosphäre.

Es konnte losgehen, Livs Mund war in die Anwendungen dieses Mal nicht einbezogen, sie konnte fragen und reden und keiner konnte sie davon abhalten.

Während Virginia ihre Füße in ein warmes, nach frischen Orangen duftendes Bad tauchte, erklärte sie, dass die Zugabe von Desinfektionsmittel sein müsste, denn nicht jeder Gast käme mit frisch gewaschenen Füßen und ohne Fußpilz zur Behandlung.

»Ähh!«, entfuhr es Liv angeekelt. Genauer wollte sie nicht darüber nachdenken, denn das Gefühl war entspannend und wohlig, woran sie Virginia ausnahmsweise teilhaben ließ: »Sie machen das gut.«

»Oh, danke.« Sie lachte gedankenversunken in sich hinein, während sie an den Füßen arbeitete. »Meine Mutter hat schon immer zu mir gesagt, Karla, aus dir wird mal was. Du bist meine kleine Prinzessin.«

Liv verstand nicht und fragte nach: »Karla?«

»Ach, Mist, nun habe ich mich verplappert, Virginia Perle ist sozusagen mein Künstlername. Nicht weitersagen. Aber mit Karla Schinkenbaum kommt man nicht weit. Und ich will weit kommen, ganz weit und ganz hoch.«

»Na, dann sind Sie ja auf dem besten Weg.« Livs Sarkasmus wegen dieser absurden Situation bemerkte sie nicht.

»Ja, das glaube ich auch … Vielleicht habe ich irgendwann ein eigenes exklusives Studio.«

Es folgte die Behandlung der Zehennägel, sogar des kleinen, und anschließend eine Massage und Einölung. Es hatte gar nicht gekitzelt, dabei war Liv sonst äußerst empfindlich an den Füßen. Frank hatte Livs kitzelige Füße genau gekannt und es oft schamlos ausgenutzt. Damals, als sie noch ein Paar waren. Er amüsierte sich jedes Mal erneut über ihre Eigenheit, die Füße zur Kühlung unter der Bettdecke hervorlugen zu lassen. Sie erinnerte sich nicht mehr genau, ob er oft bei ihr übernachtet hatte. Jedenfalls funktionierte es noch heute prächtig, oben war sie bis zu den Ohren in ihre Daunendecke eingemummelt, was am anderen Ende eine taugliche Temperaturregulierung vonnöten machte. Anfangs grinste er nur, aber irgendwann meinte er, Liv wachkitzeln zu müssen. Sie konnte ihm nie klarmachen, wie unfair sie diese morgendliche Folter empfand. Danach waren sie nicht mehr lange zusammen.

»So, nun ruhen Sie sich mal schön aus. Ich bin gleich wieder bei Ihnen und dann packen wir Ihre Händchen ein«, verniedlichte die Kosmetikerin und riss Liv mit diesem kindlichen Gelaber aus ihrem Tagtraum.

Sie wusch sich die Hände mit einem Desinfektionsmittel und verließ den Raum.

Bei ihrem Blick nach draußen sah Liv diese schwarze Katze wieder, wie sie am Teich saß und ihr Spiegelbild betrachtete. Die Katze hatte wirklich außergewöhnlich lange Haare, sogar am wedelnden Schwanz. Graziös saß sie am Teichufer, mit guter Haltungsnote. Aber was fixierte sie? Liv schärfte ihre Augen.

Das konnte nicht wahr sein – ja, klar, ein dicker Frosch saß auf einem Stein im Wasser zwischen dem Schilf und schaute ostentativ an der Katze vorbei.

»Fressen Katzen auch Frösche?«, fragte Liv die zurückgekehrte Virginia Perle, als diese sich ihrer Hände annahm.

»Keine Ahnung, kann es mir aber nicht vorstellen. Die sind doch nass und ekelig. Katzen fressen doch nicht alles.«

»Sie fressen immerhin auch Ratten, Mäuse und Vögel«, erinnerte Liv.

»Hält eigentlich einer Ihrer Kollegen Frösche?« Liv schaute Virginia Perle direkt an. Die Katze war verschwunden, der Frosch saß nicht mehr auf seinem Stein.

»Normalerweise müsste ich jetzt wohl loslachen, denn wer hält sich schon einen Frosch als Haustier?«

»Aber?«, drängelte Liv.

»Aber hier sind die eine echte Plage.« Sie blickte auf Livs Fingernägel, denen sie einen runden Schliff zu geben versuchte. »Das sind so ganz kleine, bunte Tiere. Die sehen wirklich putzig aus. Wir sind ja fast alle im Schichtdienst. Da kann man kaum ein Tier halten. Und dann kam die Sache mit den Fröschen auf. Nun hat sie hier fast jeder. Manche länger, anderen sterben sie so weg, denn die brauchen ideale Lebensbedingungen. Sie kommen nämlich aus dem Urwald und da ist es immer feucht und heiß. Ich habe mir aber keinen gekauft. Es war mir irgendwie zu blöd, so ein Glibbertier nur anzustarren. Da kann ich mir doch auch ein buntes Bild an die Wand hängen. Aber ich weiß mindestens von vier Kollegen, die so einen bunten Minifrosch haben. Die reden viel drüber und tauschen sich aus. Das ist fast eine Wissenschaft, wissen Sie?«

»Nein, noch weiß ich nicht sehr viel«, konterte Liv. »Kleine, bunte Frösche aus Südamerika? Sind das nicht Giftfrösche?«

»Echt? Nein, giftig sind die, glaube ich, nicht. Aber ich habe keine Ahnung. Fragen Sie doch Alpas oder Jörg, die Kellner, die Susanne Weber von der Rezeption oder Bettina, die Fitnesstrainerin. Das sind wahre Profis. Die wissen alles über diese Viecher.«

Die Massage der Hand nahm Liv kaum noch wahr. Der Kellner, der den Senior morgens gefunden hatte, hieß doch Alpas. Der nette Kellner, der Jörg Olsson, und Bettina Botrange, sogar Susanne Weber, die Liv im dunklen Gang überrascht hatte. Sie alle hatten Giftfrösche. Sie alle waren verdächtig, mindestens einen Mord begangen zu haben. Sie hegten und pflegten kleine, bunte, ›mörderische‹ Frösche.

38

Das hätte Liv nicht gedacht. Gedankenversunken ließ sie sich im Ruhebereich auf einer bequemen Liege nieder. Mit einem »Hallo!« setzte sich die Frau im weißen Trainingsanzug direkt daneben. Liv nickte, legte sich zurück, schloss ostentativ die Augen und rieb ihre Hände.

»Die Hände kribbeln noch etwas nach, nicht wahr?«

Offensichtlich langweilte sie sich und suchte ein

Gespräch. Dazu war Liv jetzt nicht bereit. Sie wollte nachdenken.

»Die Durchblutung wird wunderbar angeregt bei der Hand- und Fußbehandlung, spüren Sie das auch?« Eine Antwort schien sie gar nicht zu erwarten, sie sprach einfach weiter. »Also, ich hatte das Gefühl, noch nie so weiche Haut an den Händen und Füßen gehabt zu haben. Wenn man die Finger aufeinander reibt, ist die Haut so weich, fast unwirklich. Das muss man gespürt haben, das kann man ja kaum beschreiben.«

»Stimmt«, sagte Liv kurz angebunden.

»Wissen Sie denn schon, wer die beiden ermordet hat?«

Ohne zu antworten, schaute Liv sie überrascht an.

»Sie glauben doch nicht, dass man mir zwei Tote und eine Detektivin vorenthalten kann. Ich kenne hier seit Jahren fast jedes Gesicht – und ich merke, wenn etwas nicht stimmt.« Sie wartete Livs Reaktion ab.

Liv richtete sich auf. Die Dame hatte eine gute Beobachtungsgabe, die sie sich vielleicht zunutze machen konnte.

»Nein, die Polizei weiß noch nichts Genaues. Und ich bin Reporterin, keine Detektivin.«

»Das ist doch dasselbe«, meinte sie.

Liv grinste.

»Wie weit sind Sie denn? Ich würde Ihnen gerne helfen, sagen Sie mir, was ich tun soll. Ich habe eine besondere Verbindung zu diesem Haus und den Menschen.«

Liv überlegte kurz: »Aha. Halten Sie Augen und Ohren auf, mehr kann ich nicht sagen. Haben Sie denn schon eine Theorie?«

»Viele Theorien. Man hat hier viel Zeit zum Nachdenken und Nachschauen. Ich habe ja schon viel Stress mit meiner einen Tochter. Maria und Johann Overbeck sind etwa im selben Alter, könnten also quasi meine Kinder sein.« Sie pausierte. »Nein, aber was hier abläuft, kann man nicht mehr als Generationskonflikt abtun. Da schwingt Hass mit.«

»Sie meinen das Verhältnis der Kinder zu ihrem Vater?«

»Genau, das meine ich – und umgekehrt. Manchmal glaube ich, das war Kampf, nein, es war Krieg. Auf jeden Fall hatte das mit Zusammenarbeiten zugunsten der Zufriedenheit der Gäste nichts zu tun. Ich wusste, dass es hier einmal gehörig knallen wird. Vielleicht komme ich deswegen jedes Jahr zweimal hierher. Ich wollte dabei sein. Nun bin ich es.«

»Glauben Sie, die Kinder haben ihren Vater und dessen Frau ermordet?«

»Nein!«

»Nein?«, fragte Liv nach.

»Nein, umgekehrt. Dieser sogenannte Vater will seine Kinder töten.«

»Was soll das denn jetzt? Überlegen Sie doch mal, was Sie da gesagt haben«, hakte Liv nach und ahnte im selben Augenblick, dass sie es mit einer Gesprächspartnerin zu tun hatte, die wohl nicht ganz ernst zu nehmen war. »Ich muss weiter, bis bald mal.«

»Denken Sie darüber nach. Und vor allem, passen Sie auf sich auf!«, rief sie Liv hinterher.

»Alles klar«, gab Liv kopfschüttelnd zurück.

39

Schnell wollte Liv dieses Gespräch vergessen. Während sie so ihre weichen Finger rieb, dachte sie sich, sie müsste unbedingt mehr über diese Frösche wissen. Heute Abend wollte sie im Internet recherchieren.

Wieso meinte Virginia – alias Karla, kicherte Liv in sich hinein –, dass die Frösche ihrer Kollegen nicht giftig seien? Zählten sie nicht sogar zu den giftigsten Tieren überhaupt? Liv musste mehr darüber in Erfahrung bringen. Am besten, man fände einen Froschexperten, der ihr alles erzählen konnte. Aber zunächst sollte sie Frank informieren. Doch auch das musste warten, denn Bettina hielt schon Ausschau nach ihr. Die Fitnessstunde war gekommen. Die Zeit war geradezu verflogen.

Mit einem breiten Lachen kam Bettina auf Liv zu. »Also los!«, kommandierte Bettina. »Was hältst du davon, dich erst einmal auf dem Fahrrad etwas warm zu machen?«

Es war nicht wirklich als Frage gemeint. Liv zuckte mit den Schultern und ging flotten Schrittes, ihre Enttäuschung über ein langweiliges Fahrrad verbergend, zum Gerät, das Bettina auf Livs Beinlänge einstellte. Dann gab sie Livs Alter ein und stellte es auf zehn Minuten ein. Nun sollte sie gleichmäßig strampeln. ›Kein Problem, aber nicht sehr fordernd‹, dachte Liv zunächst. Aber nach der Hälfte der Zeit wünschte sie sich einen niedrigeren Gang oder noch besser, dass die zehn Minuten um seien. Bettina merkte es wohl an ihrem roten Kopf und am Pulsmessgerät, das zu piepen begann. »Schalte mal einen Gang runter. Du mutest dir gerade zu viel zu. Das schadet eher, als es nutzt.«

»Okay, wie du meinst«, hechelte Liv.

Sie hatte ihre Kondition etwas besser eingeschätzt. Vor wenigen Jahren hätte sie nicht so früh schlappgemacht. Vielleicht war sie nur heute schlecht in Form. Morgen würde sie sich nicht so anstellen.

Auch die zehn Minuten gingen vorüber und Bettina ließ Liv kurz wieder zu Atem kommen. Dann ging es weiter.

»Wir nehmen uns heute deine Rücken-, Bauch- und Brustmuskeln vor.«

Das klang für Liv wie eine Drohung. Bettina erklärte ihr die genauen Sitz-, Steh-, Stemm- und Ziehpositionen an den einzelnen Geräten und gab Obacht, dass die Geräte für Livs Körper richtig eingestellt waren und sie die Übungen auch exakt ausführte. Zum Schluss machte sie ihr noch einige Dehnübungen für die beanspruchten Muskelpartien vor. Liv machte brav alles nach. Wie sich ihr Körper am nächsten Tag anfühlen würde, daran wollte sie noch gar nicht denken.

»Wenn du morgen Muskelkater hast, haben wir etwas falsch gemacht«, meinte Bettina. Liv grinste und wankte mit einem eiernden Gang aus dem Fitnessraum in Richtung Theke und Wasser.

Bettina kam hinterher.

»Habe ich dich kleingekriegt?«, fragte sie lachend.

»Ich hasse Fahrradfahren«, sagte Liv. Aber Bettina ignorierte es.

»Du hast einen Giftfrosch als Haustier?«, brach es aus Liv heraus.

Bettina guckte sie erstaunt an: »Klar. Warum auch nicht? Caesar und Maja sind wunderbar!«

»Deine Giftfrösche haben Namen?«

»Aber sicher. Weißt du, wie menschlich diese kleinen

Racker aussehen? Diese Beinchen, die Bewegungen, die Händchen, zu witzig. Wieso interessierst du dich für Caesar und Maja? Willst du auch welche?«

Das war Livs Thema: »Wozu, bitte? Nein, ich möchte nichts haben, was von mir abhängig ist, und nichts, worum ich mich regelmäßig kümmern muss. Ich habe noch nicht einmal eine Pflanze zu Hause.«

»Das wäre mir zu tot«, fand Bettina und Liv meinte, ein herausforderndes Grinsen bemerkt zu haben. »Klar, zum Anfassen ist Caesar nicht, aber er frisst aus meiner Hand – genauer: aus der Pinzette. Zu süß, sag ich dir, wenn seine Zunge blitzschnell ausfährt. Das zahnlose, verhältnismäßig große Mäulchen öffnet sich und die Fliege oder Ameise verschwinden ruck, zuck. Nur eine kleine Schluckbewegung kannst du noch sehen. Und dann verharrt er weiter regungslos bis zum nächsten Bissen. Faszinierend, Caesar zu beobachten, wirklich. Wenn du willst, kann ich sie dir demnächst zeigen.« Sie war offensichtlich völlig begeistert von ihren tödlichen Haustieren.

»Ein Foto würde mir völlig reichen«, dämpfte Liv ihren Enthusiasmus. »So ein Giftfrosch ist doch lebensgefährlich«, versuchte sie sie wieder auf das Thema zu bringen.

»Caesar ist nicht gefährlich«, lachte Bettina laut. »Er kann gerade mal einer Fliege etwas zuleide tun, aber einem Menschen nicht. Liv, ich bitte dich, wie soll das denn gehen?«

»Bettina, Caesar ist doch ein Pfeilgiftfrosch, oder?« Sie nickte.

»Ja, und das sind die giftigsten Tiere der gesamten Fauna! Tu doch nicht so naiv!«

Doch Bettina ließ sich nicht aus der Reserve locken. Sie blieb ruhig, auf eine selten gesehene naive Art.

»Caesar ist nicht giftig, sonst dürfte man den doch gar nicht haben, oder?« Sie ging. Zum morgigen Training wollte sie Liv einige Fotos von ihrem Caesar und ihrer Maja zeigen, versprach sie.

»Ich denke, sie weiß genau, dass diese Tiere enorm giftig sind«, sprach jemand mit Liv aus dem Off.

Sie drehte sich um und stand vor der Frau mit dem weißen Trainingsanzug.

»Haben Sie uns belauscht?«, fragte Liv. »Das ist aber nicht die feine englische Art.«

»Die feine englische Art ist in diesem Hause auch nicht angebracht. Lassen Sie sich nicht von dieser Person veräppeln, meine Liebe. Sie spielt ein Spiel mit Ihnen. Seien Sie vorsichtig. Natürlich muss sie von dem enormen Giftpotenzial eines Pfeilgiftfrosches wissen. So viel Naivität kann doch keiner glauben.«

Sie ging weiter, legte sich auf eine Liege und setzte sich Kopfhörer auf. Damit war das Gespräch beendet. Langsam wurde Liv diese Frau unheimlich. War sie irre? Die Stupsnase, weit auseinander liegende Augen und der schön geformte Mund – sicher war sie einmal recht hübsch. Auf jeden Fall ist sie seltsam. Aber damit konnte sie sich nun nicht weiter beschäftigen. Liv begab sich in ihr Zimmer. Gern hätte sie jetzt Frank angerufen, um mit ihm über die neuen Informationen zu reden – und überhaupt. Sie hätte ihn jetzt einfach gern da gehabt.

40

Liv ging erst einmal unter die Dusche. Dieser warme Dusch-schwall wusch viele unnütze Gedanken ab. Sie erinnerte sich an die Visitenkarte, die Frank ihr gegeben hatte, und holte sie heraus.

»Ja, bitte?« Eine weibliche hohe Stimme meldete sich.

Liv verschlug es kurz die Sprache. Wieso ging Frank nicht selbst an sein Handy? Gab es da nicht so ein dem Brief-geheimnis vergleichbares Handygeheimnis oder wenigs-tens eine Art Ehrenkodex? Und überhaupt, wer war diese Person?

»Hallo, hier ist Liv Oliver, ist der Kommissar zu spre-chen? Sorry, aber es ist wichtig, sonst würde ich nicht außerhalb seiner Dienstzeit stören.«

»Kein Problem. Moment bitte.«

Sie rief: »Schatzi, eine Liv Oliver ist am Apparat, es sei dringend.«

»Liv, hallo, was gibt es denn?« Frank war außer Atem und hatte wieder etwas von dem genervten Tonfall drauf.

»Hast du Besuch?«, fragte Liv. »Ich wollte euch nicht stören.«

»Ja, das heißt, nein, meine Cousine hat sich eingeladen und nutzt mein Gästebett als billige Übernachtungsmög-lichkeit.«

»Wie auch immer, Schatzi«, stichelte Liv. »Kennst du die Geschichte von den kleinen, bunten Fröschen schon?« Diese Neuigkeit kam etwas gelangweilt aus Liv heraus, denn diese angebliche, nie zuvor erwähnte Cousine hatte Liv gerade die Lust genommen, Frank die Information freu-dig zu überbringen.

»Ich verstehe kein Wort, bitte etwas genauer«, mahnte Frank ungeduldig. Er schien zunehmend genervt zu sein. Und wenn es um den Beruf ging, verstand er noch nie Spaß.

»Die Pfeilgiftfrösche, Mensch, hast du denn alles vergessen?« Unwirsch konnte Liv auch sein. Schließlich tat sie ihm ja gerade einen Gefallen. »Aber wenn meine Berichterstattung nicht zur rechten Zeit kommt, *SCHATZ!*, dann ruf mich während deiner Geschäftszeiten an. – Falls ich dann Zeit habe.«

›Rüpel, Idiot, Lügner, Egoist!‹ All diese Beschimpfungen gingen Liv durch den Kopf. Sie auszusprechen, hätte sie aber nicht gewagt. Ihre Gefühlswelt gegenüber Frank blieb verborgen. Darin war sie geübt. Sie wusste, dass es besser so für sie war.

»Nu sei nicht gleich beleidigt. Entschuldige, aber ich bin gereizt. Hier zu Hause fühle ich mich wie im Hotel und in dem Fall komme ich nicht schnell genug weiter. Sag, was hast du herausgefunden?«

Livs Froschgeschichte schien ihm zu gefallen. Er bedankte sich brav und meinte, nun seien sie ja einen kleinen Schritt weiter. Und falls Liv über Froschgift recherchieren würde, fände er es sehr gut. Sie verabredeten sich für den nächsten Tag im Hotel. Liv verkündete ihm ihren Wellness-Terminplan für den morgigen Tag, also vormittags eine Gesichtsmassage und -packung sowie Ernährungsberatung und nachmittags Fitness. Er lachte kurz etwas abfällig und meinte, er würde sie zwischendurch schon finden.

Lieber wäre ihr gewesen, sie könnte sich auf sein Kommen zeitlich besser einstellen. Schließlich war es völlig unnötig, dass er sie erneut mit fettigem Gesicht und noch fettigerem Haar anträfe. Aber hatte Frank jemals von einer

Cousine gesprochen? Liv konnte sich jedenfalls nicht daran erinnern.

41

An diesem Abend ließ Liv sich von den Anpreisungen der ›Wellness-Karte für Genießer‹ überreden, gesunde und regionale Kost zu sich zu nehmen. Vom Büfett, das im Frühstücksraum aufgebaut war, wählte sie eine leichte rheinische Kartoffelsuppe, ein kleines Stück rheinischen Aals mit Löwensenf ›extra‹. Dazu ein echt Düsseldorfer Frankenheimer Alt – köstlich, befand Liv. Und als Nachtisch ›für die Seele‹, wie Livs Großmutter aus dem Bergischen gern belehrte, schwarze Kö-Diamanten, exklusiv vom Café Heinemann. Diese Pralinen-Kugeln mit Nüssen und Zartbitterschokolade erschienen Liv wie immer bei den seltenen Anlässen, an denen sie sie aß, einzigartig. Von dieser zart schmelzenden Düsseldorfer Spezialität wollte sie unbedingt Karl von Schenck berichten.

›Das Leben kann so schön sein …‹

Ihr Blick schweifte zu dem Tisch, an dem vor zwei Tagen der Seniorchef gestorben war. ›Es kann aber auch schnell zu Ende sein. Also, lass es uns genießen, Liv!‹, sagte sie zu sich, prostete sich zu und nahm einen weiteren Schluck des schmackhaften Gebräus.

Irgendwann verließ sie den Raum, um sich einen der Internet-Plätze zu sichern, die sich neben dem Empfang in einem kleinen, halb offenen Raum befanden.

Zwei Computer waren frei. Von ihrem Platz aus sah Liv Karl von Schenck, wie er neben seiner hübschen Tochter mit Modelfigur und modischem Outfit zur Rezeption schlenderte. Sie bekamen ihre Zimmerschlüssel ausgehändigt.

Karl von Schenck entging nicht, dass Liv in ihrer dunklen Ecke saß. Er verabschiedete sich von seiner Tochter, kam erhabenen Schrittes zu Liv, nahm sich einen freien Drehstuhl, setzte sich neben sie und schaute auf den Bildschirm. »Darf ich?«, fragte er zwar noch, aber wartete Livs »Na klar, gerne« gar nicht mehr ab.

»Aha, ›Juwelen des Regenwaldes‹ werden die Pfeilgiftfrösche genannt, eine schöne Bezeichnung. Sie kommen im tropischen Feuchtregenwald in Kolumbien vor«, stellte er nach kurzer Lesezeit fest.

»Da gehören sie auch ausschließlich hin!«, posaunte Liv ihre Meinung hinaus und las weiter mit. ›Als einzige Verteidigungswaffe haben die zwei Zentimeter kleinen Tiere tödlich wirkendes Gift. Bei Stress, Bedrohung oder Berührung stoßen sie aus kleinen Hautdrüsen am Rücken ihr starkes Gift mit einem speziellen Geruch und bitter brennendem Geschmack aus.

Um an dieses Gift zu kommen, halten die südamerikanischen Indianer die Frösche eine kurze Zeit lang eingesperrt. Wenn sie zur Jagd gehen, versetzen sie die Frösche in Todesangst, indem sie sie aufspießen oder über Feuer halten.‹

Liv stockte, sah von Schenck an und sagte mit gerümpfter Nase: »Wie grausam.«

In Erwartung von Verständnis entgegnete er: »Aber nur so können sie ihre Kinder und Familien ernähren.« Liv reagierte nicht. Weiter lasen sie: ›Mit dem gewonnenen Schleim bestreichen die Indianer die Pfeile, die sie durch ein Blasrohr abschießen. Die amerikanischen Naturforscher John Dely und Bernard Witcap nannten dieses Gift Batrachotoxin. Es stammt aus dem Altgriechischen und bedeutet Frosch, also Batrachos, und Gift, sprich Toxin. Die Wissenschaftler stellten fest, dass dieses Gift die Funktion des Nervensystems im menschlichen Körper stört. Ein einziger Tropfen Batrachotoxin im Körper des Opfers stört den Ionenaustausch und die Durchlässigkeit der Nervenimpulszellen, das bringt in kurzer Zeit die Herztätigkeit zum Stillstand.‹

»Faszinierend«, sprach er auch Livs Gedanken aus.

»Schauen Sie, welche Farbenpracht diese kleinen Frösche aufweisen: Rote, gelbe, sogar blaue sind dabei. Sie sehen fast ein wenig unecht aus«, beschrieb er seinen Eindruck von den Tieren.

Nun teilte Liv von Schenck mit, was sie über dieses Thema von den Mitarbeitern wusste: »In Gefangenschaft sind sie nicht leicht zu halten. Wenn das Klima in ihren Terrarien nicht stimmt, sterben sie. Natürlich ist auch die richtige Ernährung wichtig.«

Karl von Schenck wies mit einem Kopfnicken in Richtung Foyer. Was war das? Der Kellner Jörg Olsson und die Rezeptionistin Margit Jung gingen betont unauffällig hintereinander her. Er kniff ihr in den Arm, sie kicherte im Gehen und wandte sich kokett. Liv verstand. Karl von Schenck blieb am Computer, sie folgte dem Paar.

Die beiden verschwanden in einem kleinen Wirtschaftsraum. Die Tür blieb halb offen. Zum Glück, denn so konnte Liv sie hören und durch den einfallenden Lichtschein schemenhaft sehen.

Die Händen tief in den Hosentaschen ihrer bequemen Stretchjeans vergraben, ging Liv betont unauffällig an der Tür auf und ab. Ihr Blick richtete sich auf die Wände des

Foyers, an denen die üblichen Fotos von so genannten Prominenten hingen, die sich herabließen zu beschreiben, wie schön der Aufenthalt gerade in diesem einen Hotel für sie gewesen sei. Heidi Kabel war auch dabei, eine Frau, die Liv vom Alter her gerade noch kannte. Konzentriert auf das Gespräch im Innern des Raumes, lehnte sie nun an einer Wand, nahm sich einen Hotel-Prospekt, der auf einem Regal lag, und blätterte wieder einmal interessiert darin herum.

Anscheinend fühlten sich die beiden Turteltauben völlig ungestört. Sie hatten Augen und Ohren nur füreinander.

»Wie viel war es bei dir?«, flüsterte Jörg und näherte sich Margit auf Tuchfühlung.

»Die Woche Mallorca für zwei Personen habe ich bald zusammen«, lachte sie und zog ihn noch dichter an sich heran. Sie küsste ihn.

»In welcher Jahreszeit?«, fragte er. »Wir sollten unseren Urlaub rechtzeitig beantragen. Aber nicht am selben Tag, das würde sogar den Blödmännern hier auffallen.«

»Das merkt niemand«, sagte die Rezeptionistin in abfälligem Ton. »Die sind doch alle zu sehr mit sich beschäftigt.«

Sie kicherten.

»Und sie sind damit beschäftigt, den Geldfluss zu kontrollieren«, ergänzte er. Nun küssten sie sich innig. Das Abzweigen von Geld schien eine erotisierende Wirkung auf sie zu haben. Es waren keine Worte mehr zu hören.

Aha, die zwei zwackten Geld ab. Falsche Bestellungen bonieren oder gar nicht bonieren, was bestellt wurde, da konnte schon einiges zusammenkommen, wenn es keine direkte Kontrolle gab. Immerhin, eine Woche Mallorca für zwei Personen.

Liv hatte genug gehört und saß bald wieder neben Karl von Schenck, der sie neugierig ansah.

»Die beiden haben ein ›Krösken‹, wie man hier sagt – ein Verhältnis«, übersetzte sie für von Schenck, aber er verstand auch so. »Sie machen sich ihre eigenen Gesetze. Sollte ich den Geschwistern einen Tipp geben, dass enorme Summen Bargeld an ihnen vorbeigehen?«

»Das müssen Sie entscheiden«, riet Karl von Schenck.

»Ja, gleich morgen werde ich es tun. Ich kann miese Touren nicht dulden.«

Er grinste. Sie schauten beide wieder auf den Bildschirm. Kurz nacheinander kamen Jörg Olsson und Margit Jung zurück ins Foyer. Ihre Blicke oder Gebärden zeigten, wie gut gelaunt und fröhlich sie waren, als jeder in seine Richtung ging. Karl von Schenck schaute Liv ernst an, sie schaute schulterzuckend zurück.

»Eine sehr interessante Materie, diese Giftfrösche«, sagte von Schenck. »Solche Amphibien zu halten, ist eine Wissenschaft für sich.« Er referierte seine jüngsten Erkenntnisse: »Es gibt Baumsteiger, Blattsteiger- und Stummelfußfrösche. Bekannt und besonders hübsch ist der Dendrobates azureus. Er hat ein leuchtendes blaues Kleid und ist ein in Costa Rica verbreiteter Baumsteigerfrosch. Der Dendrobates auratus, Smaragdbaumsteiger, ist leuchtend grün mit schwarzen Flecken auf dem Rücken. Das Erdbeerfröschlein, Dendrobates typographicus, wird nur 2 cm lang und hat eine leuchtend rote Farbe, wie gelackt. Noch kleiner ist das rote Erdbeerfröschchen, auch Zwergpanama-Baumsteigerfröschchen, Dendrobates pumilio, genannt.«

»… ist ja niedlich, aber ich kann mir doch nicht alles merken«, bemerkte Liv staunend.

»Ok, jetzt kommt es: Der wohl giftigste unter allen Froscharten ist der 1973 in Westkolumbien entdeckte Phyllobates terribilis, sogenannter fürchterlicher Blattsteigerfrosch. Der Name setzt sich zusammen aus Bedeutungen der Wirkung und des Lebensraumes. Mit seinen kleinen Saugnäpfen an den Zehen klebt er quasi am Blattwerk. Nur zum Laichen suchen sie das Wasser auf, deshalb sind diese Frösche auch nicht mit Schwimmhäuten ausgestattet. Es ist das giftigste Tier auf Erden. Im Vergleich zu den anderen Froscharten ist sein Sekret 20mal giftiger.«

»Aha, interessant.«

»Aber warten Sie, das Beste kommt jetzt: An der Ernährung liegt es«, erklärte von Schenck seine kurzfristig erworbenen meisterlichen Erkenntnisse, »das ist der Clou. Die Frösche können nur dann den giftigen Schleim produzieren, wenn sie regelmäßig giftige Nahrung zu sich nehmen. Auch Giftfrösche, die aus Südamerika eingeflogen werden, verlieren nach einiger Zeit ihr hohes Giftpotenzial, wenn sie hier lediglich harmlose Fliegen oder Würmer und Maden essen.«

»Aha«, versuchte Liv zu verstehen, »wir waren also auf völlig falscher Spur. Wir müssen nicht nach Fröschen suchen, sondern nach giftigen Ameisen und Käfern. Die Tierchen werden immer filigraner.«

Sie lächelten sich nachdenklich an. »Die Frage ist, wie und woher bekommt jemand regelmäßig diese giftige Nahrung?«

›Wenn ich das dem Kommissar erzähle‹, dachte Liv. Sie schaute auf ihre Uhr – nein, nun war es wirklich zu spät, sonst störte sie noch die Zweisamkeit mit seiner angeblichen Cousine. Bis morgen konnte die Mitteilung der neuen Erkenntnis wohl warten, dass hier jemand mit – ja, letztlich mittels Ameisen mordete.

»Sicher bekommt man auch giftiges Futter über das Internet, wenn man es richtig anstellt«, meinte Karl von Schenck.

Livs Gedanke war, dass die Polizei sich mit Sicherheit

besser auskannte, wie man auf illegale Internetseiten und an solche kriminellen Machenschaften kam, um Frösche giftig zu erhalten. Darüber sollte sich die Polizei den Kopf zerbrechen. Sie beide jedenfalls wollten sich nicht deswegen die ganze Nacht um die Ohren schlagen. Es war schon spät geworden. Karl von Schenck schaute auf seine sicherlich wertvolle Uhr. »Vor einem Computer merkt man nicht, wie die Zeit vergeht. Ich verabschiede mich jetzt. Morgen ist auch noch ein Tag.«

Liv rief ihm ein »Danke« hinterher, das er mit einem Lächeln quittierte. »Wir sind ganz nah dran!«

Im Hotelzimmer angelangt, lag Livs Bett aufgeschlagen mit einem süßen Gute-Nacht-Gruß einladend vor ihr.

Sollte sie am morgigen Fitnesslauf um sieben Uhr teilnehmen? ›Das werde ich spontan entscheiden‹, beschloss sie. Um elf Uhr stand jedenfalls Pantai-Luar, oder wie das hieß, auf ihrem Wellness-Plan.

42

›Nein, heute kein Fitnesslauf und auch kein Frühstück.‹ Draußen war es grau, regnerisch. Liv lag gemütlich im Hotelbett und dürstete danach, endlich an ihrem Artikel weiterzuschreiben. Morgens flossen die Gedanken und die Sätze nur so aus ihren Fingern. Mörder und Mordmotiv waren zwar noch offen, aber die Situation und Örtlichkeit wollte sie wenigstens ausformulieren. Den schönen Schein der Wellness-Welt konnte sie wunderbar der brutalen Realität gegenüberstellen. Heute wollte sie per E-Mail einen ersten Entwurf an ihren Auftraggeber senden. Er sollte sich davon überzeugen, dass sie arbeitete und nicht nur Kosten verursachte, dass sie mit dem Text und dem Fall schon ziemlich weit gekommen war.

Plötzlich hörte Liv ein Klopfen. Sie hatte noch nicht einmal »Einen Moment bitte« ausgesprochen, da flog bereits die Türe auf und ins Zimmer stolperte ein singendes Zimmermädchen. Liv war noch damit beschäftigt, den Laptop beiseitezustellen, die Decke aufzuschlagen und sich den Bademantel zu greifen. Das Zimmermädchen riss die Augen auf, den Mund hielt sie sich mit der Hand zu und sagte in gebrochenem Deutsch: »Oh, entschuldigen Sie, später, später.«

Liv hatte vergessen, das Schild »Bitte nicht stören« an die Tür zu hängen. Also mummelte sie sich zurück ins Bett unter die Decke, nahm den Laptop und dachte sich wieder in die Textstelle hinein, an der sie gerade arbeitete. Draußen regnete es nun stark, sie hörte die Tropfen auf ein Blechdach oder eine Tonne fallen. Sie konzentrierte sich.

»Nein, nicht noch einmal!« Liv legte ihren Laptop erneut neben sich, blieb aber diesmal liegen und schaute genervt zur Tür, die nach kurzem Klopfen sofort geöffnet wurde.

»Was ist denn nun schon wieder los?«, fragte sie laut. »Wo ist das verdammte Bitte-nicht-stören-Schild?«

»Ich störe nicht lange, ich dachte nur, du wolltest ein paar Neuigkeiten über den Mord wissen. Ich muss das nicht tun, Liv, es ist eher eine Art Gefallen«, sagte Frank, als er, breit grinsend, schnurstracks auf ihr Bett zukam und mit der Schlüsselkarte winkte.

»Ich habe einen Generalschlüssel bekommen. Gut, ne? Erleichtert die Arbeit.« Frank lächelte süffisant. »Und ich dachte, bei dir darf ich ihn nutzen.« Sein Grinsen wurde noch breiter, sein Blick herausfordernd, als er sich auf Livs Bett setzte.

»So, dachtest du«, brummte Liv, während sie mit ihrer flachen Hand die Bettdecke über ihren Beinen glatt strich. Ihren Blick gesenkt, atmete sie tief und spielte gedanklich zwei Szenarien durch: Krieg und keine neuen Informationen oder Demut und im Fall weiterkommen. Nach dieser Pause, in der Frank ihre Gemütsentscheidung und jede Körperreaktion scharf beobachtete, schaute sie zu ihm auf, lächelte gezwungen und formulierte mit angespannten Lippen: »Lass gut sein, erzähl schon.«

Liv setzte sich aufrecht und strich sich durchs Haar. Sie hatte sich vorgenommen, dieses Spiel mitzuspielen. So unbeteiligt, wie in diesem Moment möglich, sagte Liv: »Ich arbeite sowieso gerade an dem Artikel. Vielleicht kann ich ja endlich über ein paar echte Ergebnisse von den Ermittlungen der Polizei berichten.«

»Entschuldige, wenn ich dich störe, aber ich wusste ja nicht, dass du noch im Bett herumliegst. Ist aber gemütlich bei dir hier«, Frank schlug sich auf seine Oberschenkel, stand auf, kehrte Liv seinen v-förmigen Rücken im blauen Hemd und seinen knackigen Jeans-Po zu und ging sehr langsam zum Fenster. »Was hast du denn bis jetzt, dass du schon darüber schreiben kannst?«, fragte er, während er sich dort auf dem Sessel niederließ.

»Noch nicht viele Fakten, aber umso mehr Hinweise und noch mehr Mutmaßungen. Aber du hattest doch Neuigkeiten für mich. Ich kann dir allerdings auch eine Menge berichten. Ich war fleißig und habe einiges rausbekommen.«

»Das glaube ich. Du hast einen guten Instinkt, den Blick fürs Wesentliche und den nötigen Verstand. Du siehst, was andere nicht sehen. Du hörst, was andere nicht hören, und weißt die Wahrheit von der Lüge zu trennen.«

»Sollte das ein Kompliment sein?«, fragte sie neugierig.

»Wenn du es so willst, ja. Ich denke wirklich so. Das wollte ich dir einmal gesagt haben. Du hast das gewisse Etwas.« Als er an ihren fragend aufgerissenen Augen sah, was er mit dem Satz für eine Verwirrung gestiftet hatte, wurde es Frank doch etwas zu heiß und er fügte schnell hinzu: »Bei kriminalistischen Fällen, meine ich natürlich.« Er räusperte sich, stand wieder auf und blickte aus dem Fenster. »Einen schönen Blick hast du hier. Du kannst ja fast den Restaurantbesuchern im Rheinturm zuwinken.«

»Nur mit Fernglas«, sagte Liv mit genervtem Unterton und erfreute sich an seiner Silhouette.

»Und es ist ruhig«, fand Frank. »Nicht schlecht, das Plätzchen, könnte man glatt als Geheimtipp für jung Verliebte empfehlen.« Beide schwiegen. Liv wartete. Nichts geschah.

»Also ran an die Arbeit, Herr Kommissar«, unterbrach Liv die Stille und murmelte ein »du Feigling« hinterher, nahm den Bademantel, der auf ihrem Bett lag, schwang ihn sich über ihr etwas zu kurzes Nachthemd und ging mit großen Schritten ins Bad. Frank schaute ihr nach, ignorierte den Feigling und bestätigte sie: »Genau, Arbeit. Deswegen bin ich ja hier.«

Für Frank unsichtbar, rollte Liv die Augen: »Gib mir zehn Minuten, ich mach mich eben fertig. Dann erzähle ich dir auch einige wichtige Fakten.« Nach einer kurzen Pause rief Liv aus dem Bad in seine Richtung: »Rein beruflich natürlich.«

»Ich warte«, kam es leiser zurück.

›Warum schmeiße ich ihn eigentlich nicht raus?‹, fragte

sich Liv, während sie äußerst energisch ihre trocken gebliebenen Haare bürstete. Sie ärgerte sich – worüber, war ihr
in diesem Moment nicht klar. ›Was zieht der hier für eine
Show ab, weshalb hat der mich nicht von der Rezeption
aus angerufen? Der kommt hier rein, macht mich an und
lässt mich zappeln. Was bildet der sich ein?‹

Livs Jogginganzug klebte an ihrer noch feuchten Haut.
Er fiel nicht so lässig, wie sie das wollte. Auch das ärgerte
sie. Selbst als sie sich notdürftig schminken wollte und ihr
Lidstrich in den Augenwinkel abrutschte, schob sie es auf
die Anwesenheit dieses eingebildeten Kommissars. Ein letzter Blick in den Spiegel, ein kurzes Durchatmen und sie ging
langsam wieder ins Zimmer. Ihr Blick suchte Frank. Er saß
am offenen Fenster auf dem Sessel und blickte hinaus.

Liv fing sogleich mit ihren neuen Erkenntnissen im Fall
an. Sie erzählte ihm von den Giftfröschen, die ja eigentlich
gar keine mehr waren, und von den Ameisen. Sie vergaß
nicht einmal das betrügerische Liebespaar. Und dann forderte sie ihn auf, bitte nun auch mal etwas zu tun, etwa zu
recherchieren, wie man an giftiges Froschfutter kam.

»Ich habe herausgefunden, dass diese Giftfrösche zu den
geschützten Exoten gehören und somit meldepflichtig sind.
Die Untere Landschaftsbehörde registriert den Halter und
den Tierbestand gemäß Paragraph 7, Absatz 2 Bundesar-
tenschutzverordnung.«

»Klasse, Frank, und was ist wenn die Tiere heimlich
gehalten werden – wer soll das bitte merken?«

»Ja, ich sehe auch, dass da gewisse Schlupflöcher vor-
handen sein könnten, zumal diese kleinen Racker bei guter
Haltung recht – naja – nachwuchsfreudig seien sollen.
Besonders nach einem Regenschauer im Terrarium sollen
sie sexuell agil werden.« Frank grinste und schaute in den
Regen hinaus.

»Aber nun erzähl du weiter!«, wandte er sich wieder Liv
zu, die noch erzählte, welch hohe Giftdosis gerade der gelbe
Frosch in sich trägt. Als sie fertig war, schauten sie sich länger in die Augen. Dies war wieder so ein kurzer Moment
der Vertrautheit. Fast hatte Liv den Eindruck, er wollte ihr
etwas sagen, etwas, weit weg von diesem Fall.

»Das ist doch prima recherchiert, ich sagte doch, du bist
gut, auch wenn du es nicht wahrhaben möchtest.«

»Ich weiß selbst, dass ich gut bin«, konterte Liv und
schloss die Frage an, was er und seine Leute denn nun noch
so herausbekommen hätten.

»Wir waren genauso fleißig wie du. Wir wissen nun, dass
beide Tote an demselben Gift gestorben sind. Die Ursache
des Todes ist ein Pfeilgift, das in die Körper injiziert wurde.
Bei der Frau wurde zudem noch einiges von einem anderen
Gift, vermengt mit ätzendem Kloputzmittel, aufgetragen,
nachdem ihr kleine Ritze in die Gesichtshaut geschnitten
wurden. Das Gift in den offenen Wunden muss Schmerzen
wie bei Bienenstichen hervorgerufen haben und hat bei ihr
diese optische Reaktion in Form von Pusteln ausgelöst. Ihr
wollte der Mörder wohl eine besondere Lektion erteilen.«

»Frank«, warf Liv ein, »das hört sich bei mir eher nach
Mörderin an. Solche Racheakte mit Gift und Verschande-
lung vollbringen doch eher Frauen, oder?«

»Mag sein«, sagte Frank vorsichtig.

»Und noch eins«, fügte er an, »da keine Urkunden oder
Schriftstücke zu finden sind, die dem Sohn und der Tochter
die Erbschaft streitig machen, geht das Hotel auf die beiden über. Vor einem Monat jedoch hat sich jemand, vor-
sorglich sozusagen, wegen einer Anfechtung dieses Erb-
vertrages bei einem renommierten Düsseldorfer Anwalt
mit den Schwerpunkten Erb- und Handelsrecht erkundigt.
Und nun rate mal, wer?«

»Keine Ahnung, wer ist so blöd und sagt schon so früh, dass er mit dem Tod des Erblassers rechnet? Warum hat er oder sie nicht gleich gesagt, dass er oder sie ihn umbringen wird, weil er oder sie das Erbe haben will?« Liv wurde ungeduldig. »Nun mach es nicht so spannend!«, forderte sie ihn auf, endlich mit der Sprache herauszurücken.

»Na gut, ich werde dich nicht länger auf die Folter spannen. Aber hast du nicht vielleicht einen kleinen Tipp, wer es sein könnte?«

Ruck, zuck lief Liv zum kleinen Sofa, griff mit jeder Hand nach einem Kissen, warf das erste Kissen gezielt Richtung Frank, der verdutzt noch immer auf dem Sessel am Fenster saß. Das Kissen verfehlte den Kopf nur knapp. Nun stürzte sie sich auf ihn und haute mit dem zweiten Kissen wild um sich. Sie traf. Mehrmals. Er schützte sich mit der Hand, die er aber vor Lachen kaum hochhalten konnte.

»Gnade, Gnade, ich werde es dir sagen.« Er lachte wie ein kleiner Junge und hatte einen Mordsspaß an seiner Hinhaltetaktik.

Als hätte er ihre unanständigen Gedanken gelesen, nahm er sie in den Arm und küsste sie. Nach etlichen Sekunden, die für Liv gern eine Ewigkeit hätten dauern dürfen, löste er sich wieder von ihr und sagte atemlos: »Die Ehefrau!« Dabei schaute er Liv mit großen stahlblauen Augen an und lächelte schief.

Das reichte. Um klar zu denken, musste Liv sich abwenden. Sie schaute auf den Boden, auf die terrakottafarbenen großen Fliesen. Die Gleichförmigkeit, die Ordnung und die Stabilität dieser Fliesen halfen ihr, sich wieder zu konzentrieren. »Was hat das zu bedeuten?« Sie bezog Frank in ihr lautes Denken mit ein.

»Der Kuss?«, fragte er. »Rein gar nichts. Oder meinst du die Ehefrau Gritta Entrup?«, wechselte er abrupt das Thema.

»Welcher Kuss?«, fragte Liv und sah ihn keck an. Sie kam langsam wieder zu Atem und konzentrierte sich erneut auf den Fall. »Also, Gritta Entrup hat vor einem Monat eine provisorische Klage prüfen lassen? Oder wie soll ich das verstehen?«

»Ja, so ähnlich, sie hat bei einem Anwalt schon mal alles für eine solche Möglichkeit in die Wege geleitet.«

»Wie bekommst du solch eine Auskunft? Haben die Anwälte keine Schweigepflicht?«

»Nicht mehr, wenn die Mandantin tot und gegebenenfalls ermordet worden ist. Ihr Anwalt hoffte, etwas zur Aufklärung des Falles beizutragen. Vielleicht hoffte er auch, mit seinem guten Willen die Gunst der neuen Inhaber zu gewinnen. Immerhin ist solch ein Hotel hier als Mandantin eine sehr gute Einnahmequelle. Was meinst du, wie viele Gäste gegen das Hotel klagen, um sich Geldvorteile zu verschaffen, weil sie gefallen seien, ihre Kleidung verdreckt wurde, sie schlechtes Essen bezahlen mussten oder in ihrer Nachtruhe erheblich gestört wurden? Da hat ein Anwalt alle Nase lang etwas zu tun.«

»Okay«, stimmte Liv zu, »also die Frau rechnete mit dem Tod ihres Gatten und damit, dass er ihr nicht das versprochene Erbe zukommen lassen würde.«

»Der Anwalt meinte allerdings, sie hätte nur davon gesprochen, dass ein über 80-Jähriger ja auf natürliche Weise irgendwann einmal sterben könnte.«

»Schon klar. Gesagt hat sie bestimmt niemandem, was sie genau dachte. Aber was hat es für einen Sinn?«

»Was für einen Sinn, fragst du? Hey, Liv, wo bleibt dein Spürsinn? Die Ehefrau hat den Alten umgebracht und wollte an das Erbe! Ist doch logisch!«

»Nein, Frank, das wäre zu einfach. Und außerdem ist das selbst für diese Frau zu dämlich. Mit dieser Anfrage beim

Anwalt hätte sie doch ihr eigenes Motiv geschaffen. Nein, ich glaube nicht, dass dies für den Mord relevant ist. Aber das ist nur mein Gefühl, bleib dran.«

»Klar bleibe ich dran, ich halte dies für das Motiv und glaube, dass wir den einen Mörder haben und nur noch nach dem Mörder der Ehefrau suchen müssen. Es gibt zwei Mörder mit Giftfröschen, das ist mir nun klar.« Er stand auf und wollte gehen. Er schien etwas enttäuscht zu sein, weil Liv nicht seiner Meinung war. Gern hätte sie ihn getröstet, nur einmal kurz angefasst, gestreichelt.

Als er die Türklinke schon in der Hand hielt, sagte Liv zu ihm: »Trotzdem, gute Arbeit«, aber es fruchtete nicht. Er ging. »Grüße an die Cousine!«, rief sie ihm noch hinterher. Sie konnte es nicht lassen.

43

Liv war froh, dass es nun höchste Eisenbahn für ihren Behandlungstermin war. Ihr Magen meldete sich zwar, weil er noch nichts außer Aufregung bekommen hatte, aber Zeit zum Essen war jetzt nicht mehr. Sie schnappte sich das Handtuch und los ging es in den Wellness-Bereich.

Am Massageraum wartete Virginia Perle. Liv fragte sich diesmal laut, ob hier auch noch andere Kollegen arbeiteten oder ob sie rund um die Uhr im Einsatz sei.

»Nein, wir sind viele Kolleginnen hier. Wir wollen aber unseren Gästen nicht zu viele Gesichter und Namen zumuten. Sehen Sie uns zwei an, wir kennen uns doch jetzt schon recht gut. Ich weiß, was Sie möchten. Sie wissen, wie ich arbeite. So ein Vertrauensverhältnis aufzubauen, dauert. Das vor jeder Behandlung erneut machen zu müssen, ist einfach nicht gut.«

»Aha«, war Livs Kommentar. Sie nervte sie heute.

»So, und heute haben wir ja was besonders Schönes mit Ihnen vor, Frau Oliver. Unsere Spezial-Massage mit den Kräuter-Stempel-Kissen. Diese wird viel von unseren zahlreich in Düsseldorf lebenden japanischen Gästen und Geschäftsleuten gebucht.«

Sie lachte etwas zu schrill. »›Auf zu neuen Ufern!‹ bedeutet Pantai-Luar, es kommt aus Ostasien. Lassen Sie uns nun eine Sinnesreise nach Ostasien antreten. Sie werden merken, das ist so entspannend und schön, macht eine Haut wie ein Babypopo und ist einfach nur toll.«

Wie eine falsch abgespielte Platte wirkten diese gesungenen und auswendig vorgetragenen Phrasen auf Liv. »Na denn, los geht's«, sagte Liv kurz.

Stumm zog sie sich aus, bis auf die Unterhose. Virginia wollte ihr wieder solch eine Papierhose geben, die Liv kopfschüttelnd ablehnte. Sie legte sich mit dem Rücken auf die Liege, die mit Frottee-Tüchern bedeckt war, und wartete missgestimmt ab, was nun kommen würde. Virginia blieb ihre miese Laune nicht verborgen. Ihre Sätze wurden kürzer und leiser. »Dann machen wir erst einmal schöne Musik. Eine schöne Reise wünsch ich Ihnen!«, hörte Liv noch.

Doch dann verflog der Ärger ziemlich bald. Asiatische Gleichklänge, verbunden mit einem faszinierenden exotischen, fruchtig-frischen Duft, ließen Liv sehr schnell in ferne Welten abdriften. Virginia sprach nun nichts mehr, denn diese Massage war wohl richtig anstrengend für sie.

Da Liv ihre Augen geschlossen hielt, sah sie ihre Schweißperlen auf der Stirn nicht.

Diese Kräuter-Stempel-Massage war ein Hit. Zunächst
wurde der Körper mit einem warmen Fruchtöl in sanften Massagebewegungen eingerieben. Virginia machte das
wirklich gut. Liv konnte kaum ihre Hände zählen, hatte das
Gefühl, als wären sechs zugange. Kein abruptes Stoppen.
Keine ungeschickten Griffe. Im gesamten kleinen, nur mit
Kerzen beleuchteten Raum roch es nach exotischen Kräu-
tern mit frischen Orangen und Kokosnuss. Wahrscheinlich
entströmte dieser Geruch auch den kleinen Kräuterkis-
sen. Die faustgroßen Stempel aus Leinentuch fühlten sich
sehr warm an, fast heiß, und wurden in der Tat wie Stempel auf den Körper gedrückt. Dadurch entfloss etwas von
ihrem Inhalt, der sich samtig auf ihrer Haut verteilte und
den betörenden Duft verstärkte. Liv atmete tiefer, um diesen ihr so angenehmen Duft intensiv zu verinnerlichen. Die
Augen geschlossen, ließ Liv ihren Gedanken freien Lauf.
Sie fand sich wieder unter dunkeläugigen Schönheiten, in
helle Tücher gewandet, asiatischen Klängen lauschend, in
wohliger Wärme – es war ein intensives Wohlgefühl, das
sie noch nie vorher empfunden hatte.

Diese Kopf- bis- Fuß-Massage dauerte knapp eine
Stunde. Aber Liv hatte das Gefühl, ein neuer Tag bräche
an, als Virginia sie in Tücher wickelte, eine Decke darüber-
legte und meinte, sie solle sich ruhig noch Zeit nehmen, um
langsam zurückzukehren.

Mit dem Lob: »Virginia, Sie haben sich selbst übertrof-
fen, das war einfach fantastisch!«, mummelte Liv sich noch
einmal in die Decke und horchte den Klängen, die nach
zehn Minuten aufhörten und sie sanft daran erinnerten, dass
sie nicht allein auf dieser Welt, in diesem Hotel war.

Mit einem Handtuch rieb sie das überschüssige Öl von

der Haut und schlüpfte in den Jogginganzug. Liv hatte nicht das Bedürfnis zu duschen, im Gegenteil, diesen Duft wollte sie so lange wie möglich an sich haften lassen.

Sie schlenderte aus dem Massageraum, suchte den Ruheraum mit den Liegen und ließ sich hier erneut nieder. Nur zu gern schaute sie in die Natur. Der Regen war der Sonne gewichen. Diese Kombination ließ das frische Grün der Bäume und Sträucher erstrahlen. ›Das Leben kann so schön sein‹, ging es ihr durch den Kopf.

Wie eine Vollbremsung wirkte der Anblick der langhaarigen Katze. Sie schaute Liv direkt an. Das bildete sie sich nicht ein. War sie nicht schon zwei Mal ein Vorbote für unvorhergesehene Geschehen gewesen? Liv war hellwach, richtete sich auf und sah sich um. Einige Gäste schwammen im Pool, andere lasen auf ihren Liegen, ein solariumgebräuntes Pärchen schlenderte, die muskelbepackten Körper ansatzweise mit Badekleidung bedeckt, Hand in Hand in Richtung Fitnessraum. Der schwarze Barmann polierte Gläser und witzelte mit zwei Frauen, die im Bademantel an der Theke saßen und einen bunten Cocktail mit Papierschirmchen in der Hand hielten.

»Hallo, alles klar?« Liv erschrak durch die plötzliche Stimme, die von vorne kam. Bettina hatte über den inoffiziellen Weg durch den Garten den Ruheraum betreten. »Oh, sorry, hast du ein schlechtes Gewissen, dass man dich so erschrecken kann?«

»Nicht, dass ich wüsste.« Kurz musste Liv an Frank denken, aber auch in dieser Hinsicht konnte sie sich nichts vorwerfen. Sie hatte ihn nicht wirklich seiner ›Cousine‹ ausgespannt und er wusste nun offiziell von ihrem Bericht über diese Morde an die Zeitung.

»Musst du heute arbeiten?«, fragte sie Bettina, obwohl dies offensichtlich war.

»Ich darf«, betonte diese professionell und man nahm es ihr ab. Doch dann versiegte ihr Lachen. Sie schaute sich unruhig um und kniete sich zu Liv herunter. Während sie ihr vertraulich die Hand auf den Arm legte, flüsterte sie: »Wenn wir nicht aufpassen, werden wir verkauft.«

»Was ist los?«, fragte Liv.

»Ja, nicht wir, aber unser Hotel, dieses Hotel hier, unsere Arbeitsplätze wären futsch, wir stünden alle auf der Straße. Das hatte der Alte noch eingefädelt, bevor er uns verließ. Aber zum Glück wird sich Johann für uns einsetzen. Er wird es zu verhindern wissen. Er wird als rechtmäßiger Erbe alles in die Wege leiten, damit das nicht passiert.«

Liv spielte das Spiel mit, obwohl sie wusste, dass es wahrscheinlich nur eine Finte war, ein Gerücht, das jede Seite für ihre Zwecke nutzen wollte.

»Ich erzähle dir das, Liv, weil ich dachte, es würde dir am Herzen liegen, was aus uns wird. Schließlich bist du ja mitten drin im Geschehen. Du weißt, wie ich das meine.«

»Nö«, antwortete Liv plump.

»Jeder hier weiß doch, dass du nicht privat hier bist. Du bist von der Presse und schreibst für ein bedeutendes Blatt über die Todesfälle.«

»Na und?«, fragte sie.

»Nichts und, ich hoffe nur, dass wir keinen Schaden nehmen, dass die Publicity nicht zu negativ ausfällt.«

»Aber Bettina, was kann negativer sein als zwei dicht aufeinander folgende unaufgeklärte Morde? Mir liegt nur an der Wahrheit etwas, je eher ich die herausbekomme, umso besser für euch alle.«

»Na, da wird dir dein Freund, der Kommissar, ja gern behilflich sein, oder?«, grinste Bettina herausfordernd. »Du siehst, auch ich habe meine Informanten.«

»Das glaube ich ungesehen«, konterte Liv. »Okay, er war

einmal ein sehr guter Freund, Vergangenheit. Da ist nichts mehr«, versuchte Liv, sie zu überzeugen.

»Ja klar, ich verstehe.« Sie wollte aufstehen.

Liv hielt sie fest am Arm und zog sie näher an sich heran. »Und ich weiß, dass es keinen Verkauf geben wird«, beendete sie das Geplänkel.

Bettina wich zurück. Ihre Miene wurde ernst. »Na, dann weißt du ja eine ganze Menge.«

»Ich bemühe mich.«

»Ich muss nun arbeiten. Einen schönen Tag noch.«

Etwas beleidigt, weil Liv sie durchschaut hatte, zog Bettina ab, grüßte aber ihre Gäste sofort wieder mit ihrer bekannten Freundlichkeit.

›Was sollte das denn? Dass sie ihren Freund in einem guten Bild erscheinen lassen will, ist verständlich. Aber warum sagt sie mir so etwas? Sie muss doch davon ausgehen, dass ich durch Frank die Wahrheit bereits weiß‹, resümierte Liv.

Welche Bedeutung sollte sie diesem Vorfall beimessen? Vielleicht wurde die ganze Ungewissheit für Bettina zu viel. Oder sollte dieses Theater gerade eine Warnung sein?

Liv beschloss, in ihr Zimmer zu gehen, sich umzuziehen und endlich etwas zu essen. Ihr Magen meldete sich inzwischen laut zu Wort. Das Mittagsbüfett wartete.

44

Wie schön, der Platz am Fenster war noch frei. Liv gehörte ja auch zu den Ersten im Speisesaal.

Sie setzte sich, stand aber bald wieder auf, um sich einen Überblick über die Speisen zu verschaffen. Das Wellness-Gericht mit frischen Blattsalaten und kaltem Gemüse ließ Liv links liegen. In einer Warmhalte-Terrine versteckt fand sie Düsselwürmer, die sie sich genehmigen wollte, eine Art Mettwürstchen. Kartoffelsalat und – wie schön, Livs Lieblings-Accessoire – Löwensenf ›extra‹ rundeten ihr Mahl ab. Sie schloss dieses Mittagessen mit einem Stück Tiramisu ab. Das musste sein. Zu gesund war Liv unheimlich. Das herbsüße Kaffee-Kakao-Aroma schmeckte noch lange nach.

Als sie den Büfett-Raum verließ, stellte sich ihr Johann Overbeck in den Weg. »Ist alles zu Ihrer Zufriedenheit, Frau Oliver?«

Er hatte einen guten Moment abgepasst, nach diesem deftigen Essen auf ausgehungerten Magen konnte sie nur in den höchsten Tönen schwärmen. »Wunderbar, danke der Nachfrage. Ich wollte gerade hinaus, einen kleinen Spaziergang machen. Ich erhole mich sehr gut. Bis dato habe ich nichts auszusetzen, außer den zwei Toten.«

Liv fand ihren Witz gelungen, Johann Overbeck lächelte aber nur gezwungen, während er sich mit aufgerissenen Augen und einem die Entfernung zu den nächsten Gästen abschätzenden Rundumblick schnell vergewisserte, dass das auch niemand anders gehört hatte.

»Ich kann Sie und Ihr Haus ansonsten weiterempfehlen, Herr Overbeck.«

Sein Lächeln entspannte sich nun, das Lob fruchtete ein Stück weit. Er freute sich tatsächlich immer noch, wenn man sein Hotel lobte. »Frau Oliver, ich hoffe, Sie halten mich nicht für aufdringlich, aber meine Schwester und ich würden uns freuen, Sie heute Abend zu einem kleinen Abendessen einladen zu dürfen. Hätten Sie Lust und Zeit, um sieben Uhr im Restaurant?«

»Ja, wie komme ich zu dieser Ehre?«, wollte sie wissen. Insgeheim dachte sich Liv, dass die beiden längst spitzbekommen hatten, dass sie die Geschehnisse in diesem Haus über die Zeitung weit nach außen tragen würde. Klar, die zukünftigen Eigentümer wollten Einfluss nehmen. Das erschien Liv legitim.

»Sehen Sie es als Entschuldigung für die Unannehmlichkeiten, die Sie wegen der Todesfälle in unserer Familie hatten. Es ist für uns kein Geheimnis, dass Sie Ihren privaten Erholungsurlaub aufgrund Ihres beruflichen Einsatzes und der Bekanntschaft mit dem Kommissar nicht in Gänze genießen können. Deshalb möchten wir Ihnen ein kleines Extra zukommen lassen«, sagte er, herausfordernd grinsend.

»Da müssten Sie ja fast alle Gäste einladen.«

»Längst nicht alle Gäste haben die Vorfälle mitbekommen. Aber ja, jeder, der sich über Unannehmlichkeiten beschwert, bekommt eine kleine Entschädigung, das gehört zu unserem innovativen Beschwerde-Management, auf das meine Schwester und ich ein wenig stolz sind.«

Bei dem Wort innovativ spürte Liv sogleich den dahinter schwelenden Generationskonflikt, der ja nun beseitigt schien.

»Ich nehme die Einladung von Ihnen und Ihrer Schwester sehr gern an, aber erwarten Sie bitte keine großen Neuigkeiten von mir. Was die Morde hier im Haus betrifft, wissen Sie und Ihre Schwester sicher mehr als ich. Bis heute Abend.« ›Siehst du‹, dachte Liv, ›ich kann auch provozieren.‹

Grinsend ging sie weiter, hinaus durch die Eingangspforte. Die frische Luft tat jetzt sehr gut.

45

Bettina hatte ja bereits angedeutet, dass hier alle über Liv Bescheid wussten. Also auch die Juniorchefs. Aber was genau wollten die beiden von ihr? Glaubten sie, sie kämen so an Informationen heran, an die Ermittlungsfakten des Kommissars? Oder hatten die beiden ihr etwas mitzuteilen? Wollten sie Liv gar in ihre Schranken weisen? Wie auch immer, sie waren auf Liv neugierig, das war klar. Sicher wollten sie ihre Rolle und Einstellung zum Fall kennenlernen und erfahren, welche Folgen der Artikel für sie haben würde. Verständlich. Liv nahm sich vor, sie auszuquetschen wie eine Zitrone.

An der Abzweigung zum Weg hinunter Richtung Rosenbeet sah sie Karl von Schenck mit einer eingerollten Zeitung in der Hand energisch winken. Solche ungeduldigen und ausladenden Bewegungen kannte sie gar nicht von ihm. Es schien dringend zu sein. Sie lief zu ihm hin.

»Schnell! Gut, dass Sie gerade da sind. Sehen Sie sich das an!«

»Was denn?«

»Dort unten, an den Personaleingang ist gerade ein Lieferwagen herangefahren.«

»Ja, und?«, fragte Liv noch ziemlich fantasielos.

Er zog Liv am Arm, teilte seine Zeitung, legte sie auf die Bank am Rosenbeet und sie setzte sich auf diese Unterlage neben ihn. »Das ist kein Gemüselieferant. Der Kastenwagen zeigt nicht durch Aufschrift oder Werbung, woher er kommt, was er hier will. Die führen etwas im Schilde, das merke ich. Still, lassen Sie uns beobachten«, forderte er Liv auf.

Zwei Männer in weißen Kitteln folgten einer Frau im

hellgrauen Kostüm. Sie ging ihnen strammen Schrittes voraus. Alle drei verschwanden mit einer Mitarbeiterin, die sie an der Tür abholte.

»Da stimmt etwas nicht, glauben Sie mir. Lassen Sie uns noch etwas verweilen«, bat Karl von Schenck.

Liv nahm sich gerne die Zeit an der frischen Luft.

»Haben Sie noch Weiteres von Düsseldorf gesehen? Waren Sie schon im Heinrich-Heine-Institut?«

»Oh ja«, schwärmte von Schenck, »äußerst interessant. Leider reichte meine Zeit nicht aus, alles zu studieren. Ich könnte Wochen darin zubringen. Die wissenschaftliche Aufarbeitung der Texte dieses Poeten ist beeindruckend dargestellt. Und heute Abend besuche ich das Schauspielhaus, gespielt wird Artur Schnitzlers ›Professor Bernhardi‹. Und anschließend speise ich im Victorian an der Kö. Ich hörte, dort lässt es sich vortrefflich genießen.«

»Vortrefflich und für mich unerschwinglich«, bemerkte Liv ohne Neid. »Ihr Abendprogramm ist gut ausgewählt. Einen Tipp gebe ich Ihnen: Beachten Sie nach der Vorstellung noch die Beleuchtung des Schauspielhauses. Dieses orangefarbene Farbspiel um das geschwungene weiße Gebäude ist an sich bereits Kunst pur.«

Liv hielt den Zeigefinger vor ihre Lippen und deutete auf den kleinen Teich rechts von ihnen. Dort lag ein Entenpaar auf der Wiese und sonnte sich. Beide hatten sie ihren Schnabel rücklings im Gefieder versteckt. So schliefen sie, die Augen geschlossen.

»Sollen wir den Lieferanten hinterhergehen?«, flüsterte Liv.

»Nein, die Tür ist nur mit einer Codenummer zu öffnen. Wir müssten klingeln und uns anmelden, dann wäre die Tarnung futsch«, sprach von Schenck wie ein erfahrener Detektiv.

Also warteten sie weiter. Liv beobachtete die Enten, die sich nicht gestört zu fühlen schienen. Die Entendame öffnete lediglich ein Auge, um die Lage abzuschätzen und dann weiterzuschlafen.

»Wieso gelten eigentlich die Erpel als das schönere Geschlecht unter den Enten?«, eröffnete Liv den Gedankenaustausch mit von Schenck. »Im direkten Vergleich kann ich das nicht finden. Gut, er fällt mit seinen leuchtenden, grüngold glänzenden Federn und den zwei im Kringel nach oben gerichteten Schwanzfedern auf den ersten Blick mehr auf. Aber sehen Sie sich ihr Gefieder an. Es weist bei genauem Hinsehen ein sehr filigranes Federgeflecht aus den unterschiedlichsten Mustern und Brauntönen auf. Ich finde sie eindeutig schöner. Was meinen Sie?«

»Ich gebe Ihnen recht, auf den zweiten Blick ist die Schönheit der Entendame bemerkenswerter. Die meisten Menschen finden die Erpel schöner, weil sie sich nicht mehr die Zeit nehmen, zweimal hinzuschauen. Mit dem Geschmack ist das ähnlich wie mit der Wahrheit, es ist beides sehr subjektiv. Aber still.« Er stoppte Liv, indem er seine Hand auf ihren Arm legte.

»Sie kommen zurück.« Die beiden weiß gekleideten Männer stützten eine langsam gehende Frau. Ihr Oberkörper lehnte sich nach hinten. Dem wirkten die Männer mit starkem Griff entgegen, denn an ihrem Schritt in Richtung Auto änderte sich nichts. Es war offensichtlich, sie stieg nicht gerne ein, sagte nichts, starrte nur vor sich hin.

»Das ist ja Anuschka«, erklärte Liv erstaunt und setzte sich senkrecht auf. »Diesmal heult sie ja gar nicht.«

»Erkennen Sie den toten Blick? Sie hat keine Tränen mehr«, bemerkte von Schenck. Hinter ihnen gingen die Frau im Kostüm und Maria Overbeck. Sie zog auch einen großen Koffer auf Rollen, den die beiden Männer ins Auto reichten. Sie verabschiedete die Frau im Kostüm mit Handschlag, winkte Anuschka und rief: »Bis bald. Du wirst sehen, es wird dir bald wieder besser gehen.«

Maria Overbeck schaute dem Auto kurz nach, bis es um die Kurve gefahren war, blickte in den Himmel, sog tief Luft in sich hinein, ließ die warmen Sonnenstrahlen auf ihrem Lächeln wirken und genoss wenige Minuten, so verweilend. Sie schien erleichtert, wäre gern noch geblieben. Widerwillig, mit verschränkten Armen ging sie in den Hauseingang zurück, tippte die Codenummer ein und verschwand.

»Anuschka, die Vertraute des toten Seniors. Sie hätte ich gerne gesprochen. Sie wusste eine Menge«, mutmaßte Liv.

»Vielleicht wusste sie zu viel. Deswegen musste sie nun von Sohn und Tochter des Toten klammheimlich über den Hintereingang in eine geschlossene Anstalt oder Ähnliches abgeschoben werden«, überlegte von Schenck.

Sie sahen sich ernsten Blickes an. »Heute Abend, wenn Sie sich im Gourmet- und Sternerestaurant Victorian kulinarischen Genüssen hingeben, bin ich mit den Geschwistern zum Abendessen im Restaurant verabredet. Ich werde die beiden fragen, was hier eben passiert ist.«

Mit Sorgenfalten im Gesicht hielt Karl von Schenck Livs Hand. »Seien Sie bitte vorsichtig.«

»Die werden mich schon nicht zu ihrer offiziellen Essenseinladung ermorden. Aber ich verspreche Ihnen, ich werde keine Froschschenkel essen.«

Liv lobte Karl von Schenck für seinen Spürsinn und bedankte sich.

»Es ist mir eine Ehre, mit einer so guten Kriminalreporterin zusammenzuarbeiten. Ich habe inzwischen Zeit gehabt, über Sie etwas zu recherchieren. Es waren sehr lesenswerte Artikel in namhaften Blättern, die ich da fand.«

Er nahm ihre Hand und führte sie andeutungsweise zu seinem Mund.

»Mein erster Handkuss«, sagte Liv. Bei jedem anderen wäre es peinlich gewesen, nicht bei Karl von Schenck.

46

Gleich begann die Fitnessstunde mit Bettina Botrange. Liv war gespannt, was sie heute mit ihr vorhatte. Sie jedenfalls war zu allen Schandtaten bereit. Im Vorbeigehen sah Liv auf den Kursplan: Kickboxen war angesagt. Sie musste schmunzeln, denn so ging sie gut gerüstet in das heutige Abendessen mit den Geschwistern.

Kickboxen war nur die fantasievolle Bezeichnung für diesen Gymnastik-Kurs. Sie boxten, traten und kämpften jeder für sich gegen virtuelle Gegner, die eben nur in der eigenen Vorstellung bestanden. Der Sandsack, den Liv malträtierte, nahm bald in ihren Gedanken die Gestalt menschlicher Opfer an. Ihren Biologielehrer, wegen dessen Antipathie sie eine Klasse wiederholen musste, streckte sie mit nur einer ordentlichen Rechten nieder. Das war für deine Ungerechtigkeit, hörte sie sich leise sagen, als sie hüpfend auf den nächsten Gegner wartete. Eine Kollegin, die sie in einem Fall ausbootete, stand kurz vor ihr und bekam einige Faustschläge mit. Zwei weitere rechte Haken waren noch übrig für Livs Eltern, einer für ihren Vater, den Macho, und der andere für die Mutter, die alles duldete. Jeder Treffer saß, dazu der passende kurze Kraftschrei. Liv fühlte sich stark.

Als Frank sich plötzlich imaginär näherte, traf Liv ihn zunächst nicht, weil er geschickt auszuweichen wusste. Als Bettina ihr Bewegungskorrekturen zurief und Liv aus ihrem aktiven Tagtraum riss, hatte sie das Gefühl, durch diese Ablenkung von Frank einen Schlag abbekommen zu haben. Liv wankte etwas und wischte sich den Schweiß von der Stirn. Weiter ging es. Sie drehte sich hüpfend auf der Stelle, nach hinterhältigen Gegnern Ausschau haltend, die Fäuste, ihr Kinn schützend, vorgehalten. Bettina lachte laut, als sie das sah. »Gib's ihnen, Liv!«, rief sie ihr zu.

So langsam wurden Livs Arme schwerer. Bettina hätte wohl noch länger gekonnt, aber die vier Mädels hatten genug gekämpft. Sie ahmten Bettinas Ausgleichübungen und Stretching-Bewegungen nach. Der Puls beruhigte sich, die Kräfte kehrten langsam zurück. Die Stunde war um. Leider verneinte Bettina Livs Frage, ob der Kurs in den nächsten zwei Tagen noch einmal stattfinden würde. Sie nahm sich dafür ganz fest vor, dieses Schatten-Kickboxen zu Hause weiter zu trainieren.

Einen Saunagang fügte Liv an, fühlte sich aber nicht sehr wohl, da heute fast alle Hotelbewohner gleichzeitig saunieren wollten. Nein, das war ihr eindeutig zu voll. Sie mochte nicht, wenn in der Sauna geredet wurde. Den quälenden Schmerz der Hitze konnte sie nur bei Stille ertragen. Und was interessierte sie der Quatsch, den die anderen so lauthals von sich gaben – nicht die Spur. So blieb sie bei einem Gang, auch das Solarium verschob sie auf morgen. Zum Duschen begab sie sich in ihr Hotelzimmer. Es war noch genügend Zeit bis zum Abendessen mit der Geschäftsführung. Bei Musik aus dem Fernseher schrieb Liv an ihrem Artikel weiter. Da fiel ihr zum Glück ein, ihren Auftraggeber anzurufen. Sie suchte an der Fernbedienung den Knopf zum Leisestellen, fand ihn nicht und drückte den Fernseher aus – auch gut.

»Hallo, Herr Barg, ich bin es, Liv Oliver. Haben Sie meinen vorläufigen Artikel bekommen? Passt er so weit? Ich gehe von der gesamten Seite eins aus, inklusive Fotos, ist doch richtig?«

»Ja, richtig, der Text ist ausgezeichnet. Ich hoffe aber, dass Sie noch mehr Fakten herausfinden. Wenn Sie unseren Lesern am Wochenende den oder die Mörder servieren, wäre das der Renner. Ich zähle auf Sie. Wir bereiten den Artikel bereits in einer kleinen Ankündigung für den Freitag vor. Aber die Polizei sagt oder weiß ja auch noch nicht viel. Also bitte, Frau Oliver, zeigen Sie, dass Sie ein Profi sind. Lassen Sie uns nicht im Stich.«

»Sie sind lustig. Sie verlangen von mir, dass ich schneller und besser bin als ein ganzes Polizeiteam. Das ist viel verlangt, schürt aber auch meinen Ehrgeiz. Sie kennen mich, ich gebe mein Bestes. Ich halte Sie auf dem Laufenden.«

Na prima, den Riesenauftrag hatte Liv sicher. Egal, ob der Fall aufgeklärt werden würde oder nicht, die Seite eins war für sie. Voller Elan schrieb sie weiter und machte sich eine Liste der Fotos und der Statements, die noch fehlten. Von den neuen Chefs, den Geschwistern Entrup, hatte sie weder das eine noch das andere. Das sollte sich heute Abend ändern.

47

An der Rezeption sagte Liv etwas zu früh Bescheid, dass sie auf die Geschwister Overbeck wartete und sich bis dahin im Foyer aufhalten würde. Sie genoss es, ein paar Minuten einfach nur die Menschen im Foyer zu beobachten.

»Ich hoffe, Sie warten nicht zu lange, Frau Oliver. Ich war der Meinung, ich sei pünktlich.«

»Das sind Sie, Herr Overbeck, gewiss.« Liv schaute auf die alte Standuhr im Foyer.

»Ich nutze gern die Gelegenheit, um Menschen zu beobachten. Ich studiere mit Vorliebe ihr Verhalten, besonders in außergewöhnlichen Situationen.«

»Das kommt Ihnen in Ihrem Beruf sicher sehr zugute«, sagte Johann Overbeck, drehte sich zum Gehen um und wies mit seiner rechten Hand stumm den Weg. Sie gingen nebeneinander her. »Haben Sie diese Beobachtungsgabe von Ihren Eltern? Oder, anders gefragt, glauben Sie, die Gene sind bestimmend für die menschliche Entwicklung oder eher die Umgebung?«

»Ein altes Thema, sehr kontrovers diskutiert. Da streiten sich doch seit Jahrhunderten die Gelehrten, oder?«, verzögerte Liv ihre Antwort. »Ich glaube, dass beides einen gewissen Einfluss hat. Wogegen ich mich allerdings wehre, ist, dass Kinder ein Leben lang unter ihren Eltern leiden sollten. Damit könnte ich mich nicht abfinden.«

»Jeder Mensch entwickelt seine eigenen Methoden, sich abzugrenzen«, beendete Johann Overbeck das Gespräch rechtzeitig, bevor sie im Restaurant angekommen waren und sie eine Mitarbeiterin begrüßte. Johann Overbeck nickte der Servicekraft zu, die samt Speisekarte voranging, vorbei an elegant in weiß eingedeckten Tischen, die bereits von zahlreichen Gästen besetzt waren. An einem Tisch in einer Nische blieb sie stehen und wartete, bis Johann Overbeck und Liv sich setzten. Dann händigte sie die Speisekarten aus und fand im Kopfnicken und Blick ihres Vorgesetzten den Hinweis, sie alleine zu lassen.

»Aber sagen Sie, Herr Overbeck«, fragte Liv, »wissen Sie über jeden Ihrer Gäste hier so gut Bescheid wie über mich?«

»Ich hoffe, Sie empfinden es nicht als aufdringlich.« Er verstand also Livs Bedenken. »Ich bemühe mich, gewisse Informationen über die Hausgäste zu bekommen, um ihnen und ihren Wünschen und Bedürfnissen eher gerecht werden zu können. Wie sonst könnten wir unseren Gästen ihre Wünsche von den Lippen ablesen?« Er lachte.

Diesen Satz hatte er nicht zum ersten Mal gesagt. »Und wie bekommen Sie diese Informationen? Oder bin ich zu neugierig?«

Johann Overbeck nahm die originell verdreht drapierte Serviette vom Tisch, schüttelte sie mit einer kurzen Handbewegung auf, legte sie stumm grinsend auf seinen Schoß und beugte sich nach vorn zu Liv: »Meistens, Frau Oliver, erzählen es uns die Gäste selbst. Wir nehmen uns viel Zeit dafür.« Sein Blick wandte sich zum Gang. »Da kommt auch schon meine Schwester.« Er stand höflich auf und rückte auch ihren Stuhl zurecht. »Maria, schön, dass du pünktlich bist. Dann lasst uns doch zunächst die Speisen auswählen«, drängte er. Er wollte keine Zeit verschwenden.

Die beiden wussten auswendig, was ihr Begehr war. Liv nahm sich ostentativ viel Zeit. Weshalb sollte sie Eile bei der Speisenauswahl vortäuschen?

»Wenn wir Ihnen unsere Dorade in Safran empfehlen

können? Sie ist einfach köstlich«, wollte Maria Overbeck geschickt abkürzen.

»Danke, ich entscheide mich heute für die überbackene Gemüsereispfanne. Und könnte ich vielleicht etwas Senf dazu bekommen?« ›Jetzt extra‹, dachte sie.

Johann Overbeck ignorierte Livs Geschmacksverirrung, ließ mit einem dezenten Fingerzeig den aufmerksamen Kellner kommen und bestellte sogleich. Er holte sich kurz und bestimmt Livs Einverständnis, um den passenden Wein auszusuchen, und orderte auch diesen. Ein Barolo war es nicht, so viel verstand sie, es war etwas aus Südamerika, ein bestimmter Jahrgang. In diesem Punkt vertraute Liv ihm. Sie ahnte aber seine Zweifel, ob sie bei der scharfen Senfzugabe überhaupt noch einen Geschmacksnerv für den edlen Tropfen übrig haben würde.

Mit besonderer Freude empfahl er für den Nachtisch das ›Drei-Scheiben-Haus-Tiramisu‹. »Es setzt sich aus vertikalen Schichten zusammen. Unser Koch hat es sich in Anlehnung an das Thyssenhaus am Gründgensplatz vor dem Schauspielhaus einfallen lassen. Originell, nicht wahr?«, freute er sich.

»Erholen Sie sich gut bei uns, Frau Oliver?«, fragte Maria derweil. »Sicher können Sie bereits Erfolge verzeichnen?«

»Erfolge? Wie meinen Sie das?« Liv wusste wirklich nicht, auf was sie abzielte. »Spielen Sie auf meine reduzierte Faltentiefe, gesteigerte Fitness oder den Grad meiner Erholung an?«, fragte sie und konnte es nicht lassen, etwas spitzfindig anzufügen: »Oder hatten Sie gar die Fahndungserfolge in den Mordfällen im Visier?«

»Ich meinte eigentlich nur, ob Sie sich bereits erholt haben«, entgegnete die Gefragte kleinlaut.

Dabei sah sie Hilfe suchend ihren Bruder an, der prompt reagierte und das Gespräch übernahm. »Aber auch der Stand der Ermittlungen würde uns natürlich brennend interessieren.« Er grinste Liv an, während er sie nun unverhohlen anschaute und auf eine Antwort wartete.

»Kommissar Golström wird gerade Sie doch sicher immer auf dem neuesten Stand halten? Aber bringen Sie mich doch bitte auch auf den neuesten Stand. Was ist mit Anuschka geschehen? Bei meinem Spaziergang heute sah ich ganz zufällig, wie sie geradezu abgeführt wurde. Einen glücklichen Eindruck machte sie nicht.«

Sie schauten sich an. Maria fühlte sich für dieses Thema zuständig. »Ja, die Arme konnte mit der Situation alleine nicht mehr fertig werden.« Sie zupfte an der Serviette herum, nahm sie, schüttelte sie kurz und legte sie mit einer Handbewegung auf ihren Schoß. »Wir waren der Überzeugung, sie brauche professionelle Hilfe.« Maria schaute ihren Bruder an, dann neigte sie sich Liv zu: »Sie hat das Ganze nicht verkraftet. Zuerst der Chef. Allein das zu verarbeiten, hätte lange gedauert.« Maria drehte sich zum Restaurantbereich um, setzte sich wieder gerade, rieb sich die Hände. »Aber als dann auch noch dessen Ehefrau so hässlich starb, wurde es zu viel. Anuschka hatte sie ja mit ihren Kolleginnen an dem Morgen gefunden. Nach stundenlangen Heulkrämpfen verstummte sie plötzlich.« Weit über den Tisch zu Liv geneigt, sagte sie betont: »Sie sprach kein Wort mehr. Da begannen wir, uns Sorgen um sie zu machen.« Und wieder zurück an die Stuhlrückenlehne gestützt, fuhr sie fort: »Da muss fachmännische Hilfe ran, wir beide sind damit überfordert. Schließlich muss ja auch der Betrieb weiterlaufen.«

»Sie ist in Grafenberg?« Liv mokierte sich ansonsten immer, dass ein ganzer Stadtteil Düsseldorfs namentlich mit einer Nervenheilanstalt gleichgesetzt wurde. Nun tat sie es selber.

»Ja«, antwortete Maria, »die dort gelegene psychiatrische

und psychosomatische Klinik der Heinrich-Heine-Universität hat einen sehr guten Ruf, wie Sie sicher wissen. Das sind wir ihr schuldig. Schließlich hat sie sich ja jahrelang aufopferungsvoll um unseren Vater gekümmert.«

»Ist Ihnen je in den Sinn gekommen, dass Anuschka vielleicht den Mord an der Ehefrau Ihres Vaters gesehen haben könnte? Wenn sie seitdem nicht mehr gesprochen hat, muss das ein Schockerlebnis gewesen sein.«

»Das Schockerlebnis bestand darin, dass sie ihre ehemalige Chefin tot und so entstellt aufgefunden hat«, warf Johann ein, »das reicht ja wohl!«

»Natürlich reicht das. Aber sie hat auch eine Menge mitbekommen. Ich hatte mir von ihrer Aussage wichtige Hinweise für die Aufklärung des Falles versprochen. Sie hat doch mit Ihrem Vater in einer Wohnung gelebt, oder?«

»Der Kommissar hat sie doch zwei Mal verhört. Ja, sie lebte in der Wohnung, aber als Hilfe hatte sie natürlich einen separaten Bereich.« Johann wollte Liv offensichtlich mitteilen, dass sie kein Liebesverhältnis hatten.

»Und die Genesung oder bis sie überhaupt wieder vernehmungsfähig ist, wird Monate dauern, wie mir die zuständige Ärztin versicherte«, ergänzte Maria schnell.

»Schade, dann müssen wir, bis es ihr besser geht, den oder die Mörder nach Indizien finden. Das dauert leider länger.«

»Unser Vater ist noch nicht freigegeben worden, Frau Oliver. Was bedeutet das? Wir möchten ihn doch beerdigen«, fragte Maria sorgenvoll.

»Die Untersuchungen der Gerichtsmediziner sind noch nicht ganz abgeschlossen. Ihnen fielen Ungereimtheiten auf. Aber sicher wird es in den nächsten Tagen so weit sein, dass Sie ihn nächste Woche beerdigen können. Wird es ein Doppelbegräbnis?«, fragte Liv.

»Da sprechen Sie einen wunden Punkt an«, so Johann. »Wir sind uns nicht einig. Die beiden waren nur noch auf dem Papier verheiratet. Sie lebten seit Jahren getrennt. Mein Vater hatte ja eine neue Freundin. Und die drohte uns bereits, sie würde die Beerdigung platzen lassen, wenn beide gemeinsam beerdigt werden würden. Was immer das bedeuten mag, es klang recht überzeugend.« Er schaute Liv fragend an, zog eine Augenbraue hoch und seufzte. Dabei schaute er sich um, kam nun mit dem Oberkörper näher und sprach leise: »Mit dieser Dame hat er uns noch über seinen Tod hinaus ein sehr lebendiges Andenken zurückgelassen.«

»Aber in erbrechtlicher Hinsicht haben Sie doch nichts zu befürchten, oder kann sie Ansprüche auf das Hotel geltend machen?«, fragte Liv, obwohl ihr der Kommissar ja die Frage schon beantwortet hatte.

»Wir hoffen, dass nicht noch irgendwo eine Überraschung auf uns wartet. Sie sagt ja, er hätte ihr im Falle seines Todes die Geschäftsführung übertragen, aber ich frage Sie, Frau Oliver, wie soll das bitte gehen? Sie hat keine Ahnung. Das müsste eigentlich selbst unserem Vater aufgefallen sein.«

Und seine Schwester stimmte ihm zu. »Da haben wir ja schließlich auch noch ein Wörtchen mitzureden. Das wäre ja noch schöner!« Sie erregten sich beide sehr über diese Gedanken.

»Aber bis heute wurde nichts dergleichen gefunden, was diesen angeblichen Willen unseres Vaters irgendwie beweisen würde«, beruhigte sich Johann Overbeck.

Maria Overbeck rutschte auf ihrem Stuhl hin und her, rieb sich wiederholt die Hände und fügte hinzu: »Und da wird auch nichts gefunden werden. Die blufft doch nur. Die meint, dass wir ihr aus Angst einen Job anbieten. Die hat doch sonst nichts, nichts gelernt, kein Auskommen, nichts.« Kurz stoppte Maria, hielt sich die Finger vor den Mund, biss in den Daumennagel und entrüstete sich weiter: »Unser Vater hat sie über kurze Zeit mit durchgezogen. Die ging ständig auf der Kö Klamotten kaufen. Vom Geld des Hotels, übrigens.«

Johann Overbeck nahm die Hand seiner Schwester. »Beruhige dich doch. Das wird schon alles.« Und zu Liv gewandt, meinte er: »Frau Oliver, glauben Sie bitte nicht, das würde uns hier alles kaltlassen. Auch unsere Nerven liegen blank. Es ist schließlich noch immer nicht klar, wer unseren Vater und seine Frau umgebracht hat. Solange das und das Motiv des Täters nicht klar sind, sehen wir uns selber in Gefahr. Wir sind sehr vorsichtig geworden. Wir sind der Meinung, es könnte bei den Morden nicht um persönliche Geschichten meines Vaters und seiner Frau gehen, sondern um das Hotel. Und da wir beide rechtmäßige Erben sind, wird der Mörder …«

»… oder die Mörderin«, warf Maria dazwischen.

Streng war der Blick, den er seiner Schwester daraufhin zuwarf. Liv hingegen traf auf freundlich fragende Augen, als er, ihr zugewandt, fortfuhr: »… uns doch als Nächstes auf der Liste haben, oder was meinen Sie, Frau Oliver? Entschuldigung, aber Sie sind die Fachfrau in Mordfällen. Deshalb haben wir Sie auch zum Gespräch gebeten. Was können wir tun? Bitte helfen Sie uns. Wir wissen nicht mehr weiter.«

›War es Show, um den Verdacht von sich abzulenken? Schließlich hatten sie ja beide einschlagende Motive und dazu nur ein sehr wackeliges Alibi für den Tatmorgen des Mordes an ihrem Vater. Oder sprach Johann Overbeck von echten Ängsten?‹

Beide schauten Liv intensiv an. Sie durfte jetzt keine schwache Stelle zeigen. Sie musste sich ihre Objektivität bewahren.

An Maria gewandt, fragte Liv: »Was macht Sie so sicher, dass es eine Mörderin ist?«

»Ich bitte Sie, Frau Oliver. Ich zumindest weiß, dass mein Bruder und ich es nicht waren. Es bleiben doch nur die Frauen um meinen Vater übrig. Er war schon unserer Mutter damals untreu, als wir noch Babys waren. Er hat sich doch quasi potenzielle Mörderinnen über die Jahre herangezüchtet. Wie kann da jemand zweifeln?«

»Was ist mit den Angestellten? Auch da hatte sich Ihr Vater im Laufe der Zeit viele Feinde geschaffen. Vielleicht ertappte er jemanden bei irgendwelchen Machenschaften. Übrigens, falls Sie an Namen interessiert sind, kann ich Ihnen welche nennen, die sich auf Kosten des Hotels zum Beispiel ab und an einen Urlaub gönnen.«

Wie auf Knopfdruck drehten sich die Köpfe der Geschwister zueinander. Als ob sie sich auch ohne Sprache unterhielten, schauten sich die beiden an. Glichen sie gerade gedanklich die infrage kommenden Namen ab? Bestätigten sie sich in einem bereits lang gefassten Plan, jemand Bestimmten zu kündigen? Oder hielten sie geschickt ihre Überraschung, ihr Entsetzen zurück? Johann ergriff das Wort: »Wir glauben zu wissen, wen Sie meinen. Uns sind bereits einige Ungereimtheiten aufgefallen, denen wir nachgehen werden, sobald wir wieder in ruhigeren Fahrwassern steuern. Aber ich wollte Sie nicht unterbrechen. Fahren Sie fort mit Ihrer Theorie.«

»Ich denke an Ihre Angestellten. Vielleicht haben sie sich zusammengetan, weil sie eine Chance witterten, den Alten endlich loszuwerden. Sie brachten ihn um und töteten anschließend die Ehefrau, die etwas gesehen oder Verdächtigungen geäußert hat. Oder nehmen wir Anuschka.

Vielleicht liebte sie Ihren Vater und tötete ihn aus Eifersucht, weil sie nun aufs Abstellgleis gestellt werden sollte. Wer weiß, es gibt viele Möglichkeiten.« Nach einer kurzen strategischen Pause sah Liv Maria Overbeck an und sagte: »Aber wir sind auf einem guten Weg, den oder die wahren Mörder sehr bald herauszufinden.«

Hatte Liv ›wir‹ gesagt? Johann und Maria Overbeck übergingen es, schauten sie nur nachdenklich an.

»Haben Sie einen Frosch als Haustier?«, fragte Liv, an beide gewandt. Sie schauten sich schon wieder abrupt an. Diesmal machte es den Anschein, als wüssten sie mit dieser Frage nicht viel anzufangen.

»Einen Frosch? Frau Oliver, ich bitte Sie.« Johann Overbeck war offensichtlich gerade nicht zu Späßen aufgelegt.

»Das ist kein Witz. Halten Sie sich Frösche im Terrarium?«

»Nein«, sagte er etwas zu laut. Seine Schwester schüttelte nur fragend den Kopf.

»Wie kommen Sie denn jetzt auf so etwas? Wir haben kein Tier, außer einer Katze, die aber weitgehend selbstständig hier herumläuft und sich ihr Futter selbst fängt.«

Maria ergänzte: »Black Jack ist hier quasi als Mäusefänger angestellt.«

»Ja, und bei unseren Arbeitszeiten würde jedes andere Tier restlos verwahrlosen. Frösche gibt es bei uns nur im Teich im Park. Und die wären wir am liebsten los, weil sie im Frühsommer so einen Krach machen, dass die Gäste sich beschweren. Es kann übrigens jetzt täglich losgehen«, teilte Johann Overbeck unwirsch mit.

»Ich spreche nicht von deutschen Fröschen«, betonte Liv. »Ich dachte, es wäre Ihnen bekannt: Viele Ihrer Angestellten haben besonders kleine und bunte Frösche als Haustiere. Gerade wegen der Arbeitszeiten. So gesehen, sind die

Frösche recht praktisch. Wenn sie ihre artgerechte Umgebung in dem Terrarium haben, sind sie unabhängig von Schichtdiensten.«

»Brauchen Frösche keine Streicheleinheiten?« Maria Overbeck hatte einen Witz gemacht, den ihr Bruder mit einem genervten Blick quittierte.

»Es sind alles Pfeilgiftfrösche«, antwortete Liv schnell, auf ihre Reaktionen gespannt.

Johann Overbeck war der Schnellere: »Ist unser Vater durch Froschgift getötet worden?«

»Ja, es sieht so aus. Aber so einfach ist es nicht. Denn nicht alle Frösche sind noch giftig. Wir müssen denjenigen finden, der noch einen giftigen Giftfrosch besitzt.«

Maria murmelte leise grinsend zu Johann herüber: »Unser Vater hat einen Frosch verschluckt.«

Und Johann witzelte nun doch zurück: »Vielleicht wollte er einen küssen oder selber ein Prinz werden?«

Verstört wollten alle drei sich das Lachen verkneifen. Es schien ihnen äußerst unpassend, aber es wurde unmöglich, es zu unterdrücken. Sie prusteten plötzlich alle drei über den Tisch. Maria konnte es noch am besten zurückhalten, aber Johann lachte lauthals los.

»Entschuldigen Sie«, er versuchte sich zu beruhigen, »eine Übersprungshandlung, pure Hysterie, entschuldigen Sie bitte«, und er lachte weiter. Erst nach einiger Zeit hatte er sich wieder unter Kontrolle.

»Ich hoffe, Sie haben nun keinen falschen Eindruck von uns, wir mochten unseren Vater«, und beide lachten erneut los. War es der Wein, die Trauer, die Angst, die Erlösung oder die Unwissenheit? Erst als das Essen serviert wurde, konnten sich die Geschwister wieder beruhigen.

48

»Ihre Freundin, Herr Overbeck, hat auch einen Giftfrosch. Wussten Sie das etwa nicht?«

Er schaute Liv an, hörte auf zu kauen, tupfte sich mit der Stoffserviette die Mundwinkel ab und schluckte einen viel zu großen Bissen herunter. Er vergewisserte sich betont ruhig: »Wer? Meine Freundin?« Schuldbewusst und verlegen schaute er seine Schwester an, die dieses Mal den Blick nicht erwiderte, sondern mit einem tiefen Seufzer in die Ferne blickte.

Auch sie hörte auf zu essen und lehnte sich zurück.

»Sie meinen Bettina?«

»Haben Sie mehrere Freundinnen?«

»Natürlich nicht, aber wir hatten vor, das nicht publik zu machen. Meine Schwester und ich waren der Meinung, dass es das Betriebsklima negativ beeinflussen könnte. Wir wollten keinen Anlass für Klatsch und Intrigen bieten.«

»Weiß das Bettina? Ich befürchte, sie nimmt das nicht so ernst. Es gibt keinen Angestellten in diesem Haus, der nicht davon weiß. Bettina verschweigt da bestimmt nichts.«

»Ich wusste es!«, zischte Maria Overbeck. »Nun machst du es noch viel schlimmer. Ich habe dir ja gleich gesagt, sei ehrlich. Dann denkt sich auch niemand etwas dabei. Nur diese Heimlichtuerei, die macht verdächtig. Du solltest dich sehr bald mit ihr öffentlich verloben.«

»Verloben?«, betonte Johann Overbeck entrüstet. »Weißt du eigentlich, wie alt ich bin?«

»Ja, Brüderchen, zufällig weiß ich das. Auch wenn eine Verlobung heute nicht mehr zeitgemäß ist, ich halte es für sinnvoll in diesem Fall. Außerdem kann es das Geschäft anregen. Du gehst mit einem Beispiel voran, andere Gäste oder Mitarbeiter ziehen nach und feiern auch hier ihre Verlobung. Weil alles so schön ist.« Sie blickte ihn durchdringend an, als hätte sie stumm ein ›Basta‹ angefügt.

Darauf fiel ihm nichts mehr ein, was er sagen konnte.

»Wussten Sie nun von dem Frosch? Sie können mir doch nicht weismachen, dass Sie noch nie bei Ihrer Freundin zu Hause gewesen sind.«

»Doch, bitte glauben Sie mir. Sie wohnt mit einer Kollegin aus dem Fitnessstudio zusammen. Und die sollte nichts bemerken, sonst hätten es ja alle gewusst. Aber das war wohl dumm von mir. Nein, Frau Oliver«, und dabei schaute er ihr direkt in die Augen, »ich wusste nicht, dass Bettina einen Frosch hat.« Er musste sich schon wieder ein Lachen verkneifen. »Vielleicht ist es ja auch der Frosch der Mitbewohnerin.« Er wurde ernst: »Bettina hat wirklich nichts mit den Toten zu tun. Und überhaupt, ist ihr Frosch denn einer von den giftigen? Sie sagten doch, dass nicht alle giftig sind.«

»Aber Bettina hätte ein Motiv gehabt. Sie wollte lieber einen Chef heiraten und nicht nur einen Sohn, bei dem gar nicht sicher war, ob ihm irgendwann einmal das Hotel gehören würde. Sie glaubte sogar, dass das Hotel durch Ihren Vater verkauft würde. Sie hatte sicher sehr großes Interesse daran, einen solchen Verkauf zu vereiteln und als Nächstes die mögliche Erbin oder einen sicheren Störenfried, seine Noch-Ehefrau, auch zu beseitigen.«

»Ach, dieses blöde Gerücht über den Verkauf«, stöhnte Johann Overbeck, »ich dachte, das hätten wir längst ausgeräumt. Das ist nicht mehr wahr. Das war ein Spaß unseres Vaters. Er hatte diesen Gedanken im Zorn einmal zu laut ausgesprochen. So war er halt.«

»Aber einen Mord würde Bettina nie begehen«, verteidigte nun auch Maria ihre potenzielle Schwägerin in spe. »Hat sie nicht ein Alibi für die Tatzeiten?«

»Schon, aber sie könnte ja das Gift auch nur besorgt haben«, gab Liv zu bedenken.

»Ist denn nun ihr angeblicher Frosch giftig oder nicht?«, warf Johann Overbeck energisch ein.

»Das wissen wir noch nicht«, gestand Liv wahrheitsgemäß, wobei sie sich schon wieder über das ›wir‹ amüsierte.

»Dann ist doch alles nur Gerede. Warten wir es ab.« Maria prostete allen zu und nahm einen kräftigen Schluck Wein.

»Ich gehe davon aus, Frau Overbeck, dass Sie beide an der baldigen Lösung der Mordfälle privat und geschäftlich sehr interessiert sind. Korrigieren Sie mich, wenn ich falsch liege. Und insofern dürfen jegliche Gedankenspiele über Verdächtige erlaubt sein, die zu einer Lösung führen könnten. Zumal Sie mich zu diesem Gespräch eingeladen haben. Sollten meine Fragen oder Gedanken nicht in Ihr persönliches Wunschbild vom Sachstand passen, ist das alleine Ihr Problem.«

›Das musste mal gesagt werden‹, fand Liv. Schließlich waren sie ja hier nicht im Kindergarten. Beide verstanden. Ihr Lachen war verschwunden. Sie gaben Liv beide widerwillig recht.

»Nachdenken kann man über alles«, sagte Maria leise.

»Aber dann sollten wir mal in die richtige Richtung denken. Wieso nehmen Sie sich diese Erbschleicherin Monika Salmann nicht mal intensiv vor. Diese dreiste Person …«

49

»Ihr sprecht von mir? Sicher nur Gutes. Obwohl, Maria, von dir kann nicht viel Gutes kommen.« Mit einem falschen Lächeln kam Monika Salmann an den Tisch. Sie gab nur Liv die Hand und stellte sich vor. Liv sagte ihren Namen.

»Ich will diese nette Runde nicht stören, aber als ich meinen Namen hörte, fühlte ich mich angesprochen. Worüber redet ihr, wenn ich fragen darf?« Sie wandte sich an Johann Overbeck. »Oder ist das geheim?«

Lächelnd wartete sie die Antwort gar nicht erst ab, sondern drehte sich wieder Liv zu. Ihre Hand legte sie zart auf Livs Schulter. »Frau Oliver, wie ich hörte, ermitteln Sie auch in den schrecklichen Mordfällen an meinem Verlobten und seiner ›Exfrau‹. Was gibt es Neues? Haben Sie endlich den Wahnsinnigen, der so etwas tut? Mit dem netten Kommissar Golström war ich eben noch zusammen essen. Er konnte mir nicht viel berichten.«

Bei dem Stichwort ›Verlobter‹ schüttelte es Maria Overbeck, bei den Stichworten ›Kommissar‹ und ›essen‹ erstarrte Liv innerlich. Beide hofften sie, sich gut im Griff zu haben.

»Nein, Frau Salmann, ich bin keine Ermittlerin der Polizei. Ich schreibe für eine Zeitung, falls sich hier etwas ergeben sollte. Ursprünglich hatte ich rein zufällig einen Wellness-Urlaub gebucht, als die Todesfälle quasi vor meinen Augen stattfanden.«

»Da habe ich aber vom Kommissar Frank Golström ganz andere Informationen. Er sieht Sie als seine Co-Ermittlerin, sozusagen. Sie beide tauschen sich doch regelmäßig aus, oder?«

»Da hat er aber stark übertrieben. Wir kennen uns beruflich und ich bin natürlich quasi als Zeugin meiner Aus-
kunftspflicht nachgekommen. Als Co-Ermittlerin kann
man mich bei meinem Wellness-Aufenthalt aber wohl kaum
bezeichnen. Oder bezahlt die Polizei hier meinen Urlaub?
Ich werde mich gleich mal in der Rezeption erkundigen.«

Beide lachten, aber ziemlich falsch.

»Nach diesem Essen mit dem Kommissar sind doch
Sie es, die hier am besten informiert ist«, schmeichelte Liv
Monika Salmann. Inzwischen war Johann Overbeck, durch
einen dezenten Fußtritt von seiner Schwester angeregt, auf-
gestanden, um dem Neuankömmling einen Stuhl zu holen.
Im selben Zuge flüsterte er einem vorbeigehenden Kellner
deutlich und bestimmt zu: »Jetzt sofort und schnell alle
Teller abräumen und bitte keinen Nachtisch servieren!«
Er wollte ungestört bleiben. Auch Maria Overbeck versprach sich etwas von diesem Gespräch mit Liv als neut-
raler Person.

Diese Chance durften sie nicht vermasseln. Jeder in dieser Runde fühlte sich stark, das war die ideale Ausgangs-
position.

»Nein«, fing Monika Salmann leise ihre Vorstellung
an, »der Kommissar hat mich nur nach meinem Befinden
gefragt und mir den Stand der Aufklärung gesagt, nämlich,
dass sie den Mörder immer noch nicht haben. Dann haben
wir nur noch privat geplaudert, von unseren Vorlieben und
Urlauben. Ich war überrascht, wie viel der Kommissar und
ich gemeinsam haben.«

»Ach ja, was haben Sie denn gemeinsam?«, fragte Liv
neugierig.

»Dass Sie das interessiert, Frau Oliver.«

›Zicke‹, dachte Liv.

»Ja, der Kommissar hat eine Leidenschaft für fremde

Länder.« Sie stützte sich mit beiden Ellbogen auf den Esstisch und spielte an ihrem Goldkettchen um den schlanken Hals. Kokett sagte sie in Livs Richtung: »Wussten Sie das nicht? Na ja, und da ich, allerdings in dritter Generation, von Kolumbianern abstamme, interessiere ich mich auch für fremde Kulturen. Das war ein spannendes Gespräch mit dem Kommissar.« Monika Salmann nahm diese kurze Pause, um gelassen in die kleine Runde zu schauen, jeden für sich nahm sie ins Visier durch ihre stahlblauen Augen, was bei Maria und Johann Overbeck Nervenzucken um Augen und Mund verursachte. Liv glich gedanklich die Informationen ab: Der dunkle Teint, die schwarzen Haare – ja, da schimmerte Kolumbien hindurch. Aber die blauen Augen und die breiten, roten Haarsträhnen passten nicht. Dann schmunzelte Monika Salmann in sich hinein, legte beide Hände flach auf den Tisch und verkündete mit einem Schwung, dass ihr beeindruckend langer, schwarz-rötlicher Pferdeschwanz herumwirbelte zu Liv, nicht ohne eine gewisse Genugtuung in der Stimme: »Tja, und dann lieben wir beide Kinder.«

»Ach?«, stellte Liv diesen letzten Satz infrage.

Keiner sagte etwas. Maria Overbeck rutschte bereits auf ihrem Stuhl hin und her. Johann Overbeck schaute zurück ins Restaurant und war froh, diesen Nischenplatz mit genügend Abstand zu den anderen, inzwischen ausnahmslos besetzten Tischen und den geschäftigen Aktivitäten seiner Mitarbeiter gewählt zu haben.

Als hätte sie Livs Aufforderung zur Erklärung nicht gehört, nahm es Monika Salmann plötzlich die Sprache. Sie verzerrte ihr Gesicht, suchte und fand schnell ein Taschentuch, das sie sich vorsichtig an die Augen hielt, um ihre Augenschminke nicht zu verwischen.

»Entschuldigen Sie mich, aber mein Verlobter und ich

planten, ein Kind in die Welt zu setzen oder zu adoptieren.«
Totenstille. Aus ihren Augenwinkeln heraus beobachtete
sie die Reaktionen ihrer Tischpartner. Liv behielt alle drei
im Auge und bewunderte besonders die beiden Geschwister um ihre Beherrschtheit. Maria Overbeck starrte auf die
weiße Tischdecke und zupfte auf ihrem Schoß an ihrer
Stoffserviette herum. Johann Overbeck beobachtete seine
Schwester und fürchtete wohl eine unbedachte Reaktion
von ihr, denn sein Blick sprach intensiv zu seiner Schwester. Aber er erreichte sie nicht.

Maria Overbeck hielt nur kurz still, plötzlich stand sie
entrüstet auf. Mit den Worten: »Entschuldigung, mir ist
übel!«, warf sie ihre Stoffserviette auf den Tisch und verließ die kleine Gesellschaft. Monika Salmann lugte aus ihrer
Schonhaltung hervor und wünschte noch »Gute Besserung!« hinterher. Maria Overbeck ballte ihre Fäuste und
ging flott durch die Tür mit der Aufschrift ›privat‹. Johann
Overbeck und Liv waren entschlossen, das Spiel bis zum
Ende zu spielen. Diese zartfühlende Frau mit Tränen in den
eiskalten Augen interessierte Liv wahnsinnig.

50

»Du willst damit sagen, mein Vater wollte mit 84 Jahren
noch ein Kind zeugen?«

»Wenn es nicht geklappt hätte, wollten wir eins adoptieren. Wir wünschten es uns so sehnlich.« Sie fing wieder
an, leise zu schluchzen.

Johann Overbeck und Liv schauten sich mit großen Augen an.

»Wir hatten schon Kontakte zu einer Vermittlungsagentur.«

»Welche Agentur vermittelt ein Kind an einen 84-Jährigen mit einer 35-jährigen Freundin. Ich bitte dich, Monika, erzähl ein anderes Märchen«, entrüstete sich Overbeck.

Aber Vorsicht, sie sollte sich in Sicherheit wiegen. Liv schaute Johann Overbeck ernst an: ›Mach hier nichts kaputt!‹, sollte dies heißen.

»Wir hatten Kontakt mit einer Organisation in Bogota, wo meine Familie herstammt«, schluchzte sie. »Ich bin auch schon dort gewesen, mehrmals. Ich habe die Fotos immer dabei, einen Moment.«

Sie wühlte in ihrer kleinen Krokodilleder-Handtasche, nahm ein Foto aus einem Briefumschlag heraus, auf dem zwei kleine, dunkelhäutige Kinder waren, die, in Fetzen gekleidet, mit großen schwarzen Pupillen in schneeweißen Augen in die Kamera leuchteten. Diese Blicke zerrten sogar an Livs Gefühlen. Hilflos, niedlich und schutzbedürftig. Liv stellte sich nur zu deutlich vor, wie diese beiden, wenn sie sich erst hier eingelebt hätten, dem alten Papa und der ganzen Crew im Hotel den Alltag durcheinander gebracht hätten.

»Beide?«, fragte Liv.

»Hermann wollte beide, ich war mir nicht schlüssig, ob es nicht zu viel wäre. Wir wollten uns in dieser Woche entscheiden. Und da bringt ihn einfach einer um.« Sie weinte in ihr Taschentuch und steckte die Kinderfotos wieder ein.

»Das ist sicher keine einfache Zeit für Sie, Frau Salmann. Wie wird es für Sie jetzt weitergehen?«, wollte Liv wissen.

Monika Salmann stöhnte auf. »Wenn ich das so genau wüsste.«

Das waren wohl ihre ehrlichsten Worte, seit sie hier zusammensaßen.

»Das Hotel wäre schon eine nette Ablenkung, aber auch eine schwere Last, die mir mein Verlobter hier aufbürden wollte.«

Johann Overbeck hatte Mühe, seinen Zorn im Zaum zu halten. Seine Adern im Gesicht schwollen bedrohlich an, sein Blick wurde starr und seine Fäuste ballten sich unter dem Tisch. Liv und er waren froh, dass nun seine Schwester nicht mehr in der Runde saß, sie hätte Monika Salmann niemals ausreden lassen. Aber das war unausgesprochenes Ziel. Beide wollten mehr wissen von diesem redseligen, so harmlos scheinenden Wesen.

»Ich weiß es nicht, es ist alles so furchtbar.« Ihr Weinen kam zur rechten Zeit, denn sie wollte sich nun nicht weiter äußern. Offensichtlich wusste sie zurzeit nicht weiter.

Johann Overbeck atmete tief durch und legte seine Hand auf ihren Arm. »Monika, was immer dir mein Vater versprochen haben sollte, er hat es nirgendwo schriftlich festgehalten. Insofern sieht es so aus, als hättest du keinerlei Ansprüche auf irgendetwas hier im Hotel. Aber«, stoppte er mit festem Griff ihren Einwand, »du sollst wissen, dass wir zu schätzen wissen, dass unser Vater mit dir in seinen letzten Monaten sein Glück gefunden zu haben meinte.«

›Vorsichtig, Johann, vorsichtig‹, dachte Liv und Monika Salmann setzte erneut zur Gegenwehr an. Aber auch dieses Mal verschaffte sich Johann Overbeck das Vorrecht auszusprechen: »Lass mich das hier zu Ende bringen, wer weiß, wie oft wir noch eine solche Gelegenheit haben werden.« Sein fester Griff ließ von ihrem dünnen Unterarmen ab. »Du hast die Wahl: entweder gar nichts oder wir ersparen uns allen dreien viel Ärger und Kosten und du nimmst das Angebot von meiner Schwester und mir an.«

»Das wäre?«, fragte sie neugierig.

»Wir haben uns überlegt, dir einen großzügigen einmaligen Betrag zu überweisen, um dir einen Neustart zu ermöglichen. Wir werden uns da sicher einig. Nur eins muss klar sein: Damit unterschreibst du, dass du dieses Haus nicht mehr betrittst.«

»Das war deutlich!«, waren ihre ersten Worte. »Du wusstest, dass wir heiraten wollten. Dann hätte ich alles hier gehabt.« Ihre Augen leuchteten, als sie sich umschaute und sich in ihrer Fantasie als Hausherrin herumlaufen sah.

»Du weißt, dass mein Vater ein alter, kränklicher Mann war, der in kürzester Zeit das Unternehmen an uns abgetreten hätte«, entgegnete er. Deutlich fügte er an: »Die Abfindung wird sich im sechsstelligen Eurobereich bewegen.«

Sie konnte nicht anders, sie lächelte. »Geil, das wäre es euch wert, mich loszuwerden?« Sie klang plötzlich sehr keck.

»Nicht nur das, Monika, wir wollen auch das Gedenken an unseren Vater hochhalten, es wäre sicher in seinem Sinne.« Bei diesen Worten sah Liv Johann Overbeck an, wie leicht es ihm gerade fiel zu heucheln.

Monika Salmann sprang so schnell vom Tisch auf, dass Johann Overbeck mit seiner höflichen Geste, ebenfalls aufzustehen, kaum nachkommen konnte. »Ich werde es mir überlegen und mit meinen Anwälten besprechen«, sagte sie schnell und verließ, offensichtlich froh gelaunt, das Restaurant. Zu gern hätte Liv sich noch mit ihr für den späteren Abend in der Bar verabredet. Als Johann Overbeck den sehnsüchtigen Blick bemerkte, den Liv ihr hinterherschickte, sagte er, dass sie im Hotel wohne und sich bestimmt noch eine Gelegenheit finden werde, sie allein zu sprechen. Er war erst einmal froh, dass sie aus seiner Nähe verschwand, und atmete erleichtert auf.

»War das nicht ein bisschen voreilig?«, fragte sie ihn. »Glauben Sie nicht, Sie hätten viel Geld sparen können, wenn Sie gewartet hätten?«

»Worauf soll ich noch warten? Ich will sie loswerden. Das ist alles. Und zwar so schnell wie möglich.«

»Ob das der richtige Weg ist?«, gab Liv zu bedenken.

Ein Gutes hatte dieses Gespräch aber. Monika Salmann sowie Johann Overbeck fühlten sich in Sicherheit. Und das konnte bedeuten, dass sie Fehler machten. Bei der Verabschiedung von Johann Overbeck meldete Liv noch ihren Fotowunsch an. Er wollte ihr ein Foto von sich und seiner Schwester vor einer attraktiven Hotelansicht zukommen lassen. »Aber nur, wenn es positive Werbung für das Hotel wird«, mahnte er. Liv lächelte nur. Er wusste, dass sie das bei einem Bericht über einen Mordfall nicht versprechen konnte. »Das vollständige Essen mit Nachtisch«, versprach Johann Overbeck, »werden wir nachholen. Später.« Liv ahnte, dass es dazu nicht mehr kommen würde.

Sie sah die Chance gekommen, dem Ende des Falles etwas näherzurücken. Ob Johann Overbeck es auch bemerkt hatte? Sie musste mit Frank sprechen, schnell.

Schade war es schon um das Essen. Liv hatte bis dato gar nicht bemerkt, dass sie noch immer Hunger hatte. Auf dieses Drei-Scheiben-Tiramisu hatte sie sich gefreut. Sie wollte es nachholen. Den Wein spürte sie noch etwas in den Knien, als sie zum Luftschnappen vor die Tür ging.

51

Auf dem Platz vor dem Hoteleingang telefonierte eine Menge Menschen wild durcheinander. Sie versuchten, einen gewissen Abstand zueinander zu wahren, der aber durch ständiges Umherlaufen der Einzelnen ständig neu zu definieren war. Allesamt standen sie draußen, um die teuren Hotel-Telefongebühren zu sparen. Im Hotel selbst war der Empfang nicht gut. Darüber hinaus wurde durch dezente Schilder darauf hingewiesen, dass Telefonate nicht erwünscht waren. Liv hörte gern den wichtigen Gesprächen zu, die keinen Aufschub vertrugen, die unbedingt jetzt und dort unter Verschmähung jeglichen Sitz- oder Umgebungs-Komforts geführt werden mussten.

Die Informationen hielten sich in den Grenzen von »Ich bin jetzt hier« über »Ich komme später« oder »morgen« bis »es ist schön«, »es war gut« und den oberwichtigen Geschäftsgesprächen, in denen lauter und fachlich gesprochen, auf jeden Fall eine unaufschiebbare These aufgestellt wurde wie »ich war sehr erfolgreich« oder »wir werden sehen, wie es weitergeht«.

›Ich rufe ihn an‹, keimte auch in Liv der Wunsch auf. Denn ihr Gespräch hielt sie für absolut wichtig. Grinsend suchte sie sich einen freien Platz und versuchte, Frank über Handy zu erreichen. Was wollte sie ihm denn überhaupt sagen? Es musste ja schon wichtig sein, wenn sie ihn schon wieder außerhalb der Arbeitszeit anrief. Er ging nach dem ersten Klingeln dran.

»Frank?«, fragte Liv. »Ich bin es. Du, die Salmann war bereits mehrfach in Kolumbien, angeblich, um ein Kind zu adoptieren. Ist das nicht sonderbar?«

»Was findest du daran sonderbar?« Neugierig schien Liv ihn nicht gemacht zu haben. Wenn es um die Salmann ging, war er schon etwas begriffsstutzig oder wusste er es bereits aus dem Gespräch von ihr persönlich?

»Ja, was könnte ich wohl meinen? Was gibt es denn in Südamerika außer armen Kindern noch so?«

»Giftfrösche und giftige Ameisen und Käfer! Das ist es doch, was du hören willst, oder?« War er etwa genervt? War es so ausgeschlossen für ihn, diese Monika Salmann zu verdächtigen?

Liv hörte Lärm im Hintergrund. Für sie hörte es sich so an, als ob seine ›Cousine‹ aufstand, einen Stuhl lautstark verschob und das Zimmer verließ. Liv störte wohl?

Frank ließ sich nichts anmerken. »Ich muss dich enttäuschen, Liv, ihre Alibis für den ersten und für den zweiten Mord scheinen mir wasserdicht. Ihrer Mutter geht es tatsächlich sehr schlecht. Sie hatte einen Schlaganfall und ist, unfähig zu sprechen, ans Bett gefesselt. Monika Salmann pflegt ihre Mutter aufopfernd.«

»Ach, und diese Mutter hat ihr per Zeichensprache ein Alibi verschafft? Mensch, Frank, wach auf, gerade eine solche hilflose Person kann man unbemerkt alleine lassen.«

»Um mal eben von München nach Düsseldorf über 600 Kilometer mit dem Auto zu fahren? Liv, du verrennst dich.«

»Ich habe eine Zeugin, die Frau Salmann in der Nacht vor Gritta Entrups Tod hier gesehen hat. Hast du das vergessen? Außerdem kann sie mit dem Zug oder Flugzeug gekommen sein. Vielleicht hat sie einen Komplizen. Nenne es ruhig weibliche Intuition, aber sie passt auf beide Morde. Aber ich habe da noch eine Idee, die ich recherchieren muss. Warte es ab! Um eine Sache bitte ich dich aber: Prüf doch mal die Geschichte mit der Adoption nach. Waren die beiden wirklich kurz davor, ein oder wie sie sagte, sogar zwei Kinder zu adoptieren?«

Na, wenigstens dabei versprach er Liv zu helfen. Als sie auflegte, war sie noch ein paar Minuten gedanklich bei ihm. ›Er hatte sich mit der Salmann getroffen, sie haben über Kinder gesprochen. Kinder? Frank wollte doch nie welche haben.‹

Liv war es kühl geworden. Langsam schlenderte sie durch das belebte Foyer, von Weitem grüßte sie der Kellner Jörg Olsson, der mit einem Tablett voller Biergläser auf eine Gruppe Männer in bekannt dunklen Anzügen und farbigen Krawatten zuging. Liv wollte noch nicht ins Bett, nicht in ihr Zimmer. Nein, sie suchte noch ein wenig Ablenkung.

52

Livs Handy vibrierte. Also verließ sie das Hotel noch einmal. Dieses Telefonat würde erfreulicher, das erkannte sie an der eingespeicherten Nummer. »Dag, schön dass du anrufst, sonst hätte ich es getan.«

Die Freundin fragte nach dem Kommissar, dazu konnte Liv ihr nichts Neues sagen. »Aber was mich viel mehr interessiert, Dag, kennst du als Psychologin ein Krankheitsbild, das Menschen unglaubliche Lügengeschichten erzählen lässt?«

»Mythomanie«, begutachtete Dag. »Was für ein Zufall. Gerade habe ich in einer Fachzeitschrift etwas über Mythomanie gelesen. Ich muss mich ja während meiner Erziehungspause fachlich auf dem Laufenden halten. Wieso fragst du? Hat dein Kommissar schon ein schlechtes Gewissen und erzählt unwahre Geschichten?« Sie lachte, Liv nicht.

»Nein, es geht um eine Verdächtige in meinem neuen Fall.«

Dag fuhr fort: »Es gibt Menschen, die eine krankhafte Neigung haben, die Wahrheit zu verfälschen. Es ist nicht wie bei Kindern, die noch nicht sicher zwischen Wirklichkeit und Fantasie unterscheiden können. Nein, bei dem Krankheitsbild von Erwachsenen ist es anders. Sie tun das aus extremem Geltungsbedürfnis oder um bestimmte böse Absichten zu vertuschen.«

»Wie bei Kindern«, musste Liv einwerfen.

»Es ist anders«, insistierte Dag.

»Glauben diese Menschen denn selbst, was sie erzählen?«, fragte Liv.

»Zumindest teilweise sind sie von der Realität der erzählten Begebenheit überzeugt, meist werden die Realitäten mit Wunscherfüllungen ausgeschmückt, eben wie bei einem Mythos. So wird die unangenehme Realität geleugnet. Es ist ein Abwehrmechanismus, wobei die Geschichten den Teil der Realität, der geleugnet werden soll, mit enthalten.«

»Also sagen sie letztlich die Wahrheit?«

»Liv! Über die Wahrheit lässt sich stundenlang philosophieren. Das können wir gern einmal bei unserem nächsten Sonntagsbrunch im Les Halles auf die Tagesordnung setzen. Nein, Liv, im Ernst, man muss psychologisch vorgebildet sein, um die Wahrheit herauszufinden. Das ist sehr vielschichtig. Schick' diese Person lieber zum Psychologen.«

»Sind solche Menschen fähig zu morden?«

»Liv, nun geht aber der Detektiv mit dir durch. Was verlangst du von mir?«

»Nichts, nur etwas Theorie.«

»Das Morden gehört sicher nicht zum normalen Krankheitsbild. Aber wie das in Extremfällen ist, weiß ich nicht, es könnte sein.«

»Danke fürs Erste. Du bist gut, Dag. Du solltest wieder eine Praxis eröffnen.«

»Jetzt sind mir meine Kinder wichtiger, das weißt du. Vielleicht, wenn sie größer sind ... Du hast recht, es ist ein faszinierendes Feld. Ich werde mich gleich noch einmal ins Thema hineinlesen. Bis später mal.«

Zurück im Hotel, schlug Liv den bekannten Weg zur Bar ein. Dort bestellte sie sich einen Gin Tonic mit frischem Limonensaft bei Mike Tom, dem schwarzen Kellner. »Bieten Sie hier in der Bar auch dieses Drei-Scheiben-Tiramisu an?«, fragte Liv. Mike Tom verneinte. »Hier in der Bar haben wir nur kleine Snacks. Wie wäre es mit einer Spreewaldgurke, einzeln verpackt in einer Dose, und einer Salzbrezel?« Dieser geschmackliche Sprung von Tiramisu zur Gurke war sogar für Liv zu groß. Sie lehnte ab, aber sein freundliches Lachen tat ihr gut. Gern hätte sie sich mit ihm unterhalten, hätte gern gewusst, wo er herkam, wie er lebte, ob er Familie und Kinder hatte. Und ob er auch einen Frosch zu Hause hatte? Und da waren sie wieder, die Gedanken an den Fall. Der Fall ließ sie nicht los. Klar, denn zeitlich wurde es eng. Noch zwei Tage, dann war ihr Aufenthalt zu Ende und die Wochenendausgabe kam raus. Unbändig stark war ihr Ehrgeiz, in dieser Zeit den Fall aufzuklären.

Jemand klopfte ihr auf die Schulter.

»Das ist aber schön, dass ich Sie auch mal alleine erwische. Sie sind doch alleine hier? Das sieht zumindest so aus«, sagte Monika Salmann und setzte sich neben Liv auf den Barhocker. Dabei gab der ohnehin sehr hoch geschlitzte

Rock reizvoll viel von dem wohlgeformten Oberschenkel preis.

»Hallo, Frau Salmann!« Livs Freude war nicht gespielt.

»Ach, nennen Sie mich doch Moni«, sagte sie lächelnd und hielt ihr ein Glas entgegen. Liv stieß ihr Gin Tonic-Glas spontan dagegen.

»Liv«, sagte sie nur kurz.

›Das hätte nun nicht sein müssen.‹

Das vertraute ›Du‹ schien Liv etwas zu vorschnell. Aber beide hatten Interesse, in der Geschichte voranzukommen. Da dieses ›Du‹ nicht Livs inneres Bedürfnis widerspiegelte, war ihr klar, dass sie von nun an ständig in die Sie-Falle tappen würde.

Monika Salmann plapperte gelöst auf Liv ein, wandte sich bei ihren Sätzen immer wieder um, so dass sie ihr Umfeld im Blick hatte. Ihr bis in die durch einen engen Gürtel gequetschte Taille reichender Pferdeschwanz wirbelte bei jeder schnellen Bewegung herum und berührte wie ein ausgestreckter Fühler die an ihr vorbeigehenden oder in der Nähe stehenden Gäste, die vorwiegend männlicher Natur waren. Auf diese Weise schätzte sie ein, wer was hören könnte. Sie sprach von Liebe, von einer Familie, von ihren furchtbaren Erlebnissen als Kind und Jugendliche und davon, dass sie in ihrem Zukünftigen wohl auch ein wenig den Vater gesehen hatte, den sie immer vermisst hatte. Ihr Vater habe sie sexuell misshandelt, ihre Mutter geschlagen und sei immer betrunken gewesen. Sie erzählte diese entsetzlichen Geschichten hintereinander weg, ohne große Pausen. Liv blieb keine Zeit, auf die einzelnen Geschehnisse zu reagieren, die jede für sich das Leben eines Menschen gänzlich auf den Kopf gestellt hätten. Monika Salmanns faltenlose Gesichtszüge zeigten keine Regung, sie erwartete auch keine von Liv – bis zum Schlusssatz: »Der liebe Gott hat es trotzdem gut mit mir gemeint, denn er hat mich immer beschützt und aufgepasst, dass ich nichts Böses tue.«

Liv nickte nur stumm und hielt sich an ihrem Glas fest, als Monika noch einen draufsetzte und von ihrem Heute erzählte. Dass sie täglich ihre von solch großem Leid getroffene bettlägerige Mutter pflege. Detailliert schilderte sie den Tagesablauf, der meist mit Waschen und Wickeln beginne und ende. Liv stellte sich diese kraftraubende Tätigkeit bildlich vor und ihre Skepsis wich der Bewunderung für diese Frau.

»Das könnte ich nicht, glaube ich«, entwich es Liv, sie anstarrend.

»Du glaubst gar nicht, zu was man alles fähig ist«, entgegnete sie und klopfte Liv auf den Oberschenkel. Damit holte sie sie wieder ins Jetzt.

»Wer kümmert sich denn jetzt um Ihre Mutter?«, fragte Liv und entschuldigte sich sogleich für das erste ›Sie‹.

»Ihr geht es zum Glück zurzeit etwas besser, so konnte ich sie in gute Hände geben, eine sehr gute Fachpflegerin ist ständig bei ihr und versucht, mich zu ersetzen. Ich habe eben noch mit meiner Mutter telefoniert.« Sie brach den Satz ab, verzog ihr Gesicht und setzte zum Weinen an.

»Ich dachte, deine Mutter könne nach einem Schlaganfall nicht mehr sprechen«, warf Liv erstaunt ein.

»Also tauschen Frank und du euch doch aus, ich wusste es ja. Denn das hatte ich bis jetzt nur meinem Kommissar Frank erzählt.«

Liv blieb cool und log zurück: »Ich wusste es nicht genau, ich vermutete es nur«, wich sie aus.

»Ja, ja, sie hatte einen Schlaganfall und ist seitdem stumm und gelähmt, leider. Aber hören und verstehen kann sie. Ich spreche dann am Telefon mit ihr und die Schwester erklärt mir, wie sie mit den Augen reagiert. So machen wir das.«

Beide waren sie wieder mit den Gedanken bei den Tötungen. Ihre Tränen waren getrocknet, Livs Mitleid durch klaren Verstand verdrängt.

»Werden Sie – äh, du – das Angebot von den Geschwistern annehmen?«, fragte Liv direkt.

Sie schaute Liv an, zuckte mit ihren Schultern, lächelte und trank ihren Champagner. Sie sah niedlich aus, freute sich wie ein kleines Kind und schaute wohl frohen Zeiten entgegen. Im Blaulicht der Bar blinkten die gebleichten Zähne wie Neonröhren.

»Lass uns tanzen!«, sie sprang auf, zog Liv am Arm und ging in rhythmischen Schritten Richtung Tanzfläche.

Liv wehrte sich, sie war jetzt nicht in der Stimmung. Zudem hatte sie es nicht gerade darauf abgesehen, mit Monika Salmann im direkten Vergleich zu stehen. Sie hatte einen Pony, Liv nicht, sie hatte einen längeren Pferdeschwanz und sie war dünner als Liv. Zurück an ihrem Platz, beobachtete Liv die sich räkelnde Monika Salmann. In kürzester Zeit zog sie alle Blicke auf sich. Männer und Frauen, angezogene und abgeschreckte Blicke. Nach wenigen Minuten hatte sie einen Tanzpartner. Wie eine Schlange wand sie sich um den Mann, den sie mit ihrem Blick fixierte. Ihre Lippen waren halb geöffnet, sogar ihre Zungenspitze war sichtbar. Er konnte seine Hände nicht mehr bei sich halten und zog sie an sich heran. Sie wand sich aus seinem Griff – und so ging es minutenlang. Der Mann wurde immer forscher. Plötzlich erstarrte ihr weicher Körper und sie stieß ihn mit einem Kuss auf die Wange weg. Sie kam zurück zu Liv. Der Mann blieb fragend stehen und schaute ihr enttäuscht nach. Sie würdigte ihn keines Blickes mehr.

»Hochachtung! Das war ja eine perfekte Vorstellung«, teilte Liv mit.

»Wieso, was meinst du?« Monika Salmann lächelte, nippte an ihrem Champagner und kam ganz nah an Liv heran.

»Wer hat meinen Schatz getötet? Sag mir, wer kann so etwas tun?«

»Es kommen sehr viele in Betracht, glaube ich, sogar hier im Raum. Es gibt eine Menge Menschen, die ein Motiv gehabt hätten. Die Frage ist, wer es wirklich getan hat.«

»Bin ich auch verdächtig?«

»Du hast doch ein Alibi – und du warst die Einzige, die auf eine Zukunft mit ihm baute. Es sei denn, der Schwerenöter hatte eine andere, eine Jüngere vielleicht, und wollte dich loswerden.« Liv lachte provozierend.

Sie lachte nicht mit. »Ich sage dir, er war meine Zukunft. Ich wollte ihn und eine Zukunft hier mit dem Hotel und unseren Kindern. Das kannst du mir glauben.« Ehe sie wieder nach einem Taschentuch suchte, stimmte Liv ihr zu. Das war glaubwürdig. Sie war kurz vor ihrem Ziel gewesen, endlich die Prinzessin auf diesem Schloss zu werden. Nein, Königin wäre sie geworden. Der Senior hätte sie dazu gemacht. Ihr nutzte er lebend mehr als tot.

»Glaubst du, seine Noch-Ehefrau hat es nicht verschmerzt, dass du mit ihm glücklich geworden bist und sogar die ihr nicht vergönnten Kinder mit ihm plantest?«

»Meinst du?« Sie schaute gedankenverloren auf den Boden. »Wenn ich es mir genau überlege, hat sie mal gesagt, ich würde es noch bereuen. Aber das war sicher nicht so gemeint. Das war nur kurz verletzte Eitelkeit. Immerhin bin ich einige Jahre jünger. Im Grunde glaube ich nicht, dass sie dazu fähig war. Sie würde doch nicht ihren Brötchengeber töten. Das wäre ja ganz schön dumm. Eher hätte sie mich doch umgebracht, oder?«

»Aber wer war es dann?«

»Das habe ich mit Kommissar Frank auch schon überlegt. Er hat noch gar keine Spur.« Nach Zustimmung forschend, schaute sie Liv an, aber die reagierte nicht.

»Ich will den Geschwistern nichts Schlechtes anhängen, aber hat die Polizei ihr Alibi überprüft? Ihnen drohte der Verlust des Erbes. Mein Verlobter wollte alles mir vererben und mich als Chefin einsetzen. Ich fragte ihn, was dann aus seinen Kindern werden sollte. Aber er meinte nur, das hätten sie sich selber zuzuschreiben. Was er damit genau gemeint hat, weiß ich nicht. Aber er hatte kein schlechtes Gewissen. Ich habe gehört, die Kinder wollten das Hotel an eine große Kette verkaufen. Alles, was er aufgebaut hat, wollen die einfach zu Geld machen. Haben die denn keine Moral?«

»Ich habe das Gegenteil gehört: dass der Senior verkaufen wollte.«

»Wieso sollte er denn so etwas tun? Davon hätte er mir erzählt. Nein, die verdrehen jetzt natürlich die Wahrheit. Ich sage ja, die beiden haben kein Gewissen und ziemlich viel Dreck am Stecken. Schau dir die bloß mal näher an.«

»Das werde ich tun, aber wie es aussieht, ist an dem Erbe nicht zu rütteln.«

»Das wäre ja auch das Motiv, ihren Vater umzubringen. Sie konnten nicht abwarten, bis er von selbst stirbt. Ich tat ihm sehr gut, das merkten alle. Wir hätten noch viele gemeinsame Jahre gehabt.«

Wieder konnte Liv sie nicht vom Weinen abhalten. Treffsicher tupfte Monika Salmann ihre Tränen aus den Augenwinkeln, um ihre Schminke nicht zu gefährden. »Ist doch auch komisch, wie eng Schwester und Bruder sind, findest du nicht? Das ist doch nicht mehr normal. Die leben zusammen. Wie furchtbar.« Sie schüttelte sich vor Ekel.

»Wie geht es deinen Giftfröschen?«, fragte Liv sie, als sie sich zur Tanzfläche wandte. Schnell drehte sie sich wieder zurück. Ihre Augen blitzten. »Gut, warum fragst du?«

»Du hältst dir also auch so kalte Tiere, die man nicht

streicheln kann, weil sie einen dann mit ihrem giftigen Schleim umbringen?«, lockte Liv sie aus der Reserve.

»Ach, was erzählst du denn da? Sie sind völlig harmlos, bunt. Aber woher kennst du meine Frösche? Kommissar Frank habe ich davon nichts erzählt.«

»Keine Ahnung, ich habe es halt gehört. Du weißt doch, hier haben die Wände Ohren und Münder«, lachte Liv.

Wieder lachte sie nicht mit. Ihr Blick war misstrauisch. Sie überlegte und sprang plötzlich auf. »Ich bin schrecklich müde, ich muss ins Bett. Das alles nimmt mich sehr mit. Ich muss mich schonen. Schließlich muss ich bald wieder meine arme Mutter pflegen. Wir sehen uns. Tschüss, Liv – und treib es nicht zu doll!« Diesmal lachte sie alleine.

Kurz nachdem sie die Bar verlassen hatte, ging auch der junge Mann, mit dem sie so anzüglich getanzt hatte, ziemlich eilig aus der Tür.

Liv hörte der ruhigen Musik zu und wartete auf den Kellner, um die Getränkerechnung zu unterschreiben. Langsam hatte Liv auch keine Lust mehr. Das Erlebte musste sie erst einmal verarbeiten und sortieren. Diese Frau war faszinierend, strengte aber auch an. Jetzt hätte Liv eine Massage vertragen können. Schade, es war zu spät.

53

Nicht zu spät war es aber für ein Gespräch mit Dag. Eine weitere Gemeinsamkeit mit ihr war, dass sie auch gern spät schlafen ging. Spät am Abend, wenn ihre Kinder im Bett und ihr Ehemann vor dem Fernseher schliefen, war die beste Zeit für Gespräche. Und nun brauchte Liv dringend eine echte Freundin. Zum Telefonieren ging sie noch einmal vor das Hotel. Sie war allein.

»Liv hier. Dag, passt es gerade?«

»Bestens, meine Liebe, alles schläft mehr oder weniger. Ich bin frei für dich.«

»Nein, für dich solltest du dir freinehmen, für dich und dein berufliches Fortkommen.«

»Ach, Liv, ich bin kaputt, der Tag mit den Kindern war anstrengend, ich habe wirklich keine Lust, jetzt noch an meinen Beruf zu denken«, sagte sie schlapp. Sie sprachen über ihre verlebten Tage, über das Wetter und andere Belanglosigkeiten, als sie mit einer interessanten Information rausrückte: »Warte, Liv, etwas habe ich noch nachgelesen.« Ihre Stimme wurde lebendiger. »Es gibt tatsächlich Mörder unter den Mythomanen. In Extremfällen artet diese Krankheit in diese mögliche Richtung aus, aber nur in seltenen Extremfällen.«

Dag wartete Livs Reaktion ab. Sie fiel nicht gerade begeistert aus. »Ich habe es mir fast gedacht, danke, Dag. Ich bin so müde«, erklärte Liv ihr die mangelnde Begeisterung. »Es braucht keine Kinder, aber für mich war es heute auch ein bisschen viel. Trotz der Wellness-Anwendungen nagt der berufliche Stress wieder an mir. Aber egal, ich will es ja so. Mach dir keine Gedanken, morgen ist es schon besser. Es war einfach schön, deine Stimme zu hören, die Stimme einer wahren, echten Freundin.«

»So viel Pathos?«, warf Dag ein. »Au weia, was ist denn passiert? Stehst du vor einem Moloch der Intrigen und Unwahrheiten?«

»Du hast wie immer so recht, Dag. Ich wühle ständig

in fürchterlichen Abgründen von Zuständen, die ich im Inneren verachte. Warum habe ich mir nur solch einen Beruf ausgesucht?«

Dag schwieg. Im Grunde wollte Liv auch keine schlaue Antwort hören. Sie brauchte nur einen Menschen, der sie kannte, mochte und zuhören konnte. Es beruhigte beide. Beide konnten sich nun entspannt zur Nachtruhe begeben.

In ihrem Zimmer angekommen, schaute Liv in den Plan für den morgigen Tag. Ihr Gesicht wollten sich die Damen der Kosmetik noch einmal vornehmen. ›Ist okay, kann nicht schaden‹, dachte sie sich. Vielleicht konnte sie ja eine Massage noch zusätzlich buchen. So eine mit diesen heißen Kräuterstempeln, das wäre es jetzt. Als Ersatz ging sie in die Badewanne. Während sie ihren Gedanken und dem Badewasser freien Lauf ließ, hörte sie Musik auf ihrem MP3-Player. Herrlich, sie fühlte sich frei, leicht und glücklich. Obwohl ihr der Grund für diese Glücksgefühle in diesem Moment nicht bewusst war.

Um nicht in der Badewanne einzudösen und gegebenenfalls die dritte Leiche in Folge in diesem Hotel abzugeben, raffte sie sich auf und ging mit noch feuchter Haut ins Bett. Sie schlief wie eine Tote. Sie hatte keine Erinnerung an irgendwelche Träume, sie schlief und wachte in derselben Stellung wieder auf, in der sie eingeschlafen war.

Irgendetwas war anders.

54

Es war noch dunkel. Der Radiowecker leuchtete in roten Zahlen 3:52 Uhr. Liv wollte sich gerade in ihre Lieblings-schlafstellung mit Kissen auf dem rechten Ohr umdrehen, da schreckte sie ein tiefes, bedrohliches »Hallo!« auf. Hell-wach und senkrecht saß sie in ihrem Bett und griff zum Lichtschalter.

»Lass das Licht aus!«, befahl ihr die Stimme aus dem Off. Sie spürte, es war ernst, sie gehorchte unwillkürlich. Die Bettdecke zog sie wie zum Schutz hoch bis ans Kinn. Darunter war sie nackt.

»Wer sind Sie? Was wollen Sie?« Liv versuchte, irgend-etwas zu erkennen, aber sie sah nur schwarze Leere.

»Das tut jetzt nichts zur Sache, hör mir genau zu, dann wird dir nichts passieren.«

»Alles klar!«, brachte sie kleinlaut hervor. »Aber ein biss-chen unfair finde ich Ihr Verhör schon – oder dein Verhör, kennen wir uns?« Liv wurde kurz mutiger.

Bis – bis sie dieses Ritsch-Ratsch-Klicken hörte. Es war eindeutig, Liv kannte dieses Geräusch, es war das Spannen des Schlittens einer Pistole.

»Mach es nicht kompliziert. Halt einfach die Klappe, bleib sitzen und beweg dich nicht. Ich sehe alles.«

Er konnte wohl durch ein Infrarot-Sichtgerät schauen. »Unfair«, wiederholte Liv ganz leise.

Sie lauschte auf jedes Wort, auf jeden Ton. Ihr Herz-schlag war der einzige Lärm, der dagegenhielt. Sie musste die Luft anhalten, um zu hören, denn die Stimme wurde lei-ser. Dadurch schnellte ihr Herzschlag wieder in die Höhe, verdammt. »Sprechen Sie etwas lauter«, forderte sie.

Darauf zischte er: »Du sollst doch still sein, habe ich gesagt!«

Liv spürte eine kalte Berührung an ihrer Schläfe und war wie versteinert. Die Mündung der Pistole. Blanke Angst stieg in ihr auf, auch Wut über die eigene Machtlosigkeit.

»Wenn du nicht brav bist, wirst du es bereuen«, flüsterte er. Liv spürte seinen schlechten Atem. Er hatte eben noch geraucht. Es widerte sie an, aber sie hielt verzweifelt still.

»Nun sag schon, was du von mir willst, ich mach ja nichts«, gab sie eingeschüchtert von sich. Er ließ von ihr ab. Nun hatten sich ihre Augen an die Dunkelheit gewöhnt. Sie erkannte schemenhaft, dass er sich behutsam auf einen Stuhl direkt neben ihrem Bett niederließ.

»Schon besser, also sei ein braves Mädchen.«

»Komm endlich zur Sache!« Liv konnte ihr Plappermaul nicht beherrschen, entschuldigte sich aber sogleich dafür mit zittriger Stimme.

»Du gefällst mir, du hast Mut – und nichts an.« Seine Stimmlage wurde gefälliger.

›Nur das nicht‹, dachte sie, nur keine Anzüglichkeiten. Das wäre nun wirklich auch für sie entschieden zu viel.

Eine unangenehm lange Pause entstand.

»Still!«, zischte er sie an, als draußen im Hotelgang Gekicher zu hören war. Offensichtlich kamen eine Frau und ein Mann vorbei, die sich amüsierten. Kurz kam es Liv in den Sinn, um Hilfe zu rufen.

»Meine Pistole ist genau auf dein Gesicht gerichtet. Komm auf keine dummen Gedanken«, flüsterte ihr Gegenüber.

Sie gehorchte.

Wieder eine viel zu lange Pause, aber wenigstens war der Typ vom letzten Thema abgelenkt und konnte nun endlich zur Sache kommen. Liv überlegte, wo sie eine Waffe, ein

Messer oder irgendetwas zur Gegenwehr haben könnte. Ihre Gedanken waren glasklar, gestochen scharf. Aber ihr fiel nur die Lampe auf dem Nachttisch ein oder das Buch daneben? Nein, das war nicht wirkungsvoll, außerdem hätte sie sogar in dieser miserablen Situation schon gern gewusst, was der überhaupt von ihr wollte.

›Warum bricht dieser Scheißkerl nachts in mein Zimmer ein und bedroht mich und mein Leben?‹

An einen Zufall konnte Liv nicht glauben, dazu war in diesem Hotel bereits zu viel passiert. Also wartete sie ab, was er zu sagen hatte. Derweil starrte sie krampfhaft in seine Richtung, um irgendein Merkmal zu entdecken, das sie an ihm erkannte oder gar wiedererkennen könnte. Schließlich hatte sie kein Glas splittern hören, kam er also durch die Tür, hatte er einen eigenen Schlüssel oder ließ ihn der Nachtdienst herein?

»Du hörst mir jetzt genau zu. Ich sage es nur einmal. Besser, du merkst es dir genau.« Seine Absicht, Liv einzuschüchtern, gelang, er hatte einen wirklich sehr drohenden Ton drauf. Er hörte sich primitiv genug an, auch zuzuschlagen.

»Lass die Finger von diesem Fall. Du bist hier nur im Urlaub. Es gibt keinen Grund, deine kleine Nase in Angelegenheiten zu stecken, die dich absolut nichts angehen.« Beim Thema Nase schnellte er aus seinem Stuhl zu ihr hervor und berührte ihre – eigentlich gar nicht kleine – Nase mit der kalten Pistolenspitze. Liv stockte der Atem.

»Es wäre doch schade, wenn du krank oder verletzt aus dem Urlaub zurückkämst. Was würde das denn für einen Eindruck bei deinem Freund machen?« Und nun drückte er zu. Liv roch den kalten Stahl. Ihre Nasenspitze quetschte er platt, um seinen Worten Nachdruck zu verleihen.

»Ich hoffe, du verstehst mich. Ich scherze nicht.«

Es dauerte viel zu lange, bis er endlich von ihr abließ und sich die Geräusche zurückzogen. Er ging langsam rückwärts. War es nun vorbei? Ihr Herz schlug ihr bis in die Schläfen, ihr Atem hetzte wie nach einem 100-Meter-Sprint.

»Alles klar«, japste sie. »Sagst du mir, wem so sehr an meinem Wohlergehen liegt?«

Das war wohl eine blöde Frage. Er lachte nur dreckig. Das Gute daran war, das Lachen entfernte sich von ihrem Bett. Liv wollte nur, dass er ging und sie endlich das Licht anmachen konnte. Sie fühlte sich maßlos erniedrigt und hilflos, allein dadurch kroch eine unbändige Wut in ihr hoch. Ihre Finger krallten sich in der Bettdecke fest.

55

Eine laute Explosion, ein schriller Knall, ein Wortgebrüll. Die Hotelzimmertür fiel aus den Angeln, schwarze Schatten stürmten das Zimmer. »Hinlegen!«, schrie es durcheinander. Ein Schuss fiel. Liv ließ sich zur Seite auf das Kopfkissen in dem Doppelbett fallen und zog ihre Bettdecke weit über sich, als könnte diese sie vor Pistolengeschossen und Schlägen schützen. Ihre Ohren hielt sie sich zu. Trotzdem hörte sie alles nur zu genau.

»Waffe fallen lassen, los, runter auf den Boden, Polizei!« Als Liv diese Worte hörte, lösten sich alle ihre Verkrampfungen. Sie blinzelte vorsichtig und langsam mit beiden Augen unter der Bettdecke hervor. Das Licht war an. Am

Ende des Zimmers in der Couchecke richteten schwarz vermummte Gestalten ihre Gewehre auf eine Gestalt, die auf dem Boden lag. Einer kickte mit dem Fuß deren Pistole zur Seite und riss ihr die Maskenmütze vom Gesicht. Liv sah nicht hin. Erst als drei Männer ihn mit Handschellen auf dem Rücken aus dem Zimmer führten, blickte er zu ihr herüber. Sein von jugendlicher Akne vernarbtes Gesicht war zu einem Grinsen verzogen, er zwinkerte ihr zu. Seine Schultern zuckten, so als würde er ihr sagen wollen, Berufsrisiko, so etwas kann passieren. Er widerte sie an.

»Dir bleibt aber nicht viel erspart.«

»Frank!«, kam ein sehnsüchtiger Ruf aus Livs Kehle. Diese vertraute Stimme tat ihr so unglaublich gut. Er setzte sich auf ihr Bett, sie schwang sich zu ihm und er nahm sie in seinen Arm. Er zog die Bettdecke hoch zu ihren Schultern als er merkte, dass sie keinen Schlafanzug trug.

»Hat er dir etwas getan?«

Liv schaute ihn an: »Nein, gar nichts, er hat mich nur überfallen und mich fast ermordet.«

Frank lächelte. »Was hast du denn da auf der Nasenspitze?«

Liv rieb sie und wandte sich ab.

»Ach, nichts, er hat die Pistole auf meine Nase gepresst.« Dabei konnte sie ihre Tränen nicht zurückhalten. Mit einer Entschuldigung vergrub sie sich wieder in die Bettdecke.

»Ich lasse einen Arzt kommen, Liv, das war eine Nummer zu groß, sogar für dich. Ruh dich erst mal aus.« Er strich die Bettdecke glatt und beredete mit den noch anwesenden Polizisten, wie sie die Türe provisorisch wieder richten konnten. Einige Hotelgäste, die von dem Knall des Schusses aus dem Schlaf gerissen wurden und in Schlafanzügen und Bademänteln neugierig ins Zimmer lugten, beruhigte Frank auch. »Es ist alles vorbei, gehen Sie zurück in Ihre Zimmer, Sie sind sicher, der Verbrecher ist gefasst.«

›Na toll‹, dachte Liv nur, ›toll, wie sicher man hier in den Hotelzimmern ist.‹

»Frank, wie kam der hier herein? Und warum seid ihr da? Woher wusstest du …?«

»Tja, liebe Liv, du hattest Glück im Unglück. Nach den zwei Morden haben die Geschwister Overbeck und Overbeck vorgestern an den Hoteleingängen Überwachungskameras installiert. Der Nachtdienst hat die Gestalt beobachtet, die mit dem Zimmerschlüssel in dein Zimmer ging. Er hat sofort Bescheid gegeben und mich aus dem Bett geholt. Der Typ muss eine Weile hier im Zimmer nur gesessen und geguckt haben. Hätte er sofort gehandelt, hätten wir ihn wohl nicht erwischt. Es war knapp, aber was soll's, es war eine erfolgreiche Aktion. Der wird nun in die Mangel genommen.«

»Sofort?«

»Klar, den nehme ich mir sofort vor. Du glaubst doch nicht, dass ich den erst ausschlafen lasse, oder? Aber nun zieh dir deinen Schlafanzug über und nimm die Hilfe des Arztes an und erhole dich. Wir sprechen uns morgen.«

Er drückte Liv an den Schultern ins Bett und richtete die Decke. »Nee, wie mütterlich du doch geworden bist«, sagte Liv dankend. Er lächelte.

»Wir können froh sein, dass alles so glimpflich abgelaufen ist. Schlaf jetzt.«

Liv zog ihr Nachthemd über und tat so, als würde sie schlafen, in diesem Zimmer mochte sie aber nicht bleiben. Kurzerhand wechselte sie nach Absprache mit der Rezeption in ein freies nebenan, die Kleidung beließ sie in dem alten mit der provisorischen Tür. Die Zimmer ähnelten sich wie ein Ei dem anderen. Der Arzt konnte nun kommen und ihr eine Spritze mit Beruhigungsmitteln verabreichen. Das war gut, denn schlafen hätte sie sonst in dieser Nacht nicht mehr gekonnt. Ihre letzten Gedanken galten der unbedingten Absicht, ihre in der Jugend begonnenen Karatefertigkeiten aufzufrischen und auszubauen.

›Ich will nie wieder wehrloses Opfer sein, nie wieder!‹ Mit diesem Gedanken glitt sie weg und träumte nichts.

56

Es klopfte. Aus der Heftigkeit schloss Liv, dass derjenige es wohl schon länger probierte. Ihr Blick auf die Uhr ließ sie erschrecken: Es war fast Mittag. »Zimmerservice!«, rief eine zarte Stimme. Liv öffnete und ließ eine Kellnerin herein, die ein üppig gedecktes Tablett mit ihrem Lieblingsfrühstück Brötchen, Nutella, Kaffee und etwas Obst brachte. Ein kurzer Brief von Johann und Maria Overbeck übermittelte ihr freundliche Grüße und die Verschiebung der Wellness-Behandlung sowie eine zusätzliche Entspannungsmassage. ›Wie zuvorkommend und aufmerksam.‹ Liv hatte einen Bärenhunger.

Das Erlebnis in der Nacht war vordergründig wie weggeblasen. Für Liv war es wie ein böser Traum. Ihr war zwar etwas schwindelig im Kopf, aber sie war voller Tatendrang, fühlte sich innerlich dem Ziel nahe. Denn nur ein in die Enge getriebener Täter hatte eine derartige Veranstaltung wie heute Nacht nötig. Ihr Jagdtrieb war erneut geweckt.

Gut gesättigt und gestärkt, ging Liv ins Bad. Da sah sie,

dass es kein Traum war. Das Denkmal auf ihrer Nasenspitze war ein peinlicher Erinnerungsfleck. Es sah lächerlich aus. Liv überlegte, sich hier im Hotel als Kinderclown anstellen zu lassen. Massage verteilte das Rot nur kurz über die ganze Nase, bis der Ring wieder zum Vorschein kam. Auch punktuelles Schminken schien den Makel eher zu betonen als zu verdecken. Es gelang nicht wirklich. Da musste ein Profi ran. Zum Glück hatte sie ja gleich ihre Gesichtsbehandlung. Die Kosmetikerin war die Rettung in der Not. Aber vorher musste Liv unbedingt Frank Golström anrufen.

Das war gar nicht nötig, denn er rief genau passend an, als sie fertig war, das Zimmer zu verlassen.

»Liv, wie geht es dir? Ich bin im Hotel, hast du zehn Minuten Zeit?«

»Klar, ich komme sofort.«

Liv zog die Jogging-Jacke über und wartete auf Frank in der Sitzecke im Foyer. Ein wenig verlegen hielt sie sich die Hand vor die Nase. Er kam. Sie wünschte sich nun ihren Pony zurück oder wenigstens ein paar Haarsträhnen, die ihr ins Gesicht fielen. Aber nein, ihr Haar hatte sie wie immer nach hinten gebunden.

»Man sieht kaum noch etwas, die Hand kannst du ruhig runternehmen.« Er schaute sie grinsend an. »Ich habe neue Nachrichten von unseren Gerichtsmedizinern. Halt dich fest.«

»Von der Gerichtsmedizin? Ich dachte, dein Verhör von diesem feigen Pickelgesicht hätte etwas gebracht.«

Frank sah müde aus, schüttelte den Kopf. »Der Typ sagt nichts. Aber er ist uns einschlägig bekannt. Er wird gesucht wegen eines Raubüberfalls in München. Die Kollegen sind noch an ihm dran. Der wird gerade weichgekocht. Bei ihm dauert es halt etwas länger. Aber ich wollte dir doch etwas ganz anderes erzählen. Hör zu!«

Die kurze Enttäuschung wich der Spannung. Frank hatte zwar dunkle Augenränder um seine stahlblauen Augen, aber er sah trotzdem gut aus. Wie ein kleiner Junge freute er sich darüber, dass er Liv diese Nachricht überbringen konnte.

»Der Senior war sterbenskrank. Er hätte nur noch wenige Wochen überlebt. Ein übergroßer Gehirntumor – nicht mehr zu operieren –, er hatte keine Wahl.«

»Wie, keine Wahl? Wieso sagst du das? Jeder Mensch hat immer eine Wahl«, erwiderte Liv erregt.

Nun erschien der gesamte Fall unter einem ganz anderen Licht. Plötzlich kam auch ein freiwilliger Tod in Betracht.

»Er hat es aber wohl niemandem gesagt. Denn die Kinder, die Ehefrau und die Freundin haben angeblich nichts gewusst, auch einen Selbstmord nicht in Erwägung gezogen«, hatte Frank bereits recherchiert.

»Aber wir.« Er grinste. »Die Kollegen nahmen sich den Leichnam bis ins Detail vor. Deshalb dauerte alles auch so lange. Und es erscheint möglich, ja wahrscheinlich, dass sich der Tote die Giftdosis selbst verabreicht hat.«

Livs Mund stand offen, blieb offen. Sie starrten sich nur an. Die Gehirnzellen arbeiteten wie wild.

»Ein Selbstmord?«, fragte sie Frank. »Aber warum so und warum an diesem Ort? Was ging in dem alten, kranken Mann denn bloß vor?«

»Das weiß wohl keiner so genau. Wir können nur aus den Fakten Rückschlüsse ziehen. Und nach dem Bericht der Pathologen und Gerichtsmediziner sieht es so aus, dass der Mann sich am Frühstückstisch im Hotel eine Spritze mit Batrachotoxin von einem Pfeilgiftfrosch selbst injiziert hat. Dabei nahm er eine sehr feine, lange Nadel. Der

Einstichwinkel und ein Abdruck drum herum, die zeigen, dass die Haut stark zusammengedrückt wurde, bestätigen, dass er es selbst war. Er war geübt von seinen selbst verabreichten Insulin-Impfungen. Er hat eine Ader getroffen, deshalb ging alles ziemlich schnell. Ist das Nervengift erst in der Blutbahn, sind bald alle Nervenimpulse lahmgelegt, bis zum Herzstillstand. Die Spritze muss er irgendwo im Blumentopf, unter einer Fliese oder sonst wo neben dem Tisch versteckt haben. Kollegen nehmen sich den Frühstücksraum noch einmal vor. Sie suchen alles unter diesem Gesichtspunkt ab.«

Liv begriff gar nichts mehr. Solch ein Wahnsinn. Mitten im Frühstücksraum – und vor ihren Augen.

»Er wollte, dass es so aussieht wie ein Mord.«

Bei diesen Worten von Frank blieb ihr fast die Spucke weg. Aber genau das war es.

»Wem wollte er schaden?«, fragte sie. »Dem Hotel? Seiner Familie? Seinen Frauen? Seinen Kindern? Oder war alles ein unglücklicher Zufall? Woher hatte er das Gift?«

Liv konnte Franks Begeisterung für diese Erkenntnisse nur langsam teilen. Nun wurde auf einmal alles noch komplizierter. Auf jeden Fall hieß es umzudenken.

»Also du bist sicher, dass er sich das Gift selbst gespritzt hat?«

Franks Telefon piepste. »Und? Was gibt es?«, fragte er. Er nickte Liv ein erfreutes Ja zu, als er über sein Handy die Nachricht bekam.

»Die Kollegen haben eine gebrauchte kleine Spritze in der äußersten Ecke des Frühstücksraumes unter einer Kommode gefunden. Es war keine von diesen kleinen Einweg-Diabetiker-Spritzen oder so ein Pen, wie sie heißen, sondern eine, die man selbst aufzieht mit einer ungewöhnlich langen Nadel. Wir hatten die Spritze zunächst übersehen, muss ich gestehen. Eine Frau, die auch hier Gast im Hotel ist, hat uns erst heute in der Frühe nach dem Mord an der Ehefrau darauf aufmerksam gemacht. Sie hatte beobachtet, dass der Senior irgendetwas wegschleuderte, bevor er zusammenbrach. Wir haben sofort reagiert – und die Spritze gefunden. Sie hatte sich unter der Kommode in einem Wandschlitz verkeilt, war kaum zu entdecken. Es sind sicher die Fingerabdrücke des Toten auf der Spritze. Und ich garantiere dir, dass sie herausfinden werden, dass kein Insulin in der Spritze war. Was sagst du, Liv? Nun sag doch etwas.«

»Schlampige Spurensicherung.«

»Da muss ich dir zustimmen, das wird noch diskutiert. Aber abgesehen davon, suchen wir nur noch nach einem Mörder.«

»… oder nach einer Mörderin«, ergänzte Liv. »Wer ist die Zeugin?«

»Sie ist noch im Haus, sie trägt immer einen schneeweißen Trainingsanzug.«

»Aha, die ist ein bisschen wirr, die Dame. Warum rückt sie erst jetzt mit der Sprache heraus?«, fragte sie nachdenklich, während sie sich an den Blick der Frau zurückerinnerte, als sie am Morgen des Todes des Seniors aus dem Frühstücksraum ging.

»Das habe ich sie natürlich auch gefragt, sie meinte, sie habe erst später erkannt, dass es etwas bedeuten könnte. Ich rufe dich später an, ich muss nun los«, verabschiedete sich Frank.

Gedankenversunken ging Liv zurück zum Hotelzimmer. Die Frau im weißen Trainingsanzug hatte ihr doch die Andeutung gemacht, dass die Eltern ihre Kinder töten wollten. Was Liv als wirres Zeug abtat, bekam nun eine andere Dimension. Der Vater wollte mit seiner Selbstmordaktion tatsächlich den Verdacht auf jemand anderen lenken, wie die Frau im weißen Trainingsanzug andeutete, sogar auf seine eigenen Kinder. Das war Wahnsinn.

57

Schnell war Liv wieder im Jetzt, denn ihre Zimmertür stand sperrangelweit offen.

›Ich hatte sie bestimmt nicht offen gelassen.‹

Langsam und leise schob sie sie auf. Sie hatte ein komisches Gefühl, als ob noch jemand im Zimmer wäre. Sehen konnte sie niemanden. Sie schlich weiter hinein. Nun sah sie es. Erneut innerhalb von knappen 12 Stunden verkrampften sich Kehle und Lunge. Zwei kleine Glas-Terrarien standen mitten auf dem Wohnzimmertisch. Nach Atem ringend, ging Liv näher heran und entdeckte in jedem der Glasgefäße zwei kleine Frösche in auffallend bunter Farbzusammenstellung.

Giftfrösche, das waren die tödlich giftigen Frösche aus Südamerika. So sahen sie auf den Fotos im Internet aus. Liv hatte keinen Zweifel. Das sollte erneut eine Drohung sein.

Schnell schaute sie sich reaktionsbereit in ihrem Zimmer um, es war nichts Ungewöhnliches zu sehen.

›Das ist eine Warnung, nein, mehr noch, eine Todesdrohung. Da meint es jemand ziemlich ernst, dass ich mich aus der Sache hier heraushalten sollte.‹

Livs Handy kribbelte und klingelte. Sie wäre entdeckt,

falls der Täter noch hier im Zimmer war. Automatisch ging sie dran.

»Liv. Störe ich?« Es war Dag. »Ich wollte dir nur sagen, dass du auf dich Acht geben sollst. Dein Horoskop für diese Tage ist nicht erfreulich. Das wollte ich dir nur mitgeben. Liv? Du sagst ja gar nichts.«

»Steht in diesem Horoskop, dass ich nachts überfallen werde und mir ständig jemand droht? Mir reicht es tatsächlich, Dag. Ich habe keinerlei Lust, länger als Zielscheibe eines Phantoms zu fungieren. Das nächste Mal werde ich vor ihm da sein. So ausgeliefert zu sein, passt einfach nicht zu der Rolle, die ich mir zugedacht habe. So wird es nicht weitergehen.«

»Ist dir etwas passiert? Komm da weg! Dein Kommissar wird dir auch nicht helfen können!«

»Doch, Dag, er war es, der mich aus der Situation gerettet hat.« Liv wurde ruhiger. »Es ist sonst alles in Ordnung, ich erzähle dir die Details nächste Woche bei einer Tasse Tee bei dir. Ich verspreche es, muss nur jetzt aufhören. Mach dir keine Sorgen, ich krieg das hin.«

Livs Handy verschwand wieder in der Hüfttasche und sie machte auf dem Absatz kehrt, um das Zimmer zu verlassen und Frank anzurufen.

Plötzlich sprang jemand hinter dem Vorhang hervor und stellte sich ihr in den Weg.

»Was ist denn heute Nacht passiert?«

Livs Faust-Abwehrhaltung fiel sehr bald in sich zusammen.

»Bettina!«, schimpfte Liv den Eindringling an. »Hätte ich eine Waffe gehabt, wärst du jetzt tot. Ist dir das klar? Und wie kommst du in mein Zimmer? Geht jetzt jeder Fremde hier ein und aus, wie es ihm passt? Was soll das, wieso versteckst du dich vor mir?«

»Mann, wie bist du denn drauf? Deine Tür stand offen, das Zimmermädchen machte gerade sauber, als ich kam. Ich wollte dich überraschen und dir nur mal meine kleinen Haustiere zeigen. Ein bisschen Spaß. Aber den scheinst du heute nicht zu vertragen. Du hast die Frösche doch noch nie gesehen. Ich dachte gar nicht, dass du so schreckhaft bist. Und was ist mit deiner Nase los? «

»Entschuldige, Bettina, aber mein Bedarf an Überraschungsbesuchen ist vorerst gedeckt. Ich hatte heute Nacht Besuch. Hat dir dein Johann davon nichts erzählt?«

»Nein, er sagte allerdings, dass er mir etwas sagen möchte, aber nicht am Telefon. Ich dachte, er will mit mir den Hochzeitstermin abstimmen. Na ja, habe ich mich eben getäuscht. Ich ziehe nämlich bald zu Johann, und da wollte ich meine kleinen Freunde schon mal an ihn und die neue Umgebung gewöhnen. Er kennt sie noch nicht und sie sind wirklich sehr sensibel, was die Atmosphäre um sie herum anbelangt. Aber wer ist das nicht.«

Liv erzählte ihr nun in allen Einzelheiten, was in der Nacht passiert war. Bettina hörte fassungslos und mit großer Anteilnahme zu.

»Wer hat das Schwein beauftragt? Wer will dich einschüchtern? Wem bist du zu nahe getreten? Überleg doch mal!«

»Tja, wir kommen schrittweise in dem Fall voran, wir sind vielleicht näher dran, als wir wissen. Es war jemand, der an den Hauptzimmerschlüssel oder an den Code kommen konnte. Vielleicht habe ich deinem Johann und dessen Schwester zu sehr auf den Zahn gefühlt – oder die Salmann hat Angst bekommen? Oder einer der Mitarbeiter oder Mitarbeiterinnen«, betonte Liv in Bettinas Richtung, »sieht sich in die Enge getrieben. Wer weiß? Ich zumindest kann es zum jetzigen Zeitpunkt nicht sagen. Auf jeden

Fall möchte ich das von letzter Nacht nicht in Fortsetzung erleben.«

»Du verdächtigst uns alle!« Darauf sagte Bettina nichts mehr. Beide starrten sie nur auf die Frösche. Sie waren nun ein willkommener Anlass, das Gesprächsthema zu wechseln. Bettina machte den Anschein, als merkte sie erst jetzt, dass sie sich mit diesen Fröschen als verdächtige Person auswies. So begann ihre Vorstellung der Tierchen zunächst etwas zögerlich.

In der Tat, Liv fand, sie waren sehr niedlich. Nur konnte sie bei keinem Blick vergessen, dass sie zu den giftigsten Tieren auf der ganzen Welt gehörten.

Falls sich der kleine Frosch nun bei dieser Aktion hier sehr aufgeregt hätte, hätte er einen Schleim auf seinem Rücken produziert, mit dem leicht mehrere Menschen in die ewigen Jagdgründe geschickt werden könnten. Obwohl eine dünne Glasscheibe zwischen ihnen und Liv war, hielt sie einen Sicherheitsabstand. Als Deckel diente lediglich eine mit Luftlöchern gespickte Plastikscheibe.

»Ob sie da durchspritzen können?«, fragte sie Bettina.

»Nun sei man nicht so hysterisch. Diese Frösche sind so giftig wie – äh – wie die Katze da draußen an der Pfütze«, beruhigte sie Bettina nun in einem etwas ungeduldigeren Ton.

Liv schaute hinaus. Da war sie wieder, diese langhaarige schwarze Katze, Black Jack, die wie hypnotisiert auf eine Pfütze starrte, als verliebte sie sich gerade wieder in ihr Spiegelbild.

»Woher willst du das wissen?«

»Ich weiß es eben, ich werde es dir beweisen.«

Bettina öffnete den Deckel von einem Glaskasten. Mit der bloßen Hand griff sie langsam hinein und sprach beruhigend auf die Frösche ein. Livs ruhig ausgesprochenes

»Das musst du nicht tun!« hatte sie natürlich nicht von dieser Vorführung abgehalten, im Gegenteil. Liv hatte doch im Internet gelesen, dass diese Tiere manchmal bereits bei Berührung ihren Giftschleim absondern, und falls Bettina eine kleine Wunde an ihrer Hand gehabt hätte, wäre das ihr sicherer Tod. Aber Bettina zeigte keine Angst.

»Einer von euch beiden ist Klaus, der andere Maja. Also, ich nehme mal an, der Kleinere hier ist Klaus«, sagte sie, hatte ihn schon auf der Handfläche und hielt ihn in Livs Richtung.

Sie wagte sich näher heran.

»Ja, okay, er ist niedlich«, ließ sie sich entlocken.

Das war er wirklich. Starr und unbeweglich saß er da, wie aus Porzellan wirkte er. Unecht machte ihn auch seine unnatürliche Farbe. Solch ein Stahlblau mit kleinen schwarzen Flecken kannte man aus der Tierwelt sonst nicht. Lediglich seine kleine Kehle bewegte sich in schnellen, rhythmischen Bewegungen und zeigte, dass er tatsächlich lebendig war. Seine winzigen Füße und Hände hatten keine Schwimmflossen, nur filigrane Zehen und Finger, am Ende zu Mini-Tellern ausgeformt. Er sah aus wie blank poliert, sauber und glänzend.

»Solch ein hilfloses Geschöpf würde ich niemals quälen. Denn es ist Quälerei, aus ihnen den Schleim zu kriegen«, erklärte ihr Bettina. »Sie produzieren ihn nur, wenn sie sich einer lebensbedrohlichen Situation ausgesetzt fühlen, zur Rettung ihres eigenen Lebens, nicht zum Töten. Wenn jemand sie verspeisen will, spuckt er sie dann meist wieder aus, weil das so schrecklich schmeckt. Die Menschen haben sie zu Mörderfröschen gemacht. Sie halten sie über Feuer oder spießen sie auf, damit sie in Todesangst den Schleim produzieren. Diesen Schleim schmieren sie auf die Pfeile und schießen damit Hirsche oder Affen ab, die ihnen als Nahrung dienen.«

»Also doch.« Liv fühlte sich bestätigt. »Diese Frösche können töten. Wenn auch der Mensch erst etwas mit dem Gift anstellt, aber der Frosch könnte dich jetzt auch töten.«

»Nein, das ist unmöglich. Mit den Bakterien auf meiner Hand in Berührung zu kommen, ist für ihn gefährlicher. Auch dieser Transport in den provisorischen Terrarien kann sie ihr Leben kosten. Hör zu, Liv: Erstens ist er an mich gewöhnt und zweitens sind dieses hier Nachzuchten. Dieser kleine Klaus stammt nicht aus dem Urwald. Aber selbst die Frösche, die im feuchten Urwald gelebt haben, sind nicht mehr lange giftig. Denn in freier Natur ernähren sie sich vorwiegend von Getier, das ihr Gift mit Alkaloiden anreichert. Wenn sie diese Nahrung nicht regelmäßig zu sich nehmen, sind sie auch nicht mehr giftig. Und da sie von mir hier andere Leckereien wie Larven und Würmchen, manchmal harmlose Hausfliegen und deutsche Waldameisen bekommen, sind sie auf die Dauer ungiftig geworden. Ihr Schleim täte keiner Fliege mehr etwas zuleide, obwohl, einer Fliege vielleicht doch. Abgesehen davon, fühlten Klaus und Maja und auch die zwei gelben Frösche Caesar und Kleopatra im anderen Terrarium bei mir noch nie Todesängste, warum auch.«

»Okay, mag dies für deine vier glücklichen Giftfrösche gelten, das sollen andere überprüfen. Aber die theoretische Möglichkeit bleibt bestehen, dass in Deutschland in einem Terrarium Frösche gehalten werden, die Gift produzieren, wenn sie jemand ständig mit dem entsprechenden Gift bringenden Futter mästet«, resümierte Liv.

Dem setzte Bettina entgegen, dass sie nicht wüsste, wie sie an solche Nahrung herankommen könnte. Sie züchte flügellose Fruchtfliegen selber. »Das ist ganz einfach«, erzählte sie stolz, »nur etwas Hefe, Zucker, Watte und die Tiere vermehren sich wie die Fliegen.« Sie lachte. »Du kannst dieses Futter aber auch kaufen, giftiges Futter dagegen ist doch sicherlich verboten.«

»Jemand, der plant, einen Menschen umzubringen, wird sicherlich nicht nach Verboten fragen«, mahnte Liv.

Etwas enttäuscht, setzte Bettina ihren Klaus zu Maja zurück. Sie nahm das Tablett mit den zwei Terrarien und wollte gehen.

»Aber sieh es doch mal positiv. Frösche gelten in den meisten Kulturen als Glücksbringer. Und das Gift seiner wilden Verwandten kann auch heilen. In der Medizin wird eifrig geforscht, um daraus Mittel gegen Herz- und Gefäßkrankheiten zu entwickeln, auch Anästhetika gibt es schon aus Batrachotoxin.«

»Du kennst dich ja bestens aus, was weißt du denn noch so über Giftfrösche?«

»Du musst dir als Halter dein eigenes Wissen aneignen, auch bei Krankheiten kannst du nicht mal eben zum Tierarzt um die Ecke gehen. Die wenigsten kennen sich mit Dendrobaten aus. Wir Froschhalter tauschen uns intensiv aus, auch übers Internet. Neulich hatte einer graue Flecken, ein Pilzbefall, den muss ich natürlich schnell selbst behandeln, genauso einen Darmvorfall.«

»Einen was? Solch ein kleines Ding hat so ekelige Sachen? Auch das noch!«, wandte Liv ein. Das war für sie ein Grund mehr, sich so etwas nicht zuzulegen. Aber eines musste sie noch anmerken: »Sag, Bettina, wenn man sich so gut informiert hat und sich austauscht mit anderen Fachleuten, gibt es da nicht doch eine illegale Ecke, ein Forum, das sich Kriminelle für ihre Zwecke zunutze machen?«

»Nicht, dass ich wüsste«, sagte Bettina.

Das konnte Liv kaum glauben, aber Bettinas Blick verriet keine Unsicherheit.

»Sie sind wirklich sehr süß, deine bunten Hausfrösch-lein«, versuchte Liv, sie wieder etwas aufzubauen. »Was sind das denn für goldgelbe?« Sie wirkten fast etwas schmutzig im Gegensatz zu ihren blank polierten blauen Artgenossen.

Bettina schaute Liv an und mit einem stolzen Glanz in ihren Augen sagte sie: »Die gelben sind in der Natur die giftigsten aller Froscharten. Phyllobates terribilis heißen sie, übersetzt: schrecklicher Giftfrosch. Ihr Hautsekret ist 20mal giftiger als das aller anderen Froscharten. Mit nur einem Frosch kannst du ein ganzes Dorf ausrotten.«

Liv erinnerte sich der Worte von Schencks. Sie wich zurück, als Bettina, ihre Frösche anlächelnd, an ihr vorbei hinausging. Diese beiden hatte Bettina nicht zu Demonstrationszwecken herausgeholt.

Eins wollte Liv noch wissen: »Quaken die?«

Bettina stoppte im Gehen, einer der kleinen Blauen im Glaskäfig hielt sich am Moos fest. »Unterschiedlich, aber es ist mehr so ein Trillern oder Schnarren. Meist angeregt durch den kleinen täglichen Regenschauer im Terrarium.« Liv grinste und dachte an Franks Bemerkung über die Agilität der Frösche im Regen.

»Nein,«, fügte Bettina an, »diese Fröschen quaken nicht. Zumindest nicht so, wie wir das kennen.«

Warm werden könnte Liv mit diesen kalten, leblosen Tieren wohl nie, da musste man schon eine seltsame Ader haben, fand sie jedenfalls.

58

Fünf Minuten war Liv nun über die Zeit für ihre Gesichtsbehandlung, auf die sie sich so sehr gefreut hatte. Hoffentlich konnte sie ihre rote Nasenspitze überschminken oder die Rötung wegmassieren lassen. Also rannte sie los, durch den langen Gang zum Wellness-Bereich, hinein ins Warme. Fast wäre sie mit einer langsam daherstolzierenden üppigen Dame zusammengestoßen, die sie böse anschaute. Livs Entschuldigung folgte im Laufen, mit einer Vollbremsung kam sie zum Kosmetikraum, der offen stand, wohl schon vorbereitet. Dieses Mal war es nicht Virginia Perle, die auf sie wartete, sondern eine junge Kollegin.

›Sehr jung‹, dachte sie skeptisch. »Wo ist Virginia?«, fragte Liv.

»Sie ist nebenan in einer Behandlung, das tut mir leid«, sagte das Mädchen. »Aber ich bin auch ausgebildete Kosmetikerin, Sie können sich ruhig auch mir anvertrauen.«

Sie stellte sich vor mit Julia, die heutige Vertretung von Virginia. Sie springe als Aushilfe hier ab und zu ein.

Hatte Virginia Perle zu viel mit Liv geplaudert? Hatten die Geschwister dies spitzgekriegt und sie deshalb gegen ein stummes Kind ausgetauscht? Oder war es nur wegen der Terminverschiebung wegen des nächtlichen Überfalls?

Julia war erst 19 Jahre alt, sah aber aus wie 15. Wirkte etwas scheu, konnte Liv nicht in die Augen schauen. Hatte auch sie etwas zu verbergen? Eine Frage, die in diesem Hotel nahezu jeder mit Ja beantworten könnte.

Während sie ihre Materialien zusammenstellte, fragte Liv sie aus, aber alle Fragen über die Hotelleitung oder Kollegen beantwortete sie mit »ich weiß nicht«. Kurz waren ihre

Sätze. Sie redete sich wie auswendig gelernt damit heraus, dass sie noch nicht oft hier im Hotel war und somit nicht gut Bescheid wusste über die internen Abläufe. So wurde nichts aus dem Verhör. Dann konzentrierte Liv sich eben ganz auf ihre Erholung, sie hatte es nötig.

Sie machte es sich auf dem Liegestuhl bequem. Kerzen und Stimmungsmusik waren vorbereitet, das hatte Julia gut von ihren Kolleginnen übernommen, der erdige Kräuterduft von der Duftlampe entspannte Liv, es konnte losgehen.

Julia war gut von Kollegin Perle geimpft. Denn sie erklärte Liv ihr Vorgehen mit glasklarer, leiser Stimme. Es klang alles wieder wie frisch aus einem Buch auswendig gelernt, oder vorgelesen, ganz ohne Betonung.

»Heute möchte ich Ihnen etwas Neues vorstellen, Sie bekommen eine pflegende Regeneration aus reiner Natur. Unsere Neandertal-Maske mit Erde aus dem nahe gelegenen Tal, in dem unsere Vorfahren gefunden wurden. Ich mixe vor Ihren Augen die Pflege zusammen. Ganz auf Ihre Haut abgestimmt, keine Konservierung, keine Farbstoffe, nur Natur pur. Sie werden gleich merken, wie gut es tut.«

›Eine Creme nur für mich? Na, das hört sich klasse an.‹ Die Optik war allerdings anders, als es das Auge gewöhnt war. Sehr natürlich, sehr neandertalig, fand Liv. Das Pulver matschig braun, auch der Duft war recht natürlich, staubig-muffig. Julia stellte prompt ein Duftlämpchen mit Orangenduft näher zu Liv heran. Dieser Duft überdeckte den der Cremezutaten.

»Solange Sie kein Giftsüppchen für mich zusammenmixen, lasse ich es geschehen«, warnte Liv vor. Ihrem Blick wich die Kosmetikerin weiter aus.

Liv blieb hellwach und ließ sich alles detailliert erklären. Den drei Zutaten mixte Julia später noch eine vierte hinzu, gab durch Messlöffel genau bestimmte Mengen in ein Tontöpfchen und rührte es mit einer helleren Grundcreme zusammen. Die gesamte Prozedur von Massage, Dampfbad, dem Auftragen der Pflege, dem Einwirken, Abnehmen, weitere Crememischung, Maske – alles in allem vergingen die Minuten wie im Nu. Wie nach jeder Gesichtsbehandlung sah die Gesichtshaut etwas fettig, mitgenommen und gut durchblutet aus, dadurch passte sich die rote Nasenspitze den Wangen an, beide Verfärbungen ließen aber nach einiger Zeit nach.

»Das war wirklich toll, Julia, vielen Dank«, lobte Liv die junge Kosmetikerin. Die wurde etwas rot und bedankte sich, verlegen auf den Boden schauend.

Mit einem guten Gefühl ging es direkt zur Massage, denn die Verspätung und die ausführliche Gesichtsbehandlung ließen nun keine Pause mehr zu.

59

»Hallo, ich bin Paul.«

»Oh«, entfleuchte es Liv, »ein Mann!«

Dies nahm er als Kompliment. »Wir können gleich beginnen.« Er zeigte auf die Umkleide.

›Verdammt, wieder eine Überraschung‹, dachte Liv. Von fremden Männern hatte sie gerade eine ungute Meinung. Sie fixierte ihn. Seine Stimme, seine Silhouette ähnelten ihrem nächtlichen Besucher.

Auf seine tätowierten überdimensionierten Muskeln an

den Oberarmen war er sichtlich stolz, sonst würde er nicht dieses enge T-Shirt tragen, dessen bereits kurze Ärmel er noch höher gekrempelt hatte. Weiter unter die Gürtellinie wollte Liv heute gar nicht schauen, der obere Teil reichte. Er erfüllte damit bereits sämtliche Klischees eines Mannes, der mehr seine körperliche Erscheinung pflegte als seine intellektuelle. Sein Äußeres richtete er an Maßstäben aus, die der Türsteher-Branche entstammten: Er war kleiner als Liv, das beruhigte sie, mit muskulösem Stiernacken und solariumgebräunt. Vom eben noch getragenen gepiercten Gesichtsschmuck zeugten die Löcher am Rand der linken Augenbraue, am rechten Nasenflügel und an den oberen Knorpelrundungen beider Ohren. Lediglich mit seinen kleinen Brillanten auf dem Eckzahn konnte er bei diesem breiten Lächeln mit gebleichten Zähnen noch auftrumpfen.

»Arbeiten Sie zusätzlich abends in der Altstadt?«, fragte Liv, die die Antwort schon kannte.

»Ja, kennen Sie das Flux? Dort gehöre ich zum Sicherheitspersonal«, sagte er nicht ohne Stolz.

»Also doch, ein Türsteher«, murmelte Liv. Von einem Flux hatte sie noch nicht gehört.

Diesem von den Geschwistern geschenkten Gaul wollte Liv nicht noch weiter ins Maul schauen und ließ sich darauf ein, dass dieser Muskelprotz Hand an sie legte. Die sich aufbäumenden Zweifel im Glauben an ihre gute Menschenkenntnis erstickte sie im Keim. Hinter dem kleinen Raumteiler zog sie sich bis auf die Unterhose aus, wickelte sich in ein großes, gelbes Handtuch, das für sie bereitlag, und hievte sich in Rückenlage auf die Liege.

Die Augen wollte sie nicht schließen, ebenso wenig wollte sie, dass Paul die visuelle Fixierung seines Körpers falsch deutete. So schaute sie im Raum herum, bis ihr Blick letztlich doch wieder an seinem gedrungenen Oberkörper in V-Form hängen blieb. Diesen Rücken züchtete er offensichtlich in einem Fitnessstudio an schwerem Gerät und mit einer Menge Eiweiß-Futter.

»Willst du dein Handtuch nicht ablegen? Das wird eine Ganzkörpermassage, oder soll ich nur deine Schienbeine massieren?«

»Kennen wir uns schon länger? Wusste ich gar nicht«, sagte Liv. Dass sie damit auf sein ihr unangebracht erscheinendes Duzen anspielte, merkte er nicht. Sie rollte sich in dem Handtuch herum in die Bauchlage und ersuchte ihn höflich, ihre Beine abzudecken.

»Eine Rückenmassage reicht mir völlig, Paul, lassen Sie es darauf beschränkt. Ich glaube, da haben Sie genug zu tun.«

»Ihr Wunsch ist mir Befehl, Mylady«, brummte Paul. Liv schwieg.

Es lief keine Musik, kein Kerzenduft inspirierte sie zu abschweifenden Gedanken. Dafür hielt Paul Monologe über seine derzeitige Arbeit an Livs Rücken.

»Oh ja, hier sind viele Verspannungen. Das wird schwer, die mit einer kurzen Behandlung wegzubekommen.«

Ein Fingerdruck wie ein Messerstich. Liv bäumte sich auf und konnte einen Schmerzensschrei nicht unterdrücken. Liv biss sich auf die Lippen.

»Nichts gewohnt, was?«

Von da an war es nur noch schmerzhaft. Paul bohrte, quetschte und zerrte mit seinen Muskelfingern in Livs Fleisch, dass sie nur schwerlich gleichmäßig atmen konnte.

»Das tut weh!«, meckerte Liv unfreundlich.

»Das ist mir klar, aber da musst du jetzt durch«, kam sein Widerwort und wenige Minuten massierte er etwas oberflächlicher. Aber dann ging es weiter, an anderen Stellen auf ihrem Rücken. Sie hatte den Ehrgeiz, ihm nicht mehr die Genugtuung eines Schmerzaufschreies zu bieten, und hielt durch.

»Schluss, das reicht!«, entschied Liv nach sieben Minuten. Ohne Widersprüche zu dulden, hielt sie das Handtuch fest und ging rückwärts zum Raumteiler. Schnell zog sie sich etwas über. Sie fühlte sich gänzlich verspannt, Kopfschmerzen kündigten sich an. Paul stand da und guckte mit großen Kuhaugen. Er versuchte, sich noch zu retten, als er meinte, die angenehme Wirkung einer therapeutischen Massage stelle sich zeitversetzt ein.

»Das habe ich sieben Minuten lang gehofft. Nun ist es genug. Quälen Sie bitte jemand anderen.«

»Na, Sie hatten wohl eine besonders schlechte Nacht. Dass Sie komisch drauf waren, merkte ich gleich, als Sie hereinkamen. Ich wünsche Ihnen gute Besserung!«, rief er Liv nach.

Kurz stockte sie. Aber sie hatte Wichtigeres vor, als sich auf ihn einzulassen. ›Woher weiß er von meiner Horror-Nacht? Wollen mir hier alle an den Kragen?‹

Liv suchte nach einem ruhigen Eckchen, in dem sie sich von dieser Strapaze erholen konnte, und überlegte immerzu, ob die beiden Spender dieser Massage ihr eins auswischen wollten. Von einem Muskelprotz drangsaliert zu werden, gehörte nicht unbedingt zu den Erfahrungen, die Liv sich gewünscht hätte. Aber eine Erfahrung war es allemal und sie war froh, dafür nicht bezahlt zu haben. Wärme und Entspannung waren ihre einzigen Bedürfnisse. Im warmen Wasser des Schwimmbades legte sie sich auf den Rücken und paddelte so vor sich hin, dann ging sie in die Sauna und zuallerletzt rieb sie sich ihren Schulter- und Nackenbereich mit dem dort herumstehenden Franzbranntwein ein, soweit sie die Stellen erreichte.

›Das müsste reichen, um mich vor dem Schlimmsten zu bewahren.‹

Ihre Kopfschmerzen wurden stechend. Sie ging in ihr Zimmer, zog die Vorhänge vor, kroch unter die Decke und schlief sofort ein. Sie fühlte sich krank – krank von einer Massage?

›Kann eine Massage solche Wirkungen haben oder steckt mehr dahinter?‹ Liv konnte nichts mehr denken.

60

Es war dunkel, als Liv aufwachte. Die Vorhänge konnte sie zugezogen lassen. Ihrem Hunger nach zu urteilen, musste sie Stunden geschlafen haben. Langsam versuchte sie, ihr Befinden zu erfühlen. Die Kopfschmerzen waren weg, im Schulter-Nackenbereich fühlte es sich nur noch ein bisschen an wie Muskelkater. Wiederentdeckte Lebenskräfte erwachten in ihr. Sie machte sich oberflächlich frisch, ließ die Haare mal offen und stieg in ihre Jeans. Sie ließ sich vom Hunger ins Restaurant treiben. Das schlechte Gewissen, dass sie ihr heutiges Fitnesstraining verschlafen hatte, hielt nur kurz an.

»Die Küche hat leider schon geschlossen. Wir können Ihnen nur noch unsere kleine Karte anbieten«, vertröstete Liv ein Kellner. Klein, als Nachtmahl, zu dem es ja nun wurde, war genau das Richtige. Eine Hochzeitssuppe mit Baguette, und vorweg gegen den großen Durst ein großes Schumacher. Liv rief Dag an.

»Klar passt es mir.« Dag freute sich wirklich. »Schön, dass du anrufst. Geht es besser?«

»Ich esse gerade eine Hochzeitssuppe.«

»Aha«, knurrte Dag, »wenn du auf meiner Hochzeitsfeier gewesen wärst, wüsstest du, wie sie wirklich schmecken muss. Aber du hattest damals ja etwas Besseres vor.«

»Genau – damals! Du kennst doch meine Meinung über Hochzeitsfeiern. Sie sind mir zu scheinheilig. Sogar, wenn *du* heiratest, sorry, Dag. Aber der Ehealltag ist doch schon am ersten Tag nach der Feier ernüchternd, oder?« Kurze Pause, dann lachten beide.

»Mit fehlt nur etwas Senf in der Suppe«, mokierte sich Liv zur Freude von Dag.

»Dein Geschmackssinn ist irgendwie fehlgeleitet. Fragt sich, wo das herkommt«, rätselte Dag nicht zum ersten Mal.

»Meistens sind doch die Mütter schuld, nicht wahr, Dag?«

»Oder die Väter«, ergänzte die Psychologin. Auch dieses Thema blieb unausdiskutiert.

Livs Blick schweifte durch das Restaurant.

»Nein!«

»Was hast du?«, fragte Dag. »Steht dein Peiniger vor dir?«, witzelte sie.

»Ich glaube es nicht, du kannst es dir nicht vorstellen. Dag, ich verliere den Glauben an die Menschheit.«

»Der steht doch bei dir schon länger auf dem Prüfstand. Aber sag endlich, was los ist. Ich kann mir eine Menge vorstellen, jetzt sprich endlich.«

»Dag, es ist fast Mitternacht. Was glaubst du, wer da in einer Ecke im Restaurant sitzt?«

»Ganz ruhig, Liv, ganz ruhig. Tu jetzt nichts Falsches. Sprich mit mir, los!«

»Okay, pass auf: Aus dem Augenwinkel heraus sehe ich den werten Kommissar Frank Golström mit Monika Salmann lustig an einem Tisch sitzen. Mein Kommissar und – Dag, das ist eine Verdächtige, vielleicht eine Mörderin!«

»Liv, das kann Zufall sein«, versuchte die Freundin, sie zu beruhigen. Treffsicher konstatierte sie aber sogleich: »Nein, bei Frank gibt es keinen Zufall. Ich kenne ihn ja nun auch ein wenig. Es ist Berechnung.«

»Das ist ein Komplott – oder doch eine Vernehmung? Um diese Zeit? Jetzt hab ich es. Dag, sie sind ein Liebespaar.«

Dag lachte laut, schwieg abrupt, bevor sie fragte: »Hat er dich gesehen?«

»Ich glaube nicht«, antwortete Liv. »Ich trage heute Abend ausnahmsweise mal die Haare lang und habe ein schlunziges Sweatshirt an. Das kennt er nicht. Er wird mich nicht auf den ersten Blick erkennen.« Liv atmete einmal tief durch und schloss:

»Da hilft nichts, Dag, entschuldige, es bleibt mir nichts anderes übrig, ich muss hin, ich muss herausbekommen, was da los ist. Nicht umsonst wird mir auch diese Situation auf dem Tablett serviert. Es ist meine Pflicht, Frank vor eklatanten Fehlern zu bewahren. Ich habe da eine gewisse Verantwortung. Dag, ich mache Schluss, melde mich morgen.«

»Pass auf dich auf und mach dich bitte nicht zum Affen«, gab sie Liv mit auf den Weg.

›Nur einen Moment noch.‹ Liv wollte sich eben an die Situation gewöhnen.

Die beiden da drüben lachten, unterhielten sich fortlaufend. Langeweile oder Antipathie konnte Liv leider nicht erkennen. Ihre Weingläser waren leer, die Servietten lagen benutzt auf dem Tisch. Dieses Treffen dauerte offensichtlich bereits eine Weile.

›Und ich habe alles verschlafen.‹

Es ärgerte Liv, dass die beiden sich augenscheinlich so gut verstanden. Sie standen auf. Monika Salmann ließ sich ihr schwarzes Jäckchen von Frank um die Schultern legen, er schob sie am Rücken sanft vor sich her, sie waren weg.

Liv blieb noch immer sitzen. Plötzlich wollte sie niemanden mehr zur Rede stellen, sie wollte ihnen nur noch aus dem Weg gehen. Also rief sie den Kellner, unterschrieb die Rechnung und ging in ihr Zimmer. Sie schloss zweimal ab und stellte einen Stuhl hinter die Tür. Das würde sie hören, wenn sich heute Nacht wieder jemand zu ihr schleichen und sie einschüchtern wollte. ›Die sollen ruhig kommen‹, dachte sie und legte nach kurzem Nachdenken ihr Schweizer Taschenmesser unter ihr Kopfkissen, das sie sich noch kurz vor ihrem Urlaub in dem traditionsreichen Fachgeschäft Börgermann in der Bergerstraße gekauft hatte. ›Besser als gar nichts!‹

Sie schrieb heute nicht an dem Artikel weiter und rief auch Dag nicht mehr an. Nach Schlafen war ihr aber nicht zumute. Dafür schaute sie die halbe Nacht fern. Dabei entdeckte Liv, dass es zwei Sexkanäle gab. Unpassend, fand sie und überlegte, wer wohl in einem Wellnesshotel auf solche Sendungen stand. Klar, fiel es ihr wie Schuppen von den Augen, sicher eine nicht uneigennützige Idee des alten vermeintlichen Frauenhelden. So konnte der Senior schauen, was ihm gefiel, und hatte ein Alibi, es sei ja für die Gäste. Lächerlich. Peinlich. Liv schaltete ab.

Ihre Stimmung war auf dem Nullpunkt gelandet. Ihr war alles zuwider. Einziger Lichtblick schien ihr die Arbeit in den gewohnten Bahnen und das Ende dieses Aufenthaltes hier im Hotel zu sein. Übermorgen wollte sie abreisen und keineswegs verlängern. Es reichte! Aber unverrichteter Dinge wollte sie trotz allem nicht gehen.

61

Vogelgezwitscher in den höchsten Tönen weckte sie. Ein Federvieh machte sich besonders lautstark bemerkbar. Er saß direkt vor Livs offenem Fenster und flatterte davon, als sie die Vorhänge zur Seite zog. Liv war zwar im Kopf etwas durcheinander, was sie auf die Massage und den recht kurzen Schlaf zurückführte, war aber froh, dass es so früh war und sie den gesamten Tag noch nutzen konnte. Bis auf eine Schmink- und Stilberatung und die letzte Fitnessstunde hatte sie viel Zeit zur Recherche. Durch eine vorgeschobene Verabschiedungsrunde im Hotel wollte sie einiges herausbekommen. Und die Szene vom gestrigen Abend im Restaurant musste sie noch geklärt haben.

Im Frühstücksraum wurden Obst und Quark auf dem Büfett platziert. Nur wenige Frühaufsteher in Anzug und Krawatte saßen bereits einsam an ihren Tischen, hielten die Zeitung hoch, schlürften ihren Kaffee und signalisierten Geschäftigkeit. Liv suchte einen Platz am Fenster, die Kellnerin grüßte und fragte ab, ob sie auch heute wieder Kaffee bevorzuge. Liv schlenderte zum Büfett zurück. Heute wollte sie sich ausgiebig Zeit nehmen.

›Soll ich es einfach mal versuchen? Warum nicht. Dann kann ich mitreden.‹

Mit leichtem Widerwillen nahm sie eine halbe Schöpfkelle voll Bircher Müsli auf einen tiefen Teller und beäugte den zähen Schleim mit einer Grimasse. Schnell füllte sie den Teller mit Obstsalat auf. Am Tisch zurück, probierte sie eine Teelöffelspitze von dem breiigen Gemisch.

›Gar nicht mal so schlecht – wenn man nicht hinsieht‹, befand sie und nahm einen größeren Löffel. ›Schon besser‹, war ihre Analyse, nahm einen weiteren Löffel und noch einen. Dann stellte sie den leer gegessenen Teller beiseite. Nun war der Weg frei für ihr normales Frühstück: ein weißmehliges Brötchen mit Nutella.

Ziemlich satt, wollte sie sich gerade aufmachen, als sie Frank den Raum betreten sah. So früh? Sollte es tatsächlich so sein, dass er die Nacht hier verbracht hatte? Konnte sie sich so sehr in ihm getäuscht haben, dass er Monika Salmann verfallen war? Zumindest hatte er so viel Anstand, nicht mit ihr gemeinsam zum Frühstück zu kommen. Alles sprach dafür.

»Hallo!«, rief Liv relativ leise, aber laut genug, um die Hintergrundmusik zu übertönen und so manchen der wenigen Gäste zum Aufschauen und Umdrehen zu veranlassen. Sie musste wissen, was die Wahrheit war.

Frank staunte und kam gleich in ihre Richtung. Mit aufgerissenen Augen fixierte er den leeren Müsliteller: »Ist etwas passiert? Ist dir schlecht? Hast du eine Gehirnwäsche hinter dir?«

»Lass mich bloß in Ruhe! Was wollt ihr alle von mir? Ich möchte heute nur mal etwas anderes tun, etwas anderes essen als alle 30 Jahre zuvor, ohne dass mich jemand blöd anmacht!« Liv merkte, das saß.

»Oh je, ich dachte ja nur. Du bist schon so früh hier? Und du isst Müsli? Da muss ich mir doch Sorgen machen. Du verfolgst sicher eine wichtige Spur oder warum stellst du dich solchen Herausforderungen?«

»So kann man das sehen«, antwortete Liv. »Aber was führt dich denn zu so früher Stunde hierher? Oder hast du hier übernachtet?«

»Übernachtet – nein –, und mich führt natürlich die Pflicht hierher, was denkst du denn. Ich kann mir Schöneres vorstellen ...« Bei der Kellnerin bestellte er einen Milchkaffee.

»... als mit mir hier zu frühstücken?«, forderte sie ihn heraus.

»Weit gefehlt!« Nach einer Pause kam er zur Sache: »Liv, ich bin mit den Ermittlungen etwas ins Stocken geraten. Du musst mir helfen.«

›Aha, er will mich darauf vorbereiten, dass er die Salmann für völlig unschuldig hält, ich habe es ja gewusst.‹

»Wie kann ich dir denn helfen? Du weißt, morgen ist mein Aufenthalt zu Ende. Könntest du bitte bis dahin diesen Fall gelöst haben?«

»Ich kann mir denken, dass dir das gelegen käme, aber heute könntest du noch etwas für mich tun. Bitte.« Dabei schaute er Liv an. Tief traf sie dieser ernste Blick aus diesen stahlblauen Augen.

»Frank, kläre mich bitte erst einmal auf, was so in den letzten Tagen geschehen ist. Ich habe nichts Neues erfahren. Aber du und dein Team waren doch sicherlich nicht so untätig. Erzähl, erst dann kann ich helfen.«

»Ich habe dich etwas geschont, die Aktion mit dem nächtlichen Überfall hat mir leidgetan. Ich dachte, ich hatte dich zu sehr involviert. Aber nun bist du wieder fit und reif für die Wahrheit: Liv, ich glaube, ich weiß, wer es war. Also, hör zu.«

Er kam näher zu ihr heran, sprach leise, aber deutlich. Liv hoffte inständig, dass er nicht log. Sie hoffte, dass er ihr den gestrigen Abend mit der Salmann nicht verschwieg.

Denn sonst könnte sie ihm nicht mehr trauen, ihn nicht mehr ernst nehmen, dann wäre er raus aus dem Spiel gewesen. Endgültig.

Liv wurde heiß. Ihr kam kurz das vergiftete Bircher Müsli in den Sinn, schob die Hitzewelle aber auf die zweite Kanne Kaffee. Auf jeden Fall war es nicht deswegen, weil Frank ihr so nah war, es kam höchstens davon, was er ihr hier brühwarm erzählte.

›Also doch‹, dachte Liv, als er den Satz mit Maria Overbeck begann. ›Also doch, er verschweigt alles, was gestern Abend war.‹

»Liv, die Geschwister Overbeck und Overbeck sind nicht so harmlos, wie du es mir weismachen wolltest.«

Mit einem tiefen Seufzer wendete Liv ihren Blick ab, einmal rund durch den Frühstücksraum.

»Ja, ich weiß, das hörst du nicht gerne, aber warte ab.«

Frank sprach leiser, denn er war sich sicher und hatte Beweise dafür, dass die Geschwister schon lange vor dem Gespräch mit Liv wussten, dass die halbe Belegschaft Giftfrösche züchtete. Johann Overbeck hatte sich bereits eindringlich nach der Haltung und Fütterung dieser Amphibien erkundigt. Vor einigen Monaten bereits, so hatten seine Ermittlungen ergeben, hatte sich Johann Overbeck via Internet-Anfrage genau informiert.

»Na, was sagst du?«, fragte er Liv.

»Lass mich raten, das weißt du von der Salmann!«

»Ja, sie ist eine wichtige Zeugin.«

»Zeugin!«, fuhr Liv ihn an. Er wich zurück.

»Du meinst also, Johann Overbeck hat seinem Vater befohlen, sich Froschgift zu spritzen und hat dessen Noch-Ehefrau danach auch noch so umgebracht?«

»Warum nicht? Ihr Alibi war die gesamte Zeit wackelig. Und ein Motiv – das haben die beiden Geschwister auch.«

»Welches Motiv haben sie? Sie sind die offiziellen Erben des 84-Jährigen.«

»Deswegen! Aber, Liv, nun arbeite nicht gegen mich. Vielleicht mussten sie ihn stoppen. Er war alt und krank, da werden die Menschen seltsamer. Er entpuppte sich als ihr größter Widersacher, der drohte, ihnen alles zu nehmen, worauf sie seit Jahrzehnten hingearbeitet haben. Es ging um ihre Existenz, ihr Lebenswerk. Wenn das nicht Motiv genug ist, weiß ich es nicht. Und die Noch-Ehefrau ging auf das Konto von Maria Overbeck. Zwischen diesen beiden Frauen loderte der blanke Hass doch förmlich.«

Frank entspannte sich, nachdem er alles losgeworden war, und lehnte sich zurück.

»Und sie gaben dem Kerl neulich Nacht meinen Zimmerschlüssel, um mich ordentlich einzuschüchtern?«, fragte Liv.

»Ja, genau, das könnte so gewesen sein. Sie haben den größten Einblick und Einfluss auf Technik und Mitarbeiter.«

»Und gestern quälten sie mich mit einer Massage«, murmelte sie.

»Was?«, fragte Frank.

»Ach, nicht so wichtig. Okay, wenn du meinst, aber wie beweisen wir es ihnen, wie überführst du sie?«

»Ich?« Er grinste, während er seinen Oberkörper wieder in Livs Richtung über den Tisch beugte. »Die werden sich sehr bald selbst verraten, je näher wir dran sind, umso nervöser werden sie.«

»Aha«, rang Liv sich ab. »Und welche Rolle spielt dabei die Salmann?«

»Ich recherchiere natürlich auch in diese Richtung«, sagte Frank sehr leise und langsam. Er kratzte sich sanft an seinen beginnenden Geheimratsecken. Dabei spannte sich sein Hemd am muskulösen Oberarm.

»Aha, erzähl«, sagte Liv, während sie weiterhin voller Gefallen den Oberarm beobachtete und merkte, wie er sich wand. Wohl fühlte er sich gerade nicht in seiner Haut.

»Sie ist eine sehr wichtige Person in diesem Verfahren, ich sagte es bereits. Ich halte auch sie nicht für so harmlos, wie sie sich gibt«, gab er zu.

Liv sagte nun nichts mehr, hörte nur zu und las förmlich von seinen Lippen ab. Ein Stein fiel von ihrem Herzen, als er von der Existenz des gemeinsamen gestrigen Abends erzählte.

„Ich wollte keine Verhöratmosphäre und überraschte sie zum Abendessen. Dann plauderten wir über scheinbar belangloses Zeug miteinander – und damit sie hinterher nicht etwas anderes daraus gemacht hätte, ließ ich versteckt meine Aufnahmegerät in der Jackentasche mitlaufen.«

Liv zischte durch die Zähne: »Frank, gerade du solltest am besten wissen, dass solche Beweise vor Gericht keine Gültigkeit haben.«

»Nu lass mich doch erzählen«, würgte er ihre scheinheiligen Bedenken ab.

»Also, wo war ich? Ach ja. Du hattest vielleicht recht, Liv, die Salmann erzählte mir, dass sie alle paar Monate nach Bogota in Südamerika geflogen ist. Sie war in dem Kinderheim, wo sie die zwei Kinder adoptieren wollten. Der Senior hat ihr die Flüge finanziert. Das stimmt wohl auch alles, laut unseren Nachforschungen.« Er schaute Liv erwartungsvoll an. Sie zog stumm die Brauen und Schultern hoch. »Weiter, was war weiter?«, fragte sie nur.

»Ich weiß, du hast es schon angedeutet, ist ja gut, aber ich musste mir erst mein eigenes Bild von ihr machen.«

›So, so, mein Urteil nimmt er also nicht für voll. Das war deutlich.‹

Er fuhr fort, Liv hörte zu.

»Sie hatte jedes Mal theoretisch die Gelegenheit, frisch gefangene giftige Frösche oder lediglich giftiges Froschfutter zu besorgen und mit herzutransportieren, um ihre Giftfrösche oder die eines anderen bei Laune zu halten. Wir haben noch kein greifbares Ergebnis aus dem Internet über giftiges Froschfutter. Dann hat sie das auch nicht geschafft. Also blieb ihr nur die Möglichkeit, es selber zu holen. Frische, giftige Ameisen, regelmäßig. Allerdings bleibt noch offen, für wen sie das Futter besorgt haben könnte.«

»Genau, vielleicht fütterte sie ja nicht nur ihre eigenen Frösche, sondern gab das Futter auch an andere weiter«, gab Liv zu bedenken. Sofort fiel ihr die Aktion mit Bettina ein. Die gelben Frösche im zweiten Terrarium hatte sie nicht herausgeholt. Vielleicht hielt sie sich ein harmloses Paar zu Demonstrationszwecken.

»Wir müssen nun die Mitarbeiter, die kein wasserdichtes Alibi hatten, finden und deren Frösche untersuchen. Keine leichte Aufgabe«, sagte Frank.

»Überleben die Frösche das?«, war Livs Sorge.

»Manche vielleicht«, war Franks kurze Antwort. »Aber wir sind vorsichtiger geworden, seit ich gelesen habe, dass die kleinen Viehcher bis zu 10 Jahre alt werden können.«

Liv war froh, dass diese Fleißarbeit von einem fachkundigen Team durchgeführt werden sollte.

»Ich dachte schon«, lenkte sie ab, »du wärst der Salmann auf den Leim gegangen und sie hätte dich bereits eingesponnen. Du machtest nie den Eindruck, dass du sie verdächtigen würdest. Du bist ein sehr guter Schauspieler.«

Er schaute sich irritiert um und beugte sich zu Liv vor: »Spinnst du jetzt total? Ich sagte doch, ich musste mir erst mein eigenes Urteil bilden. Wie ich das angehe, bleibt ja wohl mir überlassen. Oder muss ich dich erst fragen, ob ich mit einer am Fall Beteiligten sprechen darf?« So gefiel er Liv wieder etwas besser. So machte auch ihr das Spiel wieder mehr Spaß. »Nein, wenn alles aufrichtig und offen ist, musst du mich nicht fragen«, gab Liv zu.

Frank schaute an ihr vorbei und sinnierte zu Ende: »Aber ob sie über das Besorgen des Futters hinaus fähig zu Straftaten ist, ist zu bezweifeln.«

»Fang mit der Untersuchung der Frösche von Monika Salmann an, ja? Versprich es mir«, forderte Liv ihm ab.

»Ja, aber auch mögliche versteckte Frösche der Geschwister und die der gesamten Mitarbeiterschaft werden wir untersuchen. Bei Monika Salmann ist es im Augenblick noch etwas schwierig. Noch wissen wir nicht, wo sie ihre Haustiere hält, auf jeden Fall nicht in München bei ihrer kranken Mutter. Wir müssen herausbekommen, wo sie wohnte, wenn sie nicht bei ihrer Mutter in Bayern war. Daran arbeiten wir auch alle fieberhaft.«

»Und dabei soll ich helfen?«, fragte Liv.

»Ganz genau. Hör dich doch einfach ein bisschen um. Du kennst doch hier die Informationsquellen. Und mit dir plaudern die doch scheinbar lieber als mit einem Kommissar. Bitte, versuche es. Wir sind kurz davor.«

Diesem Blick, diesem Flehen konnte Liv natürlich nicht widerstehen. Das war beiden klar. Außerdem ahnte Frank, dass sie langsam wegen des Artikels in Zeitbedrängnis kam.

»Ich werde sehen, was ich tun kann. Aber versprechen kann ich gar nichts.«

»Ist schon klar.« Er trank den letzten Schluck Kaffee aus, schaute auf die Uhr.

»Ich mache mich jetzt an die Arbeit. Es ist nicht gut, wenn die uns zu viel zusammen sehen. Das nimmt dir deine Unbescholtenheit.«

»Unbescholten war ich nie, will ich auch gar nicht sein. Außerdem kann man vor denen hier nichts verbergen, die sehen alles, und meinen Denkzettel hatte ich ja schon abbekommen.«

Frank verschwand so schnell, wie er gekommen war.

Das Einzige, was Liv nun zu tun hatte, war, sich unter das Volk zu mischen und mit den einschlägigen Personen an den Schnittstellen belanglos zu plaudern. Das war Teil ihrer Verabschiedungsstrategie. Das ließ sich ja wunderbar verbinden und war so herrlich unauffällig.

Ihr letzter Schluck Kaffee war kalt und schmeckte bitter. Als sie aufstand und ging, machte sie einen Schlenker und naschte im Vorbeigehen eine Praline aus der süßen Ecke. Sie liebte das Hotel für diese Idee, Pralinen zu offerieren – sogar zum Frühstück. Sie prostete mit der zweiten Praline entschuldigend dem Kellner zu. Er nickte und zwinkerte zurück.

Nun kamen peu à peu die anderen Gäste aus ihren Zimmern und strömten dem Frühstücksraum entgegen. Es war noch immer herrlich früh. Liv nahm sich vor, heute noch eine Menge zu schaffen. Zunächst aber machte sie einen kleinen Morgenrundgang in der noch klaren und unverbrauchten Luft. Die Kühle spornte sie an, etwas schneller zu gehen. Den Hoteleingang joggte sie hinaus. Nachdem sie jedoch merkte, dass sich ihr Magen samt Inhalt durch das Auf und Ab nicht so behaglich fühlte, reduzierte sie den Schritt und ging einfach nur schnell der Sonne entgegen. Sie musste am Parkplatz vorbei, um zu den weitläufigen Wiesen und dem Park zu gelangen. Am Ende des Parkplatzes stand Bettina mit vier recht steifen und stöhnenden Herren in Jogging-Tracht und machte Stretching-Übungen. Als sie fertig waren und Bettina sich von ihnen verabschiedet hatte, kam sie zu Liv herübergejoggt und endete mit einem echt Düsseldorfer Radschlag. Sie stoppte kurz vor Liv, hielt eine Hand auf und rief: »Eene penning!«

»Du könntest im Sommer am Radschläger-Wettbewerb auf der Kö teilnehmen, wie wär's?«, schlug Liv vor.

»Nix da, war nur ein kleiner Scherz«, leitete die Trainerin ihr Treffen ein. »Das da drüben war meine Rentnergruppe heute Morgen. Ich bin noch gar nicht gefordert, da japsen sie schon nach Luft. Aber egal, sie tun wenigstens etwas für sich und ihren Körper. Das erkenne ich hoch an. Wenn jemand nichts tut, darf er sich auch nicht wundern, wenn der Körper früher Schluss macht, nicht wahr? Aber zu den Schlappis gehörst du ja auch nicht, Liv. Klasse, denn du bist ja nun auch nicht mehr die Jüngste.«

Liv schaute sie mit schneller Kopfbewegung an, konnte aber nicht viel darauf erwidern.

»Wie geht es deinen gelben Fröschen?«, fragte Liv, um das Thema wieder auf das Wesentliche zu bringen.

»Immer bei der Arbeit, Frau Reporterin? Kannst du gar nie abschalten?«

»Alles zu seiner Zeit«, antwortete Liv.

»Es geht ihnen gut, den gelben und den blauen. Sie scheinen den Umzug gut verkraftet zu haben. Stell dir vor, wir haben bald Nachwuchs. Aber ich habe gehört, dass es nicht allen so gut geht wie meinen. Es kann eine neue Sammelbestellung aufgegeben werden. Das machen wir immer, ist billiger.«

»Sind so viele gestorben oder warum?«

»Ja, ist wohl so, sie sind sehr empfindlich.«

»Vor allem, wenn man sie bis auf das Blut reizt«, stichelte Liv. »Wer braucht denn Nachschub?«

Bettina wusste es nicht und hüpfte ungeduldig auf der Stelle. »Ich will nicht kalt werden. Lass uns heute Nachmittag weiterplaudern, da haben wir ja auch unseren letzten Termin. Also, bis dann.« Sie joggte locker von dannen in Richtung einer weiteren kleinen Gruppe, die sich hüpfend warmmachte und Bettina erwartete. Gemeinsam joggten sie los in Richtung Rheinufer.

Liv ging noch eine kleine Runde, ihre Gedanken kreisten immer wieder um die beiden Geschwister. Waren sie die Mörder?

62

»Einen wunderschönen guten Morgen wünsche ich Ihnen.«

Lachend wandte sich Liv um.

»Wie angenehm, diese Stimme zu hören. Guten Morgen, Herr von Schenck. Schön, Sie zu sehen. Gehen wir ein Stück?«

»Sehr gern.«

Wie von selbst hakte Liv sich bei ihm unter und lächelte ihn an. Er lächelte ebenfalls, während er ihre Hand tätschelte und ihr damit signalisierte, dass er es guthieß. Sie fühlte seinen wollseidenen Jackettärmel, roch seinen dezent herben Parfümduft und kuschelte sich fast ein wenig an ihn.

»War es schlimm?«, fragte er.

Liv wusste sofort, was er meinte, und wunderte sich auch nicht mehr, dass er von dem nächtlichen Überfall in ihrem Schlafzimmer bereits wieder Kenntnis hatte.

»Na ja, angenehm ist etwas anderes. Dieses Ausgeliefertsein, diese Machtlosigkeit, diese Erniedrigung ist schwer zu ertragen. Er ist eine feige arme Kreatur, die auf Befehl eines anderen handelte. Insofern war seine Überwältigung und Verhaftung vor meinen Augen bereits ausreichend Genugtuung. Ich will an den Kopf heran. Ich will wissen, wer mir den auf den Hals gejagt hat.«

»Dann hätten wir den Mörder«, folgerte von Schenck.

»Davon gehe ich aus.« Liv erzählte ihm von den Untersuchungsergebnissen der Polizei, dass es bei dem Senior wahrscheinlich ein Selbstmord war. Von Schenck blieb entrüstet stehen, ließ ihre Hand aber nicht los.

»Was für ein perverser Mensch, der sich unschuldige Zuschauer bei seinem eigenen, selbst initiierten Tod suchte. Unvorstellbar. Und ganz nebenbei setzt er andere der Verdächtigung aus. Interessant.« Er konzentrierte seine Gedankengänge nun auf die gewandelten Umstände. »Ging der werte Herr so weit, dass er auch den zweiten Mord an seiner Ehefrau durch seinen Tod provoziert hat?« Er schaute Liv an. Liv zog ihre Hand zurück, konnte dann besser denken.

»Darauf bin ich noch nicht gekommen. Eine interessante These.«

»Der Senior hat alles vorausgesehen und geplant. Am Ende ist er tot, seine Frau auch, seine Kinder sind im Gefängnis und seine neue Liebe führt das Hotel. Oder umgekehrt: Der Senior ist tot, seine Frau auch, die Geliebte im Gefängnis und die Kinder haben einen durch die vielen Schlagzeilen erheblichen wirtschaftlichen Schaden. So hat er allen noch eins mitgegeben. Solche Menschen soll es ja geben.«

»Als hätte das Leben nicht genug Probleme, mit denen jeder fertig werden muss. Warum legen böse Menschen immer noch einen drauf?«

»Diese Bösen haben noch viel zu lernen, sie scheinen noch weit vor dem Stadium der Tiere zu stehen.«

Sie gingen noch eine Weile schlendernd durch den Park nebeneinanderher.

»Wie war Ihr gestriger Abend? Nur kurz, weil Sie jetzt schon so munter sind?«, fragte Liv.

»In meinem Alter kann ich es mir nicht mehr leisten, zu viel Zeit für den Schlaf zu vergeuden. Die Zeit läuft immer schneller. Zum Glück brauche ich nicht viel Schlaf. Nein, meine Tochter und ich waren gestern Abend essen und im Theater – nein, Schauspielhaus nennt es sich ja hier. Das Schauspiel ›Professor Bernhardi‹ von Arthur Schnitzler war sehr gut, das kannte ich ja bereits. Aber auch die Darsteller und das Bühnenbild haben mich eingenommen. Ich habe Ihren Tipp beherzigt und mir die abendliche rosa-orange-blaue Außenbeleuchtung des weißen, geschwungenen Gebäudes angesehen. Sie hatten recht, es war es wert, behalten zu werden. Danach sind wir durch das belebte Düsseldorf bei Nacht zur Kö gelaufen. Und auch im Victorian wurden unsere hohen Erwartungen nicht enttäuscht. Gediegene Atmosphäre, exklusive Bedienung und vorzüglich die Speisen!«

»Aber teuer, nicht wahr?«

»Alles im Leben hat seinen Preis«, wich von Schenck aus. Er fügte an: »Heute habe ich noch eine Architekturführung am neuen Hafen und dann reisen wir ja auch bald wieder ab.«

Liv mahnte zur Rückkehr, als von Schenck fragte: »Was geschieht jetzt?«

»Der Kommissar geht zum Angriff über«, erklärte Liv. »Ich soll ihm helfen. Bin gespannt.«

»Ich habe auch eine Informantin. Die Frau im weißen Hosenanzug weiß eine ganze Menge. Ich treffe sie gleich.«

»Die ist doch ein bisschen seltsam, oder?«

»Es kann nicht schaden, wenn jemand andere Denkansätze mit einbringt, oder?«, sagte von Schenck lächelnd. »Und Sie wissen doch: Viele Hunde sind des Hasen Tod.«

63

Ab- und ungeschminkt machte sich Liv zu ihrer Farb- und Stilberatung auf in den Wellnessbereich. Nur ein paar Frühschwimmer kreuzten ihren Weg. Liv nahm sich für die letzten zehn Minuten eine stille Ecke, ließ sich auf einem gelben Handtuch nieder, setzte den Kopfhörer auf und lauschte der Musik. Sie schloss die Augen und versuchte, sich gedanklich zu entfernen. Jedoch immer wieder sah sie kleine, gelbe Frösche. Sie verfolgten sie geradezu auf ihrem inneren Auge. Genervt schreckte Liv hoch.

›Wie krieg ich diese Frösche nur aus meinem Kopf?‹

»Sie wirken verfolgt«, sprach sie eine Frauenstimme an. »Lassen Sie Ihre Gedanken nicht los? Ich weiß da eine wunderbare Therapie: Gehen Sie dorthin, wo es am meisten nervt oder weh tut. Nehmen Sie sie an, Ihre schmerzhaften Gedanken, lieben Sie sie.«

Liv ging, abwinkend und genervt, und ließ den weißen Jogginganzug in seiner Absurdität stehen.

»Alles klar.« Schon wieder diese Verrückte, von der von Schenck sagte, sie hätte andere Denkansätze.

›Wie sollte ich diese Frösche lieben lernen? Frösche lieben, was sollte das? Mögen, eventuell, denn eigentlich waren sie ja wirklich ganz niedlich, wenn man sie neutral betrachtete, aber lieben? So ein Quatsch. Es sei denn als Froschschenkel auf dem Teller.‹

»Frau Liv Oliver, da sind Sie ja, ich möchte Sie abholen. Wir sind verabredet, ich mache die Stilberatung, mein Name ist Sabine Müller.«

Eine nette Umschreibung der Tatsache, dass Liv sich gerade wieder verspätet hatte. Die Dame war Liv bekannt. Es war die Frau, die für die Hausführung und Einweisung zu Beginn des Aufenthaltes verantwortlich gewesen war.

»Sie habe ich die gesamte Zeit nicht gesehen, Frau Müller«, begann Liv einen unsinnigen Smalltalk.

»Mich haben die Umstände hier zu einer Auszeit gezwungen«, versuchte die Angesprochene, einen Nervenzusammenbruch zu erklären.

Weich, keine Kämpferin, labil, aber auch sensibel – schloss Liv ihre Kurzeinschätzung. Von dieser Frau sollte Liv nun lernen, was ihr Stil war?

Sie gingen in einen Kosmetik-Raum. Wieder entspannende Musik und betörende Düfte, die sie willkommen hießen. Liv machte es sich auf dem Liegestuhl bequem und wartete, was passieren würde.

Sabine Müller schloss die Türe, holte einen sehr großen Handspiegel und hielt ihn vor Liv. Das ungeschminkte Gesicht, das sie aus dem Spiegel anschaute, gefiel ihr heute gar nicht. Sie legte den Spiegel auf den Bauch, weil Sabine Müller sagte, sie bräuchten ihn später noch. Dann legte die Stil-Dame los: »Sie sind zwar weder aus der Mode- noch aus der Werbebranche, wie ich weiß, aber als Geschäftsfrau muss man immer auf sein Äußeres achten, man muss damit spielen, nicht nur in Düsseldorf, überall auf der Welt.«

»Ich habe viel mit Toten zu tun, da ist das eher egal«, unterbrach Liv und freute sich über die erreichte Schockwirkung. Sie renkte noch einmal ein: »Aber auch mit lebenden Mördern.«

»Vielleicht nutzen Sie Ihre Wirkungspotenziale dann eher im privaten Bereich? Sie sind doch noch nicht verheiratet?« Das ließ Liv so stehen und hörte zu.

»Also – die ersten drei Sekunden sind ausschlaggebend bei einem Treffen – unter Lebenden. Dieser Spontaneindruck, den man vom Gegenüber bekommt, ist nahezu nicht revidierbar. Um einen positiven Eindruck zu erwecken, braucht es nicht viel. Sie werden sehen, ich zeige Ihnen, wie Sie diese kleinen Tricks beherrschen können«, belehrte sie Liv. »Wir bestimmen nun, welcher Typ Sie sind, ein Sommer-, Herbst-, Frühlings- oder Wintertyp.«

Im Laufe der Stunde legte sie Liv verschiedene Seidentücher um den Hals. Es war tatsächlich so, bei manchen Farben sah sie fahl und krank aus, bei andern frisch und strahlend. Sie schloss, dass Liv ein Frühlingstyp sei und gab ihr Farbtipps. Wenn sie warme Pastell-Farben mit einem gelben oder roten Ton beim Schminken und bei der Kleidung bevorzugen würde, stünden ihr alle Tore offen. Nicht nur bei Männern, auch bei Frauen, bei allen Menschen wirke es. Zum Schluss gab es einen kleinen Ausweis, der die persönlichen Farben aufzeigte. Nun bräuchte Liv nur noch beim Einkaufen innerhalb dieser Farbpalette zu bleiben und ihrem privaten und beruflichen Glück stünde nichts mehr im Wege. So einfach konnte das Leben sein.

›Ob das bei Frank auch wirkt?‹

Als Liv sich zum Gehen und auch gleich zur Abreise verabschiedete, konnte sie sich eine Frage nicht verkneifen:

»Wissen Sie, bei wem ich einen Frosch bestellen kann?«

Auch bei dieser Mitarbeiterin des Hauses löste die Frage noch nicht einmal ein Stirnrunzeln aus. Hier schien wirklich jeder der Angestellten einen Frosch zu haben oder wenigstens zu wissen, dass Frösche auch als Haustiere taugten. Sträubten sich bei Liv schon bei der Fragestellung sämtliche Haare, antwortete Sabine ganz souverän:

»Och«, meinte sie bedauernd, an der eigentlichen Frage vorbeiredend, »ist schon wieder einer gestorben? Wer braucht denn Nachschub? Ich habe gerade Kaulquappen-Babys. Meinen geht es zum Glück sehr gut.«

Sie also auch, Liv war kurz überrascht, ließ aber von ihren Nachforschungen nicht ab und blickte sie weiterhin fragend an. Man könne es bei dem Kellner Jörg Olsson versuchen. Er übernehme hauptsächlich den Handel mit den Fröschen.

›Warum bin ich nicht überrascht, dass er hier in Sachen Giftfrösche alles organisiert?‹

Liv bedankte sich brav und ging schnurstracks in ihr Zimmer zurück. Ein Blick in den Spiegel und sie wusch sich alle neuen Farben aus ihrem Gesicht, die ihrem Stil und Typ gerecht werden sollten.

›Das bin nicht ich.‹

An der Rezeption fragte Liv, ob Jörg Olsson heute Dienst habe. Ihrem Gefühl nach brachte er diesen Fall ein großes Stück nach vorne – ob er wollte oder nicht.

64

Liv hatte Glück, sie erwischte Jörg Olsson bei der Vorbereitung eines Raumes für eine Veranstaltung. Er deckte den gut zehn Meter langen Tisch mit ein, polierte die Gläser, bevor er sie ordnungsgemäß platzierte. Verschieden große Wein- und Wassergläser nebst Bestecken lagen alleine schon um einen Platz herum.

Liv blieb an der geöffneten Tür am Eingang dieses Gesellschaftsraumes stehen. Seine wachen Augen bemerkten sie sogleich. Er lachte sie an, schaute sich um und registrierte, dass er einige Minuten lang zu entbehren war.

»Frau Oliver, guten Tag, wollen Sie zu mir? Sie schauen so.«

Sein Lächeln und sein direkter, offener Blick nahmen ihr jede Befürchtung, dass sie vielleicht gestört haben könnte.

»Ich wollte mich von Ihnen verabschieden, morgen werde ich auschecken.« Die merkliche Absurdität ihres Unterfangens, sich von jedem Mitarbeiter eines Hotels zu verabschieden, ignorierte sie. Auch der Kellner spielte glaubwürdig mit.

»Ach, morgen schon? Sie leben ja nicht weit weg. Da sehen wir uns bestimmt in absehbarer Zeit einmal wieder. Oder haben wir Sie mit den schrecklichen Todesfällen hier abgeschreckt? Sie sind so etwas doch gewohnt. Kann man das so sagen?«

»Nicht unbedingt in meinem Urlaub, aber sonst schon. Sie haben recht, es könnte tatsächlich sein, dass ich irgendwann wiederkomme.«

»Haben Sie denn nun eine heiße Spur zu den Mördern?«, fragte er sichtlich interessiert.

»Eine sehr warme Spur hat die Polizei wohl, ja, es fehlt da nur noch ein Mosaiksteinchen.«

Er wurde hellhörig, kam näher, lehnte sich an die Wand und wandte sich Liv intensiv zu.

»Das ist ja spannend. War es einer von uns?«

»Was bedeutet das, einer von uns?«, fragte sie.

»Nun ja«, antwortete er, »eben einer aus dem Team oder aus der Familie, oder war es doch ein Fremder?«

»Ach so, ja, es kommt schon aus dem inneren Kreis des Hotels, so viel kann ich wohl verraten, aber mehr noch nicht. Sagen Sie, Herr Olsson, wenn ich auch so ein nettes Fröschchen haben möchte, kann ich es bei Ihnen bestellen, sagte man mir.«

»Wer sagt das?«

»Keine Ahnung, alle wissen, dass Sie mit den Tieren handeln und sich äußerst gut mit ihnen auskennen. Sie sollen auch gerade eine Sammelbestellung für Nachschub aufnehmen, wie ich hörte.«

»Da haben Sie richtig gehört. Ich übernehme das manchmal, ja. Ich kenne mich auch mit den Tieren aus. Na und, bin ich dadurch verdächtig?« Die Freundlichkeit schwand zusehends aus seinem Gesicht.

»Keine Sorge, für einen Mörder halte ich Sie zumindest nicht.«

»Für was dann?«

»Lassen Sie die Frösche und Halter eigentlich registrieren oder geht der Kaulquappenhandel auch bei Ihnen so unter der Hand munter weiter?«

Er sagte nichts.

Liv ging näher zu ihm heran.

»Ich halte Sie für einen sehr charmanten Betrüger.« Und noch näher an seinem Ohr, sprach sie leise: »Herr Olsson, was Sie und Ihre Kompagnons hier im Betrieb für Unterschlagungen abziehen, müssen Sie mit Ihrem Gewissen und Ihren Vorgesetzten ausmachen. Es ist nicht meine Aufgabe zu richten. Eins möchte ich nur sagen: Fühlen Sie sich nicht zu sicher. Letztlich rächt sich Unehrlichkeit immer, davon bin ich überzeugt.«

Er wurde still, ging einen Schritt zurück und schaute sich um. Keiner war in Sicht, der etwas mithören könnte. Mit geübter Geste schob er die Finger durch seine kurzen Haare. Mit verschränkten Armen stand er zu Liv gebeugt: »Ach, Sie wissen …? Wie haben Sie das denn rausgekriegt?«

»Sie und Ihre Komplizin sind nicht sehr vorsichtig, es war ziemlich offensichtlich. Ich bin nicht die Einzige, die es gemerkt hat.«

Nach einem kurzen Moment steckte er beide Hände in die Hosentaschen und gab leise zu, er habe auch schon darüber nachgedacht, was ihm das Abzweigen von Geldern bringe und was es ihn kosten könne. »Wenn die neuen Chefs, also die Geschwister, hierbleiben, werde ich aufhören. Das war ja mehr ein Protest gegen den alten Diktator, verstehen Sie? Wir haben ihm somit eins auswischen können, das war ein gutes Gefühl. Es war alles so ungerecht hier, das hielt man ja sonst gar nicht aus.« Er kroch förmlich mit seinem Blick in Liv hinein.

»Machen Sie das mit sich aus«, riet Liv ihm noch einmal. »Was ist also, krieg ich einen Frosch? Ich habe mir sagen lassen, es wäre so eine Art Therapie für mich. Nach diesen Erfahrungen hier im Hotel habe ich eine kleine Phobie gegen Frösche bekommen. Die muss ich bekämpfen. Wie ich gesagt bekam, sei da das beste Mittel, dort hinzugehen, wo sich sein vermeintlicher Feind aufhält, um ihn hautnah kennen und lieben zu lernen.«

»Das ist sicherlich eine gute Idee. Ich kann Ihnen einen

Frosch mitbestellen. Wissen Sie, welchen Sie möchten?«
Der Kellner hatte seine Fassung zurück.

»Wenn schon, denn schon«, hörte Liv sich sagen, »einen
Dingsbums terribilis, den giftigsten.«

»Und wollen Sie einen oder zwei?«

»Einer allein ist glücklicher, glaube ich.«

»Wie kommen Sie denn darauf?«, fragte er. »Die Paare
sind sich ein Leben lang treu. Wir haben alle zwei, die sind
doch zu zweit glücklicher, weil sie nicht einsam sind.«

»Das sehe ich anders. Kein Futterneid um den besten
Wurm, keine Prügelei um den schönsten Schlafplatz, keine
Aufzucht von vielen lästigen Kaulquappen, allein kann er
tun und lassen, was er will.«

Er widersprach: »Aber was will er denn überhaupt, wenn
er alleine ist, das ist doch ein total sinnloses Dasein.«

»Finden Sie? Kann ich nicht behaupten. Haben noch
viele Ihrer Kollegen neue Frösche bestellt?« Diese Frage
sollte so belanglos wie möglich erscheinen. Das tat sie wohl
auch, denn er antwortete ohne sichtbare Hintergedanken:
»Die Chefs haben jetzt zum ersten Mal das ganze Anfän-
ger-Equipment und zwei blaue bestellt. Dann hatte Monika
Salmann wohl eine Krankheit unter ihren Fröschen. Sie hat
alle verloren und nun sechs neue bestellt, übrigens auch
von der Terribilis-Sorte.« Er lachte, stockte aber im selben Moment, so, als würde ihm jetzt erst bewusst werden,
was er gesagt hatte.

»Oh je, Sie glauben, dass Frau Salmann ...?« Er sträubte
sich, es auszusprechen. »Nein, das glaube ich nicht, dazu
wäre sie nicht fähig. Und warum sollte sie den Ast absä-
gen, auf dem sie saß?«

»Der Senior ist nicht ermordet worden, der hat sich
selbst das Leben genommen. Das ist jetzt erwiesen«, klärte
Liv ihn auf.

In Schreckstarre verfallen, starrte Jörg Olsson Liv ungläubig an. Sie wusste, dass ihre Bitte um Stillschweigen über diese Sache bei ihm wenig Erfolg haben würde. Trotzdem versuchte sie, ihm ein Schweigegelöbnis bis zum nächsten Tag abzuverlangen.

»Aber warum? Ich verstehe nicht?«, fragte er fassungslos, seine Gedankenblitze quasi auf der Stirn tragend.

Er verstand es offensichtlich wirklich nicht. Das war ja auch keinem zu verdenken. Es bedurfte schon einer ziemlich miesen Fantasie zu verstehen, weshalb sich der Chef eines Hotels im Frühstücksraum vor seinen Gästen selbst das Leben nahm und alles so aussehen ließ, als wäre es Mord. Ja, der sogar den Verdacht auf seine Familie und die Angestellten lenkte. Eine ziemlich perfide, aber wirkungsvolle Methode, sich unvergessen zu machen.

›Wie viel Hass, Neid und Bitterkeit mussten sich in diesem Menschen über Jahre hinweg aufgestaut haben? Kein Wunder, dass er keine wahren Freunde hatte.‹

»Warten Sie.« Er versuchte, seine Gedanken zu ordnen. »Also, Sie suchen nun nur noch einen Mörder für die Exfrau vom Senior? Ist sie denn auch mit einem Pfeilgift getötet worden?«

Liv nickte.

Das schien zu viel für ihn zu sein. Er raufte sich die Haare, drehte sich auf dem Absatz um und registrierte seit Längerem zum ersten Mal wieder, dass er ja eigentlich hier zu arbeiten hatte. Seinen Kollegen, die schon missmutig herüberschauten, winkte er zu und gab zu erkennen, dass er sich beeile. Sie duldeten es, in dem Glauben, gleich die neuesten Neuigkeiten aus zweiter Hand zu hören.

»Warten Sie, Frau Oliver, ich muss Ihnen etwas erzählen. Ich sag nur eben den Jungs, dass sie kurz für mich mitarbeiten müssen. Bleiben Sie bitte hier, nur einen Moment.«

»Ich habe gerade nichts Besseres vor«, sagte sie lächelnd und setzte sich auf einen Stuhl. Zwischen den anderen Stuhlbeinen rekelte sich die schwarze, langhaarige Katze. Sie gab den Holzbeinen mit ihrem Hinterteil beim Durchgehen einen kleinen Schubs, drückte sich jedes Mal von ihnen ab. Es war für sie wie eine Intervall-Massage. Hohen Hauptes, wachen Blickes schritt sie auf diese Weise durch den gesamten Raum. Jörg Olsson kam zurück, sah sie, scheuchte sie hinaus auf die Terrasse und kam eiligen Schrittes zu Liv herüber.

Sie war gespannt. Sie ahnte, dass er eine der Schlüsselfiguren in diesem Spiel war.

»Ich habe meinen Kumpels eben nur gesagt, dass es sich in dem Gespräch mit Ihnen hier um etwas sehr Wichtiges handelt. Keine Angst, ich habe nichts verraten. Sie glaubten mir trotzdem. Zehn Minuten Auszeit habe ich bekommen, keine Minute mehr, dann geht es hier rund. Also lassen Sie uns keine Zeit verlieren. Was ich Ihnen sagen muss, hat nun eine völlig andere Bedeutung bekommen. Verstehen Sie mich? Ich habe das nicht richtig eingeschätzt – damals. Erst eben, als Sie das erzählten von dem Giftmord, da ist es mir ganz plötzlich wieder eingefallen.« Er wandte sich von Liv ab und hielt sich die Hände vor das Gesicht. »Oh Gott, vielleicht hätte ich den Mord ja verhindern können?«

»Nun erzählen Sie mir doch erst mal in Ruhe, worum es geht«, versuchte Liv ihn zu beruhigen. »Was ist denn los? Wovon sprechen Sie?«

»Sie hatte mich gefragt, die Susanne Weber. Sie wollte wissen, ob ich auch das Originalfutter für die Frösche besorgen könne. Es sei nicht für sie selbst, sondern eine Bekannte interessiere sich dafür.« Dabei schaute er Liv mit seinen großen Augen erwartungsvoll an. »Verstehen Sie nicht? Da hatte schon jemand vor langer Zeit geplant, sich Giftfrösche heranzuziehen.«

»Und? Konnten Sie ihr das Giftfutter besorgen?«

»Nein, natürlich nicht. Das wollte ich auch nicht.«

»Und wie ging es weiter?«

»Sie hatte mich noch ein paar Mal gefragt, ob ich etwas herausbekommen hätte, wo man dieses Futter herbekommt. Sie sagte ganz glaubwürdig, dass es doch mehr Spaß machen würde, wenn man wüsste, dass sie gefährlich seien. Nur so halt. Andere Menschen würden sich Krokodile halten.«

»Und das haben Sie ihr geglaubt?«

»Ja, das sagte ich doch, damals sah ich das ganz anders. Gott, wie naiv ich war!«

Liv war sich nicht klar, ob das eine seiner gut gespielten Rollen war oder ob er tatsächlich besorgt war, für die Taten verantwortlich zu sein. Er musste zurück zur Arbeit.

»Bitte behalten Sie das, was ich Ihnen gesagt habe, nur bis morgen Mittag für sich. Das ist sehr wichtig für die Ermittlungen. Sagen Sie noch nichts. Niemandem! Bitte!« Er versprach es ihr.

»Ach ja, wissen Sie, wo Frau Salmann ihre Frösche hält?«

»Keine Ahnung, in München, nehme ich an. Aber warten Sie, sie hatte doch hier irgendwo in der Nähe eine Bleibe bei einer Freundin. Vielleicht dort.« Er verschwand.

Susanne Weber also, nach ihrem Überfall im dunklen Gang hatte Liv sie hier im Hotel nicht einmal mehr gesehen. Ihre vermeintliche Zeugenaussage, die sie ihr heimlich im dunklen Gang mitteilte, stand nun natürlich unter einem ganz anderen Licht. War sie es selbst oder war sie lediglich eine Handlangerin? Hatte sie den Verdacht von sich ablenken wollen? Oder hatte sie das Gift für die Geschwister Overbeck oder gar für die Salmann besorgen wollen?

Liv musste Frank anrufen. Mit dem Handy ging sie hinaus in den sonnigen Tag. Frank war in einer Besprechung, die Nummer wurde umgeleitet. Sein Kollege wusste, wer Liv war. Er sagte, Frank werde in einer halben Stunde zurückrufen. Derweil wollte er das Alibi und den jetzigen Aufenthalt von Susanne Weber ermitteln. Er merkte, wie dringlich es war.

Liv genoss ein paar warme Sonnenstrahlen, während sie auf einer Bank saß und wartete.

›Wir müssen die giftigen Frösche oder das Gift selbst endlich finden. Das kann doch alles nicht so lange dauern!‹

65

»Hallo, Liv, Sie sind noch hier?«

Liv öffnete ihre Augen und versuchte, die weibliche Gestalt, die vor der Sonne stand, von ihrer Parkbank aus zu erkennen. Dabei merkte sie bereits am Tonfall, dass es Monika Salmann war, die sich ihr in die Sonne stellte, sodass sie nur schwarze Konturen sah, eine Silhouette ihrer schmalen Figur. Sie sah Liv dafür umso genauer.

»Ja, morgen checke ich aus«, sagte Liv so locker wie möglich. »Mein Programm ist erledigt. Ich habe hier nichts mehr zu tun.«

»Waren Sie denn erfolgreich?«, fragte sie.

»Oh ja, mein Ziel ist fast erreicht. Aber nur fast, denn bis morgen habe ich noch Zeit, es zu vollenden.«

Liv hielt sich die Hand vor die Augen, sah aber immer noch nicht viel.

»Ein wunderbarer Tag, nicht wahr?«, plauderte Liv los, um sie zum Verweilen zu veranlassen.

»Sie können das so einfach sagen, Sie – ach, wir duzen uns ja, entschuldige, hatte ich vergessen – du wirst morgen nach Hause fahren und du weißt, was dich erwarten wird. Aber was wird aus mir? Ich lebe hier in der Höhle des Löwen. Keiner mag mich, die zwei Junioren wollen mich loswerden und bieten mir sehr viel Geld dafür, aber mein Lebenssinn scheint irgendwie mit meinem Verlobten gestorben zu sein.« Endlich ging sie aus der Sonne und setzte sich schwungvoll zu Liv auf die Bank. Den langen Pferdeschwanz wedelte sie wie immer knapp an Livs Gesicht vorbei. Liv konnte ihre Hand herunternehmen, sah aber nun auch nicht viel mehr als Schwarz mit grellen Punkten. Ihre Augen hatten zu intensiv in die Sonne geblickt. Monika Salmann merkte Livs Blinzelei, störte sich aber keinesfalls daran. Sie klang ehrlich. Sie hatte sich ihre Zukunft in diesem Hotel als Chefin vorgestellt. Nun würde wohl alles anders kommen.

»Wie kannst du so etwas sagen?«, baute Liv sie auf. »Du bist doch noch jung, hast doch gerade die Hälfte deines Lebens herum. Außerdem braucht dich doch deine Mutter in Bayern.«

»Das ist ja das Schlimme. Ich kann doch nicht meine besten Jahre damit vergeuden, meine Mutter zu pflegen. Ich hatte gehofft … Ach, ich war so nah dran. Was fange ich nun an? Ich muss völlig neu beginnen, bei null sozusagen.«

»Aber das Startgeld, das dir die Geschwister zahlen, ist doch alles andere als null. Nutze es, mach das, was du schon immer wolltest, das ist die Chance, neu anzufangen, etwas

Eigenes aufzubauen. Was interessiert dich denn?«, fragte Liv, neugierig auf ihre Antwort wartend.

»Ach, gar nichts. Ich wollte hier mit einer richtigen Familie leben. Um Haaresbreite hätte ich eine eigene richtige Familie gehabt. Meine Eltern kenne ich doch kaum. Ich kam so früh ins Heim, weil sie tranken und mich misshandelt haben.«

»Wie schrecklich!«, war Livs zynische Antwort. Denn ihr ging Dags Bezeichnung der Mythomanin nicht aus dem Kopf.

›Bitte, nicht schon wieder‹, dachte Liv. ›Nicht schon wieder welche von diesen abscheulichen Geschichten.‹

»Aber Monika, deine Familie wäre doch mit einem 84-jährigen Mann auch nicht sehr lange vollständig gewesen.«

»Was bist du denn für eine?« Sie schaute Liv entsetzt an.

»Das ist doch keine große Weisheit und nicht zu leugnen, dass eine 35 Jahre alte Frau noch mehr Jahre vor sich hat als ein 84 Jahre alter, kränklicher Mann, entschuldige, aber wie kann man denn davor die Augen verschließen?«

Sie war still, schaute in die Ferne. »Das habe ich ja nicht, aber es wäre doch zu schön gewesen. Ist ja auch egal.«

Sie schleuderte den rechten Fuß herum, ihr Pferdeschwanz flog dieses Mal in die entgegengesetzte Richtung, nun wandte sie sich Liv direkt zu. Sie wollte das Thema beenden.

»Ich werde weggehen. Das wird das Beste für mich sein.«

Liv sah ihre Chance gekommen: »Und was wirst du mit deinen Frosch-Haustieren machen?«

»Die blöden Viecher bleiben hier bei meiner Freundin«, sagte sie kurz, stockte abrupt und schaute Liv an. Sie suchte in ihren Augen eine Reaktion, ob Liv ihren Fehler bemerkt hatte. Liv blinzelte vorsichtshalber, obwohl sie inzwischen ihre volle Sichtstärke zurückhatte.

»Viele Frösche sind es ja nicht mehr, mir sind einige an einer Krankheit gestorben«, fügte sie schnell hinzu.

»Hast du ein Auto, das du mir mal kurz leihen kannst?«, fragte Liv sie nach einem Spontaneinfall.

»Ja«, zögerte Monika, »aber hast du nicht auch selbst eins?«

»Ich muss nur kurz in die Stadt, du hast es gleich wieder.«

»Okay.«

Liv hatte sie überrumpelt, sie übergab ihr den Schlüssel, beschrieb ihr, wo sie das Auto geparkt hatte, und ging ins Hotel. Liv wusste aber schon länger, wo ihr weißer Mercedes-Cabrio stand – auf dem Parkplatz des Seniors, der selbst schon lange kein Auto mehr gefahren war.

Liv setzte sich ins Auto und fuhr los. Es fuhr sich gut, Liv störte sich nur gewaltig an dem Stern. ›Spießerkarre!‹, murrte sie.

Schnell verließ sie das Hotelgelände und schnurrte mit dem Wagen auf den nächsten Parkplatz am Straßenrand. Der Rheinturm war nun ganz nah, eine leichte Brise wehte von der Rheinschleife herüber. In der Nebenstraße konnte Liv in Ruhe den Bordcomputer checken. In kleiner Ausführung hatte sie solch ein Ding in ihrem alten Golf. Monika Salmanns Tageskilometerstand betrug nur eineinhalb Kilometer. Ihre Wohnung musste demnach ganz in der Nähe sein.

Livs Handy klingelte, es war Frank.

»Die Kellnerin Susanne Weber ist krankgemeldet und hat laut Aussagen ihrer Kollegen keine Frösche. Aber wieso, was ist mit ihr?«

Liv erzählte ihm von ihrem Gespräch mit dem Kellner und mahnte Dringlichkeit an.

»Wieso wird übrigens Monika Salmann nicht bewacht? Dann ist es doch eine Leichtigkeit, ihren Wohnort herauszufinden.«

»Glaub das mal nicht. Seit gestern sind unsere Jungs dran. Aber sie haben sie an einer Stelle verloren. Ich forsche nach, ob das in diesem Umkreis von eineinhalb Kilometern war. Dann haben wir sie ja schon fast. Nur leider gibt es hier eine Menge der recht anonymen Mehrfamilienhäuser. Wir tun unser Möglichstes.« Er war genervt, dass Liv ihn kritisierte. Aber das machte gar nichts. Liv hatte ihre Hausaufgaben schon ausgesprochen gut begonnen.

»Braucht ihr ihr Auto noch?«, fragte Liv.

»Nein, das haben wir schon auf Spuren durchsucht. Liv, bleib bei ihr, ich werde kommen.«

66

Liv wartete auf dem Hotel-Parkplatz auf Frank. Er kam nach einer geschlagenen halben Stunde.

Ohne viele Worte gingen sie gemeinsam ins Hotel. Frank meldete sich an der Rezeption als Besuch für Frau Salmann an. Sie ließ ausrichten, sie wolle ihn in der Suite des Seniors empfangen. Ein Mädchen ging mit zum Fahrstuhl, gab einen Code ein. Sie fuhren direkt ins oberste Stockwerk und landeten im geräumigen Wohnzimmer des Seniors, wo Monika Salmann stehend wartete.

Sie empfing beide in einem Morgenmantel. Schreckartig verkrampfte sie in ihrer lässigen Haltung an der Wand, stand senkrecht, schlug den Morgenmantel übereinander und bedeckte notdürftig ihre Beine, auch das Glas mit feinperligem Schaumwein, das sie locker in der Hand hielt, stellte sie ab.

»Du hast nicht gesagt, dass du mit ihr kommst. Brauchst du jetzt eine Amme, wenn du mich besuchst?«

Frank blieb ruhig.

»Du hattest dich etwas hingelegt?«, fragte er unberührt.

»Eigentlich hatte ich es gerade erst vor.«

»Geht es dir nicht gut?« Nun umgarnte er sie, ihre gewundenen Bewegungen zeigten Liv, dass sie gerade dabei war, ihm wieder zu verfallen.

»Monika, wir brauchen deine Hilfe. Da sind noch einige Ungereimtheiten. Wir möchten dich bitten mitzudenken«, sagte Liv zur Ablenkung und legte ihr den Autoschlüssel, für sie sichtbar, ins Regal. Sie nickte und bot Frank und Liv einen Platz auf dem Sofa an. Sie schloss züchtig ihren Morgenmantel, der partout nicht zubleiben wollte, und schaute Frank an. Dabei klebte sie förmlich an seinen Lippen.

»Dein Verlobter hat sich selbst umgebracht. Er war schwer krank. Wusstest du das?«

Liv sah ihr ins Gesicht. Ihre Gesichtszüge erstarrten, sie sagte eine Weile nichts.

»Nein! Was erzählst du denn da, das hätte er mir niemals angetan.«

Sie wandte ihren Blick von Frank ab, stand auf, ging zu ihrem Champagnerglas und trank es in einem Zug aus. Sie sorgte sogleich für Nachschub und schüttete es wieder voll. Mit einer Geste, in der sie mit dem Glas zur Flasche deutete und kurz nickte, fragte sie, ob Frank oder Liv auch etwas wollten, was beide kopfschüttelnd ablehnten. Mit der Flasche in der einen, dem vollen Champagnerglas in der anderen Hand und dem wegen des seidigen Stoffes wieder auffallenden Morgenrocks sah sie billig und verletzlich aus. Sollte sie wirklich nichts von dem Selbstmord und der Krankheit ihres Verlobten gewusst haben? Zuzutrauen wäre es ihm, dass er auch seiner Zukünftigen nicht die Wahrheit gesagt hatte.

Frank schaute Liv an. Er schien sagen zu wollen: ›Siehst du, sie wusste von nichts.‹ Er stand auf, nahm Monika fest an beiden Schultern und platzierte sie wieder auf dem Sofa, sich direkt daneben. Seine Hände streichelten ihren Rücken, er stützte sie mitleidsvoll.

Liv stand auf und schaute zum Fenster hinaus. Der kleine Park lag in seiner vollen Pracht vor ihr. Sogar das Rosenbeet entdeckte sie. Nur der süßlich zarte Rosengeruch konnte niemals bis hierherauf zum vierten Stock gelangen.

Da unten streunte wieder die Katze mit den langen Haaren durch das Gestrüpp. Sie blieb stehen und Liv hatte tatsächlich das Gefühl, sie schaute sie über die Stockwerke hinweg an. Ihr Schwanz pendelte ruhig hin und her.

›Das ist doch nicht möglich, schaut sie tatsächlich zu mir hoch?‹

Als sich Liv wieder der Szene im Zimmer zuwandte, sah sie Monika Salmann schluchzend an Franks Schulter lehnen. Wie peinlich! Liv wollte dem Ganzen ein Ende setzen.

»Sag, Monika, soll ich deine Freundin benachrichtigen, dass sie kommt und nach dir sieht?«

Sie hörte auf zu heulen und setzte sich aufrecht hin. Während sie an Franks Jacke herumstreifte, um die Tränenflecken zu verwischen, sagte sie: »Welche Freundin? Ich bin doch ganz allein, ich habe niemanden, der mir hilft.«

Als Liv merkte, dass sie schon wieder in Richtung Franks Hals zielte und sich ihr Gesicht erneut zu Tränen verkrampfen wollte, beschloss sie, härtere Bandagen anzulegen:

»Na klar, die Freundin, bei der du oft wohnst, die hier im Stadtteil die Frösche versorgt, du weißt schon. Mit ihr warst du doch neulich auf der Kö shoppen.«

Wieder stoppte Monikas Heulen.

Die Wahrscheinlichkeit, dass sie irgendwann in den letzten Tagen mit ihrer Freundin teuer einkaufen gegangen war, schien ziemlich hoch. Sie war eben eine Frau mit Sinn für Luxus und es war sommerlich warm geworden. Liv musste pokern.

Sie überlegte kurz, nahm wohl an, dass Liv sie tatsächlich gesehen haben könnte, und lenkte wieder mit weinerlicher Stimme ein:

»Ach, du meinst Claire? Hast du mich überwacht?« Sie schaute Liv verheult an. Wie ein kleines Mädchen lehnte sie ihren Kopf an Franks Brust und drehte an seinem Hemdknopf.

»Wie heißt Claire weiter?« Livs Atem stockte vor Aufregung. Sollte sie nun in die Falle gehen?

Auch Frank wollte so unbeteiligt wie möglich erscheinen und schaute sie mitleidsvoll an. Ihr gefiel diese Rolle nur teilweise. Dann brach es aus Monika Salmann heraus:

»Wie konnte er mir das antun?« Und sie heulte mit erhöhtem Ganzkörpereinsatz, um die Situation zu überspielen.

Nun wurde es sogar Frank zu viel. Mit beiden Armen stemmte er ihre schlaffen Hände von sich, stand auf und streifte sein Hemd glatt.

›Herr Kommissar, wir sind nah dran, lass nun nicht locker.‹ Livs durchdringender Starrblick wollte ihm dies alles mitteilen, doch er wich aus und schaute nur auf das Häufchen Elend in der Sofaecke.

Liv machte auf dem Absatz kehrt und schaute wütend hinaus, die Katze suchend. Sie saß noch immer an derselben Stelle. Nun musste Liv das letzte Mittel ergreifen.

»Nun zieh hier mal nicht so eine Show ab, Puppe.« Liv ging zu Monika Salmann und stupste ihr unsanft auf die Schulter. Von unten schaute die zu ihr hinauf. Ihre nassen Augen wurden zu Katzenschlitzen, aus denen ihre Blicke Liv wie Pfeile treffen sollten. Ihre Gefühlsäußerungen unterzogen sich einem urplötzlichen Wandel. Liv spürte ihren Hass. Sie schien innerlich zu kochen. Und Liv setzte noch einen drauf:

»Tu nicht so scheinheilig, du bist durchschaut, ich weiß Bescheid. Nun mach es nicht noch viel schlimmer. Du ziehst dir gerade deine eigene Halsschlinge zu. Merkst du denn nichts?«

Monikas Lippen zitterten vor Wut. Wie ein knurrender Hund spannten sich ihre Lefzen, fletschte sie ihre unnatürlich weißen Zähne. Sie vergaß ihre Pose, als sie langsam aufstand, Liv im Visier, die diesem Blick standhielt.

Aus den verhärteten Gesichtszügen zischten böse Worte in Livs Richtung, nur in Livs. Frank war außen vor. Er beobachtete alles, die Hand am Pistolenholster, dessen Druckknopf bereits geöffnet war.

»Was weißt du denn schon?«, keifte sie Liv an. »Du hattest doch immer alles, hast nie in viel zu großen, aufgetragenen Kleidern oder drückenden Schuhen zur Schule gehen müssen. Hast nie ertragen müssen, wenn dein eigener Vater betrunken erst auf die Mutter und dann auf dich einschlägt. Du mit deinen reichen Eltern, bist sicher an der Hand deines Vaters in die Kirche gegangen, als mein stinkender Vater uns missbrauchte. Du weißt nicht, was es heißt, nichts zu haben. Erzähle du mir nichts vom Leben!« Sie kam Liv immer näher, ihre Fäuste geballt. Aus dem Augenwinkel heraus bemerkte Liv, wie Frank ebenfalls näherrückte. ›Um wen sorgt er sich?‹, schoss es ihr kurz durch den Kopf. Liv ging noch weiter, sie wollte die andere wirklich bis aufs Blut reizen und sehen, was passierte.

»Und eine schlimme Kindheit rechtfertigt einen Mord?« Nun war es ausgesprochen. »Schluss mit der Schonzeit, nun wird Tacheles geredet!«, befahl Liv geradezu und im tiefsten Ton, den sie herausbrachte.

»Willst du damit sagen, dass ich eine Mörderin bin?« Und beim letzten Buchstaben attackierte sie Liv mit ihren Krallen an der Gurgel und setzte zum Zudrücken an. Reflexartig wehrte Liv sie ab und traf mit dem Knie in ihren Unterleib. Monika Salmann hielt kurz die Luft an, fiel dann kreischend und heulend zurück ins Sofa. Frank stand zwischen den Frauen, Liv zugewandt und wollte, dass sie sich beruhigen und sich wie zivilisierte Damen unterhalten sollten.

Es wirkte, Monika Salmann hielt sich gekrümmt, wurde aber ruhiger. War sie des Kämpfens endlich müde geworden?

Franks Blick sagte Liv, dass sie auf dem richtigen Weg war und weitermachen sollte. Liv war die Böse, die sie reizte, er der Liebe, der sie wieder beruhigte und in Sicherheit wiegte. Nun tischte Liv alles auf.

67

»Mit dem Tod deines Verlobten hast du auf einmal alle
deine Felle wegschwimmen sehen. Deine geplante rosige
Zukunft, wie du sie dir ausgemalt hattest, wurde von einem
auf den anderen Tag zerstört. War es nicht so?« Monika Salmann sagte nichts, dachte nach, während Liv weiter zulegte:
»Den Mord an deinen Konkurrenten hattest du mit ihm
schon vor langer Zeit ausgeheckt. Du wolltest zunächst die
gefährlichste Konkurrenz aus dem Weg schaffen. Es ging
um die Vorherrschaft im Hotel. Und die bedeutete dir alles.
Los, sag was! War es so?« Immer noch keine Reaktion,
Monika Salmann blickte ins Leere. Langsam richtete sie
ihren Körper auf, zog in sehr langsamen Bewegungen ihren
Seidenbademantel zusammen und bedeckte ihre Beine. Liv
beobachtete sie, ging um sie herum, um von hinten leise in
ihr Ohr zu sprechen: »Vielleicht dachtest du sogar, er wäre
von seiner Frau oder seinen Kindern ermordet worden,
und fühltest dich selbst nun bedroht. Zuerst nahmst du dir
seine Ehefrau vor, die hast du dann mal eben auf bestialische Weise beiseitegeschafft.« Liv ging wieder auf Abstand,
drehte ihr den Rücken zu. Frank hielt beide in Schach, die
Hand noch immer versteckt am Holster. »Wer weiß, wer
als Nächstes dran gewesen wäre? Johann Overbeck, Maria
Overbeck? Deine Mitwisser? Wie blöd bist du eigentlich?
Meinst du, du kämst damit durch? Hältst du die Polizei für
so saudumm?« Bei diesem Satz blickte Liv kurz zu Frank
und deutete ein Lächeln an. Mehr war nicht drin, Liv kam
hochkonzentriert zu ihrem Finale. »Was bist du nur für
ein Mensch? Bist du überhaupt ein Mensch? Töten alleine
reicht dir nicht, du hast noch Spaß am Entstellen der Lei-

che. Das ist die unterste Stufe, meine Liebe. Das geht zu weit. Dafür wirst du deine gerechte Strafe erhalten. Glaube mir, so kommst du nicht davon. So nicht!«

Liv fiel im Augenblick nicht mehr ein. Keiner sagte etwas. Frank schaute Liv an, Liv ihn, dann starrten beide auf Monika Salmann und erwarteten irgendeine Reaktion. Sie aber hing schon wieder schlaff im Sessel und starrte auf den Tisch. ›Ist ihr die Luft ausgegangen? Habe ich übertrieben und mit meinem Vorpreschen alles kaputt gemacht?‹, grübelte Liv.

Nach einer Weile stand Monika Salmann langsam auf und ging zum Schreibtisch. Frank schob, vorgewarnt, bereits weiter seine Hand in Richtung Pistole.

Sie öffnete eine Schublade von dem alten hölzernen Sekretär, zog ein Papier heraus und hielt es mit abgewandtem Blick kraftlos in Livs Richtung. Liv las vor:

»Mein Testament. Wenn ich sterbe, soll meine geliebte Monika alles von mir erben, geschäftlich und privat.« Darunter hatte in krakeliger Schrift der Senior mit H. Entrup unterschrieben.

»Ich sagte doch, er hat mich geliebt.« Monika Salmann sackte in sich zusammen auf den Boden. Liv konnte diese Vorstellung nicht mehr so ernst nehmen, starrte immer noch auf das Papier, als Frank sich über dieses elegant auf der Seite liegende hübsche Häufchen Elend beugte, den Puls fühlte und sie besorgt aufhob, um sie vorsichtig auf das Sofa zu legen. Er ging hektisch durch die Wohnung, um ein Glas Wasser zu holen. Mit einer Decke in der einen und einem vollen Glas Wasser in der anderen Hand kam er zurück, deckte die Hilflose zu und hob ihren Kopf an in Richtung Glas.

»Du musst etwas trinken. Sollen wir einen Arzt rufen? Sag doch etwas, Monika!«

Liv musste noch etwas tiefer bohren.

»Wenn du glaubst, dass dieser Fetzen Papier dir den Hals rettet, hast du dich getäuscht.«

Böse Blicke trafen Liv jetzt auch von Frank.

»Nun nimm doch etwas Rücksicht!«, bat er eindringlich.

Liv musste ironisch grinsen. ›Gehörte das zum Spiel oder meinte er das ernst? Männer – immer dasselbe.‹

»Ich werde dieses Schreiben prüfen lassen. Wenn das echt ist, fresse ich einen Besen. Außerdem, du glaubst doch nicht, dass man mit einem solchen Schreiben ein ganzes Unternehmen übertragen kann? So viel weiß ja sogar ich, dass das eines notariellen Testamentes bedarf.«

Bei diesen Sätzen schien es Monika Salmann plötzlich wieder besser zu gehen. Sie warf die Decke beiseite, sprang auf und zischte Liv aus nur einem Meter Entfernung an: »Das war der Wille meines Verlobten. Ich werde mein Recht bekommen!«

Als Frank die schnelle Genesung sah, stand nun auch er auf und schloss sich Livs Abgang an. Ende der Vorstellung.

Der Fahrstuhl im Flur stand offen. Sie hatten keine Wartezeit, umso länger gestaltete sich die stumme Fahrt hinunter.

Frank sagte nichts, Liv hielt ihm das Blatt Papier, das sogenannte Testament, hin und schaute nur ungeduldig auf die Etagenanzeige. Im ersten Stock stieg ein älteres Paar hinzu. Gequält brachten sie ein »Guten Tag« heraus. Im Erdgeschoss waren beide froh, die Enge endlich verlassen zu können.

»Ich muss zur Fitness«, sagte Liv nur kurz, gab ihm im Gehen und ohne Blickzuwendung den Zettel und lief in

Richtung ihres Zimmers. Er strebte ohne Zögern den Ausgang an.

Im Zimmer schmiss sich Liv rücklings auf das Bett und atmete tief durch.

›Was war das denn eben? Ein professionelles Verhör sieht irgendwie anders aus. Ich kann mit diesem Kommissar aber auch überhaupt nicht zusammenarbeiten. Keine Ahnung, aber er schafft es regelmäßig, mich in Rage zu bringen. Warum verhält der Kerl sich aber auch so furchtbar? Er hat mich doch gar nicht unterstützt, er hat sich hauptsächlich um das Wohl dieser Tusse gesorgt.‹

Liv knautschte das Kopfkissen. Sie ärgerte sich, dass sie das alles ärgerte.

Liegen konnte Liv nun nicht mehr. Sie zog sich ihre Joggingkluft an und machte sich auf zum Auspowern mit Bettina im Fitnessstudio.

68

»Du bist zu früh!«, rief Bettina Liv zu, als sie ins Fitnessstudio kam.

Liv winkte energisch ab, ging schnurstracks auf das kleine Minitrampolin zu, zog ihre Schuhe aus und gewöhnte sich, zuerst noch schwankend, an den weichen, nachgiebigen Untergrund. Zunächst etwas wackelig, wurde sie immer sicherer, bald breiteten sich ihre Mundwinkel aus und ihre Verspannungen lockerten sich. Es machte riesig Spaß.

Liv hüpfte immer höher, mit den unterschiedlichsten

Figuren, dann wieder weniger, wieder mehr. Man sah es ihr an, es war ein tolles Gefühl, es forderte die Kondition, aber auch die Konzentration, man musste seine Bewegungen koordinieren, das ungefähr ein Quadratmeter große Tuch treffen und dabei nicht umfallen. Den Hampelmann, bei dem die Hände über dem Kopf zusammenklatschten und die Beine von der Grätsche in den Parallelstand hüpften, kannte Liv noch aus Kinderzeiten. Puuh, das war anstrengend, aber es tat ihr gerade jetzt sehr, sehr gut. Zum Abschluss ein paar Faustschläge in Richtung des imaginären Kommissars – und Liv war weitgehend genesen. Zumindest konnte sie wieder Spaß haben und musste nicht dauernd an dieses Fiasko da oben in der Wohnung der Frau Salmann denken. Nach 15 Minuten auf dem Trampolin merkte Liv, dass sie etwas getan hatte. Ihr Entschluss stand fest: Solch ein Sportgerät würde sie sich für ihr Zuhause kaufen. Das konnte sie bei schlechtem Wetter auch drinnen genießen, es machte richtig Freude und hatte eine gewisse Leichtigkeit, die ihr gefiel. Einzige Voraussetzung war eine ausreichend hohe Zimmerdecke. Aber auch bei dem Gedanken, an die Decke zu stoßen, lachte sie. Das war ein Gute-Laune-Sport, das Gerät wollte sie unbedingt haben.

Liv holte einige Minuten Atem, stretchte sich etwas, da kam Bettina auch schon auf sie zu.

»Das sah gut aus, was du da auf dem Trampolin gemacht hast. Und das Wichtigste, es schien dir richtig Spaß bereitet zu haben. Wenn du willst, kann ich dir noch einige Übungen zeigen. Das Trampolin ist ein vielseitiges Trainingsgerät, ich mag es sehr.«

Als sie hörte, dass Liv sich privat eins zulegen wollte, hörte sie gar nicht mehr auf, ihr Tipps und Informationen zu geben. Die billigen seien oft zu hart gefedert, eine gewisse Größe und Belastungsfähigkeit sei vonnöten. Sie zeigte weitere Spring- und Wippfiguren auf dem Trampolin und demonstrierte Stretchingübungen. Auch ein dehnbares Gummiband kam zum Einsatz. Echt toll. Liv wäre am liebsten sogleich eins kaufen gegangen. Aber sie vergaß nicht, dass sie hier anderes zu tun hatte.

»Morgen bin ich weg, Bettina, ich wollte mich bedanken. Du bist eine gute Trainerin.«

Bettina stoppte jegliche Bewegung am Trampolin, kam auf Liv zu und schien gerührt von den lobenden Worten.

»Hei, das ist aber nett von dir. Du warst aber auch eine gute Schülerin.« Sie umarmte Liv. Gegenseitig klopften sie sich auf die Schultern und ließen wieder voneinander ab.

»Na denn, weiter geht's. Heute ist Wunschkonzert. Am letzten Tag kannst du dir wünschen, was du machen und vertiefen willst. Wie sieht es aus? Trampolin oder Kickboxen, Ernährungsberatung oder Gerätetraining?«

Liv musste nicht lange überlegen. Als sie Kickboxen hörte, sagte sie gleich zu. Das hatte ihr viel Spaß gemacht. Das sollte es sein. Bettina erklärte ihr spezielle Fußtritte aus dem Stand, die sie in gymnastischen Übungen praktizierte, bevor sie wieder relativ planlos draufloskicken konnte. Diesmal kickte Liv gegen eine imaginäre Frau und konterte den Angriff virtueller gelber Frösche.

Wom, wieder einen plattgemacht – zack, die Frau lag in der Ecke, umdrehen und den boxenden Frosch von hinten abgewehrt. Das saß.

Bettina lachte versteckt, als sie beobachtete, wie viel Wut in Liv steckte und welche Aggression aus ihr herausplatzte.

»Ich möchte nicht dein Gegner sein«, sagte sie am Ende, als es zu den Dehnübungen überging.

»Bist du es? Aber halb so wild«, wiegelte Liv ab. »Du weißt doch: Hunde, die bellen, beißen nicht.«

Das Stretching hielt sie von längerer Konversation ab. Erst die Waden, die Beine, die Hüften gedehnt, dann den Oberkörper, die Arme, Hände und den Hals. Liv versuchte, sich alle Übungen so genau wie möglich zu merken, damit sie sie auch allein zu Hause machen konnte. Immerhin stand der Vorsatz fest, sich im Alltag mindestens drei Mal die Woche ordentlich auszupowern. Es konnte doch nicht so schwierig sein, eine Sache, die man zumindest hinterher als angenehm empfand, regelmäßig durchzuziehen.

›Was ist das für ein Kerl, dieser innere Schweinehund? Warte es ab, dich werde ich auch noch kleinkriegen!‹

Heute aber musste Liv noch andere kleinkriegen. Es wäre unbefriedigend für sie, hier aus dem Hotel unverrichteter Dinge abzureisen. Da war noch eine Rechnung offen. Aber etwas später, jetzt wollte sie den Wellness-Bereich noch ein letztes Mal ausnutzen. Schwimmen, Sauna, Solarium, Entspannen, das volle Programm würde sie sich in ausgedehnter Form gönnen, bevor sie zum Endspurt startete.

Bettina stand faktisch noch auf der Liste der Verdächtigen. Trotzdem und ohne schlechtes Gewissen tauschte sie mit ihr die Telefonnummer und E-Mail-Adresse aus. Sie waren sich irgendwie sympathisch. Es war beidseitig und ging über die Neugierde an dem Mordfall hinaus. Mit der Nummer in der Hand und dem Versprechen, sich vielleicht mal auf ein Alt mit Schuss zu treffen, verabschiedeten sie sich. Liv war natürlich auch interessiert an der Zukunft dieses Hotels. Erstens, weil sie durchaus wiederkommen würde, und zweitens, weil die Situation mit den Geschwistern, den Mitarbeiter-Clans und Bettina mittendrin alles andere als leicht werden würde.

Liv duschte und schwamm ein paar Bahnen auf dem Rücken durch das Becken. Es war ein Gefühl der Schwerelosigkeit. Fernab von hier und jetzt sah sie sich diese Welt aus einer anderen Perspektive an. Die Decke war – wie naheliegend – mit einem Himmelsbild aus Wolken und blauer Hintergrundfarbe bemalt. Liv spürte förmlich, wie der Wind sie vor sich herschob. Die Ohren unter Wasser verstärkten das Gefühl der Traumreise. Herausgerissen von einem dickbäuchigen Mann, der ungeduscht und schwerfällig ins Wasser fiel, floh sie aus der Idylle. Er störte und er roch unangenehm nach Parfüm.

Nach erneuter Dusche, die ihr das Chlorwasser von der Haut waschen sollte, ruhte Liv sich etwas aus. Aber auch dort hielt es sie nicht lange. Die Sauna rief. Drei Gänge machte sie, dazwischen ins Solarium und schließlich noch einmal in die Dampfsauna. Sie genoss es nicht sehr, da sie sich nicht mehr in der Lage fühlte zu entspannen, im Gegenteil, sie lag unter Hochspannung.

Fix und foxi, aber mit dem guten Gefühl, alles ausgekostet zu haben, fiel sie auf die Ruheliege. In Gedanken ging sie ihren Artikel durch, immer und immer wieder.

Zwei Frauen in auffallenden gelben und roten Bikinis, braun gebrannt, mit Gesichtern, die Liv hier noch nicht gesehen hatte, weckten sie mit ihrem freundlichen »Guten Abend«. Neue, dachte Liv, sie sind sicherlich heute angereist und haben noch einige schöne Tage vor sich – mit oder ohne Tote?

›Okay, das war's. Es war schön. Tschüüss, Schwimmbad, tschüüss, Ruheraum, bis irgendwann einmal.‹

Beim Hinausgehen sah Liv Virginia Perle, wie sie einen männlichen Gast in einen Kosmetikraum führte. Liv winkte ihr zu, sie verstand, winkte heftig zurück und rief »Auf Wiedersehen« herüber. Der Gast wusste bestimmt nicht, dass er jetzt genüsslich in einem Stuhl behandelt wurde, in dem vor wenigen Tagen ein brutaler Mord stattgefunden hatte. Und das Schlimmste daran war, dass der Mörder in diesem Hotel noch munter und frei herumlief. Sie taten alle gut daran, die brutalen Vorfälle in dieser Woche unter den Teppich zu kehren.

Also los, ihre Mission wartete auf Erfüllung.

69

Einen Zweiertisch im Restaurant hatte Liv sich reservieren lassen. Am Nachbartisch hatte sich ein junges, verliebtes Paar niedergelassen. Es verging nicht eine einzige Sekunde, ohne dass sie sich berührten oder streichelten, egal, wo. Liv verrückte ihren Stuhl, um sie aus dem Blickfeld zu bekommen. Gegenüber am großen Tisch fand offensichtlich eine Firmenfeier statt. Sämtliche Frauen trugen schwarze Hosenanzüge mit weißen oder rosafarbenen Blusen. Die Männer, als hätten sie sich abgesprochen, steckten alle in dunkelgrauen Anzügen. Einzige Farbtupfer waren wieder die bunten Krawatten, die die Farb- und Formpalette voll ausschöpften.

»Darf ich mich zu Ihnen setzen?«, fragte eine Männerstimme, der sich Liv freundlich zuwandte, in der Meinung, es sei jemand, den sie kannte. Aber weit gefehlt. Diesen Mann hatte sie noch nie vorher gesehen. Livs Lächeln gefror schlagartig, als er sich bereits gesetzt hatte.

»Ich möchte mich heute Abend nicht unterhalten. Das verstehen Sie sicher«, sagte Liv, ohne Widerspruch zu dulden.

So schnell, wie er sich gesetzt hatte, stand er wieder auf und verschwand.

Der Kellner brachte die Karte, die Liv ablehnte, weil sie genau wusste, was sie essen und trinken wollte: »Pommes frites, eine Currywurst und ein Alt.«

Liv grinste ihn siegessicher von unten an. Nach einer kurzen Denkpause holte er tief Luft:

»Tut mir leid, Frau Oliver, das haben wir überhaupt nicht auf der Karte.«

»Sie haben Pommes frites! Und Sie haben sicherlich irgendeine Wurst, die Sie in irgendeine Suppe tauchen, und Sie haben Curry, oder täusche ich mich?«

»Ja, nein, aber …«, wollte der Kellner zum Gegenargument ausholen.

»Dann können Sie mir mit ein wenig Flexibilität, die Ihrem Hause gut stände, den Wunsch erfüllen. Sollten Ihre Kollegen in der Küche anders denken, stelle ich mir das Essen auch gern selbst zusammen. Ich bin aber sicher, dass es klappt. Prima, ich danke Ihnen. Ach ja, vorweg bitte ein großes, frisches Alt vom Fass.«

Der Kellner drehte sich auf der Ferse um und Liv sah noch, wie er schnurstracks auf Johann Overbeck zuging, der ihm entgegenkam. Dieser nahm ihn beiseite in eine Ecke, die Liv nicht einsehen konnte. Da sich niemand mehr bei Liv meldete, nahm sie an, es ginge alles gut.

Hätte sie den Bogen nicht schon weit gespannt und wäre dies nicht eins der von Nichtrauchern viel gelobten Nichtraucher-Restaurants gewesen, hätte Liv sich nun gern eine Zigarette angezündet. Dann eben später, draußen.

Es spielte jemand Klavier. Er musste gerade begonnen haben. Er spielte und sang: ›What a wonderful world‹. An die rauchige Stimme von Louis Armstrong erinnerte er nur entfernt. Liv fand in dieser Situation hier mit Toten und Mördern in dem Hotel den Liedtext allerdings etwas zynisch. Jörg Olsson wedelte lächelnd mit einem großen Tablett mit Getränken an Liv vorbei. Er versprühte an einem Tisch mit einem passenden Spruch und seinem Lachen gute Laune.

Während Liv so vor sich hin sann und überlegte, wie lange die Currywurst wohl noch brauchen würde, wurde ein großer, ovaler Teller von der Seite vor sie gestellt.

»Hier Ihre Extrawurst, Frau Oliver. Die Köche haben extra noch einmal in die Currysoße gespuckt.«

Erschrocken, aber auf Angriff gepolt, schaute Liv in das Gesicht des Tellerbringers.

Was war das? Der Kommissar Frank brachte ihr das Essen an den Tisch? Den Teller mit einer Hand tragend, eine weiße Serviette über den Unterarm geschlagen, stand er neben ihr, als hätte er einen Stock verschluckt.

»Oh, wie nett von den Köchen. Ich weiß deren Flexibilität in puncto Extrawürste sehr zu schätzen«, lachte Liv, während sie den würzigen Geruch einatmete. »Das ist ein richtiges Essen, nicht wahr, Frank? Neidisch?«

»Ich bekomme doch sicher etwas ab?«

Er setzte sich neben Liv und stibitzte sich ein Pommes frites. Liv stellte den Teller in die Mitte und schnitt Frank von der Wurst ein Stück ab, spießte es auf und steckte es ihm in den weit geöffneten Mund.

»Wieso, was ist los, Frank? Was tust du hier? Suchst du den Mörder unter den Köchen?«

»Iss doch erst mal in Ruhe«, meinte er scheinheilig zu Liv.

»Ich wollte der Küche Froschschenkel anbieten, davon haben wir im Moment eine ganze Menge«, witzelte er.

»Die sind verboten«, konterte Liv.

»Meinst du, das würde hier jemanden stören?«

»Wohl nicht«, stimmte Liv ihm zu.

»Die kleinen armen Kerlchen liegen alle auf dem Seziertisch, na ja, eher unter dem Mikroskop. Essen kann man ja auch giftige Frösche. Das weißt du ja.«

Liv verstand.

»Ihr habt die Giftfrösche gefunden? Sag schon!«

Frank nickte.

»Ihr habt diese ominöse Freundin Claire aufgespürt?«

»Richtig, und drei gelbe Frösche haben wir auch entdeckt, zwei waren bereits im Müll. Heute Nacht noch wird untersucht, ob sie harmlos oder giftig sind. Gut, ne?«

»Sehr gut!« Dieses Lob kam von Herzen, das merkte Frank. Er war richtig stolz.

»Und wie geht es weiter?«

»Monika Salmann, die Geschwister und alle Froschbesitzer, die im Hotel arbeiten, werden weiter intensiv überwacht.« Mit Pommes frites im Mund, sprach er undeutlich weiter.

»Die Frösche von der Fitnesstrainerin und den Kellnern werden ebenfalls untersucht. Die Kollegen müssen sich sensible Wege einfallen lassen, damit die Frösche ihren Schleim absondern, ohne vor Schreck tot umzufallen. Leider klappt es nicht immer. Sollten wir irgendwo Gift finden, schnappt die Falle zu.«

»Das ist reine Formsache«, sagte Liv und nahm einen großen Schluck vom frisch gezapften Altbier.

Der Kellner brachte eine zweite Gabel für Frank, der nun auf Livs Teller herumstocherte. Lediglich als er sich einen Schluck aus Livs Glas genehmigen wollte, hielt sie es kopfschüttelnd zurück.

»Nur einen winzigen Schluck. Ich bin im Dienst.«

Liv nickte. »Okay, einen kleinen Schluck darfst du.«

»Wer einen giftigen Frosch besitzt und dazu ein wackeliges Alibi, der wird in die Zange genommen«, ganz einfach schien es Liv auf einmal.

Sie plauderten, lachten, waren guter Dinge. Da beide nur halb satt waren, bestellten sie sich abschließend zur Feier des Tages ein ›Drei-Scheiben-Haus-Tiramisu‹ mit zwei Löffeln. Liv wich den Annäherungen Franks nicht aus. Sie spürte seinen Atem. Seine aufgestützten Oberarme berührten ihre, die Knie kamen sich immer wieder auf Tuchfühlung nahe. Liv erkannte auch in seinen Augen ein gewisses, vielversprechendes Feuer. Es war entspannt angespannt – bis sein Handy klingelte.

Eine Frau war dran, das konnte Liv hören. War es seine ›Cousine‹? Frank nannte keinen Namen, schien dem Gespräch aber nicht besonders abgeneigt zu sein, nickte Liv kurz zu, stand auf und ging mit dem Telefon hinaus. Liv war sich nicht sicher, ob er die anderen Gäste nicht stören oder vor ihr nicht reden wollte. Dies schien ihr für heute ein Ende der Vertrautheiten zu sein.

Sie gab dem Kellner ein Zeichen, die Rechnung zur Unterschrift zu bringen. Den Rest Tiramisu mit zwei Löffeln ließ sie auf dem Tisch zurück. Liv ging hinaus, wo Frank auf einem Mäuerchen saß und ein reges Telefonat führte. Aus der Ferne gähnte Liv ihm ostentativ zu. Er winkte nickend zurück und sprach weiter – mit wem auch immer.

Liv war aufgewühlt und alles andere als müde, als sie im Zimmer ankam. Enttäuscht schaute sie auf das Doppelbett.

Mit Schwung holte sie den Koffer aus dem Schrank, legte ihn sich zurecht, faltete ein paar Sachen zusammen und packte alles, was sie morgen früh nicht mehr brauchte, in den Koffer. Es war noch weitere Ablenkung nötig. Liv schrieb an ihrem Artikel weiter, feilte an letzten Formulierungen und Bildunterschriften. Dabei ließ sie die vergangenen Tage Revue passieren. Es war eine schöne Zeit in dieser Wellness-Oase gewesen. Wenn sie auch nicht genauso abgelaufen war, wie sie es sich vorher ausgemalt hatte, so besaß diese Zeit doch etwas ganz Besonderes. Und das, so war sie sich sicher, lag nicht nur an der Zusammenarbeit mit Frank, oder doch?

Nein, gewiss nicht. Sicherlich war es nur der entspannten Atmosphäre wegen oder der Zwanglosigkeit halber eine andere Art der Mordaufklärung. Aber Aufklärung? Der Mörder war schließlich noch immer nicht gefasst. Im selben Atemzug wusste sie auch, dass sie ganz, ganz kurz davor standen.

Das war es auch, was sie so aufdrehte, was sie nicht schlafen ließ. Sie dachte an Frank, ihm ging es sicherlich ähnlich. Liv machte das Fernsehen an, schaltete einen Musiksender ein. Aber auch bei dieser Ablenkung kamen nur wieder alte Aggressionen gegen den Fantasieklauer Fernseher auf. Sie drückte auf der Fernbedienung den Knopf, mit dem man das Bild schwärzen konnte. Das war besser, obwohl es nun auch ein Radio getan hätte.

Die Zeit verging sehr langsam, Liv wurde und wurde nicht müde.

70

In ihrem Zimmer mit den inzwischen vollständig gepackten Koffern und Taschen lief Liv herum wie Falschgeld. Sie mochte solche Situationen nicht. Gedanken schossen ihr unkontrolliert im Kopf herum. Sie hätte einen Boxsack oder ein Trampolin gebraucht, um sich körperlich zu verausgaben, aber das Fitnessstudio hatte um diese nächtliche Stunde längst geschlossen. Sie rief Dag an, leider war nur ihr Anrufbeantworter dran.

Ohne ein Ziel verließ Liv das Zimmer. Ob von Schenck noch irgendwo anzutreffen war?

Liv stand im Hotelgang auf einem schmalen, endlos lang erscheinenden, perserartig verzierten Teppich. Rechts und links säumten ihn in kurzen Abständen Türen. Hinter fast jeder dieser Türen schliefen, arbeiteten oder vergnügten sich Menschen mit den unterschiedlichsten Zielen und Bedürfnissen. Jeder hatte seine Geschichte, die er für eine oder mehrere Nächte, unbeobachtet von anderen, mit in diese Gemäuer brachte. Was diese Zimmerwände alles zu erzählen hätten, könnten sie sprechen? Liv war sich nicht recht im Klaren, ob sie tatsächlich alles hätte wissen mögen – ihre eigenen Erlebnisse hinter diesen Mauern eingeschlossen.

Sie ging weiter den Gang entlang. Aus einem Raum hörte sie lautstark den Fernseher laufen, schnell ging sie vorbei. Hier war sie noch nie zuvor gewesen. Sie entdeckte eine Glastür und den Hinweis auf eine Feuertreppe. Ihr folgte sie ein Stockwerk höher. Dieser Gang sah genauso aus wie der untere. Nur die Etagenzahl und die Zimmernummern besagten, dass sie sich auf einer anderen Etage befand. Das Spiel verfolgte sie noch zwei weitere Ebenen hoch. Bis auf wenige Details wie Dekoration und Bilder ähnelten sich alle Flure wie ein Ei dem anderen. Die Schräge des Daches wies darauf hin, dass dies nun die oberste Etage war. Am Ende des Korridors stand eine Truhe vor einem Fenster. Zur Orientierung wollte Liv aus diesem Fenster sehen. Sie ging zielstrebig darauf zu, wieder vorbei an vielen Türen.

Aufgrund der schon vorgerückten Stunde bemühte sich Liv, leise zu sein. Den Ärger um eine schlaflose Nacht in einem 200-Euro-Zimmer konnte sie gut nachfühlen.

Diese langen, leeren Gänge ließen die Fantasie reifen. Der Spieltrieb wurde geweckt, Erinnerungen an alte Kriminalfilme kamen hoch. Diese Kombination von Unbekanntem und dem ›Dafür-habe-ich-bezahlt-Gefühl‹ ließ manche Scheu vor den Folgen der Neugierde verblassen. Jetzt wäre Liv gern Kind gewesen, spielte mit ihren Freunden Verstecken oder Räuber und Gendarm. Herrlich wäre es, unbeobachtet von den Eltern durch die Hotelanlage zu toben.

Liv drückte sich am Glasfenster die Nase platt, um nicht nur ihr Spiegelbild, sondern den Ausblick erkennen zu können. Den Fernsehturm sah man von hier aus nicht leuchten, nur Lampen in gleichmäßigem Abstand auf Gehwegen zum Park und dahinter sich bewegende Lichter, die von vorbeifahrenden Autos herrührten. Klar, es war Freitag, viele Touristen und Einheimische fuhren noch zu den Event-Lokalitäten zwischen Kö und Altstadt.

Plötzlich verharrte Liv, auf die Truhe gestützt, in ihrer unbequemen Haltung , weil sie das Kreischen einer Frau hörte.

›Bitte nicht noch einen Mord oder einen Überfall!‹, dachte Liv. Sie hatte weder etwas zur Verteidigung oder ein Handy dabei, noch war sie orientiert, wo genau sie sich befand, wo genau sie nun Hilfe herbekam. Die schrillen Töne nahmen kein Ende. Genau verstehen konnte Liv die Worte nicht, es war eine fremde Sprache.

Langsam verlagerte sie ihr Gewicht von der Truhe, diese knackte. Liv hielt inne, das Geschrei stoppte. Als es nach kurzer Pause wieder losging, schlich Liv zu der Tür, aus deren Zimmer der Lärm kam. Ihr Blick zum Gang beobachtete den Fluchtweg und die anderen Hoteltüren. Falls hier oben Räume vermietet waren, rechnete sie damit, dass sehr bald die ersten Gäste verschlafen aus ihren Zimmern blinzelten, um die Ursache des Lärms zu orten und ihre Unbill darüber loszuwerden. Es hörte niemand oder interessierte keinen, Liv war allein mit dem aggressiven Schreien.

Es war eine Frauenstimme, keine hörbare Widerrede, also wahrscheinlich am Telefon. Den zischenden Lauten nach zu urteilen, konnte es sich um Spanisch handeln. Sie hatten ja auch so etwas wie ein lispelndes ›th‹ im Englischen. Es war in höchster Erregung unvorstellbar schnell gesprochen, genauer konnte man es beim besten Willen nicht einordnen, geschweige denn auch nur einen Bruchteil verstehen. Liv horchte weiter. Mit einem in immer höherer Stimmlage geschrienen Wortgeflecht stoppte alles mit einem dumpfen Poltern. Es hörte sich für Liv so an, als sei das Hoteltelefon Opfer des Temperaments geworden und der Hörer mit Volldampf und Gewalt auf die Gabel gepfeffert worden. Nun vernahm Liv keine Stimme mehr, nur noch harte, schnelle Schrittgeräusche, die sich nach spitzen Absätzen anhörten. Liv war in Startposition, jedoch hätte sie keine plausible Erklärung parat gehabt, die sie in dieser hockenden Stellung mit dem Ohr an der Tür entschuldigt hätte. Sie hoffte, dass die Dame zu dieser späten Stunde ihr Zimmer nicht mehr verlassen wollte. Allerdings war es auch nicht unbedingt die richtige Uhrzeit, um ein Telefonat zu führen. Es sei denn, in dringendsten Fällen – oder auf einen anderen Kontinent.

Wenige Minuten tat sich gar nichts. Die Dame hatte sich anscheinend beruhigt. Liv merkte sich die Zimmernummer und war gerade im Begriff, sich leise davonzumachen, als wieder eine überproportional hohe und laute Stimme ertönte. Livs Aufmerksamkeit steigerte sich noch, als sie mitbekam, dass das Gespräch nun in Deutsch geführt wurde.

Livs Herz schlug höher. Sie versuchte, ihren hektischen Atem flacher zu halten, damit sie jedes Wort mitbekam. Jeder Buchstabe sollte sich in ihr Gedächtnis einschmelzen, damit sie alles so genau wie möglich Frank übermitteln konnte.

Was Livs Unterbewusstsein ihr schon die gesamte Zeit des Lauschens suggerieren wollte, wurde nun zur Gewissheit: Monika Salmann wohnte hinter dieser Zimmertür, abgeschottet von anderen Gästen des Hauses, die sie stören oder beobachten könnten. Liv erinnerte sich, sie hatte südamerikanische Verwandte, sie war der spanischen Sprache mächtig. In Südamerika musste es jetzt früher Abend sein, das passte.

»Ich werde das nicht akzeptieren!«, schrie Monika Salmann nun wieder. Ihre Stimme veränderte sich erneut. »Wenn du mir meinen Plan kaputt machst, bekommst du keinen Cent von dem Geld. Und du solltest dann besser nicht mehr allein auf die Straße gehen. Ich warne dich, das wirst du nicht überleben. Halt dich an die Absprachen!«

Monika Salmann wartete die Antwort ihres Telefongesprächspartners ab. Nach ihrer Erregung zu urteilen, hätte sie sicherlich am liebsten aufgelegt. Sie tat es nicht, war sie abhängig von ihm?

Liv schaute auf ihre Armbanduhr, um sich die Uhrzeit einzuprägen, so konnte sie das Gespräch morgen nachverfolgen lassen.

»Das wirst du nicht tun!«, hörte sie. Und ab da war nur noch ein Schrei und hüpfendes Gestampfe zu vernehmen. Der arme Mensch am anderen Ende lief Gefahr, dass sein Trommelfell platzte, sollte er den Hörer nicht reflexartig vom Ohr weggehalten haben.

Liv drückte immer noch ihr Ohr an die Tür, nur flach atmend. Jetzt, als sie die Zimmernummer erneut sah, erinnerte sie sich, dass Monika Salmann Frank die 69 als ihr Zimmer angab.

Das Telefongespräch war zu Ende. Die eben noch wütende Frau saß in ihrem Zimmer, Liv sah sie förmlich schwer atmend auf ihrem Bett sitzen, rot vor Wut, nach Rache lechzend. Sie ließ Wasser laufen – schade, nun war es vorbei, sie nahm ein Entspannungsbad, das sie bitter nötig hatte. Aber dabei musste Liv sie nun wirklich nicht mehr belauschen.

Als sich Liv gerade aus ihrer Abhörstellung aufrichtete, bemerkte sie eine kleine Bewegung an der Ecke oben am Dielengang. Sie schaute direkt wie in ein Auge eines Zyklopen und schlagartig fiel ihr ein, dass Frank von den Überwachungskameras im Hotel berichtet hatte. ›Sie sehen alles‹, ging es Liv durch den Kopf. Eher bedroht als peinlich berührt, richtete sie sich langsam auf. Den Weg zurück zu ihrem Zimmer fand Liv im Laufschritt, ohne nachzudenken.

Vorsichtig öffnete sie ihre Zimmertür, schaute noch einmal auf den Gang zurück und registrierte auch hier die Drehung des stummen Auges vor ihrer Zimmertür. Schnell schloss sie den Raum mehrfach ab. Heute schob sie zur Sicherheit zwei Stühle vor die Tür und machte sich eiligst daran, an ihrem Artikel weiterzuschreiben. Von ihren Gefühlswallungen stark beeinflusst, schrieb sie ihre Version im Eiltempo herunter, bevor sich ein Gefühl von Müdigkeit einschlich. An Frank sendete sie noch folgende SMS: ›Bitte Telefongespräche von heute Nacht von M. S.? und Überwachungskameras prüfen und sicherstellen – wichtig! – bis morgen früh!‹

Ihr Schweizer Messer in der Hand, sollte Livs letzte

Nacht in diesem Hotel kurz und traumlos werden, denn für 6 Uhr stellte sie den Wecker, um 6:30 Uhr wollte sie fertig am Frühstückstisch sitzen und der Dinge harren, die unweigerlich kommen würden, da war sie sich sicher.

71

Der Wecker riss Liv aus dem Tiefschlaf. Sie brauchte nicht lange, um sich darüber klar zu werden, welche Tragweite dieser Morgen haben würde, und stand sofort auf. Die Dusche wirkte wahre Wunder, besonders die kalte im Anschluss.

Jetzt bewährten sich die gestrigen Reisevorbereitungen, der Rest der Klamotten war schnell dazugepackt, die Koffer konnte Liv prima schließen – zur Abholung bereit, ließ sie sie im Zimmer stehen. Reisefertig in ihren sehr bequem gewordenen Jeans, ging Liv zum Frühstücksraum.

»Sie haben es aber eilig, uns zu verlassen«, sprach sie eine Frauenstimme von hinten an.

»Ganz und gar nicht, aber ich stehe gern früh auf«, log Liv grinsend, während sie sich umdrehte.

»Ich auch«, betonte Monika Salmann, und Liv sah ihr ihre Lüge deutlich an dem müden und verquollenen Gesicht an.

»Dann können wir ja gemeinsam frühstücken«, lud Liv sie ein.

Liv merkte, Monika wollte nicht, aber sie fand spontan keine Ausrede und willigte schließlich ein.

»Ich komme nach, muss nur kurz im Büro etwas regeln.«
Sie verschwand hinter der Bürotür.

Schnell schickte Liv an Frank eine weitere SMS, dass sie
mit M. Sa. im Frühstücksraum esse. Sie war so schnell wieder da, dass sie Liv mit dem iPhone überraschte.

»Ist Ihr Freund auch Frühaufsteher?«, fragte sie misstrauisch.

»Der wäre längstens mein Freund gewesen, wenn ich
ihn zu solch früher Stunde anrufen würde. Nein, ich überprüfe nur meinen Terminkalender. Praktisch, diese kleinen
Büros für unterwegs.«

Senden – und Liv steckte das Handy zurück in die
Tasche. Fertig.

Liv war nervös.

Was durfte sie sagen, damit ihre Gesprächspartnerin nicht
noch misstrauischer wurde und verstockte? Was musste sie
sagen, um interessant für Monika Salmann zu bleiben und
sie vom verfrühten Gehen abzuhalten? Wann würde Frank
eintreffen? Von den Recherchen seiner Truppe hing jetzt
alles ab. Liv musste Monika Salmann hinhalten.

Die Frau drängte sich an Liv vorbei und ging voran –
ganz so wie eine Gastgeberin. Sie grüßte großzügig in
die Gegend. Ein paar der Mitarbeiter grüßten mit einem
»Guten Morgen, Frau Salmann« zurück. Das genoss sie
sehr. Anonym hier durch die Hallen zu wandeln, ohne Amt
und Würden, das wäre nicht ihr Ding. Sie täte sicher einiges dafür, dass ihr weiterhin Aufmerksamkeit und Achtung
entgegengebracht würden. Darin stand sie der ehemaligen
Hausherrin in nichts nach.

»Wo wollen wir uns hinsetzen?«, fragte Liv.

»Überall, nur nicht in die Nähe dieses Tisches ...«,
Monika Salmann stockte, »... na, Sie wissen schon«, und
zeigte in die Ecke des Frühstücksraumes.

»Wo sich Ihr Verlobter das Leben nahm?«, ergänzte Liv fragend.

Sie schaute Liv entsetzt an. Diese Wahrheit hatte ihr so wohl noch niemand gesagt. Es klang ja auch ein wenig idiotisch. Wer nahm sich an einem solchen Ort das Leben? Das wollte sie so sicherlich nicht gehört haben, dann klang es schon besser, wenn er umgebracht worden wäre. Aber damit konnte keiner dienen. Ablenkend führte Liv sie zum Fenster. Hier saß sie sowieso am liebsten.

Bis sie sich alles geholt hatten, von Kaffee, Brötchen, Nutella für Liv und Kaffee und ein Croissant für Monika Salmann, dauerte es seine Zeit.

»Kennen Sie das Märchen vom Froschkönig?«, fragte sie Liv.

»Wer kennt es nicht?«, fragte Liv verwundert zurück.

»Im Detail kennen es nicht alle Menschen, zumindest nicht die, die keine Kinder haben wie Sie.« Sie schaute Liv in die Augen.

»Und Sie«, musste Liv richtigstellen.

»Ich hätte beinahe welche gehabt. Sozusagen stand ich kurz vor der Geburt.«

Liv musste sich das Lachen verkneifen.

»Werden Sie die Kinder denn auch alleine adoptieren?«

»Wie stellen Sie sich das denn vor? Hier ist doch noch gar nichts geregelt. Ohne Mann, ohne Heim, ohne Einkommen, ohne diese Voraussetzungen für die Adoption werden die mir gar keine Kinder mehr geben. Aber vielleicht wendet sich ja noch alles zum Guten.«

Sie klang nicht gerade sehr zuversichtlich. Die Tränen, die sie sich nun aus den Augenwinkeln tupfte, schienen echt zu sein. Sie sah ihren Lebenstraum verfliegen.

»Wie kommen Sie auf das Märchen vom Froschkönig?«

»Ach, wissen Sie – hatten wir uns nicht geduzt? Wie war denn noch gleich dein Name?«, fragte sie Liv.

»Da ich heute abreise, wäre es die Anstrengung nicht wert, sich meinen Namen zu merken. Lassen wir es doch beim Sie.« Liv reichte es, aber Monika Salmann schien es nicht zu stören, sie überging die Antwort und redete weiter.

»Ich fühlte mich wie eine Froschkönigin. Mein Prinz hat mich geküsst und ich wurde zu einer Prinzessin. Mein Verlobter machte mich zu einer richtigen Prinzessin. Hier in diesem kleinen Schloss hätten wir glücklich gelebt bis an unser Lebensende.« Und wieder zückte sie ihr Taschentuch.

»Wenn nur diese schreckliche Frau nicht gewesen wäre, sie hat alles kaputt gemacht, alles.«

Liv wurde hellhörig.

›Wen meint sie? Maria Overbeck? Bettina? Packt Monika Salmann nun endlich aus, was sie weiß?‹

Liv schluckte ihren Kaffee, der Platz für eine Frage machte.

»Wer? Und was hat sie getan?«

»Als sie gemerkt hatte, dass ihr Noch-Ehemann mit mir sein weiteres Leben teilen wollte, wurde sie hellhörig, obwohl sie sich doch dauernd Freunde hielt – auf Kosten ihres Mannes, wohlgemerkt. Aber als sie hörte, dass wir uns Kinder anschaffen werden, war es aus. Von da an war sie völlig unberechenbar. Sie rastete fast aus bei dem Gedanken. Sie kannte nur ein einziges Ziel, uns auseinanderzubringen und uns das Leben zur Hölle zu machen. Sie glauben ja gar nicht, was sie sich alles hat einfallen lassen.«

» Es geht um Gritta Entrup. Sie hätte Sie als Frosch wieder in den Brunnen zurückgestoßen, nicht wahr?« Liv war erfreut über ihre poetische Analyse.

Monika Salmann schaute nur kurz auf, dann nach draußen.

»Sie hat mir mit Mord gedroht«, sagte sie leise und schaute wieder Liv an, um die Reaktion abzuschätzen.

Dass sie dramatische Geschichten auftischte, waren ja bereits alle gewohnt. Dass man dann nicht mehr entsprechend reagierte, müsste ihr doch auch klar sein. Trotz allem versuchte Liv, ihrer Verwunderung den erwarteten und gehörigen Ausdruck zu verleihen.

»Da kommt diese Frau, die schon lange von ihrem Mann getrennt lebte, und zerstört unser Glück. Ich bin sogar der Überzeugung, dass sie die wirkliche Ursache für den Selbstmord meines Verlobten gewesen ist.«

»Er war sterbenskrank«, warf Liv zur Erinnerung ein.

»Ja, und wovon wird man sterbenskrank? Von seelischen Qualen! Sie hat ihn gequält.«

Langsam wurde es Liv unheimlich.

›Wo bleibt nur Frank? Wenn der auf die Idee kommt, heute auszuschlafen, dann komme auch ich auf sehr schlechte Gedanken.‹

Liv musste den Redefluss der Salmann nutzen. Sie musste sie noch etwas reizen. Vielleicht wollte sie Liv ja gerade gestehen, dass sie Gritta Entrup auf bestialische Weise umgebracht hatte? Vielleicht wollte sie es vor Liv rechtfertigen, von ihr eine Art Absolution erhalten, nicht ungewöhnlich bei Psychopathen-Mördern. Sie legten sich die Tat so zurecht, dass sie in ihren Augen nicht nur gerechtfertigt, sondern geradezu notwendig war. Ihr Gewissen, das sogar brutale Mörder hatten, war damit beruhigt. Außerdem hatten sie einen gewissen Stolz auf ihre noch unentdeckte Tat. Sie prahlten mit ihrer Machtstellung, dass sie die Sache in der Hand hatten.

Und dass Monika Salmann ein Mensch war, der gerne Macht ausübte, war klar.

Diese Eigenschaft und der Drang, Lügengeschichten der außerordentlichen Art zu präsentieren, schien Liv eine ganz besonders gefährliche Kombination. Sie erinnerte sich an das, was Dag von der Mythomanie sagte: In Extremfällen können Mythomanen zu Mördern werden.

»Und Sie wollten sich für das Verhalten an Frau Entrup rächen. Sie dachten, sie hätte ihren Noch-Ehemann umgebracht, nicht wahr?« Livs forsches Vorgehen kam wie von selbst. Sie hielt angespannt ihre gefalteten Hände vor den Mund und wartete nun die Reaktion ab. Dabei rechnete sie mit allem: aufspringen, anschreien, ja, sogar mit dem Zücken einer Waffe. Aber weit gefehlt. Monika Salmann war unberechenbar. Sie blieb ruhig sitzen, schaute Liv in die Augen mit einem Blick, dem diese nur mit Mühe standhalten konnte, und flüsterte mit einer tiefen Stimme, die Liv bei ihr noch nie gehört hatte:

»Und wenn es so wäre?«

»Dann bekommen Sie eine gerechte Strafe«, hörte Liv sich sagen, während ihr die Luft wegblieb.

Monika Salmann schaute hinaus auf den kleinen See, Liv ließ ihren Blick nicht von ihr ab.

»Ich habe ja nur Spaß gemacht!« Sie kicherte, drehte sich unsicher um, um nachzuschauen, ob sich schon Gäste am Büfett zu schaffen machten. Dann machte sie sich an ihr Frühstück. Das Croissant schnitt sie schnell und schief auf, öffnete das kleine Butterpaket, verstrich die Butter kaum auf dem Brötchen, legte gleich drei Scheiben Wurst darauf – und biss hinein. Liv bekam keinen Bissen herunter. Sie hielt sich an der Tasse Kaffee fest, den sie schluckweise die Kehle hinunterlaufen ließ, um nicht reden zu müssen. Monika Salmann setzte ihren Kaffee an und schlürfte ihn laut in den Mund. Liv traute ihren Ohren nicht, denn das war richtig laut, und heiß konnte der Kaffee in der Tasse nun nicht mehr sein.

Endlich! Liv fielen Felsbrocken von den Schultern. Endlich, endlich kam Frank!

72

»Wer kommt denn da zu so früher Stunde?«, sagte Liv beiläufig, um gar nicht erst den Verdacht einer Verabredung aufkommen zu lassen.

Monika Salmann richtete sich plötzlich auf, in ihren schlaff über dem Frühstückstisch hängenden, nur durch beide Ellbogen abgestützten Oberkörper kam in derselben Sekunde, als sie Frank Golström erblickte, wieder Spannkraft hinein. Sie setzte ihr freundlichstes Lächeln auf und wandte ihm ihren Kopf sowie den herausgestreckten Busen zu.

»Was führt dich denn so früh zu uns?«, fragte sie wieder, als gehörten der Mann und das Hotel bereits ihr.

Frank antwortete nicht, setzte sich zielstrebig an den freien Platz am Tisch und meinte mit ernster Miene wie nebenbei:

»Das ist ja schön, dass ich euch beide schon so wach hier antreffe. Es gibt einige Neuigkeiten im Mordfall Gritta Entrup, die euch sicher äußerst interessieren werden.«

Liv und Monika Salmann reagierten mit ernster Miene und zeigten, ihm stumm zugewandt, großes Interesse.

»Frau Salmann ...«

»*Monika*, hast du das vergessen?«, unterbrach sie ihn.

»Frau Salmann«, insistierte er, »Ihre Frösche sind keine

harmlosen Haustierchen, sondern hochgradig giftige Mord-
waffen. Solch ein Gift war die Todesursache für Senior Entrup und dessen Ehefrau. Das wurde einwandfrei von unserem Labor bestätigt.«

Er wartete, visierte sie an und sagte nichts weiter. Monika
Salmann zuckte mit den Schultern. »Und wie sollen die
plötzlich so tödlich giftig geworden sein? Vielleicht haben
ja auch noch andere giftige Frösche? Frag mal im Personal
herum, da hat doch jeder einen.«

Liv konnte es kaum glauben. Selbst jetzt noch forderte
sie ihn heraus.

»Giftig bleiben diese Frösche durch giftiges Futter, das
Sie ihnen regelmäßig verabreicht haben«, ergänzte Frank
selbstsicher, ohne den Blick von ihr zu lassen.

Monika Salmann lachte einmal schrill auf. Ihre Stimme
wurde höher und etwas lauter: »Und wo haben die Frösche dieses angeblich giftige Futter her, bitte schön? Kann
man das hier im Supermarkt kaufen? Das ist doch lächerlich, Herr Kommissar, ich möchte Sie bitten, auf dem Teppich zu bleiben. Sie verschwenden meine Zeit, ich habe nun,
weiß Gott, Wichtigeres zu tun, als mir hier Ihre Lügengeschichten anzuhören.« Sie strich ihr Kleid glatt, erhob sich
und machte Anstalten, den Platz zu verlassen.

»Nein, Sie bleiben hier. Sie werden sich meine Geschichte
jetzt anhören. Bis zum Schluss.« Er fasste energisch ihren
Unterarm und drückte ihn auf den Tisch. Aus geringer
Höhe fiel sie wieder in den Stuhl zurück und aus ihren
Augen schossen wahre giftige Blitze in Richtung Frank. Ihr
Mund formulierte berechnend ruhig, allerdings sehr leise:
»Wie Sie wünschen, ich nehme mir noch etwas Zeit.«

»Das ist schön, die Zeit sollten Sie haben, denn es geht
hier um Sie. Sie, Frau Salmann, Sie sind doch regelmäßig
nach Kolumbien geflogen, angeblich wegen dieser ominö-

sen Adoptivgeschichte. Ein, zwei Mal im Monat, war das nicht ein bisschen viel, um ein Kind auszuwählen? Dies war nur vorgeschoben, Sie hätten das Kind oder die Kinder schon längst mitnehmen können. Sie schoben es nur immer wieder hinaus, weil Ihre gefräßigen Frösche Futternachschub brauchten. Oder haben Sie jedes Mal neue hochgiftige wilde Frösche mitgebracht? Sie schmuggelten alles in Ihrem teuren Handtäschchen nach Deutschland, immer wieder. Genauso lange, wie Sie brauchten, um Ihre geplanten Taten zu verwirklichen.«

»Was denn für Taten, mein Verlobter hat sich doch selbst umgebracht. Wie hätte ich denn so etwas planen können!«, zischte sie Frank zu.

»Das war nicht geplant. Das hat sogar Sie überrascht. Sie hatten ja bereits von dem Gift Ihrer Pfeilgiftfrösche eine Spritze mit tödlicher Dosis für seine Ehefrau aufgezogen. Zuerst töten Sie die Ehefrau, danach entledigen Sie sich der Kinder, so war es mit Ihrem Zukünftigen abgesprochen. Dass er statt der Ehefrau starb, hat Sie aber nicht lange aus der Fassung gebracht. Ruck, zuck haben Sie nun anhand der neuen Situation Ihren Plan geändert. Ziel war von vornherein, die alleinige Macht in diesem Hotel zu bekommen. Nun musste es halt ohne Ihren Beschützer gehen. Das kam Ihnen nicht ungelegen, denn er war ohnehin etwas zu alt und zu anstrengend geworden. Vom Weggehen abbringen konnte er Sie nur, weil er Ihnen vorgegaukelt hatte, Sie würden das Hotel erben. Wie konnten Sie so einen Blödsinn glauben, ohne je etwas Schriftliches gesehen zu haben?«

»Er hat mich nicht belogen«, sagte sie leise, den Tränen nahe. »Er sagte es immer wieder, dass nur ich die würdige Nachfolgerin für ihn sein würde. Nur ich würde das Hotel so führen, wie er es wollte. Seine Kinder machten immer wieder ihr Ding, ohne ihn zu fragen, lauter Fehler. Das wollte er schon lange nicht mehr dulden. Er wollte sie bald loswerden.«

Nun gab Liv ihre Beobachterrolle auf: »Aber er war doch die meiste Zeit nicht im Hotel und die Ideen der Kinder hatten doch offensichtlich Erfolg. Warum hat er sie nicht gewähren lassen? Warum konnte er nicht endlich loslassen?«

»Er hätte sein Hotel nie freiwillig losgelassen, zumal wir ja noch die Erträge für unsere Zukunft benötigten. Wie stellen Sie sich das denn vor? Sollten die erwachsenen Kinder das ganze Geld bekommen? Er allein hat das Hotel schließlich einmal aufgebaut.«

»Vor vielen Jahren, seitdem führen es seine Nachkommen«, warf Liv erneut ein. Ihre Hoffnung, Gerechtigkeit in diesem Hause zu finden, zerschlug sich gerade ein weiteres Mal. Es war hoffnungslos, der alte Mann war bereits unbelehrbar und egoistisch gewesen. Und seine neue Freundin hatte ihn noch mehr in seinem perversen Tun bestärkt.

»Aber natürlich werde ich die Kinder passend abfinden lassen – ganz so, wie sie es mit mir vorgehabt haben. Ich werde nicht kleinlich sein«, sagte Monika Salmann.

Frank stand auf, ging zu ihrem Stuhl, beugte sich zu ihr hinunter und sprach ihr ins Ohr, in einer Lautstärke, in der Liv alles gut mitbekam: »Das Testament ist eine dilettantische Fälschung, meine Liebe. Sie hätten wissen müssen, dass Handschriften nie 100-prozentig zu fälschen sind, schon gar nicht die von einem alten, zittrigen und kranken Mann.«

Monika Salmann hielt die Luft an und versuchte aufzuspringen. Frank hielt sie mit seinem Oberkörper nach unten gedrückt in Schach.

»Sie werden sich das hier bis zum Ende anhören. Das

sagte ich doch bereits. Es war sicher ein großer Schock für Sie, als Sie nach dem Tod des Seniors merkten, dass die Ehefrau noch Ansprüche stellte und die Kinder alles andere als aus dem Rennen waren. Die Einzige, die aus dem Rennen um die Macht dieses Hotels war, waren Sie, Frau Salmann.«

Sie schaute zum Ausgang. Dort standen die Geschwister und Bettina an der Tür. An den Wänden daneben hatten sich bereits Männer postiert. Sie trugen keine Uniform, und das war auch nicht notwendig. Sie standen dort, wie es nur Polizisten im Dienst tun. Der Blick, der Stand, der Versuch, unverfänglich und lässig zu wirken, waren unübersehbar. Der Fluchtweg war ihr abgeschnitten.

Monika Salmann atmete immer heftiger. Langsam begriff sie ihre prekäre Lage, in die sie immer tiefer hineinglitt. Mit jedem Wort aus Franks Mund kam sie dem Gefängnis näher, das fühlte sie. Ihre Augäpfel schossen unkontrolliert von rechts nach links. Ein Ohnmachtsanfall wäre jetzt ein Ausweg für sie, oder ein Weinkrampf tat doch auch bisher immer sein Gutes. Sie ließ von Frank ab und sah Liv an.

»Aber ich war doch gar nicht hier, ich war bei meiner kranken Mutter.« Nun heulte sie laut und heftig. Das Wort Mutter kam nur noch tränenerstickt heraus. Jedem anderen wäre diese Situation peinlich, zumal sich der Frühstücksraum langsam füllte. Sie hingegen fühlte keine Scham mehr, nur Verzweiflung. Sie war am Ende, das wusste sie.

»Ihre Halbschwester pflegt Ihre Mutter. Sie haben sie aus Südamerika mitgebracht, sie lebt illegal in Deutschland und Sie zwingen sie, Ihre Mutter zu pflegen und sich optisch so herzurichten, dass sie Ihnen zum Verwechseln ähnelt. Sie, Frau Salmann, haben die gesamte Zeit hier bei

Ihren Fröschen und Ihrer Bekannten verbracht. Sie konnten in weniger als zehn Minuten in diesem Hotel sein und wieder verschwinden, zu jeder Tages- und Nachtzeit, Sie hatten den Hauptschlüssel«, sagte Frank ruhig und konzentriert.

Nun hielt die Salmann nichts mehr auf dem Sitz. »Sie hat mich verpfiffen, nicht wahr?«, schrie sie Frank an. »Sie hat alles gesagt, ich werde sie umbringen, dieses Miststück. Ich hatte sie gewarnt!«

Frank hielt sie nun mit beiden Händen auf dem Stuhl fest. »Auch Ihre Freundin hat kalte Füße bekommen, als wir ihr sagten, dass sie wegen Mittäterschaft belangt werden könne, weil sie die Frösche ja immer brav mit Giftnahrung gefüttert hatte und so möglicherweise am Mord beteiligt gewesen war. Wir müssen erst noch überprüfen, ob sie tatsächlich nichts von allem wusste, wie sie beteuert. Aber sie war sehr auskunftsfreudig, ist doch verständlich. Ihr können Sie keinen Vorwurf machen.«

Monika Salmann verließen die Kräfte, sie sackte auf dem Stuhl zusammen, sie war sich der Ausweglosigkeit bewusst.

»Auch können Sie Ihrem Mittelsmann in Bogota keinen Vorwurf machen. Ihm wurde es auch etwas zu heiß, als er hörte, dass Sie in einen Mord verwickelt sind. Sie versuchten ja noch letzte Nacht per Telefon, beide einzuschüchtern. Das ist aber eher nach hinten losgegangen.«

73

Frank schaute Liv augenzwinkernd an. Sie versuchte, ihre angespannten Gesichtsmuskeln zu einem Lächeln zu lösen. Das gelang nur kurz. Schnell war sie wieder bei Monika Salmann.

Diese hing wie ein Häufchen Elend vor ihrem angeknabberten Croissant und der halb leeren kalten Tasse Kaffee. Wie weggetreten sah sie starr ins Nichts.

»Ich hasse sie, die ganze Familie, auch diese Geschwister, die sich hier ins gemachte Nest setzten und meinen Verlobten bedrohten«, fing sie an, ohne Betonung zu erzählen. »Sie gönnten mir mein Glück mit meinem Liebsten und unseren neuen Kindern und dem Hotel nicht. Es gab immer Streit wegen des Geldes. Sie wollten meinem Verlobten nicht mehr Geld abzweigen. Sie sagten, er ruiniere das Hotel bei seinem Lebenswandel mit drei Frauen, die er zu unterhalten hatte, und nun auch noch Kindern. Sie gönnten uns unser Glück nicht, weil sie selber kein Liebesglück hatten. Die Tochter endet mit Sicherheit als alte vertrocknete Schachtel und der Sohn, der wird sie mit seiner verdammten Fürsorge nie alleine lassen. Sollen sie doch zur Hölle gehen, diese undankbaren Parasiten.«

Monika Salmann spulte ihre Geschichte nun weiter ab. Sie ließ auch kein gutes Haar mehr an den Ehefrauen und Hotelmitarbeitern. Aber als sie von Gritta Entrup sprach, wurde es noch einmal interessant.

»Ich wusste, dass sie abends vor ihrem Geburtstag ins Fitnessstudio ging. Das tat sie immer, weil sie sich am nächsten Tag von allen Geschenke, Torten und Süßigkeiten überreichen ließ und den Naschereien nicht widerstehen konnte.

Und so spät ging sie immer, weil sie der Fitnesstrainerin aus dem Weg gehen wollte. Die konnte sie nicht leiden. Ist auch ein besonders widerborstiges Stück, diese Bettina, da waren wir uns ausnahmsweise einig. Die will sich an den Johann Overbeck ranmachen, die Erbschleicherin.« Sie pausierte nur kurz.

»Ich bereitete alles vor, ich melkte meine Frösche ausgiebig, lauerte ihr im Studio unten auf – die Generalschlüssel hatte ich ja -, machte Licht in einem Kosmetikraum und wartete, bis sie kam, um es auszuschalten.«

Eiskalt geplant war es. Sie fuhr fort: »Ich wusste, sie kommt wie die Motte zum Licht, dann hatte sie nämlich wieder einen Grund, die Trainerin oder die Kosmetikerinnen am Morgen zusammenzustampfen und ihnen vorzuwerfen, Energiekosten zu verschwenden. Klar, sie kam. Ich hielt ihr eine Pistole vor, die ich vor Jahren in Südamerika gekauft hatte, schmiss sie mit einem kräftigen Schubs in den Kosmetikstuhl, fesselte und knebelte sie. Sie hatte große Angst, das merkte ich. Aber das hatte sie verdient. Sie war nie nett zu mir. Das hatte sie nun davon. Ich mischte ihr eine besondere Gesichtspackung aus ätzendem Kloreiniger und Resten vom Froschgift zusammen. Obwohl ich wusste, dass ihre Haut auf Unbekanntes sehr sensibel reagiert, ritzte ich zur besseren Wirkung die Gesichtshaut noch etwas mit einem Skalpell ein.« Grinsend fuhr sie fort: »Die Hautbehandlung war sehr effektiv. Pusteln schossen aus ihrer Haut. Sie schrie trotz Knebel noch relativ laut. Ich hielt ihr den Spiegel vor. Sie war doch immer so bemüht, gut auszusehen. Langsam, sehr langsam, spritzte ich ihr das Gift in die Vene und dann ging alles ganz schnell. Je mehr Angst sie hatte, umso schneller wirkte das Gift. Das sagte ich ihr noch, aber dann war sie schon weg.«

Ein irres Grinsen zog sich über Monika Salmanns Gesicht. Sie hielt inne.

Ein kalter Schauer lief über Livs Rücken. Sie erinnerte sich an die großen, aufgesprungenen Pusteln auf der Haut der Toten. Frank und Liv tauschten ihr Entsetzen über Blicke aus.

›Wie kann ein Mensch so sein? Ist sie krank? Reicht eine Krankheit aus, um dem Gefängnis zu entgehen und in der Psychiatrie untergebracht zu werden?‹, fragte sich Liv.

Sie musste ihren Blick abwenden, schaute hinaus auf die Wiese. Dort verspeiste die schwarze, langhaarige Katze in kurzer Entfernung ihr Frühstück, sie kaute mit festem Biss genüsslich auf einer Maus herum, deren langer nackter Schwanz schlapp aus dem weiß bezahnten Maul hing.

Frank nahm Monika Salmann sachte, aber bestimmt am Arm und zog sie auf die Füße. Sie lächelte weiter, schaute ihn mit ihrem geübten Augenaufschlag devot von unten herauf an und sagte leise mit sanfter Stimme und einem abwesenden Lächeln: »Ich bin die Froschkönigin, küss mich!«

74

Frank übergab den willenlosen Körper an zwei Kollegen, die Monika Salmann hinausbrachten, sie vorsichtig in den Polizeiwagen setzten und abfuhren. Liv ging hinterher und schoss schnell noch ein paar Fotos von ihr. In Gedanken sah sie in der Zeitung schon den schwarzen Balken vor ihren Augen. Gemeinsam mit Frank starrte sie ihr nach, dann schauten sie sich an.

»Das war's«, sagte er. »Ging ja doch schneller als befürchtet. Wann erscheint dein Artikel?«

»Morgen.«

»Das bedeutet nun noch eine Menge Arbeit für dich?«

»Ist schon alles so gut wie fertig. Ich hatte mehrere Fall-Varianten bereits geschrieben. Die Salmann-Version war mein Favorit. Ich muss nur noch Kleinigkeiten abändern und den eindrucksvollen Abgang einfügen.«

»Du wusstest es?«

»Ich habe auch eine schöne Version von den Geschwistern und der Fitnesstrainerin. Die Mitarbeiter-Version hatte noch große Lücken. Ich ahnte es, die Version Monika Salmann kam meiner Wahrheit am nächsten.«

»Es gibt nur eine Wahrheit«, meinte Frank.

»Ist das so?«, stellte Liv infrage.

Nach Philosophieren war ihm nicht zumute.

»Sag, Liv, wie komme ich denn weg in deinem Artikel? Darf ich ihn mal lesen?«

»Klar darfst du das, Frank, kauf dir morgen die Wochenendausgabe der Zeitung.«

Frank lächelte schief, schaute Liv an, kam näher, nahm ihre beiden Hände mit seinen Fingerspitzen in seine, zog sie etwas heran und gab ihr einen hauchzarten Kuss. Er dauerte eine kurze Weile. Intensiv spürte Liv seine weichen Lippen auf ihren. Sie rang nach Luft.

»Leb wohl«, rang er sich ab, ließ Liv los und ging zuerst langsam, dann schnelleren Schrittes aus dem Foyer zum wartenden Auto. Livs feuchte Augen ließen den Blick verschwimmen, den sie ihm hinterherwarf.

»Alles klar«, flüsterte Liv, »bis demnächst. Vielleicht sehen wir uns im Juli auf der Oberkassler Kirmes?« ›Blödsinn‹, dachte sie, atmete tief durch, wischte sich kurz die Augen trocken und machte eine Kehrtwende Richtung Hotelfoyer. Sie würde nicht auf die Kirmes gehen, das wusste sie.

75

»War es das?«, fragte die Liv lieb gewordene Stimme von Karl von Schenck. »Ich beobachte Sie bereits eine Weile, wollte aber nicht stören. Sie und der Kommissar waren so bei der Arbeit.« Er hielt Liv, mitleidig grinsend, ein weißes Stofftaschentuch mit eingesticktem bunten Wappen hin: »Sie haben da eine kleine Träne auf Ihrer Wange.«

Er sah sie an und in sie hinein.

»Aber nun haben Sie es geschafft. Sie haben den Fall aufgeklärt und werden einen virtuosen Artikel verfassen, für den Sie Lob und Erfolg ernten werden. Da bin ich mir sicher.«

»Ich schicke ihn samt der Fotos gleich von hier aus ab, muss nur noch Kleinigkeiten ändern. Wollen Sie ihn vorher vielleicht lesen?«, fragte Liv von Schenck.

Er lachte: »Das meinen Sie nicht wirklich ernst. Kein Journalist lässt sich gern vor dem Druck in seinen Text schauen, aber ich danke für das Angebot. Nein, ich vertraue Ihnen voll und ganz.«

›Weiß dieser Mensch eigentlich, wie gut er anderen tut?‹

Liv ging auf ihn zu, stellte sich auf ihre Zehenspitzen,

umarmte ihn herzlich und flüsterte ihm »Danke!« ins Ohr.

»Es war mir ein großes Vergnügen«, sagte Karl von Schenck und hielt ihr seine Visitenkarte entgegen. »Falls Sie mal wieder einen Dr. Watson brauchen. Ich bin demnächst sicher regelmäßig im schönen Düsseldorf.«

An der Rezeption im Hintergrund sah Liv die Frau im weißen Jogginganzug ihr zuwinken.

»Sie war einmal die Geliebte vom Senior-Chef«, erklärte Karl von Schenck, als auch er ihr zurück winkte. »Sie war vor zig Jahren eine Nebenbuhlerin der Mutter der Overbeck-Geschwister und wurde später eiskalt abserviert. Den Grund hat sie nie erfahren oder nie verwunden. Die Gespenster von damals wirkten bei ihr bis heute nach. Aber vielleicht ist es jetzt vorbei? Sie hat sich den Dämonen unerkannt jedes Jahr in diesem Hause neu gestellt – und sie dadurch hoffentlich bezwungen. Sie war es auch, die Ihre Zeitung sofort beim Tod des Seniors informiert hatte.«

Ein angedeuteter Handkuss folgte und Karl von Schenck verabschiedete sich von Liv. Sein Taschentuch hielt Liv noch in der Hand. Sie wollte es behalten – und er wollte es wohl auch.

Viele Gedankenblitze schossen Liv nun durch den Kopf, während sie langsam zur Rezeption zurück ging. ›Die Frau in Weiß hat alles von Anfang an gewusst?‹ Sie atmete tief ein: ›Okay, auschecken und weg von hier‹ war ihr verbleibender Gedanke.

›Na, wenn das da an der Rezeption mal nicht Susanne Weber ist!‹

»Von den Toten wiederauferstanden?«, fragte Liv.

»Ich musste kurz untertauchen, bis ich gewiss war, dass die Richtige von der Bildfläche verschwunden ist. Frau

Salmann hat mir ganz schön zugesetzt, da fühlte ich mich nicht mehr sicher.«

»Hauptsache ist, Sie sind wieder mit im Spiel. – Und ich reise heute ab«, ergänzte Liv.

Susanne Weber schaute in den Computer und meinte: »Es ist alles erledigt, Frau Oliver. Ich wünsche eine gute Heimreise.«

»Danke und grüßen Sie bitte die Geschwister Overbeck von mir.« Liv legte ein für ihre Verhältnisse außerordentlich großzügiges Trinkgeld auf die Theke mit der laut geäußerten ausdrücklichen Bitte, es gerecht zu verteilen. »Die Hälfte geht an die Kosmetik-Mädels Julia und Virginia«, bestimmte Liv.

»Wird erledigt«, kam es zurück.

›Na prima, da hat mein Auftraggeber ja Wort gehalten und tatsächlich alles bezahlt, bevor er wusste, was ihn in meinem Text genau erwartete. Aber ich habe ihn auch nicht enttäuscht.‹

In allerletzter Minute zur Sonntagsausgabe würde es nun die Geschichte um eine eiskalte Mörderin im Luxushotel inklusive Fotos geben, ausführlich auf dem Silbertablett serviert.

Mit ihrer Laptop-Tasche und dem Trolley zog Liv sich in die hinterste Ecke des Foyers zurück, um den Text zu seinem Ende zu bringen und ihn dann flott inklusive Fotos an Andreas Barg zu versenden. Die letzten Änderungen gingen ihr schnell von der Hand. Zufrieden schloss sie den Artikel: ›… küss mich, ich bin die Froschkönigin.‹

ENDE ☺